Heinrich Heine, Albert Bernhardt Faust

**Heine's Prose**

Heinrich Heine, Albert Bernhardt Faust

**Heine's Prose**

ISBN/EAN: 9783337366995

Printed in Europe, USA, Canada, Australia, Japan

Cover: Foto ©Andreas Hilbeck / pixelio.de

More available books at **www.hansebooks.com**

# HEINE'S PROSE

WITH

## INTRODUCTION AND NOTES

BY

## ALBERT B. FAUST, Ph.D.

ASSOCIATE PROFESSOR OF GERMAN IN WESLEYAN UNIVERSITY

New York

THE MACMILLAN COMPANY

LONDON: MACMILLAN & CO., LTD.

1899

# PREFACE.

THE purpose of this volume is to make more accessible to advanced students of German the models of style which are contained abundantly in Heine's prose works. The guiding principle in the selection of passages for the present edition has been to group together extracts that might be truly representative, and at the same time in their variety might illustrate the versatility of the author's genius. In thus attempting to represent fairly all the best of Heine's autobiographical, critical, and descriptive prose works, it was difficult to keep within the space-limit desirable for a text-book. This restriction will explain to admirers of the poet, the omission, which is much to be regretted, of many favorite passages found in the large mass of Heine's prose writings.

To adapt this edition to the plan of a "series for college and school use," the original text has necessarily been subjected to careful sifting and pruning. The text is based upon that of the Elster edition of Heine's complete works, but that of the critical edition of Karpeles has also been consulted. The modern orthography has been adopted throughout.

The present volume has derived advantages during its preparation by comparison with the excellent editions of Buchheim and Elster. I desire also to acknowledge gratefully my indebtedness to Professor W. T. Hewett of Cornell University for careful editorial comment and criticism extending over all parts of the work, and to Professor B. J. Vos of Johns Hopkins University for examining the manuscript of the notes and giving helpful suggestions.

A. B. FAUST.

MIDDLETOWN, CONN.,
  March, 1899.

# TABLE OF CONTENTS.

---

# INTRODUCTION.

## THE LIFE OF HEINRICH HEINE.

### His Youth, 1799-1819.

It is a curious fact and a convenient aid to the memory, that four of Germany's greatest writers were each born in a year which ends with the number nine. The date of Lessing's birth was 1729, Goethe's 1749, Schiller's 1759, and Heine's 1799.[1] The last named, however, was the only one of them whose birthday fell in December, and by an ominous trick of fate on the thirteenth day of the month. "The dying moon of the eighteenth century and the rosy dawn of the nineteenth shed playfully their light upon my cradle," said the poet of himself, and again : "I awakened to the light of the world on the banks of that beautiful stream, upon whose green hills Folly grows, which in the harvest moon is plucked and pressed and poured into casks and shipped into foreign lands." "The city of Düsseldorf is very beautiful and if you think of her when far away and you should happen to have been born there, a curious longing seizes you. I was born there and feel now as though I must go to my home at once." Love of home, vivacity and native wit belong to the inheritance of the Rhinelander. There were still other characteristics of the poet which he derived from his birth and early environment.

[1] The date December 13, 1797, is sometimes given for Heine's birth, upon good authority. The poet himself insisted on 1799 as correct. The records of births at Düsseldorf were destroyed in a fire; the private papers of the Heine family met a similar fate in another city. A final settlement of the question seems hardly possible, though the date 1799 is now generally accepted.

Both of Heinrich Heine's parents were Jews. His father, Samson Heine, born in Hanover, belonged to a numerous family of which his brother Salomon alone need here be mentioned. Through his energy and ability the latter rose.from obscurity to become one of the richest men of Germany, the prosperous banker and philanthropist of Hamburg, upon whose liberal assistance the poet relied willingly or unwillingly for the greater part of his life.

The family of Heine's mother had emigrated from the province of Geldern in Holland, whence their name, van Geldern. They were not exclusively engaged in mercantile pursuits as was the case with the Heine family, but counted among their numbers some who had become widely known for their learning and attainments. Thus the poet's grandfather, Gottschalk van Geldern, was eminent as a physician in Düsseldorf, though not more so than his son Joseph, while Simon van Geldern, the eldest son, achieved fame as a scholar and traveler. The latter had journeyed even to the Orient, and was the legendary hero, the narrative of whose adventures quickened Harry's [1] youthful imagination.

A more direct and constant influence upon Heine's youth was wrought by his uncle, Simon van Geldern. He was likewise a physician, who inherited the professional practice of his father and brother. He, however, permitted his practice to make but slight demands upon his time, which he preferred to devote to the books in his secluded study, whence he put forth a sort of literary correspondence for the benefit of ungrateful journals. His style was careful but stiff, and he regretted that its "stately dignity" was not imitated by his volatile nephew, in whom, however, his example awakened a literary ambition. He

---

[1] Harry is the name which was given to the poet by his father in remembrance of an English friend, with whom he was intimately associated in business. Upon being baptized, the poet assumed the name of Heinrich. His signature, however, was regularly H. Heine, and on one occasion he is known to have taken offense when his publishers printed the name Heinrich in full.

was also the first to give the boy an opportunity to encounter a world of books, granting him access to the attic, in which the poet describes himself later as rummaging with keen delight.

Heine's father was a merchant who had the reputation of importing the finest velvets from England, a matter of more pride to him than the credits on his balance-sheet. He possessed none of the sagacity and genius for business which made his brother, the banker of Hamburg, so successful. Before settling down at Düsseldorf, Samson Heine had been a soldier in the service of the Duke of Cumberland, later King of Hanover, and the love of the pomp and circumstance of a soldier's life never left him. He was handsome in appearance, neat in dress, and fond of horses, dogs and of good living. Yet whatever were his faults, his son said of him when his parent died : "Of all persons in the world my father was the one I loved most." Refined in manners, affable on all occasions, Samson Heine was especially kind to his subordinates and, to those in need, generous beyond his means. From him the poet derived his taste for art and music, and withal "die Lust zu fabulieren." From his mother he inherited qualities of a different kind.

Betty Heine was of a sterner cast, more intellectual and very energetic. She was thrifty, but her economy never deprived her children of essential advantages. When Harry, her eldest born, was studying at Bonn, and her husband's business reverses made assistance from him impossible, she sold her necklace and earrings to prevent an interruption in her son's studies. "My mother had soaring ideas in regard to my future," wrote Heine in his memoirs. "She took a guiding hand in my intellectual development and made the program of all my studies. Even before my birth her plans for my education began." Yet her direction was in some respects narrow. Whatever might stir the boy's imagination, she put far out of his way, whenever he showed promise of poetical talent, she made every effort to extinguish the spark. She wanted no poet-paupers in her family, and desiring that mistakes of the past should not be repeated, she was determined to rear sons who would stand firmly upon their own feet, and be able to cope with the practical business of life.[1]

During his boyhood Heine was for the most part a French subject, the town of Düsseldorf having been occupied by French soldiers of the Revolution since September, 1795. They did not leave until 1801, after the peace of Lunéville. The former sovereign, the Elector Karl Theodor of the Palatinate and of Bavaria (from 1777), died in 1799 and was succeeded by Max Joseph. The latter held the duchy in which Düsseldorf was situated until he was compelled to yield to Napoleon in 1806. Bonaparte added to it the territory of Cleve, the town of Wesel and other lands, and constituted the Grand-duchy of Berg, which he bestowed upon his brother-in-law, Joachim Murat, the brilliant cavalry leader.

The Heine household was divided in politics; the father was a great admirer of Napoleon and loved the glitter and grace of the French soldiery, while the mother educated her children in the belief that Germany was their fatherland and that the stability and thoroughness of the Teutonic mind were more akin to the mental quality of their own race. We see, accordingly, whence came Heine's sincere affection for his "liebes, dummes Deutschland," which even in banishment he would not disown. We see also how early the mighty figure of Napoleon appealed to his poetic fancy. Hero-worship and faith in extraordinary genius were in keeping with the times, and if a fuller justification

---

[1] One suggestion which she made, exercised great influence upon their lives. She had lived in a small principality the rulers of which were frequently changed. She cautioned her sons, when of age, to settle in the capital city of a large country. Her oldest son settled in Paris, Maximilian Heine became a successful physician in St. Petersburg, while the youngest, Gustav, settled in Vienna as the founder and editor of a newspaper. The child next in age to Harry was his much loved sister Charlotte, who married Moritz Embden a merchant of Hamburg, and who is still living (1899).

for Heine's veneration for Napoleon be needed, the fact should be remembered that the great conqueror emancipated the Jews from social and political ostracism. Neither the enlightened eighteenth century nor its proud successor relieved the burden of oppression which rested upon the children of the Ghetto, until the Man of Destiny called them forth from their hovels and bestowed upon them the privileges of citizenship.

Harry Heine received an elementary education at home and in private schools until, at the age of ten, he was sent to the Lycée in his native city. The military discipline of the school may have been wholesome, but this feature was as uncongenial to the boy, as was its monastic seclusion and monotony. He longed for the tolling of the bell of the old Franciscan convent which daily at twelve relieved him from confinement. The poet gives doleful reminiscences of how a qualitative appreciation of Latin and Greek grammar was there ingrafted upon him by means of unmitigated floggings. The Lycée was conducted mainly by Catholic priests, some of them Jesuits, and the Rector Schallmeyer seems to have taken a particular interest in his promising pupil, and urged Betty Heine to fit him for the career of a Roman priest. With a mocking smile the poet of a later day relates how he refused to take the current of his fortunes at the tide.

Frequently his parents found it no easy task to govern their alert and precocious boy. His quick mind knew how to turn the instruction which he received, to his own advantage. He was held at home to a strict observance of Hebrew traditions, and once refused flatly to aid in passing the buckets at a fire, because, as the young Pharisee declared, he could not and would not work on the "Shabbes" (Sabbath) day. His father often punished him by locking him up in the hen-coop, but this form of chastisement soon lost its sting, for Harry transformed the hen-coop into a play-house. This haunt is described in artless and tender verses addressed to his sister.

> " Mein Kind, wir waren Kinder,
> Zwei Kinder, klein und froh;
> Wir krochen ins Hühnerhäuschen,
> Versteckten uns unter das Stroh," etc.

During his schooldays Heine was fascinated by the weird beauty of the maiden whom he calls "das rote Sefchen." The red Josepha was an orphan, living in the house of her uncle, the executioner, who like all others of his guild, stood outside the pale of society and was shunned by respectable folk. The executioner's sister who was noted as a witch, and whose mind teemed with gruesome tales and blood-curdling romances, lived in the same house. The boy applauded himself for despising the cruel prejudices of the world, but during manhood he became aware that his first wooing had "thrown blood-red shadows over his young life and thoughts," and occasioned the lugubrious tone which marked his early poems, notably the *Traumbilder*, haunted as they are by ghastly imagery and the odor of the grave.

The *Memoiren* contain an account of the ambitious plans which Betty Heine cherished for the future of her son, none of which were abandoned without a struggle. As the military calling did not afford prospects sufficiently brilliant after the downfall of Napoleon, and the medical profession, the traditional occupation of the house of Van Geldern, was distasteful to the youth, the career of a merchant-prince was hopefully opened for him.

After some training in a business college, he was taken, in 1815, to Frankfort-on-the-Main in order to serve an apprenticeship as a banker's clerk. There, for the first time, he was made to feel deeply what degradation it was to be a Jew. As he beheld his kinsmen living the life of pariahs in the dingy precincts of the *Judengasse*, suffering under laws and customs against which there was no redress, his proud heart rose in revolt, and henceforth he resented oppression in every form with increasing bitterness. While Heine's faculty of observation received abundant employment at Frankfort, a record of which can be found in the "Rabbi von Bacharach," his mercantile abilities were not developed sufficiently to satisfy his employers, and after two months he returned home to his parents. The latter, persuading themselves that the case was not yet hopeless, sent him to the best of schools, the banking house of his uncle Salomon in Hamburg. The youth was not loath to go, because he dreamed of a closer acquaintance with his cousin, Amalie Heine, whom he had already learned to admire on her visit to the Rhine. But Hamburg was destined to be "the cradle of his woes."

At first he seems to have applied himself diligently to the work before him, for his uncle was pleased, and in 1818 established for him an independent business, under the firm-name, Harry Heine & Co. But the venture proved disastrous in a single year. The business was closed by his uncle, who seeing the utter uselessness of further attempts in the same direction, yielded to the wish of his nephew and consented that he should prepare for the university. But his aid was based upon the condition that Harry should select a "Brotstudium," a course of study which in due time would guarantee his support, and bring financial returns.

No single person had a greater influence on our poet's subsequent career than Salomon Heine. However narrow his uncle's prejudices in regard to literary achievement may have been, however offensive his dictatorial commands and the towering rage which followed acts of disobedience, the poet, at heart, ever admired and loved him. He stood in awe of that vigorous manhood and pasha-like presence, contrasting so strikingly with the fawning weaklings about him, who courted his favor. But Salomon Heine would not consent to a marriage between his nephew and Amalie, his daughter. Whether advances were ever boldly made is not known, but the poet has openly confessed the passionate love which he bore for his cousin. But Amalie Heine was in every way the daughter of her father. She gave but smiles and jests for the sentimental verse addressed to her and was either not able or not willing to understand the poet's melancholy moods and bursts of passion. Amalie Heine inspired what may be called the most widely known of Heine's lyrical poetry, the second and third parts of the "Book of Songs" (*Lyrisches Intermezzo* and *Die Heimkehr*) in which he is unrivaled as the singer of unrequited love.

### UNIVERSITY CAREER, 1819–1825.

With his friend Neunzig, Heine prepared for the university and matriculated at Bonn in 1819, registering with the faculty of law. The young university of the Rhine, which like many other German institutions of learning, had been closed by Napoleon, had been but recently re-opened, and now attracted ever larger bodies of students because of its progressive spirit, and the fame of the professors who had been newly called to fill its chairs. Like the other faculties, that of philosophy, or literature and science, contained also many eminent professors, and Heine was specially drawn to the study of German literature and antiquities. The professors, Ernest Moritz Arndt, the poet of the Freiheitskriege, and August Wilhelm Schlegel, the founder of the Romantic school, in particular, showed good will toward the student Heine. The latter carried his verses to Professor Schlegel, who gave them a careful reading and favored the aspiring poet with acute criticism in regard to metrical construction, upon which he was an authority. In view of this, the unsparing attack which Heine made upon his former teacher, in the *Romantische Schule*, seems an act of ingratitude.

The spirit of the student body at Bonn was one of energy and eagerness for work, and was under the influence of the patriotic sentiment of a united Germany, which followed the national uprising of the years 1813 and 1814, against a foreign yoke.

Among the students at the University with Heine were many who were destined to become famous, as the scientists Liebig, Dieffenbach, Johannes Müller, the poets Karl Simrock and Hoffmann von Fallersleben, and the theologian Hengstenberg. Heine took little or no part in the merry, boisterous side of student life. A large company always made him silent, and he loathed the taste of beer and the smell of tobacco. Yet he was fond of using the foils and frequented the dueling-rooms.

After two semesters at Bonn, Heine, true to the migratory habits of German students, left for another university. The literary impulse which he had received at Bonn had interfered with the progress of his law studies, and he feared that he should incur the displeasure of his uncle. He therefore sought a place best fitted "zum Ochsen" (for *grinding*), and his choice fell upon Göttingen.

The University of Göttingen, the "Georgia Augusta" of 1820, shone by the reflected light of her brilliant past. Though still a favorite seat of learning, attended by about thirteen hundred students, she had passed that period of prominence, when, in the first half of the last century, she as a pioneer took a stand against formalism, and granted to her professors and students the freedom of the press, the liberty of thought and of teaching (*Denk- und Lehrfreiheit*), thereby laying the foundation for a nation of scholars.

Heine was chilled by the dignity, and repelled by the pedantry of Göttingen. He was vexed by the stupid conceit of a class of wealthy noblemen, the Hanoverian *Junker*, who were conspicuously prominent. Though his purpose had been to advance in his law studies, Heine drifted into the more congenial courses of Professors Benecke, Bouterwek, and Sartorius, on German literature, æsthetics and history. In his third semester a disagreeable incident terminated his studies at Göttingen. Being insulted by a fellow-student named Weibel, Heine challenged him to a duel with a pistol, which the university authorities prevented by punishing both offenders. Weibel was imprisoned for a brief period, and Heine was rusticated for six months, beginning with January 23, 1821.

This turn of events was of great moment in the poet's intellectual and literary career, for he repaired to the Prussian capital, and there came in contact with many of the leading men of letters and learning of his day. The University of Berlin had, since its foundation in 1810, appeared as a young giant among its contemporaries, and to Heine law lectures, delivered by the brilliant pupil of Hegel, Eduard Gans, were no longer a source of ennui. He became deeply interested in the history and philosophy of jurisprudence, and, in his second year, began a treatise on constitutional law in the Middle Ages (*Historisches Staatsrecht des germanischen Mittelalters*), which, like much else, he never completed. At the University of Berlin, Heine heard Niebuhr on Roman history, Böckh on classical antiquities, Neander on church history and theology. Von der Hagen in his lectures treated early German literature, Bopp comparative philology, Wolff the literature of Greece, probably giving attention at this time to Aristophanes. But the most enduring influence upon him was that of Hegel, that master-mind of a new epoch in philosophical thought.

The social life which Heine encountered in Berlin was especially attractive. He was a constant visitor at the literary salons which gathered at the home of Varnhagen von Ense and his brilliant wife Rahel (*née* Levin), and at the home of the poetess, Elise von Hohenhausen, who hailed the young poet as the German Byron. Varnhagen, who held an established position as a man of letters, assisted Heine's earlier works to a favorable reception by the public, while Rahel, whom Heine ever regarded as the most admirable woman of her time, aided him with unpublished criticism, and the stimulus of a highly sympathetic and cultured mind. These salons were frequented by the intellectual celebrities who resided in or visited Berlin, and the discussions which were skillfully directed by the hostess, were not confined to literary topics. Heine there became acquainted with Ludwig Robert, Fouqué, Schleiermacher, Chamisso, Hitzig, Wilibald Alexis (Häring), Michael Beer, Bopp, and many others. In a less congenial atmosphere, one of tobacco-smoke and wine, Heine met the boisterous literary companions of the bowl, E. T. A. Hoffmann, Ludwig Devrient and Dietrich Grabbe, who frequented the wine restaurant of Lutter and Wegener. At the university, Heine kept aloof from the student gatherings, but he had the ill fortune to become again involved in a duel, in which he was slightly wounded. From that time on he avoided intercourse with the students altogether.

He became interested furthermore in the work of the "Verein für Kultur und Wissenschaft der Juden," a society established by several of his friends for the maintenance of Jewish traditions and the dissemination of culture among the ignorant Hebrew population of the city. For several months Heine taught history and literature three times weekly in the school of the society. But the organization soon came to an end through the desertion of its leaders, some of whom later entered the Christian church in order to be admitted into the service of the State, among them being Eduard Gans, who was rewarded with a professorship in the University of Berlin.

Heine's friendship for Moses Moser, with whom he became acquainted soon after his arrival in Berlin, through a letter from his uncle Salomon Heine, must be mentioned as among the most intimate and lasting of his life. Moses Moser, a thorough scholar, was likewise a man of affairs and means, in which latter capacity he was called to serve his poet friend quite as frequently as in the matter of learning. Deeply versed in the languages and literatures of the Orient, as well as in the new developments of German philosophy, his scholarship assumed such a wide range beyond his special studies, that as his young friend told him, his broadness stood in the way of independent achievement. He never erected to himself a monument from the abundant material which he had brought from the richest quarries. Yet those who knew well that slight and stooping frame, recognized beneath its modesty an intellectual superiority, which, however, had not chilled the warm and brave heart within.

Heine had already attempted to publish a collection of his poems in Bonn, but met with a rebuff on offering them to Brockhaus of Leipzig. "Goethe fared no better with his first work," he remarked, and he hoped with ease to find a publisher in Berlin. There Varnhagen presented him to Professor Gubitz, editor of the *Gesellschafter*, the leading literary journal of that time in Berlin, and Heine's early poems, the *Traumbilder* and *Freskosonette*, were published first within its pages. Much encouraged by their favorable reception, he made a successful attempt in 1823 to publish his tragedies *Ratcliffe* and *Almansor*. Both are *Schicksalsdramen*, in which an inexorable fate pursues a hero disappointed in love; the scene of the first tragedy is laid in Scotland, that of the second in Spain. Though not entirely without literary merit, and interesting because of their subjectivity, the one was never produced upon the stage and the other was hissed off during its only performance.

In the volume published in 1823, there appeared also a collection of lyrics called *Lyrisches Intermezzo*, because printed between the two dramas. Among them there are some of the most beautiful of Heine's songs: "Im wunderschönen Monat Mai," "Lehn' deine Wang' an meine Wang'," "Auf Flügeln des Gesanges," etc.

> "Auf meiner Herzliebsten Äugelein
>     Mach' ich die schönsten Kanzonen.
> Auf meiner Herzliebsten Mündchen klein
>     Mach' ich die besten Terzinen.
> Auf meiner Herzliebsten Wängelein
>     Mach' ich die herrlichsten Stanzen.
> Und wenn meine Liebste ein Herzchen hätt',
> Ich machte darauf ein hübsches Sonett."

Then there came the news of the betrothal and marriage of Amalie Heine to John Friedländer, a wealthy proprietor from Königsberg.

> "Und wüssten's die Blumen, die kleinen,
>     Wie tief verwundet mein Herz,
>     Sie würden mit mir weinen,
>     Zu heilen meinen Schmerz."

The thought that she had yielded, in the absence of her lover, to importunate demands of her parents, somewhat consoled the poet, whose vanity flattered him with the belief that she was unhappy, though this was not consistent with the truth.

> "Ja du bist elend, und ich grolle nicht,
>     Mein Lieb, wir sollen beide elend sein."

Again the poet breaks forth in bitter reproaches,

> "Wenn ich ein Gimpel wäre,
>     So flög' ich gleich an dein Herz;
>     Du bist ja hold den Gimpeln,
>     Und heilest Gimpelschmerz."

> . . . . . . . . . .

> "Vergiftet sind meine Lieder
>     Wie könnt' es anders sein?
>     Du hast mir ja Gift gegossen,
>     Ins blühende Leben hinein."

The melancholy note reappears in immortal lyrics such as those beginning: "Aus meinen grossen Schmerzen, Mach' ich die kleinen Lieder," "Ein Fichtenbaum steht einsam," "Wenn zwei von einander scheiden," "Ein Jüngling liebt ein Mädchen, Die hat einen andern erwählt."

Finally the poet buries his sorrow and his love:

> "Die alten, bösen Lieder,
>     Die Träume schlimm und arg,
>     Die lasst uns jetzt begraben,
>     Holt einen grossen Sarg.

> Wisst ihr, warum der Sarg wohl
>   So gross und schwer mag sein?
> Ich legt' auch meine Liebe
>   Und meinen Schmerz hinein."

The poet's unconquerable sorrow and his occasional periods of failing health kept his cup of happiness in Berlin from overflowing. In May, 1823, he decided to visit his parents for an interval of rest, who, after their financial reverses, had settled in Lüneburg in order to be able to live upon their meagre income and the assistance which they received from Salomon Heine. Lonely, isolated Lüneburg, "the city of ennui," was a sorry exchange for all that the poet had left in the Prussian capital. Although his Berlin friends sought to cheer him with their letters, and though Moses Moser kept him supplied with new books and periodicals, nothing could dispel the gloom that settled upon his spirit. His health, which he had hoped would improve, grew worse during his prolonged stay in Lüneburg, until he himself became alarmed. He resolved to appeal once more to his uncle Salomon, and to take counsel with him as to his future. He had formed a plan to betake himself to Paris and begin a career in journalism or politics. Heine accordingly set out for Hamburg, that fateful city to him, but he was unable to see his busy uncle for more than a few moments, as the latter was about to leave the city. His uncle advised him to continue his law studies, promising to give to him 400 thalers annually for that purpose, and handed to him ten *louis d'or* with which to recover his health at Cuxhaven.

The sea was a new sight to him, and made a lasting impression upon his mind. The nervous headaches disappeared under the wholesome influence of sea air and baths, a cure which he remembered and repeated frequently in later years in order to rid himself from his chronic malady. Returning he tarried for three weeks at Ottensen, the country residence of his uncle, and there met his cousin Therese, who seemed but a child four years ago, but now had suddenly blossomed into womanhood. She was destined to displace her sister in the poet's affections, and he now gladly gave up his plan of going to Paris.

> "Jetzt bleib' ich, wo deine Augen leuchten
>   In ihrer süssen, klugen Pracht;
> Dass ich noch einmal würde lieben,
>   Ich hätt' es nimmermehr gedacht."

After several months of literary work and a vigorous study of law in Lüneburg, Heine entered once more the Georgia Augusta, in Göttingen, matriculating in January, 1824. There he devoted himself faithfully to Roman law, yielding not a little however to the temptation of favorite studies. Such were, for instance, his extensive reading of Jewish history, in preparation for his historical novel, the *Rabbi von Bacharach*. Twice he left Göttingen on vacations. During the Easter holidays he revisited Berlin, reviving old friendships and enjoying the increase in reputation which the poems of the *Heimkehr*, published in the *Gesellschafter*, had brought to him, and finally spending some time with Karl Immermann (*seinem hohen Mitstrebenden*), the poet and novelist, whom Heine admired most of all his contemporaries.

In the fall of the same year, 1824, he made a journey afoot through the Harz mountains, which became memorable through his vivid and poetical description, called *die Harzreise*, published in the *Reisebilder*, 1826. This jaunt ended with a pilgrimage to Weimar, where the poet hoped to meet the great Goethe face to face. Heine had sent to the prince of poets copies of his own works as they appeared, and now in a letter humbly asked permission to kiss the great master's hands and depart again in peace ; yet in the same letter, beneath the mantle of modesty there lurked a certain self-consciousness in the phrase : " Ich bin auch ein Poet." Heine records in a later work, how, overawed by the majesty of Goethe's presence, all the fine speeches which he had committed, were suddenly swept from his memory, leaving his mind a blank. The commonplace remark dropped from his lips : "The plums on the road between Jena and Weimar are very good " ; and Goethe smiled.

Though apparently well received, the meeting with the "Altmeister" seems not to have satisfied the young poet. For a long time he would not describe to his friends what his impressions had been, while making no attempt to conceal the fact of his visit. Goethe noted the occurrence in his journal with three words, "Heine von Göttingen," under date of October 2, 1824.[1]

Many months after this, Heine wrote to his friend Moser, that he had seen but the barren walls, within which a great mind had once resided. The interview closed in the following way : Goethe having inquired what present literary plans his visitor had in hand, the latter replied truthfully, " I am working on a *Faust*." Goethe evidently placed him at once in the category of those pretentious young aspirants, who boldly ventured to preëmpt the ground which he himself had laboriously plodded over for a lifetime. Goethe inquired briefly : " Have you any other business in Weimar?" whereupon the young man rejoined : " As soon as my footsteps cross your Excellency's threshold, all my business in Weimar will be ended," and took his leave.

The calm indifference with which Goethe viewed political events was shocking to the young generation of writers, who as patriots entered the struggle with pen and sword. Heine was not lacking in discrimination, however, and the eulogistic mention of Goethe throughout his works, is surpassed only by the ardor with which he worships Napoleon.

Before taking his examination at Göttingen, Heine decided upon a long contemplated step, which indeed was inevitable, if he desired to be enrolled as an advocate in the service of a German State. He entered the Christian church, being baptized in June, 1825, and adopting the name Christian Johann

---

[1] Goethe's *Werke*, Weimar ed., III. Abt., *Tagebücher*, Bd. 9, p. 277.

Heinrich Heine. The example of many successful men was before him, and in order that he might not be misunderstood by his people, he declared openly that the act had been forced upon him through outward necessity, by the hope of promoting his future career. Nevertheless he soon found that his con- version brought no advancement but that, on the one hand, he was mistrusted as a renegade, and on the other he had not been able to remove the stigma of his birth. He had put a power- ful weapon into the hands of his enemies, and this remained one of the greatest regrets of his life.

Heine's promotion to the doctor's degree took place on July 20, 1825. Professor Hugo, the principal examiner, took occa- sion to compare the candidate with the illustrious Goethe, who was likewise a better poet than jurist, excusing thereby the com- paratively low rank which Heine received at his examination. Mindful of the toilsome requirements for the degree, the poet always placed much value on his title of Doctor of Laws. He spoke only half in jest, when, in an autobiographical sketch, written for the *Revue de Paris* in 1835, he said: "Call me a hangman's son, a highway-robber, an atheist or a doggerel poet — I laugh at it; but to see my doctorate questioned rends my heart."

LITERARY AND JOURNALISTIC WORK. TRAVELS. 1825-31.

Salomon Heine was much pleased when his nephew succeeded in taking his degree, and stopped over in Göttingen in order to visit him, and supplied him with the means of taking a long rest at the seaside before beginning the practice of the law in the city of Hamburg. This vacation, passed on the island of Nor- derney in the North Sea, was an occasion of much happiness. His mode of intelligent idling is pictured in the sketch *Norder- ney*, a part of the *Reisebilder*. The poetical fruits were em- bodied in the cycle of poems called, *Die Nordseebilder*, the most daring in form, brilliant in coloring, and original in conception of all of Heine's poems, which, moreover, distinguish him pre-eminently as the German poet of the sea.

When established in Hamburg, Heine devoted himself still to literature, and his law practice did not prove a success. His dream of a settled life was not realized. Therese Heine was prevented from becoming his wife through the determined opposition of her parents, who had been cautioned against him by intriguing relatives, notably by the sons-in-law of Salomon Heine. The latter was much puzzled about his nephew, and remarked resentfully; "If Harry had only exhibited ordinary cleverness, he would never have needed to resort to writing books for a living."

But to facilitate the making of books, it had been Harry's fortune to become acquainted in Hamburg with Julius Campe, an alert and fearless publisher, who recognized the poet's literary powers at their true worth, though, as a shrewd man of business, he rewarded them upon a different basis of valuation. In May, 1826, Campe published Heine's *Reisebilder I*, comprising the *Harzreise*, the *Heimkehr* and other poems, and the first cycle of the *Nordseebilder*. This was succeeded in the following year by a second volume of *Reisebilder*, containing the prose description of *Norderney* (which he had revisited); the sketch, mainly autobiographical, *Ideen. Das Buch le Grand*; some of the *Briefe aus Berlin*; and finally, the second cycle of the *Nordseebilder*.

The author did not stay to await the effect of his publications, but satisfied a long-cherished desire to visit England. He wished to study the public and political life of the country, and indeed found much to admire, notably in the statesmanship of George Canning. But in the rush and bustle of London life his heart grew homesick for his snug, peaceful and dreamy father-land — "Send a philosopher to London," he exclaims, "but on your life not a poet!" Heine's *Englische Fragmente* contain much harsh criticism which, at a later day, the author would gladly have retracted in view of the fairness with which Englishmen were disposed to judge him. An anonymous writer says: "Heine's ridicule of English awkwardness is as merciless as English ridicule of German awkwardness." Matthew Arnold in the poem, *Heine's Grave*, writes: —

> "I chide thee not, that thy sharp
> Upbraidings often assail'd
> England, my country, for we
> . . . . . . . . .
> Echo the blame of her foes.
> We too say that she now —
> . . . . . . . . . .
> Stupidly travels her round
> Of mechanic business, and lets
> Slow die out of her life
> Glory, and genius, and joy."

Returning by way of Holland, his reception by his uncle in Hamburg could not have been cordial, owing to a very characteristic circumstance. To defray the expenses of the journey, Heine used the small sum received from Campe, in addition to a very liberal allowance of four hundred pounds sterling from his uncle. The latter sum was given in the form of a letter of credit addressed to the banking house of Rothschild in London, but there had been an understanding that Heine should not use the entire sum, except in case of urgent necessity. The poet, however, thought fit to deprive his uncle of an opportunity to reconsider his generous purpose, and drew the whole amount at once, as soon as he arrived in London. The large sum was hardly more than adequate to pay his old debts honestly, and to enable him to live as he did with princely comfort. He took the precaution, however, to send eight hundred thalers to his friend Moser in Berlin for safe keeping. When he had incurred his uncle's wrath, Heine was not always penitent, and even startled the banker with his arrogant replies, in which he boldly placed the achievements of the poet above those of the capitalist. "Did you expect, dear uncle, to have a famous nephew, without paying for the honor?" or "The best thing about you, uncle, is the fact that you bear my name." Such were the excuses which the prodigal would offer in answer to the rage of his kinsman.

The *Reisebilder* had produced a remarkable impression in Germany. There was a strange fascination in this mingling of prose and poetry, humor and pathos, picturesque description, vivid portraiture, flights of fancy, and caustic reflections on the existing order of things. Readers were reminded of Jean Paul and of Laurence Sterne, yet the style of Heine was his own, and his wit flowed from an original source. The reception of the *Nordseebilder*, which the poet had awaited with fear and trembling because of their novelty of form, was likewise very favorable. But the tone of license in discussing political and religious questions which prevailed in the latter parts of the *Reisebilder*, caused their prohibition in Prussia and the North German States. This only served, however, to increase the sale of the author's books and to add to his fame. He was now assured of a large audience eager for all that he might write and curious to see how far his audacity might extend.

But he himself was troubled as to what course to take next. All hopes of state employment in Prussia were now at an end, and he thought again of France. Journalism seemed the profession best adapted to maintain the struggle for political emancipation, and to make good his claim to be a "champion of the Holy Ghost" (*Ritter von dem heiligen Geist*). Through the kind offices of Varnhagen, a call to South Germany came to relieve him in this predicament. Baron von Cotta, the publisher of Germany's classical poets, offered to him the co-editorship of the *Neue Allegemeine Politische Annalen*, which was gladly accepted, the poet entering upon his duties in Munich toward the close of November, 1827.

His position in the Bavarian capital offered brilliant prospects for the future. King Ludwig I, a progressive and liberal-minded monarch, who had ascended the throne but two years before, was shaking his country out of its stupor, instituting reforms, and rapidly transforming Munich into a modern city of great beauty, for which purpose he had gathered together in his capital some of the foremost artists of his time, such as Cornelius and Klenze. In 1826, he removed the university, which had been located at Landshut, to Munich, supplied it with ample funds and called scholars of great ability to occupy its chairs. Some of them were men noted for their liberal views, and this awakened in Heine the hope of an academic appointment. He cultivated the acquaintance of people in high station and the articles which he wrote in his political journal were subdued to a tone less radical and more tolerant of princes, for he knew that the king frequently read the *Politische Annalen*. Heine asked Cotta to send a copy of his *Reisebilder* and of his *Buch der Lieder* to the king, and did not fail to drop the hint, that the king might wisely measure the value of a sword by the keenness of its edge, rather than by the good or bad use to which it had been put in the past. The support of the Minister von Schenk made an appointment of Heine to a professorship of German literature in the University of Munich highly probable, and believing himself assured of it, the poet resolved to make a tour through Italy as soon as his contract for six months was ended. The repeated efforts of Cotta to place the *Annalen* on a firmer foundation with Heine as editor, pledged to furnish more numerous contributions, were thwarted by the poet's refusal to bind himself in any way for a fixed period.

The severity of the Munich climate and his consequent bad health may have hastened his decision, and perhaps also a disappointment which had occurred a short time before. That was the announcement that Dr. Halle, a Hamburg lawyer, had won the hand and heart of Therese Heine, whom the poet had thought he could call his own, believing that he needed only the consent of her parents, which his cousin could gain during his absence. His verses were brought home to him forcibly:

> "Wer zum ersten Male liebt,
> Sei's auch glücklos, ist ein Gott;
> Aber wer zum zweiten Male
> Glücklos liebt, der ist ein Narr.
>
> Ich, ein solcher Narr, ich liebe
> Wieder ohne Gegenliebe!
> Sonne, Mond und Sterne lachen,
> Und ich lache mit — und sterbe."

But the sorrow of the mature poet finds expression in a manner different from that of the young lover. He is no longer a prey to brooding melancholy ; he no more takes unceasing delight in ever opening afresh his healing wounds, but his heart expands in sympathy for the miseries of the whole world, his pain becomes "Weltschmerz," while his vexation assumes Protean forms of mockery, or hurls poisoned shafts of wit.

Heine's journey to Italy was not an epoch in the development of his art, as was a similar period in Goethe's career. His style had been formed on different models from the standards now about him, nor was his interest in the classic past as keen as his sympathy for the living present. In his book, *Italien,* Heine describes his journey as it was made, from Munich by way of Innsbruck to Trient, thence to Verona and Milan, over the battlefield of Marengo to Genoa, and finally by way of Leghorn to the Baths of Lucca. The "Italian Sketches" do not differ in character from the earlier "Pictures of Travel," save for their increased boldness in the cause of human liberty, and greater recklessness in their violation of what conventionally seemed sacred and unassailable.

On his return northward Heine remained seven weeks in Florence, where he expected to be notified of his appointment to the Munich professorship. But in vain did he write and write again to influential friends, the call which was to bring him a settled position in the world did not come. Added to this anxiety, an inexplicable longing for his father suddenly overcame him. He determined to return to Germany at once and, stopping in Venice on his way, he received the news that his father had fallen seriously ill. On reaching Würzburg, Heine learned of his death on December 2, 1828. This greater loss overcame his sense of disappointment at his failure to obtain the Munich professorship, — a failure due probably to clerical influence which was brought to bear against him at the Bavarian court.

Fearing that his mother might be in a critical condition, Heine hastened to Hamburg to comfort her, and settled down later in Potsdam for a quiet life of study and literary work. This was in January, 1829. The year which had just closed would have been the happiest of his life, but for its terrible close. The poet now busied himself in putting together his Italian sketches and comments, to make up another book, which was ready for publication in the autumn of the same year, and which was called *Reisebilder III*. A storm of indignation arose because of his cruel attack on the German poet Platen, which is contained in the *Bäder von Lucca*. Few pieces of satire exist in literature where the victim is so mercilessly treated. Count von Platen had taken offense at some epigrams directed against him, which had appeared in Heine's *Reisebilder II*, but which were actually written by Immermann. In return Platen undertook to hold up both poets to ridicule in his satirical play, *Der roman-tische Ödipus*. The attack might have passed unnoticed had not Platen used the most ignoble of weapons, branding Heine as "ein getaufter Jude," an epithet implying, still a Jew though baptized. Had Platen dashed vitriol into the face of his enemy, the effect could not have been more painful. On the point of his apostasy Heine was excessively sensitive ; he had suffered to the limit of endurance from self-reproach and from attacks to which he could not reply ; he now made an example of his tormentor by opening upon him the floodgates of his wrath.

The grotesque picture of the Hebrew upstart "Gumpelino" and his servant "Hirsch Hyacinth," in the *Bäder von Lucca*, though one of the best caricatures from Heine's pen, was largely misunderstood by his Jewish friends, who saw in it a satire on their own race. On the whole the *Reisebilder III* did not benefit Heine's literary reputation, and he lived to regret his savage diatribe against Platen.

In the summer of 1830 Heine visited Helgoland for his health, and while there received joyfully the news of the July Revolution in Paris. He believed with many other enthusiasts that the spirit of liberty would now extend over the whole of Europe and he did not hesitate to speak in prophetic language. He appeared to be in the ranks of the liberals in his *Introduction* to the pamphlet, *Kahldorf über den Adel* (The Opinion of Barren-Village concerning the Nobility).

The discontent of liberal minds with German politics dated from the time of the downfall of Napoleon. In order to gain the support of their people against foreign oppression, German princes had been compelled to make promises of more liberal government. The people drove out the French, but the pledges of constitutional government were not kept. Instead of that the Holy Alliance was founded in 1815, comprising Russia, Austria and Prussia, theoretically an intimate union on the basis of morality and religion, but practically an alliance for the protection of absolute monarchy. The all-powerful Prince Metternich, Chancellor of Austria, remained the soul of the conservative reactionary policy throughout Europe from the Congress of Vienna in 1815, until the Revolution of 1848. The disturbances of this eventful year throughout Europe (1848), forced German sovereigns to adopt constitutional forms of government in which the people were to some extent represented. The dream of German unity was not realized, however, for another score of years. Prussia took the first successful step in that direction in 1833 by the establishment of the German Customs Union (*Zollverein*), but it was not until Austria, her strong rival for supremacy, was cast out from the German confederacy by the war of 1866, that the foundation of the German Empire became possible in 1871, with Prussia as its head.

## HEINE IN PARIS, 1831–56.

Heine soon found that the effect of the revolution of 1830 was by no means such as the German liberals had predicted. The curtains of the royal couch had caught fire, the poet said, and produced a good scare, but the flame had been quickly and completely extinguished. The ground becoming treacherous under his feet, Heine now carried out the long-cherished desire of settling in Paris, and arrived there on May 3, 1831. Many years later (in his *Confessions*, 1853–4) he wittily remarks upon his departure from Germany as follows : —

"About the time of the July revolution, I had become weary of the world and found my native air quite unwholesome. Moreover, an acquaintance of mine, an old Berlin Justizrat, who had spent many years in the fortress of Spandau, told me how unpleasant it was to wear irons in winter. I thought it very inhuman that those chains were not warmed and perfumed with essence of rose and laurel. I asked the Justizrat whether he had often received oysters to eat at Spandau, and he replied, that the distance from the sea was too great, that even meat was rare at Spandau, while there existed no kind of fowl save flies, who had a foul habit of falling into the soup. Having no taste for such delectable entertainment, I prepared to go to Paris, where a commercial traveler assured me the populace did little else than drink champagne and sing the Marseillaise."

The poet was in need of relaxation, and this he found among the gay-spirited Parisians. He was much impressed by the urbanity of the men, and the grace of the women ; he was no longer jostled by surging crowds, nor did he meet curses *à la Londres* or *à la Berlin.* During the first months he visited museums, galleries and theatres, and explored the city itself. In a short time his health was completely restored ; he had an allowance of four thousand francs annually from Salomon Heine, and friends in great numbers, for he had come well equipped with letters. Among his numerous acquaintances were the financiers Rothschild, the musicians Rossini, Mendelssohn, Meyerbeer, the literary celebrities Balzac, Victor Hugo, George Sand, Théophile Gautier, Michelet, Dumas, Saint-Beuve, Alfred de Musset, Victor Bohain, Gérard de Nerval, Ludwig Börne. Well could he write to a friend at home : " If any one asks how I am, say : ' Like a fish in the water,' or rather, tell the people that when a fish in the sea asks another how he is, he replies : ' I feel like Heine in Paris.' "

Heine conceived the plan of uniting his fatherland and the country of his adoption in a closer bond of sympathy by a better understanding on either side of the other's intellectual achievements. With this purpose in view, he wrote a series of letters in 1831–32 for Cotta's *Augsburger Allgemeine-Zeitung,* which were collected later under the title *Französische Zustände,* and presented an excellent report on present history and current topics in Paris, as well as a number of portraits of historical personages. In 1834, he published in French his essay *Zur Geschichte der Religion und Philosophie,* in which he attempts to explain to the French nation the meaning of the great intellectual movement in Germany. He traces in bold and clear outlines the history of German thought from Luther, through Kant, Fichte, and Schelling to Hegel. In a larger work, *Die Romantische Schule,* he becomes an historian of literature, describing for the French people the purposes of the German Romanticists, at the same time throwing a glaring light on the failures of the school. Heine's criticism is never unbiased, his clear and forcible illustrations tend to overstate his point of view, or impress it too deeply. He lacks the restraint and calm judgment of the true historian. The two last named of Heine's works were published both in French [1] and German, but did not meet with the success which they merited. In France, German writers and affairs were too little understood to render Heine's wit altogether intelligible, and in Germany the book appeared in a mutilated condition to avoid being prohibited entirely by the censors of the press.

Another series of writings from Heine's pen appeared under the collective title, *Der Salon*. The name *Salon* was given in Paris to exhibitions of the paintings of living artists taking place periodically in the great hall of the Louvre. Heine's adoption of this title was especially appropriate, because he also exhibited in these publications a great variety of pen-pictures, portraits and fragmentary sketches, not connected in subject or necessarily in time of production, some of them masterpieces, others of indifferent merit. The *Salon* was to be a pendant to the *Reisebilder*, and four volumes appeared, the last one in 1840. Of the prose works included and not already mentioned there were: *Französische Maler*, containing some admirable characterizations of French painters, and their works exhibited in the Paris exhibition of 1831 and 1833 (*Nachtrag*); *Aus den Memoiren des Schnabelewopski*, furnishing some autobiographical material which was totally lacking in filial reserve, and notable for its caustic satire on Hamburg the " city of Banco." The *Salon* contains furthermore the chatty narrative *Florentinische Nächte*, with its wonderful reproduction. in words of the music from Paganini's violin ; the *Elementargeister*, exhibiting the spooks and fiends of the North, who in the poet's fancy are metamorphosed deities of Greece (*Cf. Die Götter im Exil* ) ; and finally *Über die Fran-*

---

[1] Heine employed a number of skillful translators to assist him in preparing the French editions of his works.

*zösische Bühne*, written originally for Lewald's *Theaterzeitung*. *Shakspeares Mädchen und Frauen*, a work of little importance, appeared in 1838, as a commentary to the German edition of a Shakespeare portrait gallery, the work of French artists.

In December 1835, a heavy blow was dealt to Heine's authorship by an interdict of the German Parliament prohibiting the circulation in Germany and Austria, of all his works already or yet to be published. He was grouped with a number of young writers called "*das junge Deutschland*," all of whom were subjected to the same interdict because of their revolutionary attitude toward politics, religion and social institutions. Gutzkow, whose licentious novel *Wally* had provoked the action of the parliament, received an additional punishment of several months' imprisonment. The leader in the attack against "Young Germany" was Wolfgang Menzel, once a friend of Gutzkow and Heine, but who had now divergent interests of his own.

Heine wrote an appeal to the "Hohe Bundesversammlung" in January, 1836, in which he claims to have been condemned without being heard in his defense. He asks for a safe-conduct and hearing, or for the repeal of the decree. The tone of his petition is respectful, yet an ironical submissiveness can be read between the lines. It was published in French and German newspapers and did appreciable service in turning public sentiment against the severe measures of the Bundestag. The decree against "das junge Deutschland" was soon repealed and the publication of their works allowed, provided they received the "imprimatur," or approval of the press-censor.

A long period of hostilities with his literary and political enemies, who seemed to increase in numbers like the heads of the hydra, now began for Heine. The struggle was somewhat unequal, because he could be abused at will in Germany, while the publication of his defense was not permitted. Nevertheless the terrible blows which he dealt in return reached the public in due time. Among them was the revenge he took for past injuries upon Wolfgang Menzel, in a satire *Über den Denunzianten*. Heine followed the attack of his pen with a challenge to a duel, which was not accepted and gave him an additional weapon against Menzel, viz., the charge of personal cowardice.

Heine had incurred the displeasure of the Suabian school of poets because of the lukewarm praise meted out to their leader Ludwig Uhland in the *Romantische Schule*. The author of the *Buch der Lieder* alludes to their attacks in his satirical poem *Atta Troll*, which was mainly directed, however, against the "Tendenz-Poesie" in vogue at the time, written in the service of political propagandism. *Atta Troll*, the writer says, "was begun late in the fall of 1841, when a motley band of my foes were leagued against me. There was so great an *émeute*, that I never should have believed Germany could produce so many rotten apples as were at that time hurled at my head." Atta Troll, the hero of the poem, is a dancing bear, who escaped from his master, and, finding refuge in the classical valley of Roncesvalles, there gives vent to his dissatisfaction with the world. Heine himself was inclined to overrate the merits of the poem, which he calls the swan song of Romantic poetry.

While in Paris our poet kept aloof from the large body of German political exiles, who finding there a safe harbor, kept aglow the embers of revolt by fraternizing and speechmaking. Foremost among the so-called patriots was Ludwig Börne, a man of sterling character, an able politician and wit, whose pen was feared by princes at a time when Heine was but an apprentice in Frankfort. Being now similarly occupied as newspaper correspondents in Paris, mutual admiration for work done in the cause of humanity and liberty at first drew the two men together, but marked divergence in their characters and aims soon caused their drifting apart, and later distance brought on hostility. Heine refused to have a share in all organized schemes of revolutionary agitation, he loved the idea of democracy, but loathed the company of the *demos*. In his own words: "Börne prob-

ably speaks metaphorically when he affirms: 'If ever a king
should grasp my hand, I should hold it in the fire to cleanse it,'
but I mean to be interpreted literally when I say: 'If the people
were to shake my hand, I should clean it afterwards by
washing.'"

In his *Briefe aus Paris* Börne openly charges Heine with
political apostasy, with being in the pay of aristocrats, with the
vice of sacrificing any ideal for the sake of a cynical jest. Heine
made no reply, but was sorely tempted when some of the German
liberals added slanders concerning his life in Paris. The increasing fame of Börne after his death in 1837, finally induced
Heine to write a memoir, with the purpose of exposing the
author of the *Grabrede über Jean Paul* to a view less eulogistic
and more true to nature. *H. Heine über Ludwig Börne*, the
title which the publisher Campe gave to the work, proved to be
a venomous satire, and brought down upon its author the just
indignation of all Germany. While pretending to proceed from
purely disinterested motives, Heine resorted to the gravest personal charges against the private life of his former companion-
at-arms, and likewise attacked the character of Madame Wohl,
to whom Börne's "Letters from Paris" were addressed. The
husband (after Börne's death) of Madame Wohl, Herr Strauss,
"die Blüte des Frankfurter Ghettos," defended her in a newspaper crusade stirred up against Heine and also fought a duel
with the·poet in which the latter was wounded. Heine soon
deeply regretted what he had done; he made public retraction
and excluded from succeeding editions his infamous charges
against Börne and Madame Wohl, but he was never able to
make good the injury to the accused, or wipe out the stain upon
his own reputation.

Before engaging in the duel with Herr Strauss, Heine, wishing
in case of accident to legalize her succession to his property, was
united in marriage to Mathilde Crescence Mirat, with whom he
had lived for a number of years in Paris. He had been capti-

vated by her youth and beauty, though repelled frequently by
her waywardness and unquenchable spirits. She was a Parisian
shop-girl of no education, raised to the dignity of wife to a
poet, whose works she never read nor whose language she
understood. She knew, notwithstanding, the secret of holding
the affections of her perverse yet adorable " Henri," whose faithful nurse she became in the later trying years of his perpetual
suffering.

About the time when the decree of the parliament limited the
circulation of Heine's works, some additional losses reduced him
to great financial distress. He had endorsed for a friend to the
extent of several thousand francs, and when he notified his uncle
of his trouble, the latter had no sympathy for calamities brought
on by such unbusinesslike proceedings. All communication between uncle and nephew was cut off for several years until Maximilian Heine persuaded his brother to write a conciliatory letter [1]
which, however, had no immediate effect. Meanwhile the poet's
misfortunes became known throughout Germany, and a subscrip-
tion for his benefit was suggested but not undertaken. In this
extremity Heine availed himself of an annual pension secretly
bestowed by the French government upon needy poets and
exiles from foreign lands, "who had compromised themselves
in the cause of liberty." The pension, amounting to four hundred francs monthly, was paid until the abdication of Louis-
Philippe in 1848. The acceptance of the money brought no
obligations or restrictions, yet it is a matter of regret that the
poet felt obliged to resort to it. The facts about the secret
funds and the names of the beneficiaries were published upon
the change of government, and the enemies of Heine seemed
justified in declaring him a foreign spy and double-dealer. The
poet was compelled to make an explanation in regard to the so-
called corruptions practiced by the ministry of Guizot,[2] in which

[1] Printed in the text, letter dated September 1, 1837.
[2] Found in *Lutetia*, II. Teil: *Retrospektive Aufklärung*, 1854. Printed
in part in the text; see pp. 215–16.

he shows also that he never bartered his German birthright in order to become a naturalized citizen of France.

In the years 1840–43 Heine wrote a series of articles for the *Allgemeine Zeitung* which were collected later under the title *Lutetia*, the Roman name of Paris. They are for the most part papers on the contemporary politics of France, and their permanent historical value is only enhanced by a tone of reserve not exhibited in the earlier series, which is attributed generally to the reception by the poet of a pension from the French government. It ought to be remembered, however, that articles appearing in the *Allgemeine Zeitung* at this time were never derogatory to the government of Louis-Philippe, because the German press-censor in charge had been decorated with the order of the Legion of Honor by the shrewd French king. The subtitle, *Über Politik, Kunst und Volksleben*, explains the subject matter of the volume which is enriched, besides, by portraits of historical, literary and musical people, such as Guizot, Thiers, Louis-Philippe, Victor Hugo, George Sand, Meyerbeer, Liszt, Chopin and many others eminent in that time. Heine's observations are by no means entirely eulogistic ; he is shocked by the moral nihilism of the French populace, foresees terrors to France in the gathering strength of the Paris commune, and warns the gay Gallic race against picking a frivolous quarrel with their vigorous, warlike neighbor, Prussia.

In 1843–44 Heine twice visited Hamburg, his objects being threefold. In the first place he wished to see again his beloved mother, who was now seventy-two years of age.

> "Die Mutter liegt mir stets im Sinn,
> Zwölf lange Jahre flossen hin,
> Zwölf lange Jahre sind verflossen,
> Seit ich sie nicht ans Herz geschlossen."

In the second place he wished to secure an income for his wife, and he therefore attempted to persuade his uncle to transfer to her after the poet's death, the annual pension of 4800 francs which had been sent to him in Paris since 1838. His third object was to make a settlement with Campe, which resulted in the sale of the right of publication in unlimited editions of all of Heine's previously published works, in consideration of an annual income of 2400 francs, which, upon the author's death, was to be paid to his wife during her lifetime. This contract recalls another which Heine made with Campe, by which he sacrificed all rights to his works during a period of eleven years, for the moderate sum of 20,000 francs. His wife Mathilde accompanied the poet on his second visit to Hamburg, but not being familiar with the language or the customs of the land, she was glad to be allowed to return before her husband. The affectionate letters that he wrote to her during their separation give evidence of the happiness of his married life.

A literary result of this journey was the poem *Deutschland, ein Wintermärchen*, being a companion piece to *Atta Troll, ein Sommernachtstraum*. In a light vein he satirizes the political and literary conditions of Germany. A characteristic incident is the examination of his luggage by the customs officers as he crosses the Prussian border.

> "Ihr Thoren, die ihr im Koffer sucht!
> Hier werdet ihr nichts entdecken!
> Die Konterbande, die mit mir reist,
> Die hab' ich im Kopfe stecken.
>
> Hier hab' ich Spitzen, die feiner sind
> Als die von Brüssel und Mecheln,
> Und pack' ich einst meine Spitzen aus,
> Sie werden euch sticheln und hecheln.
>
> Und viele Bücher trag' ich im Kopf:
> Ich darf es euch versichern,
> Mein Kopf ist ein zwitscherndes Vogelnest
> Von konfiszierlichen Büchern."

### THE LAST YEAR.

Hardly had the poet returned to Paris, when he received the news of the death of Salomon Heine. It was found that he had bequeathed to Heinrich Heine and to each of his brothers, a legacy of 8000 marks, but had omitted to state that the poet's annuity of 4800 francs was to be continued. Karl, the son and principal heir of Salomon Heine, refused obstinately to recognize the validity of a claim based merely upon an uncertain promise. The ingratitude of his cousin Karl, whom he had once nursed during an attack of the cholera, at the risk of his own life, affected the irritable poet to such an extent as to bring on a stroke of paralysis. This happened in January, 1845. His eyesight, which had for some years caused him trouble, suffered most upon the first attack. His left eye was closed and a dim vision was restored to the other only by the skill of his physician. From this time on, he was physically a wreck. Sympathetic friends like Meyerbeer, Ferdinand Lassalle, Detmold, Fürst Pückler, Alexander von Humboldt, Varnhagen and others, pressed strongly the invalid's claim for his annuity out of Salomon Heine's estate, by means of expostulations in the newspapers, and threats of bringing the matter into court. But the hard-hearted heir was not moved until the illness of Heine had taken a very serious turn, and reports of his death had circulated in the German journals. Then, on a visit to Paris in 1847, seeing the helpless condition of the poet, he renewed the annual income and promised to continue the payment of one half of it to Mathilde Heine, after her husband's death. But a promise was exacted in return, viz., that the poet should never publish anything which could possibly be construed as reflecting upon the character of Karl Heine and his family.

But this tardy aid could not restore the poet's health. The disease of the spinal narrow from which he suffered, made slow but constant progress and confined him to his bed for the rest of his life. Entombed in his mattress-grave, "die Matratzengruft," as he calls it in grim self-mockery, his mind nevertheless preserved its freshness and vigor, as the numerous visitors to his bedside have testified. Further proof is found in the literary works published during those last years. Among these were numerous occasional poems, and notably his *Romancero*, of which twenty thousand copies were sold within five months. This collection of poems is divided into three books, *Histories*, *Lamentations*, and the *Hebrew Melodies*, the last containing parts such as *Jehuda ben Halevy* which can take rank with the best of Heine's poetical work. Many early and late prose works were collected in his *Vermischte Schriften*, including the libretto of a ballet called *Faust*, written for the director of a London theatre. As late as in 1854, two years before his death, in spite of increased suffering, Heine was industriously engaged upon literary work, his *Confessions* (*Geständnisse*) and his *Memoirs* (*Memoiren*); the latter remained in the possession of his relatives but were not published until long after his death and showed signs of expurgation.

It was in May, 1848, when Heine for the last time enjoyed a walk on the boulevards of Paris. That was a year of tumultuous street-scenes, and happening to get entangled in a noisy throng, the poet dragged himself out with difficulty and fled for safety to the Louvre. There he stood suddenly face to face with the Venus of Milo, and he sank down on a seat opposite, while hot and bitter tears flowed down his cheeks. He felt an appropriateness in being guided, on his last day, to the goddess of beauty, whom he had worshipped all his life.

A new friend in the autumn of 1855, his "schöner Todesengel" appeared to brighten the close of the poet's life. This angel of death volunteered to act as the poet's reader and literary assistant, and is known to literature as Camille Selden.[1]

[1] Author of *Les derniers jours de Henri Heine.* Paris, 1884. 8vo. Par Camille Selden.

Of German origin, she was a young lady of considerable intellectual attainments, proficient in the French and English languages, while the natural flow of her German struck the homesick ears of the poet like the sweet murmur of a brook in the Fatherland. In the notes and verses addressed to her, she is given the pet name, "la Mouche," because the seal which she used for her letters bore the impress of a fly. How pathetic are the appeals for her instant coming; "Meine gute, reizende, holde Mouche, komm und sumse mir um die Nase mit deinen kleinen Flügeln!", and how terrible the short messages by which he must deny himself the comfort of her presence, because of the intensity of his physical suffering.

His principal nurse during the eight years of his slow decline was his wife, and the poet showed his appreciation of her devotion to him by the carefulness with which he provided a safe income for her after his death. The end, which he would have welcomed long before, came on a Sunday morning, February 17, 1856. The burial took place in Montmartre and was devoid of religious solemnity according to Heine's instructions, but some of the most prominent literary men of France showed their respect for the deceased by following his body to the grave.

### Character of Heine.

No biographer of Heine has ever attempted to represent the poet's character as entirely unblemished. Not alone have his enemies, — and every man's hand seemed turned against him,— laid bare gross inconsistencies in his actions and utterances, but even friends could not refuse to note his wavering character, or justify the unscrupulous attacks to which his susceptibility to injury, his vanity, and revengeful spirit impelled him. The latter were not spared, and there occurred long periods of estrangement from his most sincere and patient friends Moses Moser, Varnhagen and Rahel, who were disposed to excuse much on the ground of the poet's naturally ardent temper, his frequent ill health, and life's disappointments which so deeply affected him. They knew also that he possessed many admirable qualities. Capable of genuine and pure emotion, he was tender-hearted to excess, allowing himself to be imposed upon in his sympathy for the distressed. His filial love was a most beautiful trait. When his father died, he could not realize what had happened, so terrible seemed the loss. His tender regard for his mother was shown in those monthly letters, never discontinued even during his martyr-like illness, when he would write, in a mood of feigned gayety, of how well he was situated, and how much he enjoyed his life in Paris. She never knew of her son's confinement to a "mattress grave," and all with whom she came in contact were instructed to guard her carefully against the knowledge of it. Heine's affection for his wife, the cordial relations with his sister and brother Maximilian which endured through his life, are plainly apparent in his published correspondence.

A contemporary French writer speaks of Heine thus : "It is no vain antithetical word-play to say of Heine that he is at once cruel and tender, subtle and naïve, skeptical and credulous, lyrical and prosaic, sentimental and cynical, impassioned and reserved, an ancient and a modern, *moyen-âge et révolutionaire*." Contradictions are evident in his life-work. An avowed follower of the Romantic School, he proudly claimed to have been its assassin. He made war against tyrannical princes, fought as a soldier in the war for the liberation of humanity, yet he refused to join the ranks of the liberals, because of their cabals, their dirty hands and unchanged linen. A mocker of all religions, he nevertheless scorned atheism, and, in his last days, through remorse and "a heavenly homesickness," was brought nearer to Christianity. Beyond a doubt he loved his native country with an instinct of true patriotism, yet he scourged the German people for their social and political shortcomings with such violent energy as to deceive them utterly as to the purity of his intentions. Can such contradictions be explained ?

Goethe has said that Heine lacked the love of humanity. "He loves his readers and his fellow-poets as little as himself, and thus one is tempted to apply to him the saying of the apostle: " Though I speak with the tongues of men and angels, and have not charity, I am become as sounding brass, or a tinkling cymbal." Matthew Arnold has declared Heine's weakness to be " not so much a deficiency in love, as a deficiency in self-respect, in true dignity of character."

Yet this negative side of his character was a necessary part of Heine's genius. It was impossible for him to become a true and consistent partisan. The artist in him rebelled, for lofty traditions had placed the artist above parties, and again the jester-devil that possessed him made him a merry visitant of many camps. It is this faculty of mind which explains the contradictions in his actions and utterances. He saw the half-truth which fired the zeal of either party in a struggle, and he could not but shake his cap and bells in the face of either contestant, having no faith in the redeeming optimism of the maxim : " Es irrt der Mensch so lang er strebt."

> "The spirit of the world
> Beholding the absurdity of men —
> Their vaunts, their feats — let a sardonic smile
> For one short moment wander o'er his lips.
> That smile was Heine ! " [1]

In these few lines an admirer of Heine has presented the most characteristic feature of our poet's genius. Heine himself recognized this prominent bent of his mind and called himself Germany's court jester. In the *Schlusswort zu den Reisebildern* (1830), occurs a passage in which the emperor Maximilian, deserted by fortune and friends, is visited by *Kunz von der Rosen*, his court fool, who brings him comfort and counsel. "O German fatherland !" exclaims our poet, "dear German

---

[1] Matthew Arnold, *Heine's Grave.*

people! I am thy Conrad .von der Rosen. The man, whose proper calling was to amuse thee, and should have only catered to thy mirth in prosperous times, he forces an entrance into thy prison in time of need; here, under my cloak I bring thee thy sceptre and crown; dost thou not recognize me, my Kaiser? If I cannot set thee free, I will at least comfort thee, and thou shalt have some one about thee to chat with thee concerning thy sorest affliction, and whisper words of courage, and love thee, and whose best joke and best blood shall remain at thy service. For thou, my people, art the true Kaiser, the true master of the lands, and thy will is sovereign. Though now thou liest low in thy fetters, yet in the end will thy just cause prevail. The day of deliverance is drawing nigh, a new era will begin."

It was Heine's lot to be cast on an age which politically was out of joint, in which princes broke their promises to the people, in which legislatures instead of enacting just laws, spent their time in uttering empty words of reform; it was an age in which the jester could well play the part of sage and prophet, since wise men had turned fools.

At the end of the passage quoted in part above, the emperor asks Kunz von der Rosen, how he would wish to be rewarded for his faithfulness. "O my dear master," is the reply, "only spare my life." That request betrays another leading trait of Heine's character. He was in love with life, up to his last moments he relished sensuous delights with a keen, frank and grateful sense of happiness, and at the close, mourned like Goethe's Count Egmont: "Sweet life! beautiful, habitual pleasure of being and doing, from thee I am to part, and part so calmly!"[1] Living in the fifth story of an apartment in the Avenue Matignon, the bed-ridden poet was carried out on the balcony where he might get a view of the street. Through a glass he beheld once more the

---

[1] Süsses Leben! Schöne freundliche Gewohnheit des Daseins und Wirkens, von dir soll ich scheiden, so gelassen scheiden! — Goethe's *Egmont*, Act V.

living world, but far down and so remote. Suddenly he laid away the glass with a sigh. He had noticed a little dog playing below, — and the poet's heart was filled with envy for the little animal, which could move its limbs so freely, the common gift of the humblest of God's creatures. A true Greek in his love of life's pleasures, Heine was also Hellenic in his worship of ideal beauty, while Oriental in his enthusiasm, and his vague long- ing for the unattainable. He did not possess the ascetic quali- ties of the Hebrew, which were marked characteristics of the revolutionary champion, Börne.

### His Work in Prose and Poetry.

Viewing Heine's literary accomplishment in its entirety, we are impressed at once with the versatility of his genius. Master in both prose and verse, permeated with the learning and ideas of an age surfeited with culture, there is hardly a topic in literature, art, religion and philosophy, which did not engage his attention. Owing to his range and many-sidedness, he has been likened to a great variety of writers, to Aristophanes, Rabelais, Cervantes, Swift, Sterne, Jean Paul, Voltaire, Byron, Burns, Béranger, and many others. But notwithstanding the fact that he possessed qualities akin to so many different writers, that his exceptional ability was beyond question, Heine never created a single work which adequately interprets the age in which he lived. His productions resemble mosaics, made up to be sure of many invaluable gems and rare bits of stone, yet the fragmentary impression of which cannot endure comparison with the finished effect of a masterly painting or the plastic creation of the sculptor's art.

The poet's own excuse was, that fragments fittingly symbol- ized an age which itself was unfinished, checked in its aspirations and in despair of its fondest hopes. "In truth I know not," he writes, "whether I deserve that one day a crown of laurel be

placed upon my coffin.  Poetry, however much I loved her, was
to me but a divine plaything, or a consecrated means for a
heavenly end.  I have never attached great value to a poet's
fame, and whether my songs be praised or blamed, that troubles
me little.  But a sword shall ye lay upon my coffin, for I was a
brave soldier in the war of the liberation of humanity."

Recognizing this as the prominent sphere of Heine's activity,
Matthew Arnold calls our poet the *continuator* of Goethe.  Goethe
has said of his own life-work, that if he were to define what he
had done for the German people and for young German poets in
particular, he would say he had been their liberator, that he
had freed them from philistinism.  Heine was "the successor
and continuator of Goethe, in Goethe's most important line of
activity."[2]

Heine had his beginnings in the German Romantic School
whose founder, A. W. Schlegel, revealed to him some of the
mysteries of verse-writing.[3]  He was deeply impressed by what
they taught him of the German past, and he found delight in
the abundant gold brought from the mine of the German
*Volkslied*.  This precious material Heine studied zealously and
he learned thereby to strike that chord in his lyrical poetry

1 This is the same poet who has written the proud lines:

> "Ich bin ein deutscher Dichter
> Bekannt im deutschen Land;
> Nennt man die besten Namen,
> So wird auch der meine genannt."

2 (Essays in Criticism No. V.)  Matthew Arnold's term "continuator" was
possibly suggested by Heine, who had called Lessing the continuator of
Luther.  See text *Zur Gesch. d. Religion und Philosophie*, p. 124, line 13.
"Lessing hat den Luther fortgesetzt."

3 Heine also acknowledges gracefully a debt to Wilhelm Müller; in a letter
to the poet of the *Lieder der Griechen* he wrote: "My fame is great enough,
to allow me to acknowledge to you frankly that the resemblance of the metre
of my *Intermezzo* to your customary versification, is not at all accidental, but
that it probably owes its most secret rhythmical effects (seinen geheimsten
Tonfall) to your songs."

which thrills the German heart, that keynote of popular song, combining deep feeling with simplicity and terseness of expression. Our poet was not insensible to the morbid influence of romantic sentimentalism. Indeed, like Cervantes, who performed a similar office in an earlier age, Heine revelled in the sentimental and heightened it to a sublimity upon which it appeared ridiculous. "Poetry is life, and life is poetry," that maxim of the Romantic School vanished before the sad smile of Heine, whose deeper insight into life could not be deceived as to its graver realities. How could the lesson that the poet teaches be more deeply impressed than in the poem, which all the world sings: "Ich weiss nicht wass soll es bedeuten, Dass ich so traurig bin," where the idealist enraptured by beauty and song, is cruelly dashed against the fatal cliffs? "Und das hat mit ihrem Singen, Die Lorelei gethan." Life is not poetry, it is real and earnest, and alas, the destructive forces are ever alert!

The poem quoted is an example of the epigrammatic lyric, introduced into German poetry by Heine. This type carries a sentiment to the highest pitch, apparently only to mock at it in the close, but in reality conveying also the deeper meaning explained above. The epigrammatic lyric necessarily became popular in an age which had been glutted with morbidly sentimental verse, and imitations were frequent, though rarely successful. A departure from existing standards was made also by our poet in the free rhythms (*freie Rythmen*) of the *Nordseebilder*, which present a most melodious irregularity in the number of accented and unaccented syllables in a line. George Eliot [1] speaks as follows of Heine's qualities as a poet: —

Heine is essentially a lyric poet. The finest products of his genius are: —

> "Short swallow flights of song that dip
> Their wings in tears and skim away."

[1] *German Wit:* Heinrich Heine. George Eliot's *Essays.*

And they are so emphatically songs, that in reading them we feel as if each must have a twin melody born in the same moment and by the same inspiration. Heine is too impressible and mercurial for any sustained production; even in his short lyrics his tears sometimes pass into laughter, and his laughter into tears, and his longer poems *Atta Troll* and *Deutschland*, are full of Ariosto-like transitions. His song has a wide compass of notes; he can take us to the shores of the Northern Sea and thrill us by the somber sublimity of his pictures and dreamy fancies; he can draw forth our tears by the voice he gives to our own sorrows, or to the sorrows of "Poor Peter"; [1] he can throw a cold shudder over us by a mysterious legend, a ghost story, or a still more ghastly rendering of hard reality; he can charm us by a quiet idyl, move us with laughter at his overflowing fun, or give us a piquant sensation of surprise by the ingenuity of his transitions from the lofty to the ludicrous. This last power is not, indeed, essentially poetical; but only a poet can use it with the same success as Heine, for only a poet can sustain our emotion and expectation at such a height as to give effect to the sudden fall. Heine's greatest power as a poet lies in his simple pathos, as in the ever varied but always natural expression which he has given to the tender emotions.

The prose style of Heine has ~~already~~ been commented upon ~~in preceding pages~~. Its lucidity, conciseness, grace and ease of movement find a parallel only in Goethe's style, the calm dignity and grandeur of which, however, it lacks. Heine's prose is remarkable for its wealth of illustration, the beautiful blending of humor and pathos, its lofty flights of fancy, its poetry and its bathos. Whatever the author writes is written with *Geist*, and will not fail to fascinate the reader, unless by the constant exercise of all his faculties he becomes wearied in following the jugglery and eluding the snares of that flashing wit.

The smooth, clear flow of Heine's prose would seem to indicate an entirely natural process arising not from effort. Yet there is abundant evidence that Heine was a most painstaking writer,

---

[1] *Der arme Peter. Junge Leiden. Romanzen*, 4. Elster, Vol. I, p. 37.

who corrected and filed laboriously his verses and sentences.
By examining the variant readings given in the Elster edition
of Heine's complete works, there can be seen how carefully the
author revised his writings, especially his earlier works, for succeeding editions.   An attractive exercise in style can be derived
from studying what advantages have been gained through the
author's own corrections.[1]  The translator finds many diffi-
culties in rendering the frequent coined words, pregnant phrases,
startling antitheses which are a special mark of Heine's style.
Such expressions, for instance, as "getrommelte Thränen,"
"grossblumige Gefühle," "Erinnerungen mit tiefen schwarzen
Augen," will put the skill of the translator sorely to test.

Heine's early surroundings were not favorable to developing
perfection in his style, and he is known to have been in a perplexing state of uncertainty as to the proper use of the dative
and accusative.   As late as his *Buch le Grand* he complains:
"We Germans, not plagued enough with quarterings of soldiers,
and poll-taxes, and a thousand kinds of revenue have, in addition
to that, loaded upon ourselves the grammarian Adelung, and we
torture one another with the accusative and dative."   Such verses
as "Heldengedicht in *zwei Gesänge*," "Ich will jetzt an *meinem
Freunde* Christian schreiben," "Die neue Thorheit ist *auf der
alten gepfropft*," "Im Gasthof zu Clausthal '*die* Krone,' hielt
ich Mittag" (*Harzreise*), were found in the first editions of his
early works.   The perseverance which overcame these early
disadvantages is all the more to be admired.   The author's joy
in this accomplishment is expressed in his humorous comments [2]
on the anathemas of the Bundestag: "You are all familiar with
the decree of the Bundestag of December, 1835, whereby my
further authorship was placed under penalty by an interdict.   I
wept like a child.   I had taken such great pains with the German
language, with the accusative and the dative, I knew how to ar-

[1] Cf. e.g. note to p. 6, l. 18.
[2] *Vorwort, Salon* III.   Elster, Vol. 4, p. 306.

range the words side by side so beautifully, like pearls, and I had already begun to take pleasure in this occupation, for it shortened the long winter evenings of my exile, — indeed when I wrote German, I could imagine I were at home, with my mother — when suddenly I was forbidden to write."

It has been already stated that Heine's writings lack restraint. In prose and verse they are often marred by coarseness, irreverence and obscenity. A judicious use of the pruning-knife can therefore cause no detriment to the excellence of Heine's prose work, but result only in the gain of a large number of readers. George Eliot has said on this point, in a passage frequently quoted : —

"The audacity of Heine's occasional coarseness and personality is unparalleled in contemporary literature, and has hardly been exceeded by the license of former days. Hence ... there is need of a friendly penknife to exercise a strict censorship. Yet, when all coarseness, all scurrility, all Mephistophelian contempt for the reverent feelings of other men, is removed, there will be a plenteous remainder of exquisite poetry, of wit, humor and just thought."

# HEINE'S PROSE.

# Heine's Prose.

—•◦•—

## Briefe aus Berlin.

Berlin, den 1. März, 1822.

Haben Sie noch nicht Maria von Webers „Freischütz" gehört?
Nein? Unglücklicher Mann! Aber haben Sie nicht wenigstens
aus dieser Oper das „Lied der Brautjungfern" oder den „Jung=
fernkranz" gehört? Nein? Glücklicher Mann!     5

Wenn Sie vom Hallischen nach dem Oranienburger Thore,
und vom Brandenburger nach dem Königsthore, ja selbst wenn
Sie vom Unterbaum nach dem Köpnicker Thore gehen, hören Sie
jetzt immer und ewig dieselbe Melodie, das Lied aller Lieder:
den „Jungfernkranz".     10

Wie man in den Goethe'schen Elegien den armen Briten von
dem „Marlborough s'en va-t-en guerre" durch alle Länder ver=
folgt sieht, so werde ich auch von morgens früh bis spät in
die Nacht verfolgt durch das Lied:

    Wir winden dir den Jungfernkranz     15
     Mit veilchenblauer Seide;
    Wir führen dich zu Spiel und Tanz,
     Zu Lust und Hochzeitfreude.

### Chor:

Schöner, schöner, schöner grüner Jungfernkranz,     20
Mit veilchenblauer Seide, mit veilchenblauer Seide!

Lavendel, Myrt' und Thymian,
Das wächst in meinem Garten.
Wie lange bleibt der Freiersmann?
Ich kann ihn kaum erwarten!

5                    Chor:

Schöner, schöner, schöner u. s. w.

Bin ich mit noch so guter Laune des Morgens aufgestanden,
so wird doch gleich alle meine Heiterkeit fortgeärgert, wenn schon
früh die Schuljugend, den „Jungfernkranz" zwitschernd, bei mei-
10 nem Fenster vorbeizieht. Es dauert keine Stunde, und die
Tochter meiner Wirtin steht auf mit ihrem „Jungfernkranz".
Ich höre meinen Barbier den „Jungfernkranz" die Treppe her-
aufsingen. Die kleine Wäscherin kommt „mit Lavendel, Myrt'
und Thymian". So geht's fort. Mein Kopf dröhnt. Ich
15 kann's nicht aushalten, eile aus dem Hause, und werfe mich
mit meinem Ärger in eine Droschke. Gut, daß ich durch das
Rädergerassel nicht singen höre. Bei ***li steig' ich ab. „Ist's
Fräulein zu sprechen?" Der Diener läuft. „Ja." Die Thüre
fliegt auf. Die Holde sitzt am Pianoforte, und empfängt mich
20 mit einem süßen:

„Wo bleibt der schmucke Freiersmann?
Ich kann ihn kaum erwarten." —

„Sie singen wie ein Engel!" ruf' ich mit krampfhafter Freund-
lichkeit. „Ich will noch mal von vorne anfangen," lispelt die
25 Gütige, und sie windet wieder ihren „Jungfernkranz," und windet, und windet, bis ich selbst vor unsäglichen Qualen wie ein
Wurm mich winde, bis ich vor Seelenangst ausrufe: „Hilf,
Samiel!"

Sie müssen wissen, so heißt der böse Feind im „Freischützen";
30 der Jäger Kaspar, der sich ihm ergeben hat, ruft in jeder Not:
„Hilf, Samiel!" Es wurde hier Mode, in komischer Bedrängnis diesen Ausruf zu gebrauchen, und Boucher, der sich den

Sokrates der Violinisten nennt, hat einst sogar im Konzerte, als ihm eine Violinsaite sprang, laut ausgerufen: „Hilf Samiel!"
Und Samiel hilft. Die bestürzte Dame hält plötzlich ein mit dem rädernden Gesange, und lispelt: „Was fehlt Ihnen?" „Es ist pures Entzücken," ächze ich mit forciertem Lächeln. „Sie sind krank," lispelt sie, „gehen Sie nach dem Tiergarten, ge= nießen Sie das schöne Wetter und beschauen Sie die schöne Welt." Ich greife nach Hut und Stock, küsse der Gnädigen die gnädige Hand, werfe ihr noch einen schmachtenden Passionsblick zu, stürze zur Thüre hinaus, steige wieder in die erste, beste Droschke, und rolle nach dem Brandenburger Thore. Ich steige aus, und laufe hinein in den Tiergarten.

Ich rate Ihnen, wenn Sie hierher kommen, so versäumen Sie nicht, an solchen schönen Vorfrühlingstagen um diese Zeit, um halb eins, in den Tiergarten zu gehen. Gehen Sie links hinein, und eilen Sie nach der Gegend, wo unserer seligen Luise von den Einwohnerinnen des Tiergartens ein kleines, einfaches Monument gesetzt ist. Dort pflegt unser König oft spa= zieren zu gehen. Es ist eine schöne, edle, ehrfurchtgebietende Gestalt, die allen äußern Prunk verschmäht. Er trägt fast immer einen scheinlos grauen Mantel, und einem Tölpel habe ich weisgemacht, der König müsse sich oft mit dieser Kleidung et= was behelfen, weil sein Garderobemeister außer Landes wohnt und nur selten nach Berlin kommt. Die schönen Königskinder sieht man ebenfalls zu dieser Zeit im Tiergarten, sowie auch den ganzen Hof und die allernobelste Noblesse. Die fremdar= tigen Gesichter sind Familien auswärtiger Gesandten. Ein oder zwei Livreebediente folgen den edlen Damen in einiger Ent= fernung. Offiziere auf den schönsten Pferden galoppieren vorbei. Ich habe selten schönere Pferde gesehen, als hier in Berlin. Ich weide meine Augen an dem Anblick der herrlichen Reiter= gestalten. Die Prinzen unseres Hauses sind darunter. Welch ein schönes, kräftiges Fürstengeschlecht! An diesem Stamme ist kein mißgestalteter, verwahrloster Ast. In freudiger Lebens=

fülle, Mut und Hoheit auf den edlen Gesichtern, reiten dort die
zwei ältern Königssöhne vorbei. Jene schöne jugendliche Ge=
stalt, mit frommen Gesichtszügen und liebeklaren Augen, ist der
dritte Sohn des Königs, Prinz Karl. Aber jenes leuchtende,
5 majestätische Frauenbild, das mit einem buntglänzenden Ge=
folge auf hohem Rosse vorbeifliegt, das ist unsre — Alexan=
drine. Im braunen, festanliegenden Reitkleide, einen runden
Hut mit Federn auf dem Haupte, und eine Gerte in der Hand,
gleicht sie jenen ritterlichen Frauengestalten, die uns aus dem
10 Zauberspiegel alter Märchen so lieblich entgegenleuchten, und
wovon wir nicht entscheiden können, ob sie Heiligenbilder sind
oder Amazonen. Ich glaube, der Anblick dieser reinen Züge
hat mich besser gemacht; andächtige Gefühle durchschauern mich,
ich höre Engelstimmen, unsichtbare Friedenspalmen fächeln, in
15 meine Seele steigt ein großer Hymnus — da erklirren plötzlich
schnarrende Harfensaiten, und eine alte Weiberstimme quäkt:
„Wir winden dir den Jungfernkranz u. s. w."
    Und nun den ganzen Tag verläßt mich nicht das vermale=
deite Lied. Die schönsten Momente verbittert es mir. Sogar
20 wenn ich bei Tische sitze, wird es mir vom Sänger Heinsius als
Dessert vorgedudelt. Den ganzen Nachmittag werde ich mit
„veilchenblauer Seide" gewürgt. Dort wird der „Jungfern=
kranz" von einem Lahmen abgeorgelt, hier wird er von einem
Blinden heruntergefiedelt. Am Abend geht der Spuk erst recht
25 los. Das ist ein Flöten und ein Gröhlen und ein Fistulieren
und ein Gurgeln, und immer die alte Melodie. Das Kaspar=
lied und der Jägerchor wird wohl dann und wann von einem
illuminierten Studenten oder Fähnrich zur Abwechselung in das
Gesumme hineingebrüllt, aber der „Jungfernkranz" ist perma=
30 nent; wenn der eine ihn beendigt hat, fängt ihn der andere
wieder von vorn an; aus allen Häusern klingt er mir entge=
gen; jeder pfeift ihn mit eigenen Variationen; ja, ich glaube
fast, die Hunde auf der Straße bellen ihn.
    Sie begreifen jetzt, mein Lieber, warum ich Sie einen glück=

lichen Mann nannte, wenn Sie jenes Lied noch nicht gehört
haben.' Doch glauben Sie nicht, daß die Melodie desselben
wirklich schlecht sei. Im Gegenteil, sie hat eben durch ihre
Vortrefflichkeit jene Popularität erlangt. Mais toujours perdrix! Sie verstehen mich.

# Der Rabbi von Bacharach.

## Ein Fragment.

### Erstes Kapitel.

Unterhalb des Rheingaus, wo die Ufer des Stromes ihre
lachende Miene verlieren, Berg und Felsen mit ihren abenteuerlichen Burgruinen sich trotziger gebärden, und eine wildere,
ernstere Herrlichkeit emporsteigt, dort liegt, wie eine schaurige
Sage der Vorzeit, die finstere, uralte Stadt Bacharach. Nicht
immer waren so morsch und verfallen diese Mauern mit ihren
zahnlosen Zinnen und blinden Warttürmchen, in deren Luken
der Wind pfeift und die Spatzen nisten; in diesen armselig
häßlichen Lehmgassen, die man durch das zerrissene Thor erblickt, herrschte nicht immer jene öde Stille, die nur dann und
wann unterbrochen wird von schreienden Kindern, keifenden
Weibern und brüllenden Kühen. Diese Mauern waren einst
stolz und stark, und in diesen Gassen bewegte sich frisches, freies
Leben, Macht und Pracht, Lust und Leid, viel Liebe und viel
Haß. Bacharach gehörte einst zu jenen Munizipien, welche von
den Römern während ihrer Herrschaft am Rhein gegründet
worden, und die Einwohner, obgleich die folgenden Zeiten sehr
stürmisch und obgleich sie späterhin unter Hohenstaufische und
zuletzt unter Wittelsbacher Oberherrschaft gerieten, wußten dennoch, nach dem Beispiel andrer rheinischen Städte, ein ziemlich
freies Gemeinwesen zu erhalten. Dieses bestand aus einer

Verbindung einzelner Körperschaften, wovon die der patrizischen
Altbürger und die der Zünfte, welche sich wieder nach ihren
verschiedenen Gewerken unterabteilten, beiderseitig nach der Allein=
macht rangen, so daß sie sämtlich nach außen zu Schutz und
5 Trutz gegen den nachbarlichen Raubadel fest verbunden standen,
nach innen aber wegen streitender Interessen in beständiger
Spaltung verharrten; und daher unter ihnen wenig Zusam=
menleben, viel Mißtrauen, oft sogar thätliche Ausbrüche der
Leidenschaft. Der herrschaftliche Vogt saß auf der hohen Burg
10 Sareck, und wie sein Falke schoß er herab, wenn man ihn rief,
und auch manchmal ungerufen. Die Geistlichkeit herrschte im
Dunkeln durch die Verdunkelung des Geistes. Eine am meisten
vereinzelte, ohnmächtige und vom Bürgerrechte allmählich ver=
drängte Körperschaft war die kleine Judengemeinde, die schon
15 zur Römerzeit in Bacharach sich niedergelassen, und späterhin
während der großen Judenverfolgung ganze Scharen flüchtiger
Glaubensbrüder in sich aufgenommen hatte.

Die große Judenverfolgung begann mit den Kreuzzügen,
und wütete am grimmigsten um die Mitte des vierzehnten
20 Jahrhunderts, am Ende der großen Pest, die, wie jedes andre
öffentliche Unglück, durch die Juden entstanden sein sollte, indem
man behauptete, sie hätten den Zorn Gottes herabgeflucht und
mit Hilfe der Aussätzigen die Brunnen vergiftet. Der gereizte
Pöbel, besonders die Horden der Flagellanten, halbnackte Män=
25 ner und Weiber, die, zur Buße sich selbst geißelnd und ein
tolles Marienlied singend, die Rheingegend und das übrige
Süddeutschland durchzogen, ermordeten damals viele tausend
Juden, oder marterten sie, oder tauften sie gewaltsam. Eine
andere Beschuldigung, die ihnen schon in früherer Zeit, das
30 ganze Mittelalter hindurch bis Anfang des vorigen Jahrhun=
derts, viel Blut und Angst kostete, das war das läppische, in
Chroniken und Legenden bis zum Ekel oft wiederholte Mär=
chen, daß die Juden geweihte Hostien stählen, die sie mit Mes=
sern durchstächen, bis das Blut herausfließe, und daß sie an

ihrem Paschafeste Christenkinder schlachteten, um das Blut der=
selben bei ihrem nächtlichen Gottesdienste zu gebrauchen. Die
Juden, hinlänglich verhaßt wegen ihres Glaubens, ihres Reich=
tums und ihrer Schuldbücher, waren an jenem Festtage ganz in
den Händen ihrer Feinde, die ihr Verderben nur gar zu leicht 5
bewirken konnten, wenn sie das Gerücht eines solchen Kinder=
mords verbreiteten, vielleicht gar einen blutigen Kinderleichnam
in das verfehmte Haus eines Juden heimlich hineinschwärzten
und dort nächtlich die betende Judenfamilie überfielen, wo als=
dann gemordet, geplündert und getauft wurde, und große Wun= 10
der geschahen durch das vorgefundene tote Kind, welches die
Kirche am Ende gar kanonisierte. Sankt Werner ist ein solcher
Heiliger, und ihm zu Ehren ward zu Oberwesel jene prächtige
Abtei gestiftet, die jetzt am Rhein eine der schönsten Ruinen
bildet, und mit der gotischen Herrlichkeit ihrer langen, spitzbögigen 15
Fenster, stolz emporschießenden Pfeiler und Steinschnitzeleien
uns so sehr entzückt, wenn wir an einem heitergrünen Som=
mertage vorbeifahren und ihren Ursprung nicht kennen. Zu
Ehren dieses Heiligen wurden am Rhein noch drei andre große
Kirchen errichtet, und unzählige Juden getötet oder mißhan= 20
delt. Dies geschah im Jahre 1287, und auch zu Bacharach, wo
eine von diesen Sankt=Wernerskirchen gebaut wurde, erging da=
mals über die Juden viel Drangsal und Elend. Doch zwei
Jahrhunderte seitdem blieben sie verschont von solchen Anfällen
der Volkswut, obgleich sie noch immer hinlänglich angefeindet 25
und bedroht wurden.

Je mehr aber der Haß sie von außen bedrängte, desto inniger
und traulicher wurde das häusliche Zusammenleben, desto tiefer
wurzelte die Frömmigkeit und Gottesfurcht der Juden von Bach=
arach. Ein Muster gottgefälligen Wandels war der dortige 30
Rabbiner, genannt Rabbi Abraham, ein noch jugendlicher Mann,
der aber weit und breit wegen seiner Gelahrtheit berühmt war.
Er war geboren in dieser Stadt, und sein Vater, der dort eben=
falls Rabbiner gewesen war, hatte ihm in seinem letzten Wil=

len befohlen, sich demselben Amt zu widmen und Bacharach nie
zu verlassen, es sei denn wegen Lebensgefahr.  Dieser Befehl
und ein Schrank mit seltenen Büchern war alles, was sein
Vater, der bloß in Armut und Schriftgelahrtheit lebte, ihm
5 hinterließ.  Dennoch war Rabbi Abraham ein sehr reicher Mann;
verheiratet mit der einzigen Tochter seines verstorbenen Vater=
bruders, welcher den Juwelenhandel getrieben, erbte er dessen
große Reichtümer.  Einige Fuchsbärte in der Gemeinde deuteten
darauf hin, als wenn der Rabbi eben des Geldes wegen seine
10 Frau geheiratet habe.    Aber sämtliche Weiber widersprachen
und wußten alte Geschichten zu erzählen, wie der Rabbi schon
vor seiner Reise nach Spanien verliebt gewesen in Sara — man
hieß sie eigentlich die schöne Sara — und wie Sara sieben Jahre
warten mußte, bis der Rabbi aus Spanien zurückkehrte, indem
15 er sie gegen den Willen ihres Vaters und selbst gegen ihre
eigne Zustimmung durch den Trauring geheiratet hatte.    Jed=
weder Jude nämlich kann ein jüdisches Mädchen zu seinem
rechtmäßigen Eheweibe machen, wenn es ihm gelang, ihr einen
Ring an den Finger zu stecken und dabei die Worte zu sprechen:
20 „Ich nehme dich zu meinem Weibe nach den Sitten von Moses
und Israel!"  Bei der Erwähnung Spaniens pflegten die
Fuchsbärte auf eine ganz eigene Weise zu lächeln; und das ge=
schah wohl wegen eines dunkeln Gerüchts, daß Rabbi Abraham
auf der hohen Schule zu Toledo zwar emsig genug das Stu=
25 dium des göttlichen Gesetzes getrieben, aber auch christliche Ge=
bräuche nachgeahmt und freigeistige Denkungsart eingesogen
habe, gleich jenen spanischen Juden, die damals auf einer außer=
ordentlichen Höhe der Bildung standen.  Im Innern ihrer
Seele aber glaubten jene Fuchsbärte sehr wenig an die Wahr=
30 heit des angedeuteten Gerüchts.    Denn überaus rein, fromm und
ernst war seit seiner Rückkehr aus Spanien die Lebensweise
des Rabbi, die kleinlichsten Glaubensgebräuche übte er mit ängst=
licher Gewissenhaftigkeit, alle Montag und Donnerstag pflegte
er zu fasten, nur am Sabbath oder anderen Feiertagen genoß

er Fleisch und Wein, sein Tag verfloß in Gebet und Studium;
des Tages erklärte er das göttliche Gesetz im Kreise der Schü=
ler, die der Ruhm seines Namens nach Bacharach gezogen, und
des Nachts betrachtete er die Sterne des Himmels oder die Augen
der schönen Sara. Kinderlos war die Ehe des Rabbi; dennoch 5
fehlte es nicht um ihn her an Leben und Bewegung. Der
große Saal seines Hauses, welches neben der Synagoge lag,
stand offen zum Gebrauche der ganzen Gemeinde; hier ging
man aus und ein ohne Umstände, verrichtete schleunige Gebete,
oder holte Neuigkeiten, oder hielt Beratung in allgemeiner Not; 10
hier spielten die Kinder am Sabbathmorgen, während in der
Synagoge der wöchentliche Abschnitt verlesen wurde; hier ver=
sammelte man sich bei Hochzeit= und Leichenzügen, und zankte
sich und versöhnte sich; hier fand der Frierende einen warmen
Ofen und der Hungrige einen gedeckten Tisch. Außerdem be= 15
wegten sich um den Rabbi noch eine Menge Verwandte, Brü=
der und Schwestern mit ihren Weibern und Kindern, sowie
auch seine und seiner Frau gemeinschaftliche Ohme und Muh=
men, eine weitläuftige Sippschaft, die alle den Rabbi als Fa=
milienhaupt betrachteten, im Hause desselben früh und spät 20
verkehrten, und an hohen Festtagen sämtlich dort zu speisen
pflegten. Solche gemeinschaftliche Familienmahle im Rabbiner=
hause fanden ganz besonders statt bei der jährlichen Feier des
Pascha, eines uralten, wunderbaren Festes, das noch jetzt die
Juden in der ganzen Welt am Vorabend des vierzehnten 25
Tages im Monat Nissen, zum ewigen Gedächtnisse ihrer Be=
freiung aus ägyptischer Knechtschaft, folgendermaßen begehen:
Sobald es Nacht ist, zündet die Hausfrau die Lichter an,
spreitet das Tafeltuch über den Tisch, legt in die Mitte dessel=
ben drei von den platten ungesäuerten Broten, verdeckt sie mit 30
einer Serviette, und stellt auf diesen erhöhten Platz sechs kleine
Schüsseln, worin symbolische Speisen enthalten, nämlich ein Ei,
Lattich, Meerrettigwurzel, ein Lammknochen, und eine braune
Mischung von Rosinen, Zimmet und Nüssen. An diesen Tisch

ſetzt ſich der Hausvater mit allen Verwandten und Genoſſen
und lieſt ihnen vor aus einem abenteuerlichen Buche, das die
Agade heißt, und deſſen Inhalt eine ſeltſame Miſchung iſt von
Sagen der Vorfahren, Wundergeſchichten aus Ägypten, kurioſen
5 Erzählungen, Streitfragen, Gebeten und Feſtliedern. Eine
große Abendmahlzeit wird in die Mitte dieſer Feier eingeſcho-
ben, und ſogar während des Vorleſens wird zu beſtimmten
Zeiten etwas von den ſymboliſchen Gerichten gekoſtet, ſowie alsdann auch Stückchen von dem ungeſäuerten Brote gegeſſen und
10 vier Becher roten Weines getrunken werden. Wehmütig heiter,
ernſthaft ſpielend und märchenhaft geheimnisvoll iſt der Charakter dieſer Abendfeier, und der herkömmlich ſingende Ton,
womit die Agade von dem Hausvater vorgeleſen und zuweilen
chorartig von den Zuhörern nachgeſprochen wird, klingt ſo ſchauer-
15 voll innig, ſo mütterlich einlullend, und zugleich ſo haſtig
aufweckend, daß ſelbſt diejenigen Juden, die längſt von dem
Glauben ihrer Väter abgefallen und fremden Freuden und
Ehren nachgejagt ſind, im tiefſten Herzen erſchüttert werden,
wenn ihnen die alten wohlbekannten Paſchaklänge zufällig ins
20 Ohr dringen.

Im großen Saale ſeines Hauſes ſaß einſt Rabbi Abraham,
und mit ſeinen Anverwandten, Schülern und übrigen Gäſten
beging er die Abendfeier des Paſchafeſtes. Im Saale war alles
mehr als gewöhnlich blank; über den Tiſch zog ſich die bunt-
25 geſtickte Seidendecke, deren Goldfranſen bis auf die Erde hingen;
traulich ſchimmerten die Tellerchen mit den ſymboliſchen Speiſen,
ſowie auch die hohen weingefüllten Becher, woran als Zierat
lauter heilige Geſchichten von getriebener Arbeit; die Männer
ſaßen in ihren Schwarzmänteln und ſchwarzen Platthüten und
30 weißen Halsbergen; die Frauen, in ihren wunderlich glitzernden
Kleidern von lombardiſchen Stoffen, trugen um Haupt und
Hals ihr Gold- und Perlengeſchmeide; und die ſilberne Sabbathlampe goß ihr feſtliches Licht über die andächtig vergnügten
Geſichter der Alten und Jungen. Auf den purpurnen Sam-

metkissen eines mehr als die übrigen erhabenen Sessels und
angelehnt, wie es der Gebrauch heischt, saß Rabbi Abraham
und las und sang die Agade, und der bunte Chor stimmte ein
oder antwortete bei den vorgeschriebenen Stellen. Der Rabbi
trug ebenfalls sein schwarzes Festkleid, seine edelgeformten, etwas
strengen Züge waren milder denn gewöhnlich, die Lippen lächel=
ten hervor aus dem braunen Barte, als wenn sie viel Holdes
erzählen wollten, und in seinen Augen schwamm es wie selige
Erinnerung und Ahnung. Die schöne Sara, die auf einem
ebenfalls erhabenen Sammetsessel an seiner Seite saß, trug als
Wirtin nichts von ihrem Geschmeide, nur weißes Linnen um=
schloß ihren schlanken Leib und ihr frommes Antlitz. Dieses
Antlitz war rührend schön, wie denn überhaupt die Schönheit
der Jüdinnen von eigentümlich rührender Art ist; das Bewußt=
sein des tiefen Elends, der bittern Schmach und der schlimmen
Fahrnisse, worinnen ihre Verwandte und Freunde leben, ver=
breitet über ihre holden Gesichtszüge eine gewisse leidende Innig=
keit und beobachtende Liebesangst, die unsere Herzen sonderbar
bezaubern. So saß heute die schöne Sara und sah beständig
nach den Augen ihres Mannes; dann und wann schaute sie auch
nach der vor ihr liegenden Agade, dem hübschen, in Gold und
Sammet gebundenen Pergamentbuche, einem alten Erbstück
mit verjährten Weinflecken aus den Zeiten ihres Großvaters,
und worin so viele keck und bunt gemalte Bilder, die sie schon
als kleines Mädchen am Paschaabend so gerne betrachtete, und
die allerlei biblische Geschichten darstellten, als da sind: wie
Abraham die steinernen Götzen seines Vaters mit dem Hammer
entzwei klopft, wie die Engel zu ihm kommen, wie Moses den
Mizri totschlägt, wie Pharao prächtig auf dem Throne sitzt, wie
ihm die Frösche sogar bei Tische keine Ruhe lassen, wie er,
Gott sei Dank! versäuft, wie die Kinder Israel vorsichtig durch
das Rote Meer gehen, wie sie offnen Maules mit ihren Scha=
fen, Kühen und Ochsen vor dem Berge Sinai stehen, dann
auch wie der fromme König David die Harfe spielt, und endlich

wie Jerusalem mit den Türmen und Zinnen seines Tempels bestrahlt wird vom Glanze der Sonne!

Der zweite Becher war schon eingeschenkt, die Gesichter und Stimmen wurden immer heller, und der Rabbi, indem er eins der ungesäuerten Osterbröte ergriff und heiter grüßend empor hielt, las er folgende Worte aus der Agade: „Siehe! das ist die Kost, die unsere Väter in Ägypten genossen! Jeglicher, den es hungert, er komme und genieße! Jeglicher, der da traurig, er komme und teile unsere Paschafreude! Gegenwär= tigen Jahres feiern wir hier das Fest, aber zum kommenden Jahre im Lande Israels! Gegenwärtigen Jahres feiern wir es noch als Knechte, aber zum kommenden Jahre als Söhne der Freiheit!"

Da öffnete sich die Saalthüre, und herein traten zwei große blasse Männer, in sehr weite Mäntel gehüllt, und der eine sprach: „Friede sei mit euch, wir sind reisende Glaubensgenos= sen und wünschen das Paschafest mit euch zu feiern." Und der Rabbi antwortete rasch und freundlich: „Mit euch sei Frieden, setzt euch nieder in meiner Nähe!" Die beiden Fremdlinge setzten sich alsbald zu Tische, und der Rabbi fuhr fort im Vor= lesen. Manchmal während die übrigen noch im Zuge des Nachsprechens waren, warf er kosende Worte nach seinem Weibe, und anspielend auf den alten Scherz, daß ein jüdischer Haus= vater sich an diesem Abend für einen König hält, sagte er zu ihr: „Freue dich, meine Königin!"

Derweilen nun die schöne Sara andächtig zuhörte und ihren Mann beständig ansah, bemerkte sie, wie plötzlich sein Antlitz in grausiger Verzerrung erstarrte, das Blut aus seinen Wangen und Lippen verschwand, und seine Augen wie Eiszapfen hervor= gloßten; — aber fast im selben Augenblick sah sie, wie seine Züge wieder die vorige Ruhe und Heiterkeit annahmen, wie seine Lippen und Wangen sich wieder röteten, seine Augen munter umherkreisten, ja, wie sogar eine ihm sonst ganz fremde tolle Laune sein ganzes Wesen ergriff. Die schöne Sara er=

schrak wie sie noch nie in ihrem Leben erschrocken war, und ein
inneres Grauen stieg kältend in ihr auf, weniger wegen der
Zeichen von starrem Entsetzen, die sie einen Moment lang im
Gesichte ihres Mannes erblickt hatte, als wegen seiner jetzigen
Fröhlichkeit, die allmählich in jauchzende Ausgelassenheit über= 5
ging. Der Rabbi schob sein Barett spielend von einem Ohre
nach dem andern, zupfte und kräuselte possierlich seine Bart=
locken, sang den Agadetext nach der Weise eines Gassenhauers,
und bei der Aufzählung der ägyptischen Plagen, wo man mehr=
mals den Zeigefinger in den vollen Becher eintunkt und den 10
anhängenden Weintropfen zur Erde wirft, bespritzte der Rabbi
die jüngern Mädchen mit Rotwein, und es gab großes Klagen
über verdorbene Halskrausen, und schallendes Gelächter. Im=
mer unheimlicher ward es der schönen Sara bei dieser krampf=
haft sprudelnden Lustigkeit ihres Mannes, und beklommen von 15
namenloser Bangigkeit schaute sie in das summende Gewimmel
der buntbeleuchteten Menschen, die sich behaglich breit hin und
her schaukelten, an den dünnen Paschabröten knoperten, oder
Wein schlürften, oder mit einander schwatzten, oder laut sangen,
überaus vergnügt. 20

Da kam die Zeit, wo die Abendmahlzeit gehalten wird; alle
standen auf, um sich zu waschen, und die schöne Sara holte
das große silberne, mit getriebenen Goldfiguren reichverzierte
Waschbecken, das sie jedem der Gäste vorhielt, während ihm
Wasser über die Hände gegossen wurde. Als sie auch dem 25
Rabbi diesen Dienst erwies, blinzelte ihr dieser bedeutsam mit
den Augen, und schlich sich zur Thüre hinaus. Die schöne Sara
folgte ihm auf dem Fuße; hastig ergriff der Rabbi die Hand
seines Weibes, eilig zog er sie fort durch die dunkeln Gassen
Bacharachs, eilig zum Thor hinaus auf die Landstraße, die den 30
Rhein entlang nach Bingen führt.

Es war eine jener Frühlingsnächte, die zwar lau genug und
hellgestirnt sind, aber doch die Seele mit seltsamen Schauern
erfüllen. Leichenhaft dufteten die Blumen; schadenfroh und

zugleich selbstbeängstigt zwitscherten die Vögel; der Mond warf
heimtückisch gelbe Streiflichter über den dunkel hinmurmelnden
Strom; die hohen Felsenmassen des Ufers schienen bedrohlich
wackelnde Riesenhäupter; der Turmwächter auf Burg Strahleck
5 blies eine melancholische Weise; und dazwischen läutete eifrig
gellend das Sterbeglöckchen der Sankt Wernerskirche. Die schöne
Sara trug in der rechten Hand das silberne Waschbecken, ihre
linke hielt der Rabbi noch immer gefaßt, und sie fühlte, wie
seine Finger eiskalt waren und wie sein Arm zitterte; aber sie
10 folgte schweigend, vielleicht weil sie von jeher gewohnt, ihrem
Manne blindlings und fragenlos zu gehorchen, vielleicht auch
weil ihre Lippen vor innerer Angst verschlossen waren.

Unterhalb der Burg Sonneck, Lorch gegenüber, ungefähr wo
jetzt das Dörfchen Niederrheinbach liegt, erhebt sich eine Felsen=
15 platte, die bogenartig über das Rheinufer hinaushängt. Diese
erstieg Rabbi Abraham mit seinem Weibe, schaute sich um nach
allen Seiten und starrte hinauf nach den Sternen. Zitternd
und von Todesängsten durchfröstelt stand neben ihm die schöne
Sara und betrachtete sein blasses Gesicht, das der Mond ge=
20 spenstisch beleuchtete, und worauf es hin. und her zuckte wie
Schmerz, Furcht, Andacht und Wut. Als aber der Rabbi
plötzlich das silberne Waschbecken ihr aus der Hand riß und es
schollernd hinabwarf in den Rhein, da konnte sie das grausen=
hafte Angstgefühl nicht länger ertragen, und mit dem Ausrufe
25 „Schadai voller Genade!" stürzte sie zu den Füßen des Man=
nes und beschwor ihn, das dunkle Rätsel endlich zu enthüllen.

Der Rabbi, des Sprechens ohnmächtig, bewegte mehrmals
lautlos die Lippen, und endlich rief er: „Siehst du den Engel
des Todes? Dort unten schwebt er über Bacharach! Wir aber
30 sind seinem Schwerte entronnen. Gelobt sei der Herr!" Und
mit einer Stimme, die noch vor innerem Entsetzen bebte, er=
zählte er: wie er wohlgemut die Agade hinsingend und an=
gelehnt saß, und zufällig unter den Tisch schaute, habe er dort
zu seinen Füßen den blutigen Leichnam eines Kindes erblickt.

„Da merkte ich" — setzte der Rabbi hinzu — „daß unsre zwei späte Gäste nicht von der Gemeinde Israels waren, sondern von der Versammlung der Gottlosen, die sich beraten hatten, jenen Leichnam heimlich in unser Haus zu schaffen, um uns des Kindermordes zu beschuldigen und das Volk aufzureizen, uns zu plündern und zu ermorden. Ich durfte nicht merken lassen, daß ich das Werk der Finsternis durchschaut; ich hätte dadurch nur mein Verderben beschleunigt, und nur die List hat uns beide gerettet. Gelobt sei der Herr! Ängstige dich nicht, schöne Sara; auch unsre Freunde und Verwandte werden gerettet sein. Nur nach meinem Blute lechzten die Ruchlosen; ich bin ihnen entronnen, und sie begnügen sich mit meinem Silber und Golde. Komm mit mir, schöne Sara, nach einem anderen Lande, wir wollen das Unglück hinter uns lassen, und damit uns das Unglück nicht verfolge, habe ich ihm das letzte meiner Habe, das silberne Becken, zur Versöhnung hingeworfen. Der Gott unserer Väter wird uns nicht verlassen. — Komm herab, du bist müde; dort unten steht bei seinem Kahne der stille Wilhelm; er fährt uns den Rhein hinauf."

# Reisebilder.

## Die Harzreise.

Schwarze Röcke, seidne Strümpfe,
Weiße höfliche Manschetten,
Sanfte Reden, Embrassieren —
Ach, wenn sie nur Herzen hätten!

5  Herzen in der Brust und Liebe,
Warme Liebe in dem Herzen —
Ach, mich tötet ihr Gesinge
Von erlognen Liebesschmerzen.

Auf die Berge will ich steigen,
10  Wo die frommen Hütten stehen,
Wo die Brust sich frei erschließet,
Und die freien Lüfte wehen.

Auf die Berge will ich steigen,
Wo die dunkeln Tannen ragen,
15  Bäche rauschen, Vögel singen,
Und die stolzen Wolken jagen.

Lebet wohl, ihr glatten Säle!
Glatte Herren! glatte Frauen!
Auf die Berge will ich steigen,
20  Lachend auf euch niederschauen.

Die Stadt Göttingen, berühmt durch ihre Würste und Uni=
versität, gehört dem Könige von Hannover, und enthält 999
Feuerstellen, diverse Kirchen, eine Sternwarte, einen Karcer, eine
Bibliothek und einen Ratskeller, wo das Bier sehr gut ist. Der
25  vorbeifließende Bach heißt „die Leine", und dient des Sommers

HARZ MOUNTAINS

SCALE OF ENGLISH MILES

0 1 2 3 4 5 6 7 8 9 10

SORRAY & CO., ENGR'S, N.Y.

zum Baden; das Wasser ist sehr kalt und an einigen Orten so breit, daß Lüder wirklich einen großen Anlauf nehmen mußte, als er hinüber sprang. Die Stadt selbst ist schön, und gefällt einem am besten, wenn man sie mit dem Rücken ansieht. Sie muß schon sehr lange stehen, denn ich erinnere mich), als ich vor fünf Jahren dort immatrikuliert und bald darauf konsiliiert wurde, hatte sie schon dasselbe graue, altkluge Ansehen, und war schon vollständig eingerichtet mit Schnurren, Pudeln, Disser= tationen, Thédansants, Wäscherinnen, Kompendien, Tauben= braten, Guelfenorden, Promotionskutschen, Pfeifenköpfen, Hof= räten, Justizräten, Relegationsräten, Profaxen und anderen Faxen. Einige behaupten sogar, die Stadt sei zur Zeit der Völkerwan= derung erbaut worden, jeder deutsche Stamm habe damals ein ungebundenes Exemplar seiner Mitglieder darin zurückgelassen, und davon stammten alle die Vandalen, Friesen, Schwaben, Teutonen, Sachsen, Thüringer u. s. w., die noch heutzutage in Göttingen, hordenweis und geschieden durch Farben der Mützen und der Pfeifenquäste, über die Weenderstraße einherziehen, auf den blutigen Wahlstätten der Rasenmühle, des Ritschenkruges und Bovdens sich ewig unter einander herumschlagen, in Sitten und Gebräuchen noch immer wie zur Zeit der Völkerwanderung dahinleben, und teils durch ihre Duces, welche Haupthähne heißen, teils durch ihr uraltes Gesetzbuch, welches Komment heißt und in den legibus barbarorum eine Stelle verdient, regiert werden.

Im allgemeinen werden die Bewohner Göttingens eingeteilt in Studenten, Professoren, Philister und Vieh, welche vier Stände doch nichts weniger als streng geschieden sind. Der Viehstand ist der bedeutendste. Die Namen aller Studenten und aller ordentlichen und unordentlichen Professoren hier her= zuzählen, wäre zu weitläufig; auch sind mir in diesem Augen= blicke nicht alle Studentennamen im Gedächtnisse, und unter den Professoren sind manche, die noch gar keinen Namen haben. Die Zahl der Göttinger Philister muß sehr groß sein, wie

Sand oder, beſſer geſagt, wie Kot am Meer; wahrlich, wenn
ich ſie des Morgens mit ihren ſchmutzigen Geſichtern und
weißen Rechnungen vor den Pforten des akademiſchen Gerichtes
aufgepflanzt ſah, ſo mochte ich kaum begreifen, wie Gott nur
5 ſo viel Lumpenpack erſchaffen konnte.

Es war noch ſehr früh, als ich Göttingen verließ, und
der gelehrte ** lag gewiß noch im Bette und träumte wie
gewöhnlich, er wandle in einem ſchönen Garten, auf deſſen
Beeten lauter weiße mit Citaten beſchriebene Papierchen wachſen,
10 die im Sonnenlichte lieblich glänzen, und von denen er hie und
da mehrere pflückt, und mühſam in ein neues Beet verpflanzt,
während die Nachtigallen mit ihren ſüßeſten Tönen ſein altes
Herz erfreuen.

Vor dem Weender Thore begegneten mir zwei eingeborne
15 kleine Schulknaben, wovon der eine zum andern ſagte: „Mit
dem Theodor will ich gar nicht mehr umgehen, er iſt ein Lum=
penkerl, denn geſtern wußte er nicht mal, wie der Genitiv von
mensa heißt.“ So unbedeutend dieſe Worte klingen, ſo muß
ich ſie doch wieder erzählen, ja, ich möchte ſie als Stadt=Motto
20 gleich auf das Thor ſchreiben laſſen; denn die Jungen piepſen,
wie die Alten pfeifen, und jene Worte bezeichnen ganz den
engen, trocknen Notizenſtolz der hochgelahrten Georgia Auguſta.

Auf der Chauſſee wehte friſche Morgenluft, und die Vögel
ſangen gar freudig, und auch mir wurde allmählich wieder
25 friſch und freudig zu Mute. Eine ſolche Erquickung that not.
Ich war die letzte Zeit nicht aus dem Pandektenſtall herausge=
kommen, römiſche Kaſuiſten hatten mir den Geiſt wie mit einem
grauen Spinnweb überzogen, mein Herz war wie eingeklemmt
zwiſchen den eiſernen Paragraphen ſelbſtſüchtiger Rechtsſyſteme,
30 beſtändig klang es mir noch in den Ohren wie „Tribonian,
Juſtinian, Hermogenian und Dummerjahn“, und ein zärtliches
Liebespaar, das unter einem Baume ſaß, hielt ich gar für eine
Korpusjurisausgabe mit verſchlungenen Händen. Auf der Land=
ſtraße fing es ſchon an lebendig zu werden. Milchmädchen zogen

vorüber; auch Eseltreiber mit ihren grauen Zöglingen. Hinter
Weende begegneten mir der Schäfer und Doris. Dieses ist
nicht das idyllische Paar, wovon Geßner singt, sondern es sind
wohlbestallte Universitätspedelle, die wachsam aufpassen müssen,
daß sich keine Studenten in Bovden duellieren, und daß keine 5
neuen Ideen, die noch immer einige Decennien vor Göttingen
Quarantäne halten müssen, von einem spekulierenden Privat=
docenten eingeschmuggelt werden. Schäfer grüßte mich sehr
kollegialisch; denn er ist ebenfalls Schriftsteller, und hat meiner
in seinen halbjährigen Schriften oft erwähnt; wie er mich denn 10
auch außerdem oft citiert hat und, wenn er mich nicht zu Hause
fand, immer so gütig war, die Citation mit Kreide auf meine
Stubenthür zu schreiben. Dann und wann rollte auch ein
Einspänner vorüber, wohlbepackt mit Studenten, die für die
Ferienzeit oder auch für immer wegreisten. In solch einer 15
Universitätsstadt ist ein beständiges Kommen und Abgehn, alle
drei Jahre findet man dort eine neue Studentengeneration.
Das ist ein ewiger Menschenstrom, wo eine Semesterwelle die
andere fortdrängt, und nur die alten Professoren bleiben stehen
in dieser allgemeinen Bewegung, unerschütterlich fest, gleich den 20
Pyramiden Ägyptens — nur daß in diesen Universitätspyra=
miden keine Weisheit verborgen ist.

Hinter Nordheim wird es schon gebirgig, und hier und da
treten schöne Anhöhen hervor. Auf dem Wege traf ich meistens
Krämer, die nach der Braunschweiger Messe zogen, auch einen 25
Schwarm Frauenzimmer, deren jede ein großes, fast häuser=
hohes, mit weißem Leinen überzogenes Behältnis auf dem
Rücken trug. Darin saßen allerlei eingefangene Singvögel, die
beständig piepsten und zwitscherten, während ihre Trägerinnen
lustig dahinterhüpften und schwatzten. Mir kam es gar närrisch 30
vor, wie so ein Vogel den andern zu Markte trägt.

In pechdunkler Nacht kam ich an zu Osterode. Es fehlte
mir der Appetit zum Essen, und ich legte mich gleich zu Bette.
Ich war müde wie ein Hund und schlief wie ein Gott.

Erwachend hörte ich noch immer ein freundliches Klingen.
Die Herden zogen auf die Weide, und es läuteten ihre Glöck=
chen. Die liebe, goldene Sonne schien durch das Fenster und
beleuchtete die Schildereien an den Wänden des Zimmers. Es
5 waren Bilder aus dem Befreiungskriege, worauf treu dargestellt
stand, wie wir alle Helden waren, dann auch Hinrichtungsscenen
aus der Revolutionszeit, Ludwig XVI. auf der Guillotine, und
ähnliche Kopfabschneidereien, die man gar nicht ansehen kann,
ohne Gott zu danken, daß man ruhig im Bette liegt und guten
10 Kaffee trinkt und den Kopf noch so recht komfortable auf den
Schultern sitzen hat.

Nachdem ich Kaffee getrunken, mich angezogen, die Inschriften
auf den Fensterscheiben gelesen, und alles im Wirtshause be=
richtigt hatte, verließ ich Osterode.

15 Diese Stadt hat so und so viel Häuser, verschiedene Einwohner,
worunter auch mehrere Seelen, wie in Gottschalks „Taschenbuch
für Harzreisende" genauer nachzulesen ist. Ehe ich die Land=
straße einschlug, bestieg ich die Trümmer der uralten Osteroder
Burg. Sie bestehen nur noch aus der Hälfte eines großen,
20 dickmaurigen, wie von Krebsschäden angefressenen Turms. Der
Weg nach Klausthal führte mich wieder bergauf, und von einer
der ersten Höhen schaute ich nochmals hinab in das Thal, wo
Osterode mit seinen roten Dächern aus den grünen Tannen=
wäldern hervorguckt wie eine Moosrose. Die Sonne gab eine
25 gar liebe, kindliche Beleuchtung. Von der erhaltenen Turm=
hälfte erblickt man hier die imponierende Rückseite.

Es liegen noch viele andre Burgruinen in dieser Gegend. Der
Hardenberg bei Nörten ist die schönste. Wenn man auch, wie
es sich gebührt, das Herz auf der linken Seite hat, auf der
30 liberalen, so kann man sich doch nicht aller elegischen Gefühle
erwehren beim Anblick der Felsennester jener privilegierten Raub=
vögel, die auf ihre schwächliche Nachbrut bloß den starken Appetit
vererbten. Und so ging es auch mir diesen Morgen. Mein
Gemüt war, je mehr ich mich von Göttingen entfernte, allmäh=

lich aufgetaut, wieder wie sonst wurde mir romantisch zu Sinn,
und wandernd dichtete ich folgendes Lied:

Steiget auf, ihr alten Träume!
Öffne dich, du Herzensthor!
Liederwonne, Wehmutsthränen                                     5
Strömen wunderbar hervor.

Durch die Tannen will ich schweifen,
Wo die muntre Quelle springt,
Wo die stolzen Hirsche wandeln,
Wo die liebe Drossel singt.                                     10

Auf die Berge will ich steigen,
Auf die schroffen Felsenhöhn,
Wo die grauen Schloßruinen
In dem Morgenlichte stehn.

Dorten setz' ich still mich nieder                              15
Und gedenke alter Zeit,
Alter blühender Geschlechter
Und versunkner Herrlichkeit.

Gras bedeckt jetzt den Turnierplatz,
Wo gekämpft der stolze Mann,                                    20
Der die Besten überwunden
Und des Kampfes Preis gewann.

Epheu rankt an dem Balkone,
Wo die schöne Dame stand,
Die den stolzen Überwinder                                      25
Mit den Augen überwand.

Ach! den Sieger und die Siegrin
Hat besiegt des Todes Hand —
Jener dürre Sensenritter
Streckt uns alle in den Sand.                                   30

Nachdem ich eine Strecke gewandert, traf ich zusammen mit
einem reisenden Handwerksburschen, der von Braunschweig kam
und mir als ein dortiges Gerücht erzählte, der junge Herzog sei
auf dem Wege nach dem gelobten Lande von den Türken ge=
5 fangen worden, und könne nur gegen ein großes Lösegeld
freikommen. Die große Reise des Herzogs mag diese Sage
veranlaßt haben. Das Volk hat noch immer den traditionell
fabelhaften Ideengang, der sich so lieblich ausspricht in seinem
„Herzog Ernst." Der Erzähler jener Neuigkeit war ein Schnei=
10 dergesell; ein niedlicher, kleiner junger Mensch, so dünn, daß die
Sterne durchschimmern konnten, wie durch Ossians Nebelgeister,
und im ganzen eine volkstümlich barocke Mischung von Laune
und Wehmut. Dieses äußerte sich besonders in der drollig
rührenden Weise, womit er das wunderbare Volkslied sang:
15 „Ein Käfer auf dem Zaune saß, summ, summ!" Das ist schön
bei uns Deutschen: Keiner ist so verrückt, daß er nicht einen
noch Verrückteren fände, der ihn versteht. Nur ein Deutscher
kann jenes Lied nachempfinden, und sich dabei totlachen und
totweinen. Wie tief das Goethesche Wort ins Leben des Vol=
20 kes gedrungen, bemerkte ich auch hier. Mein dünner Weggenosse
trillerte ebenfalls zuweilen vor sich hin: „Leidvoll und freudvoll,
Gedanken sind frei!" Solche Korruption des Textes ist beim
Volke etwas Gewöhnliches. Er sang auch ein Lied, wo „Lott=
chen bei dem Grabe ihres Werthers" trauert. Der Schneider
25 zerfloß vor Sentimentalität bei den Worten: „Einsam wein' ich
an der Rosenstelle, wo uns oft der späte Mond belauscht!
Jammernd irr' ich an der Silberquelle, die uns lieblich Wonne
zugerauscht." Aber bald darauf ging er in Mutwillen über
und erzählte mir: „Wir haben einen Preußen in der Herberge
30 zu Kassel, der eben solche Lieder selbst macht; er kann keinen
seligen Stich nähen; hat er einen Groschen in der Tasche, so
hat er für zwei Groschen Durst, und wenn er im Thran ist,
hält er den Himmel für ein blaues Kamisol, und weint wie
eine Dachtraufe, und singt ein Lied mit der doppelten Poesie!"

Von letzterem Ausdruck wünschte ich eine Erklärung, aber mein
Schneiderlein mit seinen Ziegenhainer Beinchen hüpfte hin und
her und rief beständig: „Die doppelte Poesie ist die doppelte
Poesie!" Endlich brachte ich es heraus, daß er doppelt gereimte
Gedichte, namentlich Stanzen, im Sinne hatte. — Unterdes,         5
durch große Bewegung und den konträren Wind, war der Ritter
von der Nadel sehr müde geworden. Er machte freilich noch
einige große Anstalten zum Gehen und bramarbasierte: „Jetzt
will ich den Weg zwischen die Beine nehmen!" Doch bald
klagte er, daß er sich Blasen unter die Füße gegangen, und die   10
Welt viel zu weitläufig sei; und endlich bei einem Baumstamme
ließ er sich sachte niedersinken, bewegte sein zartes Häuptlein wie
ein betrübtes Lämmerschwänzchen, und wehmütig lächelnd rief
er: „Da bin ich armes Schindluderchen schon wieder marode!"

Die Berge wurden hier noch steiler, die Tannenwälder wogten   15
unten wie ein grünes Meer, und am blauen Himmel oben
schifften die weißen Wolken. Die Wildheit der Gegend war
durch ihre Einheit und Einfachheit gleichsam gezähmt. Wie ein
guter Dichter liebt die Natur keine schroffen Übergänge. Die
Wolken, so bizarr gestaltet sie auch zuweilen erscheinen, tragen   20
ein weißes oder doch ein mildes, mit dem blauen Himmel und
der grünen Erde harmonisch korrespondierendes Kolorit, so daß
alle Farben einer Gegend wie leise Musik in einander schmelzen,
und jeder Naturanblick krampfstillend und gemütberuhigend wirkt.
— Der selige Hoffmann würde die Wolken buntscheckig bemalt   25
haben. Eben wie ein großer Dichter weiß die Natur auch mit
den wenigsten Mitteln die größten Effekte hervor zu bringen.
Da sind nur eine Sonne, Bäume, Blumen, Wasser und Liebe.
Freilich, fehlt letztere im Herzen des Beschauers, so mag das
Ganze wohl einen schlechten Anblick gewähren, und die Sonne   30
hat dann bloß so und so viel Meilen im Durchmesser, und die
Bäume sind gut zum Einheizen, und die Blumen werden nach
den Staubfäden klassifiziert, und das Wasser ist naß.

Ein kleiner Junge, der für seinen kranken Oheim im Walde

Reifig suchte, zeigte mir das Dorf Lerrbach, dessen kleine Hütten mit grauen Dächern sich über eine halbe Stunde durch das Thal hinziehen. „Dort," sagte er, „wohnen dumme Kropfleute und weiße Mohren," — mit letzterem Namen werden die Albinos
5 vom Volke benannt. Der kleine Junge stand mit den Bäumen in gar eigenem Einverständnis; er grüßte sie wie gute Bekannte, und sie schienen rauschend seinen Gruß zu erwidern. Er pfiff wie ein Zeisig, ringsum antworteten zwitschernd die andern Vögel, und ehe ich mich dessen versah, war er mit seinen nack=
10 ten Füßchen und seinem Bündel Reisig ins Walddickicht fortge= sprungen. Die Kinder, dacht' ich, sind jünger als wir, können sich noch erinnern, wie sie ebenfalls Bäume oder Vögel waren, und sind also noch imstande, dieselben zu verstehen: unsereins aber ist schon alt und hat zu viel Sorgen, Jurisprudenz und
15 schlechte Verse im Kopf. Jene Zeit, wo es anders war, trat mir bei meinem Eintritt in Klausthal wieder recht lebhaft ins Gedächtnis. In dieses nette Bergstädtchen, welches man nicht früher erblickt, als bis man davorsteht, gelangte ich, als eben die Glocke zwölf schlug und die Kinder jubelnd aus der Schule
20 kamen.

In der „Krone" zu Klausthal hielt ich Mittag. Ich bekam frühlingsgrüne Petersiliensuppe, veilchenblauen Kohl, einen Kalbs= braten, groß wie der Chimborasso in Miniatur, so wie auch eine Art geräucherter Heringe, die Bückinge heißen, nach dem
25 Namen ihres Erfinders, Wilhelm Bücking, der 1447 gestorben, und um jener Erfindung willen von Karl V. so verehrt wurde, daß derselbe Anno 1556 von Middelburg nach Bievlied in Zee= land reiste, bloß um dort das Grab dieses großen Mannes zu sehen. Wie herrlich schmeckt doch solch ein Gericht, wenn man
30 die historischen Notizen dazu weiß und es selbst verzehrt. Nur der Kaffee nach Tische wurde mir verleidet, indem sich ein junger Mensch diskurierend zu mir setzte und so entsetzlich schwadro= nierte, daß die Milch auf dem Tische sauer wurde. Es war ein junger Handlungsbeflissener mit fünfundzwanzig bunten

Westen und eben so viel' goldnen Petschaften, Ringen, Brust=
nadeln u. s. w. Er sah aus wie ein Affe, der eine rote Jacke
angezogen hat und nun zu sich selber sagt: Kleider machen
Leute. Eine ganze Menge Charaden wußte er auswendig, so
wie auch Anekdoten, die er immer da anbrachte, wo sie am
wenigsten paßten. Er fragte mich, was es in Göttingen Neues
gäbe, und ich erzählte ihm; daß vor meiner Abreise von dort
ein Dekret des akademischen Senats erschienen, worin bei drei
Thaler Strafe verboten wird, den Hunden die Schwänze abzu=
schneiden, indem die tollen Hunde in den Hundstagen die
Schwänze zwischen den Beinen tragen, und man sie dadurch
von den nichttollen unterscheidet, was doch nicht geschehen könnte,
wenn sie gar keine Schwänze haben. — Nach Tische machte ich
mich auf den Weg, die Gruben, die Silberhütten und die
Münze zu besuchen.

In den Silberhütten habe ich, wie oft im Leben, den Silber=
blick verfehlt. In der Münze traf ich es schon besser, und
konnte zusehen, wie das Geld gemacht wird. Freilich, weiter
hab' ich es auch nie bringen können. Ich hatte bei solcher Ge=
legenheit immer das Zusehen, und ich glaube, wenn mal die
Thaler vom Himmel herunter regneten, so bekäme ich davon
nur Löcher in den Kopf, während die Kinder Israel die silberne
Manna mit lustigem Mute einsammeln würden. Mit einem
Gefühle, worin gar komisch Ehrfurcht und Rührung gemischt
waren, betrachtete ich die neugebornen, blanken Thaler, nahm
einen, der eben vom Prägstocke kam, in die Hand, und sprach
zu ihm: Junger Thaler! welche Schicksale erwarten dich! wie
viel Gutes und wie viel Böses wirst du stiften! wie wirst du
das Laster beschützen und die Tugend flicken! wie wirst du ge=
liebt und dann wieder verwünscht werden! wie wirst du schwel=
gen, kuppeln, lügen und morden helfen! wie wirst du rastlos
umherirren, durch reine und schmutzige Hände, jahrhundertelang,
bis du endlich schuldbeladen und sündenmüd' versammelt wirst zu
den Deinigen im Schoße Abrahams, der dich einschmelzt und

läutert und umbildet zu einem neuen besseren Sein, vielleicht
gar zu einem unschuldigen Theelöffelchen, womit einst mein eigenes
Ururenkelchen sein liebes Breisüppchen zurechtmatscht.

Das Befahren der zwei vorzüglichsten Klausthaler Gruben, der
"Dorothea" und "Karolina," fand ich sehr interessant, und ich
muß ausführlich davon erzählen.

Eine halbe Stunde vor der Stadt gelangt man zu zwei großen,
schwärzlichen Gebäuden. Dort wird man gleich von den Berg=
leuten in Empfang genommen. Diese tragen dunkle, gewöhn=
lich stahlblaue, weite, bis über den Bauch herabhängende Jacken,
Hosen von ähnlicher Farbe, ein hinten aufgebundenes Schurzfell
und kleine grüne Filzhüte, ganz randlos wie ein abgekappter
Kegel. In eine solche Tracht, bloß ohne Hinterleder, wird der
Besuchende ebenfalls eingekleidet, und ein Bergmann, ein Steiger,
nachdem er sein Grubenlicht angezündet, führt ihn nach einer
dunkeln Öffnung, die wie ein Kaminfegeloch aussieht, steigt bis
an die Brust hinab, giebt Regeln, wie man sich an den Leitern
festzuhalten habe, und bittet, angstlos zu folgen. Die Sache
selbst ist nichts weniger als gefährlich; aber man glaubt es nicht
im Anfang, wenn man gar nichts vom Bergwerkswesen versteht.
Es giebt schon eine eigene Empfindung, daß man sich ausziehen
und die dunkle Delinquententracht anziehen muß. Und nun soll
man auf allen Vieren hinab klettern, und das dunkle Loch ist
so dunkel, und Gott weiß, wie lang die Leiter sein mag. Aber
bald merkt man doch, daß es nicht eine einzige, in die schwarze
Ewigkeit hinablaufende Leiter ist, sondern daß es mehrere von
fünfzehn bis zwanzig Sprossen sind, deren jede auf ein kleines
Brett führt, worauf man stehen kann, und worin wieder ein
neues Loch nach einer neuen Leiter hinableitet. Ich war zuerst
in die Karolina gestiegen. Das ist die schmutzigste und uner=
freulichste Karolina, die ich je kennen gelernt habe. Die Leiter=
sprossen sind kotig naß. Und von einer Leiter zur andern geht's
hinab, und der Steiger voran, und dieser beteuert immer, es
sei gar nicht gefährlich, nur müsse man sich mit den Händen

feſt an den Sproſſen halten, und nicht nach den Füßen ſehen,
und nicht ſchwindlicht werden, und nur bei Leibe nicht auf das
Seitenbrett treten, wo jetzt das ſchnurrende Tonnenſeil herauf=
geht, und wo vor vierzehn Tagen ein unvorſichtiger Menſch hin=
untergeſtürzt und leider den Hals gebrochen. Da unten iſt ein 5
verworrenes Rauſchen und Summen, man ſtößt beſtändig an
Balken und Seile, die in Bewegung ſind, um die Tonnen mit
geklopften Erzen oder das hervorgeſinterte Waſſer herauf zu
winden. Zuweilen gelangt man auch in durchgehauene Gänge,
Stollen genannt, wo man das Erz wachſen ſieht, und wo der 10
einſame Bergmann den ganzen Tag ſitzt und mühſam mit dem
Hammer die Erzſtücke aus der Wand herausklopft. Bis in die
unterſte Tieſe, wo man, wie einige behaupten, ſchon hören kann,
wie die Leute in Amerika „Hurrah, Lafayette!“ ſchreien, bin
ich nicht gekommen; unter uns geſagt, dort, bis wohin ich kam, 15
ſchien es mir bereits tief genug: — immerwährendes Brauſen und
Sauſen, unheimliche Maſchinenbewegung, unterirdiſches Quellen=
gerieſel, von allen Seiten herabtrieſendes Waſſer, qualmig auf=
ſteigende Erddünſte, und das Grubenlicht immer bleicher hinein=
flimmernd in die einſame Nacht. Wirklich, es war betäubend, 20
das Atmen wurde mir ſchwer, und mit Mühe hielt ich mich an
den glitſcherigen Leiterſproſſen. Ich habe keinen Anflug von
ſogenannter Angſt empfunden, aber, ſeltſam genug, dort unten
in der Tieſe erinnerte ich mich, daß ich im vorigen Jahre un=
gefähr um dieſelbe Zeit einen Sturm auf der Nordſee erlebte, 25
und ich meinte jetzt, es ſei doch eigentlich recht traulich angenehm,
wenn das Schiff hin und her ſchaukelt, die Winde ihre Trom=
peterſtückchen losblaſen, zwiſchendrein der luſtige Matroſenlärm
erſchallt, und alles friſch überſchauert wird von Gottes lieber,
freier Luft. Ja, Luft! — Nach Luft ſchnappend ſtieg ich einige 30
Dutzend Leitern wieder in die Höhe, und mein Steiger führte
mich durch einen ſchmalen, ſehr langen, in den Berg gehauenen
Gang nach der Grube Dorothea. Hier iſt es luſtiger und friſcher,
und die Leitern ſind reiner, aber auch länger und ſteiler als in

der Karolina. Hier wurde mir auch besser zu Mute, besonders
da ich wieder Spuren lebendiger Menschen gewahrte. In der
Tiefe zeigten sich nämlich wandelnde Schimmer; Bergleute mit
ihren Grubenlichtern kamen allmählich in die Höhe mit dem
5 Gruße „Glückauf!" und mit demselben Wiedergruße von unserer
Seite stiegen sie an uns vorüber; und wie eine befreundet
ruhige, und doch zugleich quälend rätselhafte Erinnerung trafen
mich mit ihren tiefsinnig klaren Blicken die ernstfrommen, etwas
blassen, und vom Grubenlicht geheimnisvoll beleuchteten Gesichter
10 dieser jungen und alten Männer, die in ihren dunkeln, einsamen Bergschachten den ganzen Tag gearbeitet hatten, und sich
jetzt hinaufsehnten nach dem lieben Tageslicht, und nach den
Augen von Weib und Kind.

Mein Cicerone selbst war eine kreuzehrliche, pudeldeutsche Na-
15 tur. Mit innerer Freudigkeit zeigte er mir jene Stelle, wo der
Herzog von Cambridge, als er die Grube befahren, mit seinem
ganzen Gefolge gespeist hat, und wo noch der lange hölzerne
Speisetisch steht, so wie auch der große Stuhl von Erz, worauf
der Herzog gesessen. Dieser bleibe zum ewigen Andenken stehen,
20 sagte der gute Bergmann, und mit Feuer erzählte er, wie viele
Festlichkeiten damals stattgefunden, wie der ganze Stollen mit
Lichtern, Blumen und Laubwerk verziert gewesen, wie ein Berg-
knappe die Zither gespielt und gesungen, wie der vergnügte,
liebe, dicke Herzog sehr viele Gesundheiten ausgetrunken habe,
25 und wie viele Bergleute, und er selbst ganz besonders, sich gern
würden totschlagen lassen für den lieben, dicken Herzog und das
ganze Haus Hannover. — Innig rührt es mich jedesmal, wenn
ich sehe, wie sich dieses Gefühl der Unterthanstreue in seinen
einfachen Naturlauten ausspricht. Es ist ein so schönes Gefühl!
30 Und es ist ein so wahrhaft deutsches Gefühl! Andere Völker
mögen gewandter sein und witziger und ergötzlicher, aber keins
ist so treu wie das treue deutsche Volk. Wüßte ich nicht, daß
die Treue so alt ist wie die Welt, so würde ich glauben, ein
deutsches Herz habe sie erfunden. Deutsche Treue! sie ist keine

moderne Adressenflostel. An euren Höfen, ihr deutschen Fürsten,
sollte man singen und wieder singen das Lied von dem getreuen
Eckart und dem bösen Burgund, der ihm die lieben Kinder
töten lassen, und ihn alsdann doch noch immer treu befunden
hat. Ihr habt das treueste Volk, und ihr irrt, wenn ihr glaubt,
der alte verständige, treue Hund sei plötzlich toll geworden, und
schnappe nach euren geheiligten Waden.

Wie die deutsche Treue, hatte uns jetzt das kleine Gruben=
licht ohne viel Geflacker still und sicher geleitet durch das Laby=
rinth der Schachten und Stollen; wir stiegen hervor aus der
dumpfigen Bergnacht, das Sonnenlicht strahlte — Glückauf!

Die meisten Bergarbeiter wohnen in Klausthal und in dem
damit verbundenen Bergstädtchen Zellerfeld. Ich besuchte meh=
rere dieser wackern Leute, betrachtete ihre kleine häusliche Ein=
richtung, hörte einige ihrer Lieder, die sie mit der Zither, ihrem
Lieblingsinstrumente, gar hübsch begleiten, ließ mir alte Berg=
märchen von ihnen erzählen und auch die Gebete hersagen, die
sie in Gemeinschaft zu halten pflegen, ehe sie in den dunkeln
Schacht hinuntersteigen, und manches gute Gebet habe ich mit=
gebetet. Ein alter Steiger meinte sogar, ich sollte bei ihnen
bleiben und Bergmann werden; und als ich dennoch Abschied
nahm, gab er mir einen Auftrag an seinen Bruder, der in der
Nähe von Goslar wohnt, und viele Küsse für seine liebe Nichte.

So stillstehend ruhig auch das Leben dieser Leute erscheint, so
ist es dennoch ein wahrhaftes, lebendiges Leben. Die steinalte,
zitternde Frau, die, dem großen Schranke gegenüber, hinterm
Ofen saß, mag dort schon ein Vierteljahrhundert lang gesessen
haben, und ihr Denken und Fühlen ist gewiß innig verwachsen
mit allen Ecken dieses Ofens und allen Schnitzeleien dieses
Schrankes. Und Schrank und Ofen leben, denn ein Mensch
hat ihnen einen Teil seiner Seele eingeflößt.

Nur durch solch tiefes Anschauungsleben, durch die „Unmit=
telbarkeit" entstand die deutsche Märchenfabel, deren Eigentüm=
lichkeit darin besteht, daß nicht nur die Tiere und Pflanzen,

sondern auch ganz leblos scheinende Gegenstände sprechen und
handeln.   Sinnigem, harmlosem Volke in der stillen, umfriedeten
Heimlichkeit seiner niedern Berg= oder Waldhütten offenbarte sich
das innere Leben solcher Gegenstände, diese gewannen einen
notwendigen, konsequenten Charakter, eine süße Mischung von
phantastischer Laune und rein menschlicher Gesinnung; und so
sehen wir im Märchen, wunderbar und doch als wenn es sich
von selbst verstände; Nähnadel und Stecknadel kommen von der
Schneiderherberge und verirren sich im Dunkeln; Strohhalm und
Kohle wollen über den Bach setzen und verunglücken; Schippe
und Besen stehen auf der Treppe und zanken und schmeißen
sich; der befragte Spiegel zeigt das Bild der schönsten Frau;
sogar die Blutstropfen fangen an zu sprechen, bange dunkle
Worte des besorglichsten Mitleids. — Aus demselben Grunde ist
unser Leben in der Kindheit so unendlich bedeutend, in jener
Zeit ist uns alles gleich wichtig, wir hören alles, wir sehen
alles, bei allen Eindrücken ist Gleichmäßigkeit, statt daß wir
später absichtlicher werden, uns mit dem Einzelnen ausschließ=
licher beschäftigen, das klare Gold der Anschauung für das Pa=
piergeld der Bücherdefinitionen mühsam einwechseln, und an
Lebensbreite gewinnen, was wir an Lebenstiefe verlieren.   Jetzt
sind wir ausgewachsene, vornehme Leute; wir beziehen oft neue
Wohnungen, die Magd räumt täglich auf, und verändert nach
Gutdünken die Stellung der Möbeln, die uns wenig interes=
sieren, da sie entweder neu sind, oder heute dem Hans, morgen
dem Isaak gehören; selbst unsere Kleider bleiben uns fremd,
wir wissen kaum, wie viel Knöpfe an dem Rocke sitzen, den wir
eben jetzt auf dem Leibe tragen; wir wechseln ja so oft als
möglich mit Kleidungsstücken, keines derselben bleibt im Zusam=
menhange mit unserer inneren und äußeren Geschichte; — kaum
vermögen wir uns zu erinnern, wie jene braune Weste aussah,
die uns einst so viel Gelächter zugezogen hat, und auf deren
breiten Streifen dennoch die liebe Hand der Geliebten so lieblich
ruhte!

Die alte Frau, dem großen Schrank gegenüber hinterm Ofen, trug einen geblümten Rock von verschollenem Zeuge, das Braut= kleid ihrer seligen Mutter. Ihr Urenkel, ein als Bergmann gekleideter blonder, blitzäugiger Knabe, saß zu ihren Füßen und zählte die Blumen ihres Rockes, und sie mag ihm von diesem 5 Rocke wohl schon viele Geschichtchen erzählt haben, viele ernst= hafte hübsche Geschichten, die der Junge gewiß nicht so bald vergißt, die ihm noch oft vorschweben werden, wenn er bald als ein erwachsener Mann in den nächtlichen Stollen der Karolina einsam arbeitet, und die er vielleicht wieder erzählt, wenn die 10 liebe Großmutter längst tot ist, und er selber ein silberhaariger, erloschener Greis, im Kreise seiner Enkel sitzt, dem großen Schranke gegenüber, hinterm Ofen.

Ich blieb die Nacht ebenfalls in der Krone, wo unterdessen auch der Hofrat B. aus Göttingen angekommen war. Ich hatte 15 das Vergnügen, dem alten Herrn meine Aufwartung zu machen. Als ich mich ins Fremdenbuch einschrieb und im Monat Juli blätterte, fand ich auch den vielteuern Namen Adalbert von Chamisso, den Biographen des unsterblichen Schlemihl. Der Wirt erzählte mir, dieser Herr sei in einem unbeschreibbar 20 schlechten Wetter angekommen, und in einem eben so schlechten Wetter wieder abgereist.

Den andern Morgen mußte ich meinen Ranzen nochmals erleichtern, das eingepackte Paar Stiefel warf ich über Bord, und ich hob auf meine Füße und ging nach Goslar. Ich kam 25 dahin, ohne zu wissen wie. Nur soviel kann ich mich erinnern: ich schlenderte wieder bergauf, bergab, schaute hinunter in man= ches hübsche Wiesenthal; silberne Wasser brausten, süße Wald= vögel zwitscherten, die Herdenglöckchen läuteten, die mannigfaltig grünen Bäume wurden von der lieben Sonne goldig angestrahlt, 30 und oben war die blauseidene Decke des Himmels so durchsichtig, daß man tief hinein schauen konnte bis ins Allerheiligste.

Der Name Goslar klingt so erfreulich, und es knüpfen sich daran so viele uralte Kaisererinnerungen, daß ich eine imposante,

stattliche Stadt erwartete. Aber so geht es, wenn man die
Berühmten in der Nähe besieht! Ich fand ein Nest mit mei=
stens schmalen, labyrinthisch krummen Straßen, allwo mittendurch
ein kleines Wasser, wahrscheinlich die Gose, fließt, verfallen und
5 dumpfig, und ein Pflaster, so holprig wie Berliner Hexameter.
Nur die Altertümlichkeiten der Einfassung, nämlich Reste von
Mauern, Türmen und Zinnen, geben der Stadt etwas Pikantes.
Einer dieser Türme, der Zwinger genannt, hat so dicke Mauern,
daß ganze Gemächer darin ausgehauen sind. Der Platz vor
10 der Stadt, wo der weitberühmte Schützenhof gehalten wird, ist
eine schöne große Wiese, ringsum hohe Berge. Der Markt ist
klein, in der Mitte steht ein Springbrunnen, dessen Wasser sich
in ein großes Metallbecken ergießt. Bei Feuersbrünsten wird
einigemal daran geschlagen; es giebt dann einen weitschallenden
15 Ton. Man weiß nichts vom Ursprunge dieses Beckens. Einige
sagen, der Teufel habe es einst zur Nachtzeit dort auf den Markt
hingestellt. Damals waren die Leute noch dumm, und der Teufel
war auch dumm, und sie machten sich wechselseitig Geschenke.

Ich logierte in einem Gasthofe nahe dem Markte, wo mir das
20 Mittagessen noch besser geschmeckt haben würde, hätte sich nur
nicht der Herr Wirt mit seinem langen, überflüssigen Gesichte
und seinen langweiligen Fragen zu mir hingesetzt; glücklicher=
weise ward ich bald erlöst durch die Ankunft eines andern Rei=
senden, der dieselben Fragen in derselben Ordnung aushalten
25 mußte: quis? quid? ubi? quibus auxiliis? cur? quomodo?
quando? Dieser Fremde war ein alter, müder, abgetragener
Mann, der, wie aus seinen Reden hervorging, die ganze Welt
durchwandert, besonders lang auf Batavia gelebt, viel Geld
erworben und wieder alles verloren hatte, und jetzt, nach drei=
30 ßigjähriger Abwesenheit, nach Quedlinburg, seiner Vaterstadt
zurückkehrte, — „denn," setzte er hinzu, „unsere Familie hat dort
ihr Erbbegräbnis."

Mein Logis gewährte eine herrliche Aussicht nach dem Ram=
melsberg. Es war ein schöner Abend. Die Nacht jagte auf

ihrem schwarzen Rosse, und die langen Mähnen flatterten im
Winde. Ich stand am Fenster und betrachtete den Mond . . . . . .
Unsterblichkeit! schöner Gedanke! wer hat dich zuerst erdacht?
War es ein Nürnberger Spießbürger, der, mit weißer Nacht=
mütze auf dem Kopfe und mit weißer Thonpfeife im Maule,          5
am lauen Sommerabend vor seiner Hausthüre saß, und recht
behaglich meinte, es wäre doch hübsch, wenn er nun so immer=
fort, ohne daß sein Pfeifchen und sein Lebensatemchen ausgingen,
in die liebe Ewigkeit hineinvegetieren könnte! Oder war es ein
junger Liebender, der in den Armen seiner Geliebten jenen        10
Unsterblichkeitsgedanken dachte, und ihn dachte, weil er ihn fühlte,
und weil er nicht anders fühlen und denken konnte? —
     Die Blumen im Garten unter meinem Fenster dufteten
stärker. Düfte sind die Gefühle der Blumen, und wie das
Menschenherz in der Nacht, wo es sich einsam und unbelauscht    15
glaubt, stärker fühlt, so scheinen auch die Blumen, sinnig ver=
schämt, erst die umhüllende Dunkelheit zu erwarten, um sich
gänzlich ihren Gefühlen hinzugeben und sie auszuhauchen in
süßen Düften.
     Von Goslar ging ich den andern Morgen weiter, halb auf    20
Geratewohl, halb in der Absicht, den Bruder des Klausthaler
Bergmanns aufzusuchen. Wieder schönes, liebes Sonntags=
wetter. Ich bestieg Hügel und Berge, betrachtete, wie die Sonne
den Nebel zu verscheuchen suchte, wanderte freudig durch die
schauernden Wälder, und um mein träumendes Haupt klingel=    25
ten die Glockenblümchen von Goslar. In ihren weißen Nacht=
mänteln standen die Berge, die Tannen rüttelten sich den Schlaf
aus den Gliedern, der frische Morgenwind frisierte ihnen die
herabhängenden grünen Haare, die Vöglein hielten Betstunde,
das Wiesenthal blitzte wie eine diamantenbesäete Golddecke, und  30
der Hirt schritt darüber hin mit seiner läutenden Herde. Ich
mochte mich wohl eigentlich verirrt haben. Man schlägt immer
Seitenwege und Fußsteige ein, und glaubt dadurch näher zum
Ziele zu gelangen. Wie im Leben überhaupt, geht's uns auch

auf dem Harze. Aber es giebt immer gute Seelen, die uns wie=
der auf den rechten Weg bringen; sie thun es gern, und finden
noch obendrein ein besonderes Vergnügen daran, wenn sie uns mit
selbstgefälliger Miene und wohlwollend lauter Stimme bedeu=
5 ten, welche große Umwege wir gemacht, in welche Abgründe
und Sümpfe wir versinken konnten, und welch ein Glück es
sei, daß wir so wegkundige Leute, wie sie sind, noch zeitig an=
getroffen. Einen solchen Berichtiger fand ich unweit der Harz=
burg. Es war ein wohlgenährter Bürger von Goslar, ein
10 glänzend wampiges, dummkluges Gesicht. Wir gingen eine
Strecke zusammen, und er erzählte mir allerlei Spukgeschichten,
die hübsch klingen konnten, wenn sie nicht alle darauf hinaus
liefen, daß es doch kein wirklicher Spuk gewesen. Er machte
mich auch aufmerksam auf die Zweckmäßigkeit und Nützlichkeit
15 in der Natur. Die Bäume sind grün, weil grün gut für die
Augen ist. Ich gab ihm Recht, und fügte hinzu, daß Gott
das Rindvieh erschaffen, weil Fleischsuppen den Menschen stär=
ken, daß er die Esel erschaffen, damit sie den Menschen zu
Vergleichungen dienen können, und daß er den Menschen
20 selbst erschaffen, damit er Fleischsuppen essen und kein Esel sein
soll. Mein Begleiter war entzückt, einen Gleichgestimmten ge=
funden zu haben, sein Antlitz erglänzte noch freudiger, und bei
dem Abschiede war er gerührt.

So lange er neben mir ging, war gleichsam die ganze Na=
25 tur entzaubert; sobald er aber fort war, fingen die Bäume
wieder an zu sprechen, und die Sonnenstrahlen erklangen, und
die Wiesenblümchen tanzten, und der blaue Himmel umarmte
die grüne Erde. Ja, ich weiß es besser; Gott hat den Men=
schen erschaffen, damit er die Herrlichkeit der Welt bewundere.
30 Jeder Autor, und sei er noch so groß, wünscht, daß sein Werk
gelobt werde. Und in der Bibel, den Memoiren Gottes, steht
ausdrücklich, daß er die Menschen erschaffen zu seinem Ruhm
und Preis.

Nach einem langen Hin= und Herwandern gelangte ich nach

der Wohnung des Bruders meines Klausthaler Freundes und übernachtete alldort.

Die Sonne ging auf. Die Nebel flohen, wie Gespenster beim dritten Hahnenschrei. Ich stieg wieder bergauf und berg= ab, und vor mir schwebte die schöne Sonne, immer neue Schönheiten beleuchtend. Der Geist des Gebirges begünstigte mich ganz offenbar; er wußte wohl, daß so ein Dichtermensch viel Hübsches wiedererzählen kann, und er ließ mich diesen Morgen seinen Harz sehen, wie ihn gewiß nicht jeder sah: aber auch mich sah der Harz, wie mich nur wenige gesehen, in meinen Augenwimpern flimmerten ebenso kostbare Perlen, wie in den Gräsern des Thals. Bald empfing mich eine Waldung himmelhoher Tannen, für die ich in jeder Hinsicht Respekt habe. Diesen Bäumen ist nämlich das Wachsen nicht so ganz leicht gemacht worden, und sie haben es sich in der Jugend sauer werden lassen. Der Berg ist hier mit vielen großen Granit= blöcken übersäet, und die meisten Bäume mußten mit ihren Wurzeln diese Steine umranken oder sprengen, und mühsam den Boden suchen, woraus sie Nahrung schöpfen können. Hier und da liegen die Steine, gleichsam ein Thor bildend, über einander, und oben darauf stehen die Bäume, die nackten Wur= zeln über jene Steinpforte hinziehend, und erst am Fuße der= selben den Boden erfassend, so daß sie in der freien Luft zu wachsen scheinen. Und doch haben sie sich zu jener gewaltigen Höhe empor geschwungen, und, mit den umklammerten Steinen wie zusammengewachsen, stehen sie fester als ihre bequemen Kollegen im zahmen Forstboden des flachen Landes. So stehen auch im Leben jene großen Männer, die durch das Überwinden früher Hemmungen und Hindernisse sich erst recht gestärkt und befestigt haben. Auf den Zweigen der Tannen kletterten Eich= hörnchen und unter denselben spazierten die gelben Hirsche. Wenn ich solch ein liebes, edles Tier sehe, so kann ich nicht be= greifen, wie gebildete Leute Vergnügen daran finden, es zu

heßen und zu töten. Solch ein Tier war barmherziger als die
Menschen, und säugte den schmachtenden Schmerzenreich der
heiligen Genovefa.

Allerliebst schossen die goldenen Sonnenlichter durch das
5 dichte Tannengrün. Eine natürliche Treppe bildeten die Baum=
wurzeln. Überall schwellende Moosbänke; denn die Steine
sind fußhoch von den schönsten Moosarten, wie mit hellgrünen
Sammetpolstern, bewachsen. Liebliche Kühle und träumerisches
Quellengemurmel. Hier und da sieht man, wie das Wasser
10 unter den Steinen silberhell hinrieselt und die nackten Baum=
wurzeln und Fasern bespült. Wenn man sich nach diesem
Treiben hinab beugt, so belauscht man gleichsam die geheime
Bildungsgeschichte der Pflanzen und das ruhige Herzklopfen des
Berges. An manchen Orten sprudelt das Wasser aus den
15 Steinen und Wurzeln stärker hervor und bildet kleine Kaska=
den. Da läßt sich gut sitzen. Es murmelt und rauscht so
wunderbar, die Vögel singen abgebrochene Sehnsuchtslaute, die
Bäume flüstern wie mit tausend Mädchenzungen, wie mit tau=
send Mädchenaugen schauen uns an die seltsamen Bergblumen,
20 sie stecken nach uns aus die wundersam breiten, drollig gezack=
ten Blätter, spielend flimmern hin und her die lustigen Son=
nenstrahlen, die sinnigen Kräutlein erzählen sich grüne Märchen,
es ist alles wie verzaubert, es wird immer heimlicher und
heimlicher, ein uralter Traum wird lebendig, die Geliebte er=
25 scheint — ach, daß sie so schnell wieder verschwindet!

Je höher man den Berg hinaufsteigt, desto kürzer, zwerg=
hafter werden die Tannen, sie scheinen immer mehr und mehr
zusammenzuschrumpfen, bis nur Heidelbeer= und Rotbeersträuche
und Bergkräuter übrig bleiben. Da wird es auch schon fühl=
30 bar kälter. Die wunderlichen Gruppen der Granitblöcke werden
hier erst recht sichtbar; diese sind oft von erstaunlicher Größe.
Das mögen wohl die Spielbälle sein, die sich die bösen Geister
einander zuwerfen in der Walpurgisnacht, wenn hier die
Hexen auf Besenstielen und Mistgabeln einhergeritten kommen,

und die abenteuerlich verruchte Lust beginnt, wie die glaubhafte
Amme es erzählt, und wie es zu schauen ist auf den hübschen
Faustbildern des Meister Retzsch.

In der That, wenn man die obere Hälfte des Brockens be-
steigt, kann man sich nicht erwehren, an die ergötzlichen Blocks-
berggeschichten zu denken, und besonders an die große mystische
deutsche Nationaltragödie vom Doktor Faust. Mir war immer,
als ob der Pferdefuß neben mir hinauf klettere, und jemand
humoristisch Atem schöpfe. Und ich glaube, auch Mephisto muß
mit Mühe Atem holen, wenn er seinen Lieblingsberg ersteigt;
es ist ein äußerst erschöpfender Weg, und ich war froh, als ich
endlich das langersehnte Brockenhaus zu Gesicht bekam.

Dieses Haus, das, wie durch vielfache Abbildungen bekannt
ist, bloß aus einem Parterre besteht, und auf der Spitze des
Berges liegt, wurde erst 1800 vom Grafen Stolberg-Wernige-
rode erbaut, für dessen Rechnung es auch als Wirtshaus ver-
waltet wird. Die Mauern sind erstaunlich dick, wegen des
Windes und der Kälte im Winter; das Dach ist niedrig, in
der Mitte desselben steht eine turmartige Warte, und bei dem
Hause liegen noch zwei kleine Nebengebäude, wovon das eine in
frühern Zeiten den Brockenbesuchern zum Obdach diente.

Der Eintritt in das Brockenhaus erregte bei mir eine etwas
ungewöhnliche, märchenhafte Empfindung. Man ist nach einem
langen, einsamen Umhersteigen durch Tannen und Klippen plötzlich in ein Wolkenhaus versetzt; Städte, Berge und Wälder
blieben unten liegen, und oben findet man eine wunderlich zu-
sammengesetzte, fremde Gesellschaft, von welcher man, wie es an
dergleichen Orten natürlich ist, fast wie ein erwarteter Genosse,
halb neugierig und halb gleichgiltig, empfangen wird. Ich fand
das Haus voller Gäste, und, wie es einem klugen Manne geziemt, dachte ich schon an die Nacht, an die Unbehaglichkeit eines
Strohlagers; mit hinsterbender Stimme verlangte ich gleich Thee,
und der Herr Brockenwirt war vernünftig genug, einzusehen,
daß ich kranker Mensch für die Nacht ein ordentliches Bett haben

müsse. Dieses verschaffte er mir in einem engen Zimmerchen, wo schon ein junger Kaufmann sich etabliert hatte.

In der Wirtsstube fand ich lauter Leben und Bewegung. Studenten von verschiedenen Universitäten. Die einen sind kurz vorher angekommen und restaurieren sich, andere bereiten sich zum Abmarsch, schnüren ihre Ranzen, schreiben ihre Namen ins Gedächtnisbuch, erhalten Brockensträuße von den Haus= mädchen; da wird gesungen, gesprungen, gejohlt, man fragt, man antwortet, gut Wetter, Fußweg, Prosit, Adieu.

Nachdem ich mich ziemlich refreiert, bestieg ich die Turmwarte, und fand daselbst einen kleinen Herrn mit zwei Damen, einer jungen und einer ältlichen. Die junge Dame war sehr schön. Eine herrliche Gestalt, auf dem lockigen Haupte ein helmartiger, schwarzer Atlashut, mit dessen weißen Federn die Winde spielten.

Als ich noch ein Knabe war, dachte ich an nichts als an Zauber= und Wundergeschichten, und jede schöne Dame, die Strauß= federn auf dem Kopfe trug, hielt ich für eine Elfenkönigin. Jetzt denke ich anders, seit ich aus der Naturgeschichte weiß, daß jene symbolischen Federn von dem dümmsten Vogel herkommen.

Hätte ich mit jenen Knabenaugen die erwähnte junge Schöne in erwähnter Stellung auf dem Brocken gesehen, so würde ich sicher gedacht haben: Das ist die Fee des Berges, und sie hat eben den Zauber ausgesprochen, wodurch dort unten alles so wunderbar erscheint. Ja; in hohem Grade wunderbar erscheint uns alles beim ersten Hinabschauen vom Brocken, alle Seiten unseres Geistes empfangen neue Eindrücke, und diese, meistens verschiedenartig, sogar sich widersprechend, verbinden sich in un= serer Seele zu einem großen, noch unentworrenen, unverstan= denen Gefühl. Gelingt es uns, dieses Gefühl in seinem Begriff zu erfassen, so erkennen wir den Charakter des Berges. Dieser Charakter ist ganz deutsch, sowohl in Hinsicht seiner Fehler, als auch seiner Vorzüge. Der Brocken ist ein Deutscher. Mit deutscher Gründlichkeit zeigt er uns klar und deutlich, wie ein Riesenpanorama, die vielen hundert Städte, Städtchen und

Dörfer, die meistens nördlich liegen, und ringsum alle Berge,
Wälder, Flüsse, Flächen, unendlich weit. Aber eben dadurch
erscheint alles wie eine scharfgezeichnete, rein illuminierte Special=
karte, nirgends wird das Auge durch eigentliche schöne Land=
schaften erfreut; wie es denn immer geschieht, daß wir deutschen 5
Kompilatoren wegen der ehrlichen Genauigkeit, womit wir alles
und alles hingeben wollen, nie daran denken können, das ein=
zelne auf eine schöne Weise zu geben. Der Berg hat auch so
etwas Deutschruhiges, Verständiges, Tolerantes; eben weil er
die Dinge so weit und klar überschauen kann. Und wenn solch 10
ein Berg seine Riesenaugen öffnet, mag er wohl noch etwas
mehr sehen, als wir Zwerge, die wir mit unsern blöden Äuglein
auf ihm herum klettern. Viele wollen zwar behaupten, der
Brocken sei sehr philiströse, und Claudius sang: „Der Blocks=
berg ist der lange Herr Philister!“ Aber das ist Irrtum. 15
Durch seinen Kahlkopf, den er zuweilen mit einer weißen Nebel=
kappe bedeckt, giebt er sich zwar den Anstrich von Philiströsität;
aber, wie bei manchen andern großen Deutschen, geschieht es aus
purer Ironie. Es ist sogar notorisch, daß der Brocken seine
burschikosen, phantastischen Zeiten hat, z. B. die erste Mainacht. 20
Dann wirft er seine Nebelkappe jubelnd in die Lüfte, und wird,
eben so gut wie wir übrigen, recht echtdeutsch romantisch ver=
rückt.

Ich suchte gleich die schöne Dame in ein Gespräch zu ver=
flechten; denn Naturschönheiten genießt man erst recht, wenn 25
man sich auf der Stelle darüber aussprechen kann. Sie war
nicht geistreich, aber aufmerksam sinnig. Wahrhaft vornehme
Formen. Ich meine nicht die gewöhnliche, steife, negative Vor=
nehmheit, die genau weiß, was unterlassen werden muß; sondern
jene seltnere, freie, positive Vornehmheit, die uns genau sagt, 30
was wir thun dürfen, und die uns, bei aller Unbefangenheit,
die höchste gesellige Sicherheit giebt. Ich entwickelte, zu meiner
eigenen Verwunderung, viele geographische Kenntnisse, nannte
der wißbegierigen Schönen alle Namen der Städte, die vor uns

lagen, suchte und zeigte ihr dieselben auf meiner Landkarte, die
ich über den Steintisch, der in der Mitte der Turmplatte steht,
mit echter Docentenmiene ausbreitete. Manche Stadt konnte ich
nicht finden, vielleicht weil ich mehr mit den Fingern suchte, als
5 mit den Augen, die sich unterdessen auf dem Gesicht der holden
Dame orientierten, und dort schönere Particeen fanden, als
„Schierke" und „Elend." Dieses Gesicht gehörte zu denen, die
nie reizen, selten entzücken, und immer gefallen. Ich liebe solche
Gesichter, weil sie mein schlimmbewegtes Herz zur Ruhe lächeln.
10 Die Dame war noch unverheiratet; obgleich schon in jener Voll-
blüte, die zum Ehestande hinlänglich berechtigt. Aber es ist ja
eine tägliche Erscheinung, just bei den schönsten Mädchen hält
es so schwer, daß sie einen Mann bekommen. Dies war schon
im Altertum der Fall, und, wie bekannt ist, alle drei Grazien
15 sind sitzen geblieben.

In welchem Verhältnis der kleine Herr, der die Damen begleitete, zu denselben stehen mochte, konnte ich nicht erraten.
Es war eine dünne, merkwürdige Figur. Ein Köpfchen, sparsam
bedeckt mit grauen Härchen, die über die kurze Stirn bis an
20 die grünlichen Libellenaugen reichten, die runde Nase weit her-
vortretend, dagegen Mund und Kinn sich wieder ängstlich nach
den Ohren zurück ziehend. Dieses Gesichtchen schien aus einem
zarten, gelblichen Thone zu bestehen, woraus die Bildhauer ihre
ersten Modelle kneten; und wenn die schmalen Lippen zusammen
25 kniffen, zogen sich über die Wangen einige tausend halbkreis-
artige, feine Fältchen. Der kleine Mann sprach kein Wort,
und nur dann und wann, wenn die ältere Dame ihm etwas
Freundliches zuflüsterte, lächelte er wie ein Mops, der den
Schnupfen hat.
30 Jene ältere Dame war die Mutter der jüngern, und auch sie
besaß die vornehmsten Formen. Ihr Auge verriet einen krank-
haft schwärmerischen Tiefsinn, um ihren Mund lag strenge
Frömmigkeit, doch schien mir's, als ob er einst sehr schön gewesen sei, und viel gelacht und viele Küsse empfangen und viele

erwidert habe. Ihr Gesicht glich einem Kodex palimpsestus, wo
unter der neuschwarzen Mönchsschrift eines Kirchenvatertextes die
halberloschenen Verse eines altgriechischen Liebesdichters hervor=
lauschen. Beide Damen waren mit ihrem Begleiter dieses Jahr
in Italien gewesen und erzählten mir allerlei Schönes von 5
Rom, Florenz und Venedig. Die Mutter erzählte viel von
den Raphaelschen Bildern in der Peterskirche; die Tochter sprach
mehr von der Oper im Theater Fenice. Beide waren entzückt
von der Kunst der Improvisatoren. Nürnberg war der Damen
Vaterstadt; doch von dessen altertümlicher Herrlichkeit wußten sie 10
mir wenig zu sagen. Die holdselige Kunst des Meistergesangs,
wovon uns der gute Wagenseil die letzten Klänge erhalten, ist
erloschen, und die Bürgerinnen Nürnbergs erbauen sich an
welschem Stegreifunsinn und Kapaunengesang. O Sankt Se=
baldus, was bist du jetzt für ein armer Patron! 15

Derweil wir sprachen, begann es zu dämmern; die Luft wurde
noch kälter, die Sonne neigte sich tiefer, und die Turmplatte
füllte sich mit Studenten, Handwerksburschen und einigen ehr=
samen Bürgersleuten, samt deren Ehefrauen und Töchtern, die
alle den Sonnenuntergang sehen wollten. Es ist ein erhabener 20
Anblick, der die Seele zum Gebet stimmt. Wohl eine Viertel=
stunde standen alle ernsthaft schweigend, und sahen, wie der
schöne Feuerball im Westen allmählich versank; die Gesichter
wurden vom Abendrot angestrahlt, die Hände falteten sich un=
willkürlich; es war, als ständen wir, eine stille Gemeinde, im 25
Schiffe eines Riesendoms, und der Priester erhöbe jetzt den Leib
des Herrn, und von der Orgel herab ergösse sich Palestrinas
ewiger Choral.

Während ich so in Andacht versunken stehe, höre ich, daß
neben mir jemand ausruft: „Wie ist die Natur doch im allge= 30
meinen so schön!" Die Worte kamen aus der gefühlvollen
Brust meines Zimmergenossen, des jungen Kaufmanns. Ich
gelangte dadurch wieder zu meiner Werkeltagsstimmung, war
jetzt imstande, den Damen über den Sonnenuntergang recht

viel Artiges zu sagen, und sie ruhig, als wäre nichts passiert,
nach ihrem Zimmer zu führen. Sie erlaubten mir auch sie
noch eine Stunde zu unterhalten. Wie die Erde selbst, drehte
sich unsre Unterhaltung um die Sonne. Die Mutter äußerte,
5 die in Nebel versinkende Sonne habe ausgesehen wie eine rot=
glühende Rose, die der galante Himmel herabgeworfen in den
weitausgebreiteten, weißen Brautschleier seiner geliebten Erde.
Die Tochter lächelte und meinte, der öftere Anblick solcher Natur=
erscheinungen schwäche ihren Eindruck. Die Mutter berichtigte
10 diese falsche Meinung durch eine Stelle aus Goethes Reise=
briefen, und frug mich, ob ich den Werther gelesen? Ich glaube,
wir sprachen auch von Angorakatzen, etruskischen Vasen, türkischen
Shawls, Maccaroni und Lord Byron, aus dessen Gedichten die
ältere Dame einige Sonnenuntergangsstellen, recht hübsch lispelnd
15 und seufzend, recitierte. Der jüngern Dame, die kein Englisch
verstand und jene Gedichte kennen lernen wollte, empfahl ich die
Übersetzungen meiner schönen, geistreichen Landsmännin, der
Baronin Elise von Hohenhausen; bei welcher Gelegenheit ich
nicht ermangelte, wie ich gegen junge Damen zu thun pflege,
20 über Byrons Gottlosigkeit, Lieblosigkeit, Trostlosigkeit, und der
Himmel weiß was noch mehr zu eifern.

Nach diesem Geschäfte ging ich noch auf dem Brocken spazie=
ren; denn ganz dunkel wird es dort nie. Der Nebel war nicht
stark, und ich betrachtete die Umrisse der beiden Hügel, die man
25 den Hexenaltar und die Teufelskanzel nennt. Ich schoß meine
Pistolen ab, doch es gab kein Echo. Plötzlich aber höre ich
bekannte Stimmen, und fühle mich umarmt und geküßt. Es
waren meine Landsleute, die Göttingen vier Tage später ver=
lassen hatten, und bedeutend erstaunt waren, mich ganz allein
30 auf dem Blocksberge wieder zu finden. Da gab es ein Erzäh=
len und Verwundern und Verabreden, ein Lachen und Erinnern,
und im Geiste waren wir wieder in unserm gelehrten Sibirien,
wo die Kultur so groß ist, daß die Bären in den Wirtshäusern
angebunden werden.

Im großen Zimmer wurde eine Abendmahlzeit gehalten. Ein langer Tisch mit zwei Reihen hungriger Studenten. Im Anfange gewöhnliches Universitätsgespräch: Duelle, Duelle und wieder Duelle. Die Gesellschaft bestand meistens aus Hallensern, und Halle wurde daher Hauptgegenstand der Unterhaltung. ...... Nun wurden Witze gerissen. Man setzte den Fall, ein Deutscher ließe sich in China für Geld sehen; und zu diesem Zwecke wurde ein Anschlagzettel geschmiedet, worin die Mandarinen Tsching=Tschang=Tschung und Hi=Ha=Ho begutachteten, daß es ein echter Deutscher sei, worin ferner seine Kunststücke aufgerechnet wurden, die hauptsächlich in Philosophieren, Tabakrauchen und Geduld bestanden, und worin noch schließlich bemerkt wurde, daß man um zwölf Uhr, welches die Fütterungsstunde sei, keine Hunde mitbringen dürfe, indem diese dem armen Deutschen die besten Brocken weg zu schnappen pflegten.

Während solcherlei Gespräche hin und her flogen, verlor man doch das Nützliche nicht aus den Augen, und den großen Schüsseln, die mit Fleisch, Kartoffeln u. s. w. ehrlich angefüllt waren, wurde fleißig zugesprochen. Jedoch war das Essen schlecht. Dies erwähnte ich leichthin gegen meinen Nachbar, der aber mit einem Accente, woran ich den Schweizer erkannte, gar unhöflich antwortete, daß wir Deutschen, wie mit der wahren Freiheit, so auch mit der wahren Genügsamkeit unbekannt seien. Ich zuckte die Achseln und bemerkte, daß die eigentlichen Fürstenknechte und Leckerkramverfertiger überall Schweizer sind und vorzugsweise so genannt werden, und daß überhaupt die jetzigen schweizerischen Freiheitshelden, die so viel Politisch=Kühnes ins Publikum hineinschwatzen, mir immer vorkommen wie Hasen, die auf öffentlichen Jahrmärkten Pistolen abschießen, alle Kinder und Bauern durch ihre Kühnheit in Erstaunen setzen, und dennoch Hasen sind.

An unserem Tische wurde es immer lauter und traulicher, der Wein verdrängte das Bier, die Punschbowlen dampften, es wurde getrunken, smoliert und gesungen. Der alte Landesvater und herrliche Lieder von W. Müller, Rückert, Uhland u. s. w.

erschollen.  Schöne Methfessel'sche Melodien.  Am allerbesten er=
klangen unseres Arndts deutsche Worte: „Der Gott, der Eisen
wachsen ließ, der wollte keine Knechte!"  Und draußen brauste
es, als ob der alte Berg mitsänge, und einige schwankende
5 Freunde behaupteten sogar, er schüttle freudig sein kahles Haupt,
und unser Zimmer werde dadurch hin und her bewegt.  Die
Flaschen wurden leerer und die Köpfe voller.  Der eine brüllte,
der andere fistulierte, ein dritter deklamierte aus der „Schuld",
ein vierter sprach Latein, ein fünfter predigte von der Mäßig=
10 keit, und ein sechster stellte sich auf den Stuhl und docierte.

Aus diesem Lärmen zog mich der Brockenwirt, indem er mich
weckte, um den Sonnenaufgang anzusehen.  Auf dem Turm
fand ich schon einige Harrende, die sich die frierenden Hände
rieben, andere, noch den Schlaf in den Augen, taumelten her=
15 auf; endlich stand die stille Gemeinde von gestern Abend wie=
der ganz versammelt, und schweigend sahen wir, wie am Hori=
zonte die kleine karmesinrote Kugel empor stieg, eine winter=
lich dämmernde Beleuchtung sich verbreitete, die Berge wie in
einem weißwallenden Meere schwammen, und bloß die Spitzen
20 derselben sichtbar hervortraten, so daß man auf einem kleinen
Hügel zu stehen glaubte, mitten auf einer überschwemmten Ebene,
wo nur hier und da eine trockene Erdscholle hervortritt.

Indessen, meine Sehnsucht nach einem Frühstück war ebenfalls
groß, und nachdem ich meinen Damen einige Höflichkeiten ge=
25 sagt, eilte ich hinab, um in der warmen Stube Kaffee zu trin=
ken.  Es that not; in meinem Magen sah es so nüchtern aus,
wie in der Goslarschen Stephanskirche.  Aber mit dem arabi=
schen Trunk rieselte mir auch der warme Orient durch die Glie=
der, östliche Rosen umdufteten mich, süße Bülbüllieder erklangen,
30 die Studenten verwandelten sich in Kamele, die Philisternasen
wurden Minarets u. s. w.

Das Buch, das neben mir lag, war aber nicht der Koran.
Unsinn enthielt es freilich genug.  Es war das sogenannte
Brockenbuch, worin alle Reisende, die den Berg ersteigen, ihre

Namen schreiben, und die meisten noch einige Gedanken und, in Ermangelung derselben, ihre Gefühle hinzu notieren. Viele drücken sich sogar in Versen aus.

Nun machten auch die Studenten Anstalt zum Abreisen, die Ranzen wurden geschnürt, die Rechnungen, die über alle Er= 5 wartung billig ausfielen, berichtigt; die Hausmädchen brachten, wie gebräuchlich ist, die Brockensträußchen, halfen solche auf die Mützen befestigen, wurden dafür mit einigen Küssen oder Gro= schen honoriert, und so stiegen wir alle den Berg hinab, indem die einen, wobei der Schweizer und Greifswalder, den Weg nach Schierke 10 einschlugen, und die andern, ungefähr zwanzig Mann, wobei auch meine Landsleute und ich, angeführt von einem Wegweiser, durch die sogenannten Schneelöcher hinab zogen nach Ilsenburg.

Das ging über Hals und Kopf. Hallesche Studenten mar= schieren schneller als die östreichische Landwehr. Ehe ich mich 15 dessen versah, war die kahle Partie des Berges mit den darauf zerstreuten Steingruppen schon hinter uns, und wir kamen durch einen Tannenwald, wie ich ihn den Tag vorher gesehen. Die Sonne goß schon ihre festlichen Strahlen herab und beleuchtete die humoristisch buntgekleideten Burschen, die so munter durch 20 das Dickicht drangen, hier verschwanden, dort wieder zum Vor= schein kamen, bei Sumpfstellen über die quergelegten Baum= stämme liefen, bei abschüssigen Tiefen an den rankenden Wurzeln kletterten, in den ergötzlichsten Tonarten empor johlten, und ebenso lustige Antwort zurück erhielten von den zwitschernden 25 Waldvögeln, von den rauschenden Tannen, von den unsichtbar plätschernden Quellen und von dem schallenden Echo. Wenn frohe Jugend und schöne Natur zusammen kommen, so freuen sie sich wechselseitig.

Je tiefer wir hinabstiegen, desto lieblicher rauschte das unter= 30 irdische Gewässer, nur hier und da, unter Gestein und Gesträppe, blinkte es hervor, und schien heimlich zu lauschen, ob es ans Licht treten dürfe, und endlich kam eine kleine Welle entschlossen hervorgesprungen. Nun zeigt sich die gewöhnliche Erscheinung:

ein Kühner macht den Anfang, und der große Troß der Zagen=
den wird plötzlich, zu seinem eigenen Erstaunen, von Mut
ergriffen, und eilt, sich mit jenem Ersten zu vereinigen. Eine
Menge anderer Quellen hüpften jetzt hastig aus ihrem Versteck,
verbanden sich mit der zuerst hervorgesprungenen, und bald bil=
deten sie zusammen ein schon bedeutendes Bächlein, das in un=
zähligen Wasserfällen und in wunderlichen Windungen, das
Bergthal hinabrauscht. Das ist nun die Ilse, die liebliche, süße
Ilse. Sie zieht sich durch das gesegnete Ilsethal, an dessen bei=
den Seiten sich die Berge allmählich höher erheben, und diese
sind bis zu ihrem Fuße meistens mit Buchen, Eichen und ge=
wöhnlichem Blattgesträuche bewachsen, nicht mehr mit Tannen
und anderm Nadelholz. Denn jene Blätterholzart wächst vor=
herrschend auf dem „Unterharze," wie man die Ostseite des Brok=
tens nennt, im Gegensatz zur Westseite desselben, die der
„Oberharz" heißt, und wirklich viel höher ist, also auch viel
geeigneter zum Gedeihen der Nadelhölzer.

Es ist unbeschreibbar, mit welcher Fröhlichkeit, Naivetät und
Anmut die Ilse sich hinunter stürzt über die abenteuerlich ge=
bildeten Felsstücke, die sie in ihrem Laufe findet, so daß das
Wasser hier wild empor zischt oder schäumend überläuft, dort
aus allerlei Steinspalten, wie aus vollen Gießkannen, in reinen
Bögen sich ergießt, und unten wieder über die kleinen Steine
hintrippelt, wie ein munteres Mädchen. Ja, die Sage ist
wahr, die Ilse ist eine Prinzessin, die lachend und blühend den
Berg hinabläuft. Wie blinkt im Sonnenschein ihr weißes
Schaumgewand! Wie flattern im Winde ihre silbernen Busen=
bänder! Wie funkeln und blitzen ihre Diamanten! Die hohen
Buchen stehen dabei gleich ernsten Vätern, die verstohlen lächelnd
dem Mutwillen des lieblichen Kindes zusehen; die weißen Birken
bewegen sich tantenhaft vergnügt, und doch zugleich ängstlich über
die gewagten Sprünge; der stolze Eichbaum schaut drein wie
ein verdrießlicher Oheim, der das schöne Wetter bezahlen soll;
die Vöglein in den Lüften jubeln ihren Beifall, die Blumen am

Ufer flüstern zärtlich: O, nimm uns mit, nimm uns mit, lieb' Schwesterchen! — aber das lustige Mädchen springt unaufhaltsam weiter, und plötzlich ergreift sie den träumenden Dichter, und es strömt auf mich herab ein Blumenregen von klingenden Strahlen und strahlenden Klängen, und die Sinne vergehen mir vor lauter Herrlichkeit.

Unendlich selig ist das Gefühl, wenn die Erscheinungswelt mit unserer Gemütswelt zusammenrinnt, und grüne Bäume, Gedanken, Vögelgesang, Wehmut, Himmelsbläue, Erinnerung und Kräuterduft sich in süßen Arabesken verschlingen. Die Frauen kennen am besten dieses Gefühl, und darum mag auch ein so holdselig ungläubiges Lächeln um ihre Lippen schweben, wenn wir mit Schulstolz unsere logischen Thaten rühmen, wie wir alles so hübsch eingetheilt in objektiv und subjektiv, wie wir unsere Köpfe apothekenartig mit tausend Schubladen versehen, wo in der einen Vernunft, in der andern Verstand, in der dritten Witz, in der vierten schlechter Witz, und in der fünften gar nichts, nämlich die Idee, enthalten ist.

Wie im Traume fortwandelnd, hatte ich fast nicht bemerkt, daß wir die Tiefe des Ilsethales verlassen und wieder bergauf stiegen. Dies ging sehr steil und mühsam, und mancher von uns kam außer Atem. Doch wie unser seliger Vetter, der zu Mölln begraben liegt, dachten wir im voraus aus Bergabsteigen, und waren um so vergnügter. Endlich gelangten wir auf den Ilsenstein.

Das ist ein ungeheurer Granitfelsen, der sich lang und keck aus der Tiefe erhebt. Von drei Seiten umschließen ihn die hohen, waldbedeckten Berge, aber die vierte, die Nordseite, ist frei, und hier schaut man über das unten liegende Ilsenburg und die Ilse weit hinab ins niedere Land. Auf der turmartigen Spitze des Felsens steht ein großes, eisernes Kreuz, und zur Not ist da noch Platz für vier Menschenfüße.

Wie nun die Natur durch Stellung und Form den Ilsenstein mit phantastischen Reizen geschmückt, so hat auch die Sage ihren Rosenschein darüber ausgegossen. Gottschalk berichtet: „Man

erzählt, hier habe ein verwünschtes Schloß gestanden, in welchem
die reiche schöne Prinzessin Ilse gewohnt, die sich noch jetzt jeden
Morgen in der Ilse bade; und wer so glücklich ist, den rechten
Zeitpunkt zu treffen, werde von ihr in den Felsen, wo ihr
5 Schloß sei, geführt und königlich belohnt." Andere erzählen
von der Liebe des Fräuleins Ilse und des Ritters von Westen=
berg eine hübsche Geschichte, die einer unserer bekanntesten Dich=
ter romantisch in der „Abendzeitung" besungen hat. Andere
wieder erzählen anders: Es soll der altsächsische Kaiser Heinrich
10 gewesen sein, der mit Ilse, der schönen Wasserfee, in ihrer ver=
zauberten Felsenburg die kaiserlichsten Stunden genossen.

Ich rate aber jedem, der auf der Spitze des Ilsensteins
steht, weder an Kaiser und Reich, noch an die schöne Ilse, son=
dern bloß an seine Füße zu denken. Denn als ich dort stand,
15 in Gedanken verloren, hörte ich plötzlich die unterirdische Musik
des Zauberschlosses, und ich sah, wie sich die Berge ringsum auf
die Köpfe stellten, und die roten Ziegeldächer zu Ilsenburg an=
fingen zu tanzen, und die grünen Bäume in der blauen Luft
herum flogen, daß es mir blau und grün vor den Augen wurde,
20 und ich sicher, vom Schwindel erfaßt, in den Abgrund gestürzt
wäre, wenn ich mich nicht in meiner Seelennot ans eiserne Kreuz
festgeklammert hätte. Daß ich, in so mißlicher Stellung, dieses
Letztere gethan habe, wird mir gewiß niemand verdenken.

Die „Harzreise" ist und bleibt Fragment, und die bunten
25 Fäden, die so hübsch hineingesponnen sind, um sich im ganzen
harmonisch zu verschlingen, werden plötzlich, wie von der Schere
der unerbittlichen Parze, abgeschnitten. Vielleicht verwebe ich
sie weiter in künftigen Liedern, und was jetzt kärglich verschwie=
gen ist, wird alsdann vollauf gesagt. Am Ende kommt es auch
30 auf eins heraus, wann und wo man etwas ausgesprochen hat,
wenn man es nur überhaupt einmal ausspricht. Mögen die ein=
zelnen Werke immerhin Fragmente bleiben, wenn sie nur in
ihrer Vereinigung ein Ganzes bilden.

## Die Nordsee.

### (Geschrieben auf der Insel Norderney.)

— — — Die Eingeborenen sind meistens blutarm und leben vom Fischfang, der erst im nächsten Monat, im Oktober, bei stürmischem Wetter seinen Anfang nimmt. Viele dieser Insula=ner dienen auch als Matrosen auf fremden Kauffahrteischiffen und bleiben jahrelang von Hause entfernt, ohne ihren Angehöri= gen irgend eine Nachricht von sich zukommen zu lassen. Nicht selten finden sie den Tod auf dem Wasser. Ich habe einige arme Weiber auf der Insel gefunden, deren ganze männliche Familie solcherweise umgekommen, was sich leicht ereignet, da der Vater mit seinen Söhnen gewöhnlich auf demselben Schiffe zur See fährt.

Das Seefahren hat für diese Menschen einen großen Reiz; und dennoch, glaube ich, daheim ist ihnen allen am wohlsten zu Mute. Sind sie auch auf ihren Schiffen sogar nach jenen südlichen Ländern gekommen, wo die Sonne blühender und der Mond romantischer leuchtet, so können doch alle Blumen dort nicht den Leck ihres Herzens stopfen, und mitten in der duftigen Heimat des Frühlings sehnen sie sich wieder zurück nach ihrer Sandinsel, nach ihren kleinen Hütten, nach dem flackernden Herde, wo die Ihrigen, wohlverwahrt in wollenen Jacken, herumkauern und einen Thee trinken, der sich von ge= kochtem Seewasser nur durch den Namen unterscheidet, und eine Sprache schwatzen, wovon kaum begreiflich scheint, wie es ihnen selber möglich ist, sie zu verstehen.

Was diese Menschen so fest und genügsam zusammenhält, ist nicht so sehr das innig mystische Gefühl der Liebe, als viel= mehr die Gewohnheit, das naturgemäße Ineinander=Hinüber= leben, die gemeinschaftliche Unmittelbarkeit. Gleiche Geisteshöhe oder, besser gesagt, Geistesniedrigkeit, daher gleiche Bedürfnisse und gleiches Streben; gleiche Erfahrungen und Gesinnungen,

daher leichtes Verständnis unter einander; und sie sitzen ver=
träglich am Feuer in den kleinen Hütten, rücken zusammen, wenn
es kalt wird, an den Augen sehen sie sich ab, was sie denken,
die Worte lesen sie sich von den Lippen, ehe sie gesprochen wor=
5 den, alle gemeinsamen Lebensbeziehungen sind ihnen im Ge=
dächtnisse, und durch einen einzigen Laut, eine einzige Miene,
eine einzige stumme Bewegung erregen sie unter einander so viel
Lachen oder Weinen oder Andacht, wie wir bei unseres Gleichen
erst durch lange Expositionen, Expektorationen und Deklama=
10 tionen hervorbringen können.    Denn wir leben im Grunde
geistig einsam; durch eine besondere Erziehungsmethode oder
zufällig gewählte besondere Lektüre hat jeder von uns eine ver=
schiedene Charakterrichtung empfangen; jeder von uns, geistig
verlarvt, denkt, fühlt und strebt anders als die andern, und des
15 Mißverständnisses wird so viel, und selbst in weiten Häusern
wird das Zusammenleben so schwer, und wir sind überall fremd,
und überall in der Fremde.

In jenem Zustande der Gedanken= und Gefühlsgleichheit, wie
wir ihn bei unsern Insulanern sehen, lebten oft ganze Völker,
20 und haben oft ganze Zeitalter gelebt.    Die römisch=christliche
Kirche im Mittelalter hat vielleicht einen solchen Zustand in den
Korporationen des ganzen Europa begründen wollen, und nahm
deshalb alle Lebensbeziehungen, alle Kräfte und Erscheinungen,
den ganzen physischen und moralischen Menschen unter ihre
25 Vormundschaft.    Es läßt sich nicht leugnen, daß viel ruhiges
Glück gegründet ward, und das Leben warm=inniger blühte,
und die Künste, wie still hervorgewachsene Blumen, jene Herrlich=
keit entfalteten, die wir noch jetzt anstaunen, und mit all unserem
hastigen Wissen nicht nachahmen können.    Aber der Geist hat
30 seine ewigen Rechte, er läßt sich nicht eindämmen durch Satzungen
und nicht einlullen durch Glockengeläute; er zerbrach seinen Kerker
und zerriß das eiserne Gängelband, woran ihn die Mutterkirche
leitete, und er jagte im Befreiungstaumel über die ganze Erde,
erstieg die höchsten Gipfel der Berge, jauchzte vor Übermut, ge=

dachte wieder uralter Zweifel, grübelte über die Wunder des
Tages, und zählte die Sterne der Nacht. Wir kennen noch nicht
die Zahl der Sterne, die Wunder des Tages haben wir noch
nicht enträtselt, die alten Zweifel sind mächtig geworden in unserer
Seele — ist jetzt mehr Glück darin, als ehemals? Wir wissen, 5
daß diese Frage, wenn sie den großen Haufen betrifft, nicht
leicht bejaht werden kann; aber wir wissen auch, daß ein Glück,
das wir der Lüge verdanken, kein wahres Glück ist, und daß
wir in den einzelnen zerrissenen Momenten eines gottgleicheren
Zustandes, einer höheren Geisteswürde, mehr Glück empfinden 10
können, als in den lang hinvegetierten Jahren eines dunklen
Köhlerglaubens.

Das ist ein Verdienst Goethes, das erst spätere Zeiten erkennen
werden; denn wir, die wir meist alle krank sind, stecken viel zu
sehr in unseren kranken, zerrissenen, romantischen Gefühlen, die 15
wir aus allen Ländern und Zeitaltern zusammengelesen, als daß
wir unmittelbar sehen könnten, wie gesund einheitlich und plas=
tisch sich Goethe in seinen Werken zeigt. Er selbst merkt es
ebensowenig; in seiner naiven Unbewußtheit des eignen Ver=
mögens wundert er sich, wenn man ihm „ein gegenständliches 20
Denken" zuschreibt, und indem er durch seine Selbstbiographie
uns selbst eine kritische Beihilfe zum Beurteilen seiner Werke
geben will, liefert er doch keinen Maßstab der Beurteilung an
und für sich, sondern nur neue Fakta, woraus man ihn beur=
teilen kann, wie es ja natürlich ist, daß kein Vogel über sich 25
selbst hinauszufliegen vermag.

Spätere Zeiten werden, außer jenem Vermögen des plastischen
Anschauens, Fühlens und Denkens, noch vieles in Goethe ent=
decken, wovon wir jetzt keine Ahnung haben. Die Werke des
Geistes sind ewig feststehend, aber die Kritik ist etwas Wandel= 30
bares, sie geht hervor aus den Ansichten der Zeit, hat nur für
diese ihre Bedeutung, und wenn sie nicht selbst kunstwerklicher
Art ist, wie z. B. die Schlegelsche, so geht sie mit ihrer Zeit

zu Grabe. Jedes Zeitalter, wenn es neue Ideen bekommt,
bekommt auch neue Augen, und sieht gar viel Neues in den
alten Geisteswerken. Ein Schubarth sieht jetzt in der Ilias
etwas anderes und viel mehr, als sämtliche Alexandriner; da=
5 gegen werden einst Kritiker kommen, die viel mehr als Schubarth
in Goethe sehen.

So hätte ich mich dennoch an Goethe festgeschwatzt! Aber
solche Abschweifungen sind sehr natürlich, wenn einem, wie auf
dieser Insel, beständig das Meergeräusch in die Ohren dröhnt
10 und den Geist nach Belieben stimmt.

Es geht ein starker Nordostwind, und die Hexen haben wieder
viel Unheil im Sinne. Man hegt hier nämlich wunderliche
Sagen von Hexen, die den Sturm zu beschwören wissen; wie
es denn überhaupt auf allen nordischen Meeren viel Aberglauben
15 giebt. Die Seeleute behaupten, manche Insel stehe unter der
geheimen Herrschaft ganz besonderer Hexen, und dem bösen
Willen derselben sei es zuzuschreiben, wenn den vorbeifahrenden
Schiffen allerlei Widerwärtigkeiten begegnen. Als ich voriges
Jahr einige Zeit auf der See lag, erzählte mir der Steuermann
20 unseres Schiffes, die Hexen wären besonders mächtig auf der
Insel Wight, und suchten jedes Schiff, das bei Tage dort vor=
beifahren wolle, bis zur Nachtzeit aufzuhalten, um es alsdann
an Klippen oder an die Insel selbst zu treiben. In solchen
Fällen höre man diese Hexen so laut durch die Luft sausen und
25 um das Schiff herumheulen, daß der Klabotermann ihnen nur
mit vieler Mühe widerstehen könne. Als ich nun fragte, wer
der Klabotermann sei, antwortete der Erzähler sehr ernsthaft:
Das ist der gute, unsichtbare Schutzpatron der Schiffe, der da
verhütet, daß den treuen und ordentlichen Schiffern Unglück be=
30 gegne, der da überall selbst nachsieht, und sowohl für die Ord=
nung, wie für die gute Fahrt sorgt. Der wackere Steuermann
versicherte mit etwas heimlicherer Stimme, ich könne ihn selber
sehr gut im Schiffsraume hören, wo er die Waren gern noch
besser nachstaue, daher das Knarren der Fässer und Kisten, wenn

das Meer hoch gehe, daher bisweilen das Dröhnen unserer
Balken und Bretter; oft hämmere der Klabotermann auch außen
am Schiffe, und das gelte dann dem Zimmermann, der dadurch
gemahnt werde, eine schadhafte Stelle ungesäumt auszubessern;
am liebsten aber setze er sich auf das Bramsegel, zum Zeichen,    5
daß guter Wind wehe oder sich nahe. Auf meine Frage, ob
man ihn nicht sehen könne, erhielt ich zur Antwort: nein, man
sähe ihn nicht, auch wünsche keiner ihn zu sehen, da er sich nur
dann zeige, wenn keine Rettung mehr vorhanden sei. Einen
solchen Fall hatte zwar der gute Steuermann noch nicht selbst   10
erlebt, aber von andern wolle er wissen, den Klabotermann höre
man alsdann vom Bramsegel herab mit den Geistern sprechen,
die ihm unterthan sind; doch wenn der Sturm zu stark und das
Scheitern unvermeidlich würde, setzte er sich auf das Steuer,
zeige sich da zum erstenmal und verschwinde, indem er das       15
Steuer zerbräche. Diejenigen aber, die ihn in diesem furchtbaren
Augenblick sähen, fänden unmittelbar darauf den Tod in den
Wellen.

Der Schiffskapitän, der dieser Erzählung mit zugehört hatte,
lächelte so fein, wie ich seinem rauhen, wind= und wetterdie=  20
nenden Gesichte nicht zugetraut hätte, und nachher versicherte er
mir, vor fünfzig oder gar hundert Jahren sei auf dem Meere
der Glaube an den Klabotermann so stark gewesen, daß man
bei Tische immer auch ein Gedeck für denselben aufgelegt, und
von jeder Speise etwa das Beste auf seinen Teller gelegt habe,  25
ja, auf einigen Schiffen geschähe das noch jetzt. —

Ich gehe hier oft am Strande spazieren und gedenke solcher
seemännischen Wundersagen. Die anziehendste derselben ist wohl
die Geschichte vom fliegenden Holländer, den man im Sturm
mit aufgespannten Segeln vorbeifahren sieht, und der zuweilen   30
ein Boot aussetzt, um den begegnenden Schiffern allerlei Briefe
mitzugeben, die man nachher nicht zu besorgen weiß, da sie an
längst verstorbene Personen adressiert sind. Manchmal gedenke
ich auch des alten, lieben Märchens von dem Fischerknaben, der

am Strande den nächtlichen Reigen der Meernixen belauscht
hatte, und nachher mit seiner Geige die ganze Welt durchzog
und alle Menschen zauberhaft entzückte, wenn er ihnen die
Melodie des Nixenwalzers vorspielte. Diese Sage erzählte mir
5 einst ein lieber Freund, als wir im Konzerte zu Berlin solch
einen wundermächtigen Knaben, den Felix Mendelssohn-Bartholdy, spielen hörten.

Einen eigentümlichen Reiz gewährt das Kreuzen um die Insel.
Das Wetter muß aber schön sein, die Wolken müssen sich un-
10 gewöhnlich gestalten, und man muß rücklings auf dem Verdecke
liegen und in den Himmel sehen und allenfalls auch ein Stückchen Himmel im Herzen haben. Die Wellen murmeln alsdann
allerlei wunderliches Zeug, allerlei Worte, woran liebe Erinnerungen flattern, allerlei Namen, die wie süße Ahnung in der
15 Seele wiederklingen — „Evelina!" Dann kommen auch Schiffe
vorbeigefahren, und man grüßt, als ob man sich alle Tage
wiedersehen könnte. Nur des Nachts hat das Begegnen fremder
Schiffe auf dem Meer etwas Unheimliches; man will sich dann
einbilden, die besten Freunde, die wir seit Jahren nicht gesehen,
20 führen schweigend vorbei, und man verlöre sie auf immer.

Ich liebe das Meer wie meine Seele.

Oft wird mir sogar zu Mute, als sei das Meer eigentlich
meine Seele selbst; und wie es im Meere verborgene Wasser-
pflanzen giebt, die nur im Augenblick des Aufblühens an dessen
25 Oberfläche heraufschwimmen, und im Augenblick des Verblühens
wieder hinabtauchen, so kommen zuweilen auch wunderbare Blu-
menbilder heraufgeschwommen aus der Tiefe meiner Seele, und
duften und leuchten und verschwinden wieder — „Evelina!"

Man sagt, unfern dieser Insel, wo jetzt nichts als Wasser
ist, hätten einst die schönsten Dörfer und Städte gestanden, das
30 Meer habe sie plötzlich alle überschwemmt, und bei klarem Wetter sähen die Schiffer noch die leuchtenden Spitzen der versunkenen
Kirchtürme, und mancher habe dort, in der Sonntagsfrühe, sogar
ein frommes Glockengeläute gehört. Die Geschichte ist wahr;
denn das Meer ist meine Seele —

„Eine schöne Welt ist da versunken,
Ihre Trümmer blieben unten stehn,
Lassen sich als goldne Himmelsfunken
Oft im Spiegel meiner Träume sehn."

(W. Müller.)

Erwachend höre ich dann ein verhallendes Glockengeläute und Gesang heiliger Stimmen — „Evelina!"

Geht man am Strande spazieren, so gewähren die vorbeifah= renden Schiffe einen schönen Anblick. Haben sie die blendend weißen Segel aufgespannt, so sehen sie aus wie vorbeiziehende große Schwäne. Gar besonders schön ist dieser Anblick, wenn die Sonne hinter dem vorbeisegelnden Schiffe untergeht, und dieses wie von einer riesigen Glorie umstrahlt wird.

Die Jagd am Strande soll ebenfalls ein großes Vergnügen gewähren. Was mich betrifft, so weiß ich es nicht sonderlich zu schätzen. Der Sinn für das Edle, Schöne und Gute läßt sich oft durch Erziehung den Menschen beibringen, aber der Sinn für die Jagd liegt im Blute. Wenn die Ahnen schon seit un= denklichen Zeiten Rehböcke geschossen haben, so findet auch der Enkel ein Vergnügen an dieser legitimen Beschäftigung. Meine Ahnen gehörten aber nicht zu den Jagenden, viel eher zu den Gejagten, und soll ich auf die Nachkömmlinge ihrer ehemaligen Kollegen losdrücken, so empört sich dawider mein Blut. Ja, aus Erfahrung weiß ich, daß nach abgesteckter Mensur, es mir weit leichter wird, auf einen Jäger loszudrücken, der die Zeiten zurückwünscht, wo auch Menschen zur hohen Jagd gehörten. Gottlob, diese Zeiten sind vorüber! Gelüstet es jetzt solche Jä= ger, wieder einen Menschen zu jagen, so müssen sie ihn dafür bezahlen, wie z. B. den Schnelläufer, den ich vor zwei Jahren in Göttingen sah. Der arme Mensch hatte sich schon in der schwülen Sonntagshitze ziemlich müde gelaufen, als einige hannöverische Junker, die dort Humaniora studierten, ihm ein paar Thaler boten, wenn er den zurückgelegten Weg nochmals laufen wolle; und der Mensch lief, und er war totblaß und

trug eine rote Jacke; und dicht hinter ihm im wirbelnden
Staube galoppierten die wohlgenährten, edlen Jünglinge auf
hohen Rossen, deren Hufe zuweilen den gehetzten, keuchenden
Menschen trafen, und es war ein Mensch.

5      Des Versuchs halber, denn ich muß mein Blut besser gewöh=
nen, ging ich gestern auf die Jagd. Ich schoß nach einigen
Möven, die gar zu sicher umherflatterten, und doch nicht be=
stimmt wissen konnten, daß ich schlecht schieße. Ich wollte sie
nicht treffen und sie nur warnen, sich ein andermal vor Leuten
10 mit Flinten in acht zu nehmen; aber mein Schuß ging fehl,
und ich hatte das Unglück, eine junge Möve tot zu schießen.
Es ist gut, daß es keine alte war; denn was wäre dann aus
den armen, kleinen Mövchen geworden, die, noch unbefiedert,
im Sandneste der großen Düne liegen, und ohne die Mutter
15 verhungern müßten. Mir ahndete schon vorher, daß mich auf
der Jagd ein Mißgeschick treffen würde; ein Hase war mir über
den Weg gelaufen.

Gar besonders wunderbar wird mir zu Mute, wenn ich allein
in der Dämmerung am Strande wandle, — hinter mir flache
20 Dünen, vor mir das wogende, unermeßliche Meer, über mir
der Himmel wie eine riesige Krystallkuppel — ich erscheine mir
dann selbst sehr ameisenklein, und dennoch dehnt sich meine
Seele so weltenweit. Die hohe Einfachheit der Natur, wie sie
mich hier umgiebt, zähmt und erhebt mich zu gleicher Zeit, und
25 zwar in stärkerem Grade als jemals eine andere erhabene Um=
gebung. Nie war mir ein Dom groß genug; meine Seele mit
ihrem alten Titanengebet strebte immer höher als die gotischen
Pfeiler, und wollte immer hinausbrechen durch das Dach.

# Ideen. Das Buch Le Grand.

## 1.

Ja, Madame, dort bin ich geboren, und ich bemerke dieses ausdrücklich für den Fall, daß etwa nach meinem Tode sieben Städte — Schilda, Krähwinkel, Polkwitz, Bockum, Dülken, Göttingen und Schöppenstedt — sich um die Ehre streiten meine Vaterstadt zu sein. Düsseldorf ist eine Stadt am Rhein, es leben da sechzehntausend Menschen, und viele hunderttausend Menschen liegen noch außerdem da begraben. Darunter sind manche, von denen meine Mutter sagt, es wäre besser, sie lebten noch, z. B. mein Großvater und mein Oheim, der alte Herr v. Geldern und der junge Herr v. Geldern, die beide so berühmte Doktoren waren, und so viele Menschen vom Tode kuriert, und doch selber sterben mußten. Und die fromme Ursula, die mich als Kind auf den Armen getragen, liegt auch da begraben, und es wächst ein Rosenstrauch auf ihrem Grab — Rosenduft liebte sie so sehr im Leben, und ihr Herz war lauter Rosenduft und Güte. Auch der alte kluge Kanonikus liegt dort begraben. Gott, wie elend sah er aus, als ich ihn zuletzt sah! Er bestand nur noch aus Geist und Pflastern, er studierte dennoch Tag und Nacht, als wenn er besorgte, die Würmer möchten einige Ideen zu wenig in seinem Kopfe finden. Auch der kleine Wilhelm liegt dort, und daran bin ich schuld. Wir waren Schulkameraden im Franziskanerkloster und spielten auf jener Seite desselben, wo zwischen steinernen Mauern die Düssel fließt, und ich sagte: „Wilhelm, hol' doch das Kätzchen, das eben hineingefallen" — und lustig stieg er hinab auf das Brett, das über dem Bach lag, riß das Kätzchen aus dem Wasser, fiel aber selbst hinein, und als man ihn herauszog, war er naß und tot. Das Kätzchen hat noch lange Zeit gelebt.

Die Stadt Düsseldorf ist sehr schön, und wenn man in der Ferne an sie denkt, und zufällig dort geboren ist, wird einem

wunderlich zu Mute. Ich bin dort geboren, und es ist mir, als müßte ich gleich nach Hause gehn. Und wenn ich sage, nach Hause gehn, so meine ich die Bolkerstraße und das Haus, worin ich geboren bin. Dieses Haus wird einst sehr merkwür=
5 dig sein und der alten Frau, die es besitzt, habe ich sagen lassen, daß sie bei Leibe das Haus nicht verkaufen solle. Für das ganze Haus bekäme sie jetzt doch kaum so viel, wie schon allein das Trinkgeld betragen wird, das einst die grünverschleierten, vornehmen Engländerinnen dem Dienstmädchen geben, wenn es
10 ihnen die Stube zeigt, worin ich das Licht der Welt erblickt, und den Hühnerwinkel, worin mich Vater gewöhnlich einsperrte, wenn ich Trauben genascht, und auch die braune Thür, worauf Mutter mich die Buchstaben mit Kreide schreiben lehrte — ach Gott! Madame, wenn ich ein berühmter Schriftsteller werde, so
15 hat das meiner armen Mutter genug Mühe gekostet.

Aber mein Ruhm schläft jetzt noch in den Marmorbrüchen von Carrara, der Makulatur=Lorbeer, womit man meine Stirne geschmückt, hat seinen Duft noch nicht durch die ganze Welt ver= breitet, und wenn jetzt die grünverschleierten, vornehmen Eng=
20 länderinnen nach Düsseldorf kommen, so lassen sie das berühmte Haus noch unbesichtigt und gehen direkt nach dem Marktplatze, und betrachten die dort in der Mitte stehende schwarze, kolossale Reiterstatue. Diese soll den Kurfürsten Jan Wilhelm vorstellen. Er trägt einen schwarzen Harnisch, eine tiefherabhängende Allonge=
25 perücke. — Als Knabe hörte ich die Sage, der Künstler, der diese Statue gegossen, habe während des Gießens mit Schrecken be= merkt, daß sein Metall nicht dazu ausreiche, und da wären die Bürger der Stadt herbeigelaufen, und hätten ihm ihre sil= bernen Löffel gebracht, um den Guß zu vollenden — und nun
30 stand ich stundenlang vor dem Reiterbilde, und zerbrach mir den Kopf, wie viel silberne Löffel wohl darin stecken mögen, und wie viel Apfeltörtchen man wohl für all das Silber bekommen könnte? Apfeltörtchen waren nämlich damals meine Passion — jetzt ist es Liebe, Wahrheit, Freiheit und Krebssuppe — und eben

unweit des Kurfürstenbildes, an der Theaterecke, stand gewöhn=
lich der wunderlich gebackene, säbelbeinige Kerl mit der weißen
Schürze und dem umgehängten Korbe voll lieblich dampfender
Apfeltörtchen, die er mit einer unwiderstehlichen Diskantstimme
anzupreisen wußte: „Die Apfeltörtchen sind ganz frisch, eben aus 5
dem Ofen, riechen so delikat." —

Damals waren die Fürsten noch keine geplagten Leute wie
jetzt, und die Krone war ihnen am Kopfe festgewachsen, und des
Nachts zogen sie noch eine Schlafmütze darüber, und schliefen
ruhig, und ruhig zu ihren Füßen schliefen die Völker, und wenn 10
diese des Morgens erwachten, so sagten sie: „Guten Morgen,
Vater!" und jene antworteten: „Guten Morgen, liebe Kinder!"

Aber es wurde plötzlich anders. Als wir eines Morgens zu
Düsseldorf erwachten, und „Guten Morgen, Vater!" sagen woll=
ten, da war der Vater abgereist, und in der ganzen Stadt war 15
nichts als dumpfe Beklemmung, es war überall eine Art Begräb=
nißstimmung, und die Leute schlichen schweigend nach dem Markte,
und lasen den langen papiernen Anschlag auf der Thür des
Rathauses. Es war ein trübes Wetter, und der dünne Schnei=
der Kilian stand dennoch in seiner Nankingjacke, die er sonst nur 20
im Hause trug, und die blauwollnen Strümpfe hingen ihm
herab, daß die nackten Beinchen betrübt hervorguckten, und seine
schmalen Lippen bebten, während er das angeschlagene Plakat
vor sich hinmurmelte. Ein alter pfälzischer Invalide las etwas
lauter, und bei manchem Worte träufelte ihm eine klare Thräne 25
in den weißen, ehrlichen Schnauzbart. Ich stand neben ihm und
weinte mit, und frug ihn, warum wir weinten. Und da ant=
wortete er: „Der Kurfürst läßt sich bedanken." Und dann las
er wieder, und bei den Worten: „für die bewährte Unterthans=
treue" „und entbinden euch eurer Pflichten" da weinte er noch 30
stärker. — Es ist wunderlich anzusehen, wenn so ein alter Mann,
mit verblichener Uniform und vernarbtem Soldatengesicht, plötz=
lich so stark weint. Während wir lasen, wurde auch das kurfürst=
liche Wappen vom Rathause heruntergenommen, alles gestaltete

sich) so beängstigend öde, es war, als ob man eine Sonnenfinster=
nis erwarte, die Herren Ratsherren gingen so abgedankt und
langsam umher, sogar der allgewaltige Gassenvogt sah aus, als
wenn er nichts mehr zu befehlen hätte, und stand da so
5 friedlich gleichgiltig, obgleich der tolle Aloysius sich wieder auf
ein Bein stellte und mit närrischer Grimasse die Namen der
französischen Generale herschnatterte, während der besoffene krumme
Gumperz sich in der Gosse herumwälzte und ça ira, ça ira!
sang.

10 Ich aber ging nach Hause, und weinte und klagte: „Der Kur=
fürst läßt sich bedanken." Meine Mutter hatte ihre liebe Not,
ich wußte, was ich wußte, ich ließ mir nichts ausreden, ich ging
weinend zu Bette, und in der Nacht träumte mir, die Welt habe
ein Ende. —

15 Als ich erwachte, schien die Sonne wieder wie gewöhnlich
durch das Fenster, auf der Straße ging die Trommel, und als
ich in unsere Wohnstube trat und meinem Vater, der im weißen
Pudermantel saß, einen guten Morgen bot, hörte ich, wie der
leichtfüßige Friseur ihm während des Frisierens haarklein erzählte,
20 daß heute auf dem Rathause dem neuen Großherzog Joachim
gehuldigt werde, und daß dieser von der besten Familie sei, und
die Schwester des Kaisers Napoleon zur Frau bekommen, und
auch wirklich viel Anstand besitze, und sein schönes schwarzes
Haar in Locken trage, und nächstens seinen Einzug halten und
25 sicher allen Frauenzimmern gefallen müsse. Unterdessen ging
das Getrommel auf der Straße immer fort, und ich trat vor
die Hausthür und besah die einmarschierenden französischen Trup=
pen, das freudige Volk des Ruhmes, das singend und klingend
die Welt durchzog, die heiter=ernsten Grenadiergesichter, die Bären=
30 mützen, die dreifarbigen Kokarden, die blinkenden Bajonette, die
Voltigeurs voll Lustigkeit und point d'honneur, und den allmächtig
großen, silbergestickten Tambourmajor, der seinen Stock mit dem
vergoldeten Knopf bis an die erste Etage werfen konnte und seine
Augen sogar bis zur zweiten Etage, wo ebenfalls schöne Mädchen

am Fenster saßen. Ich freute mich, daß wir Einquartierung be=
kämen — meine Mutter freute sich nicht — und ich eilte nach dem
Marktplatz. Da sah es jetzt ganz anders aus, es war, als ob die
Welt neu angestrichen worden, ein neues Wappen hing am Rat=
hause, das Eisengeländer an dessen Balkon war mit gestickten
Sammetdecken überhängt, französische Grenadiere standen Schild=
wache, die alten Herren Ratsherren hatten neue Gesichter angezogen
und trugen ihre Sonntagsröcke, und sahen sich an auf französisch
und sprachen bon jour, aus allen Fenstern guckten Damen, neu=
gierige Bürgersleute und blanke Soldaten füllten den Platz,
und ich nebst andern Knaben wir kletterten auf das große Kurfür=
stenpferd und schauten davon herab in das bunte Marktgewimmel.

Der lange Kunz sagte uns, daß heute keine Schule sei, wegen
der Huldigung. Wir mußten lange warten, bis diese losge=
lassen wurde. Endlich füllte sich der Balkon des Rathauses mit
bunten Herren, Fahnen und Trompeten, und der Herr Bür=
germeister, in seinem berühmten roten Rock, hielt eine Rede,
die sich etwas in die Länge zog, wie Gummi elasticum, oder
wie eine gestrickte Schlafmütze, in die man einen Stein gewor=
fen — nur nicht den Stein der Weisen — und manche Redens=
arten konnte ich ganz deutlich vernehmen, z. B. daß man uns
glücklich machen wolle — und beim letzten Worte wurden die
Trompeten geblasen, und die Fahnen geschwenkt, und die Trom=
mel gerührt, und Vivat gerufen — und während ich selber
Vivat rief, hielt ich mich fest an den alten Kurfürsten. Und
das that not, denn mir wurde ordentlich schwindlig, ich glaubte
schon, die Leute ständen auf den Köpfen, weil sich die Welt
herumgedreht, das Kurfürstenhaupt mit der Allongeperücke nickte
und flüsterte: „Halt' fest an mir!" — und erst durch das Ka=
nonieren, das jetzt auf dem Walle losging, ernüchterte ich mich,
und stieg vom Kurfürstenpferd langsam wieder herab.

Als ich nach Hause ging, sah ich wieder, wie der tolle Aloy=
sius auf einem Beine tanzte, während er die Namen der fran=
zösischen Generale herschnarrte, und wie sich der krumme Gum=

perß befoffen in der Goffe herumwälzte, und ça ira, ça ira
brüllte — und zu meiner Mutter fagte ich: „Man will uns
glücklich machen, und deshalb ift heute keine Schule."

## 2.

Den andern Tag war die Welt wieder ganz in Ordnung,
5 und es war wieder Schule nach wie vor, und es wurde wieder
auswendig gelernt nach wie vor — die römischen Könige, die
Jahreszahlen, die nomina auf im, die verba irregularia, Grie=
chifch, Hebräifch, Geographie, deutfche Sprache, Kopfrechnen —
Gott! der Kopf fchwindelt mir noch davon — alles mußte aus=
10 wendig gelernt werden. Und manches davon kam mir in der
Folge zu ftatten. Denn hätte ich nicht die römifchen Könige
auswendig gewußt, fo wäre es mir ja fpäterhin ganz gleichgil=
tig gewefen, ob Niebuhr bewiefen oder nicht bewiefen hat, daß
fie niemals wirklich exiftiert haben. Und wußte ich nicht jene
15 Jahreszahlen, wie hätte ich mich fpäterhin zurecht finden wollen
in dem großen Berlin, wo ein Haus dem andern gleicht wie ein
Tropfen Waffer oder wie ein Grenadier dem andern, und wo
man feine Bekannten nicht zu finden vermag, wenn man ihre
Hausnummer nicht im Kopfe hat; ich dachte mir damals bei
20 jedem Bekannten zugleich eine hiftorifche Begebenheit, deren
Jahreszahl mit feiner Hausnummer übereinstimmte, fo daß ich
mich diefer leicht erinnern konnte, wenn ich jener gedachte, und
daher kam mir auch immer eine hiftorifche Begebenheit in den
Sinn, fobald ich einen Bekannten erblickte. Wie gefagt, die
25 Jahreszahlen find durchaus nötig, ich kenne Menschen, die gar
nichts als ein paar Jahreszahlen im Kopfe hatten, und damit
in Berlin die rechten Häufer zu finden wußten, und jetzt fchon
ordentliche Profefforen find. Ich aber hatte in der Schule
meine Not mit den vielen Zahlen! Mit dem eigentlichen
30 Rechnen ging es noch fchlechter. Am beften begriff ich das
Subtrahieren, und da giebt es eine fehr praktifche Haupt-

regel: „Vier von drei geht nicht, da muß ich eins borgen" —
ich rate aber jedem, in solchen Fällen immer einige Groschen
mehr zu borgen; denn man kann nicht wissen —

Was aber das Lateinische betrifft, so haben Sie gar keine
Idee davon, Madame, wie das verwickelt ist. Den Römern 5
würde gewiß nicht Zeit genug übrig geblieben sein, die Welt zu
erobern, wenn sie das Latein erst hätten lernen sollen. Diese
glücklichen Leute wußten schon in der Wiege, welche Nomina
den Accusativ auf im haben. Ich hingegen mußte sie im
Schweiße meines Angesichts auswendig lernen; aber es ist doch 10
immer gut, daß ich sie weiß. Denn hätte ich z. B. den 20sten
Juli 1825, als ich öffentlich in der Aula zu Göttingen latei=
nisch disputierte — Madame, es war der Mühe wert zuzuhören
— hätte ich da sinapem statt sinapim gesagt, so würden es
vielleicht die anwesenden Füchse gemerkt haben, und das wäre 15
für mich eine ewige Schande gewesen. Vis, buris, sitis,
tussis, cucumis, amussis, cannabis, sinapis — diese Wörter,
die so viel Aufsehen in der Welt gemacht haben, bewirkten die=
ses, indem sie sich zu einer bestimmten Klasse schlugen und
dennoch eine Ausnahme blieben; deshalb achte ich sie sehr, und 20
daß ich sie bei der Hand habe, wenn ich sie etwa plötzlich brau=
chen sollte, das giebt mir in manchen trüben Stunden des
Lebens viel innere Beruhigung und Trost. Aber, Madame,
die verba irregularia — sie unterscheiden sich von den verbis
regularibus dadurch, daß man bei ihnen noch mehr Prügel 25
bekommt — sie sind gar entsetzlich schwer.

Vom Griechischen will ich gar nicht sprechen, ich ärgere mich
sonst zu viel. Die Mönche im Mittelalter hatten so ganz un=
recht nicht, wenn sie behaupteten, daß das Griechische eine Er=
findung des Teufels sei. Gott kennt die Leiden, die ich dabei 30
ausgestanden. Mit dem Hebräischen ging es besser, denn ich
hatte immer eine große Vorliebe für die Juden, obgleich sie,
bis auf diese Stunde, meinen guten Namen kreuzigen; aber ich
konnte es doch im Hebräischen nicht so weit bringen wie meine

Taschenuhr, die viel intimen Umgang mit Pfandverleihern
hatte, und dadurch manche jüdische Sitte annahm — z. B. des
Sonnabends ging sie nicht — und die heilige Sprache lernte,
und sie auch späterhin grammatisch trieb; wie ich denn oft in
schlaflosen Nächten mit Erstaunen hörte, daß sie beständig vor
sich hin pickerte: katal, katalta, kataliti — kittel, kittalta, kittalti
— — pokat, pokadeti — pikat — pik — pit — —

Indessen von der deutschen Sprache begriff ich viel mehr,
und die ist doch nicht so gar kinderleicht. Denn wir armen
Deutschen, die wir schon mit Einquartierungen, Militärpflichten,
Kopfsteuern und tausenderlei Abgaben genug geplagt sind, wir
haben uns noch obendrein den Adelung aufgesackt und quälen
uns einander mit dem Accusativ und Dativ. Viel deutsche
Sprache lernte ich vom alten Rektor Schallmeyer, einem braven
geistlichen Herrn, der sich meiner von Kind auf annahm. Aber
ich lernte auch etwas der Art von dem Professor Schramm,
einem Manne, der ein Buch über den ewigen Frieden geschrie=
ben hat, und in dessen Klasse sich meine Mitbuben am meisten
rauften.

Während ich in einem Zuge fortschrieb und allerlei dabei
dachte, habe ich mich unversehens in die alten Schulgeschichten
hineingeschwatzt, und ich ergreife diese Gelegenheit, um Ihnen
zu zeigen, Madame, wie es nicht meine Schuld war, wenn ich
von der Geographie so wenig lernte, daß ich mich später=
hin nicht in der Welt zurechtzufinden wußte. Damals hatten
nämlich die Franzosen alle Grenzen verrückt, alle Tage wurden
die Länder neu illuminiert; die sonst blau gewesen, wurden
jetzt plötzlich grün, manche wurden sogar blutrot, die bestimm=
ten Lehrbuchseelen wurden so sehr vertauscht und vermischt, daß
kein Teufel sie mehr erkennen konnte, die Landesprodukte än=
derten sich ebenfalls, Cichorien und Runkelrüben wuchsen jetzt,
wo sonst nur Hasen und hinterherlaufende Landjunker zu sehen
waren, auch die Charaktere der Völker änderten sich, die Deutschen
wurden gelenkig, die Franzosen machten keine Komplimente mehr,

die Engländer warfen das Geld nicht mehr zum Fenster hinaus,
und die Venetianer waren nicht schlau genug, unter den Für=
sten gab es viel Avancement, die alten Könige bekamen neue
Uniformen, neue Königtümer wurden gebacken und hatten Ab=
satz wie frische Semmel, manche Potentaten hingegen wurden      5
von Haus und Hof gejagt, und mußten auf andere Art ihr
Brot zu verdienen suchen, einige legten sich daher früh auf ein
Handwerk, und machten z. B. Siegellack oder — Madame, diese
Periode hat endlich ein Ende, der Atem wollte mir ausgehen
— kurz und gut, in solchen Zeiten kann man es in der Geo=       10
graphie nicht weit bringen.

Da hat man es doch besser in der Naturgeschichte, da können
nicht so viele Veränderungen vorgehen, und da giebt es be=
stimmte Kupferstiche von Affen, Känguruhs, Zebras, Nashornen
u. s. w. Weil mir solche Bilder im Gedächtnisse blieben, geschah  15
es in der Folge sehr oft, daß mir manche Menschen beim ersten
Anblick gleich wie alte Bekannte vorkamen.

Am allerbesten aber erging es mir in der französischen Klasse
des Abbé d'Aulnoi, eines emigrierten Franzosen, der eine Menge
Grammatiken geschrieben, und eine rote Perücke trug, und gar   20
pfiffig umhersprang, wenn er seine Art poétique und seine
Histoire allemande vortrug. — Er war im ganzen Gymnasium
der einzige, welcher deutsche Geschichte lehrte. Indessen auch das
Französische hat seine Schwierigkeiten, und zur Erlernung desselben
gehört viel Einquartierung, viel Getrommel, viel apprendre par  25
cœur, und vor allem darf man kein Bête allemande sein.
Doch gab es manches saure Wort. Ich errinnere mich noch so
gut, als wäre es erst gestern geschehen, daß ich durch la religion
viel Unannehmlichkeiten erfahren. Wohl sechsmal erging an
mich die Frage: Henri, wie heißt der Glaube auf Französisch?  30
und sechsmal und immer weinerlicher antwortete ich: Er heißt:
le crédit. Und beim siebenten Male, kirschbraun im Gesichte,
rief der wütende Examinator: Er heißt: la religion — und es
regnete Prügel, und alle Kameraden lachten.

Parbleu, Madame! ich habe es im Französischen weit ge=
bracht. Man muß den Geist der Sprache kennen, und diesen
lernt man am besten durch Trommeln. Parbleu! wie viel ver=
danke ich dem französischen Tambour, der so lange bei uns in
5 Quartier lag, und wie ein Teufel aussah, und doch von Herzen
so engelgut war, und so ganz vorzüglich trommelte.

Es war eine kleine, bewegliche Figur mit einem fürchterlichen
schwarzen Schnurrbarte, worunter sich die roten Lippen trotzig
hervorbäumten, während die feurigen Augen hin und her schossen.
10 Ich kleiner Junge hing an ihm wie eine Klette, und half
ihm seine Knöpfe spiegelblank putzen und seine Weste mit Kreide
weißen — denn Monsieur Le Grand wollte gerne gefallen —
und ich folgte ihm auf die Wache, nach dem Appell, nach der
Parade, — da war nichts als Waffenglanz und Lustigkeit —
15 les jours de fête sont passés! Monsieur Le Grand wußte
nur wenig gebrochenes Deutsch, nur die Hauptausdrücke — Brot,
Kuß, Ehre — doch konnte er sich auf der Trommel sehr gut
verständlich machen; z. B. wenn ich nicht wußte, was das Wort
„liberté" bedeute, so trommelte er den Marseiller Marsch —
20 und ich verstand ihn. Wußte ich nicht die Bedeutung des Wortes
„égalité", so trommelte er den Marsch ça ira, ça ira — — —
les aristocrats à la lanterne!" — und ich verstand ihn.
Wußte ich nicht, was „bêtise" sei, so trommelte er den Dessauer
Marsch, den wir Deutschen, wie auch Goethe berichtet, in der
25 Champagne getrommelt — und ich verstand ihn. Er wollte mir
mal das Wort „l'Allemagne" erklären, und trommelte jene
allzu einfache Urmelodie, die man oft an Markttagen bei tanzen=
den Hunden hört, nämlich Dum — Dum — Dum — ich ärgerte
mich, aber ich verstand ihn doch.
30 Auf ähnliche Weise lehrte er mich auch die neuere Geschichte.
Ich verstand zwar nicht die Worte, die er sprach, aber da er
während des Sprechens beständig trommelte, so wußte ich doch,
was er sagen wollte. Im Grunde ist das die beste Lehrmethode.
Die Geschichte von der Bestürmung der Bastille, der Tuilerien

u. f. w. begreift man erst recht, wenn man weiß, wie bei solchen
Gelegenheiten getrommelt wurde. In unseren Schulkompendien
liest man bloß: — „Ihre Excellenzen die Barone und Grafen
und hochdero Gemahlinnen wurden geköpft — Ihre Altessen die
Herzöge und Prinzen und höchstdero Gemahlinnen wurden ge= 5
köpft — Ihre Majestät der König und allerhöchstdero Gemahlin
wurden geköpft —" aber wenn man den roten Guillotinenmarsch
trommeln hört, so begreift man dieses erst recht, und man
erfährt das Warum und das Wie. Madame, das ist ein gar
wunderlicher Marsch! Er durchschauderte mir Mark und Bein, 10
als ich ihn zuerst hörte, und ich war froh, daß ich ihn vergaß. —

Ich spreche vom Hofgarten zu Düsseldorf, wo ich oft auf dem
Rasen lag, und andächtig zuhörte, wenn mir Monsieur Le Grand
von den Kriegsthaten des großen Kaisers erzählte, und dabei die
Märsche schlug, die während jener Thaten getrommelt wurden, 15
so daß ich alles lebendig sah und hörte. Ich sah den Zug über
den Simplon — der Kaiser voran und hinterdrein klimmend die
braven Grenadiere, während aufgescheuchtes Gevögel sein Krächzen
erhebt und die Gletscher in der Ferne donnern — Ich sah den
Kaiser, die Fahne im Arm, auf der Brücke von Lodi — ich sah 20
den Kaiser im grauen Mantel bei Marengo — ich sah den Kaiser
zu Roß in der Schlacht bei den Pyramiden — nichts als Pul=
verdampf und Mamelucken — ich sah den Kaiser in der Schlacht
bei Austerlitz — hui! wie pfiffen da die Kugeln über die glatte
Eisbahn! — ich sah, ich hörte die Schlacht bei Jena — dum, 25
dum, dum, — ich sah, ich hörte die Schlacht bei Eilau, Wagram
— — — — nein, kaum konnt' ich es aushalten! Monsieur Le
Grand trommelte, daß fast mein eignes Trommelfell dadurch
zerrissen wurde.

### 3.

Aber wie ward mir erst, als ich ihn selber sah, mit hochbe= 30
gnadigten eigenen Augen, ihn selber, Hosianna! den Kaiser.

Er war eben in der Allee des Hofgartens zu Düsseldorf.

Als ich mich durch das gaffende Volk drängte, dachte ich an die
Thaten und Schlachten, die mir Monsieur Le Grand vorgetrom=
melt hatte, mein Herz schlug den Generalmarsch — und dennoch
dachte ich zu gleicher Zeit an die Polizeiverordnung, daß man
5 bei fünf Thaler Strafe nicht mitten durch die Allee reiten dürfe.
Und der Kaiser mit seinem Gefolge ritt mitten durch die Allee,
die schauernden Bäume beugten sich vorwärts, wo er vorbeikam,
die Sonnenstrahlen zitterten furchtsam neugierig durch das grüne
Laub, und am blauen Himmel oben schwamm sichtbar ein goldner
10 Stern. Der Kaiser trug seine scheinlose grüne Uniform und
das kleine welthistorische Hütchen. Er ritt ein weißes Rößlein, und
das ging so ruhig stolz, so sicher, so ausgezeichnet, — wär' ich
damals Kronprinz von Preußen gewesen, ich hätte dieses Röß=
lein beneidet. Nachlässig, fast hängend, saß der Kaiser, die eine
15 Hand hielt hoch den Zaum, die andere klopfte gutmütig den
Hals des Pferdchens. — Es war eine sonnig marmorne Hand,
eine mächtige Hand, eine von den beiden Händen, die das viel=
köpfige Ungeheuer der Anarchie gebändigt und den Völkerzwei=
kampf geordnet hatten — und sie klopfte gutmütig den Hals des
20 Pferdes. Auch das Gesicht hatte jene Farbe, die wir bei mar=
mornen Griechen= und Römerköpfen finden, die Züge desselben
waren ebenfalls edelgemessen, wie die der Antiken, und auf die=
sem Gesichte stand geschrieben: Du sollst keine Götter haben
außer mir. Ein Lächeln, das jedes Herz erwärmte und be=
25 ruhigte, schwebte um die Lippen — und doch wußte man, diese
Lippen brauchten nur zu pfeifen, — et la Prusse n'existait plus
— diese Lippen brauchten nur zu pfeifen — und die ganze
Klerisei hatte ausgeklingelt — diese Lippen brauchten nur zu
pfeifen — und das ganze heilige römische Reich tanzte. Und
30 diese Lippen lächelten und auch das Auge lächelte — es war ein
Auge, klar wie der Himmel, es konnte lesen im Herzen der
Menschen, es sah rasch auf einmal alle Dinge dieser Welt, wäh=
rend wir anderen sie nur nach einander und in ihren gefärbten
Schatten sehen. Die Stirne war nicht so klar, es nisteten dar=

auf die Geister zukünftiger Schlachten, und es zuckte bisweilen
über dieser Stirn, und das waren die schaffenden Gedanken, die
großen Siebenmeilenstiefel-Gedanken, womit der Geist des Kaisers unsichtbar über die Welt hinschritt — und ich glaube, jeder
dieser Gedanken hätte einem deutschen Schriftsteller Zeit seines
Lebens vollauf Stoff zum Schreiben gegeben.

Der Kaiser ritt ruhig mitten durch die Allee, kein Polizeidiener widersetzte sich ihm; hinter ihm, stolz auf schnaubenden
Rossen und belastet mit Gold und Geschmeide, ritt sein Gefolge,
die Trommeln wirbelten, die Trompeten erklangen, neben mir
drehte sich der tolle Aloysius und schnarrte die Namen seiner
Generale, unfern brüllte der besoffene Gumpertz, und das Volk
rief tausendstimmig: „Es lebe der Kaiser!"

## 4.

Der Kaiser ist tot. Auf einer öden Insel des atlantischen
Meeres ist sein einsames Grab, und Er, dem die Erde zu eng
war, liegt ruhig unter dem kleinen Hügel, wo fünf Trauerwei-
den gramvoll ihre grünen Blätter herabhängen lassen und ein
frommes Bächlein wehmütig klagend vorbeirieselt. Es steht keine
Inschrift auf seinem Leichensteine; aber Klio, mit dem gerechten
Griffel, schrieb unsichtbare Worte darauf, die wie Geistertöne durch
die Jahrtausende klingen werden.

Britania! dir gehört das Meer. Doch das Meer hat nicht
Wasser genug, um von dir abzuwaschen die Schande, die der
große Tote dir sterbend vermacht hat. Nicht dein windiger Sir
Hudson, nein, du selbst warst der sicilianische Häscher, den die
verschworenen Könige gedungen, um an dem Manne des Volkes
heimlich abzurächen, was das Volk einst öffentlich an einem der
Ihrigen verübt hatte. — Und er war dein Gast und hatte sich
gesetzt an deinen Herd. —

## 5.

Während ich aber, auf der alten Bank des Hofgartens
sitzend, in die Vergangenheit zurückträumte, hörte ich hinter
mir verworrene Menschenstimmen, welche das Schicksal der
armen Franzosen beklagten, die, im russischen Kriege als Ge=
5 fangene nach Sibirien geschleppt, dort mehrere lange Jahre,
obgleich schon Frieden war, zurückgehalten worden und jetzt erst
heimkehrten. Als ich aufsah, erblickte ich wirklich diese Waisen=
kinder des Ruhmes; durch die Risse ihrer zerlumpten Unifor=
men lauschte das nackte Elend, in ihren verwitterten Gesichtern
10 lagen tiefe, klagende Augen, und obgleich verstümmelt, ermattet
und meistens hinkend, blieben sie doch noch immer in einer Art
militärischen Schrittes, und, seltsam genug! ein Tambour mit
einer Trommel schwankte voran.

Wahrlich, der arme französische Tambour schien halb verwest
15 aus dem Grabe gestiegen zu sein, es war nur ein kleiner
Schatten in einer schmutzig zersetzten grauen Kapotte, ein ver=
storben gelbes Gesicht mit einem großen Schnurrbarte, der weh=
mütig herabhing über die verblichenen Lippen, die Augen waren
wie verbrannter Zunder, worin nur noch wenige Fünkchen
20 glimmen, und dennoch, an einem einzigen dieser Fünkchen
erkannte ich Monsieur Le Grand.

Er erkannte auch mich, und zog mich nieder auf den Rasen,
und da saßen wir wieder wie sonst, als er mir auf der Trom=
mel die französische Sprache und die neuere Geschichte docierte.
25 Es war noch immer die wohlbekannte alte Trommel, und ich
konnte mich nicht genug wundern, wie er sie vor russischer Hab=
sucht geschützt hatte. Er trommelte jetzt wieder wie sonst, jedoch
ohne dabei zu sprechen. Waren aber die Lippen unheimlich
zusammengekniffen, so sprachen desto mehr seine Augen, die
30 sieghaft aufleuchteten, indem er die alten Märsche trommelte.
Die Pappeln neben uns erzitterten, als er wieder den roten
Guillotinenmarsch erdröhnen ließ. Auch die alten Freiheits=

kämpfe, die alten Schlachten, die Thaten des Kaisers trommelte
er wie sonst, und es schien, als sei die Trommel selber ein leben=
diges Wesen, das sich freute, seine innere Luft aussprechen zu
können. Ich hörte wieder den Kanonendonner, das Pfeifen
der Kugeln, den Lärm der Schlacht, ich sah wieder den Todes=
mut der Garde, ich sah wieder die flatternden Fahnen, ich sah
wieder den Kaiser zu Roß — aber allmählich schlich sich ein
trüber Ton in jene freudigsten Wirbel, aus der Trommel
drangen Laute, worin das wildeste Jauchzen und das entsetz=
lichste Trauern unheimlich gemischt waren, es schien ein Sieges=
marsch und zugleich ein Totenmarsch, die Augen Le Grands
öffneten sich geisterhaft weit, und ich sah darin nichts als ein
weites, weißes Eisfeld, bedeckt mit Leichen — es war die Schlacht
bei der Moskwa.

Ich hätte nie gedacht, daß die alte, harte Trommel so schmerz=
liche Laute von sich geben könnte, wie jetzt Monsieur Le Grand
daraus hervorzulocken wußte. Es waren getrommelte Thränen,
und sie tönten immer leiser, und wie ein trübes Echo brachen
tiefe Seufzer aus der Brust Le Grands. Und dieser wurde
immer matter und gespenstischer, seine dürren Hände zitterten
vor Frost, er saß wie im Traume, und bewegte mit seinen
Trommelstöcken nur die Luft, und horchte wie auf ferne Stim=
men, und endlich schaute er mich an mit einem tiefen, abgrund=
tiefen, flehenden Blick — ich verstand ihn — und dann sank
sein Haupt herab auf die Trommel.

Monsieur Le Grand hat in diesem Leben nie mehr getrom=
melt. Auch seine Trommel hat nie mehr einen Ton von sich
gegeben, sie sollte keinem Feinde der Freiheit zu einem servilen
Zapfenstreich dienen, ich hatte den letzten, flehenden Blick Le
Grands sehr gut verstanden, und zog sogleich den Degen aus
meinem Stock und zerstach die Trommel.

## 6.

Du sublime au ridicule il n'y a qu'un pas, Madame!

Aber das Leben ist im Grunde so fatal ernsthaft, daß es nicht zu ertragen wäre ohne solche Verbindung des Pathetischen mit dem Komischen. Das wissen unsere Poeten. Die grauenhaf= testen Bilder des menschlichen Wahnsinns zeigt uns Aristophanes nur im lachenden Spiegel des Witzes, den großen Denkerschmerz, der seine eigene Nichtigkeit begreift, wagt Goethe nur mit den Knittelversen eines Puppenspiels auszusprechen, und die tötlichste Klage über den Jammer der Welt legt Shakespeare in den Mund eines Narren, während er dessen Schellenkappe ängstlich schüttelt.

Du sublime au ridicule il n'y a qu'un pas, Madame! Während ich das Ende des vorigen Kapitels schrieb, und Ihnen erzählte, wie Monsieur Le Grand starb, und wie ich das testa- mentum militare, das in seinem letzten Blicke lag, gewissenhaft exekutierte, da klopfte es an meine Stubenthüre, und herein trat eine arme, alte Frau, die mich freundlich frug, ob ich ein Doktor sei. Und als ich dies bejahte, bat sie mich recht freund= lich, mit ihr nach Hause zu gehen, um dort ihrem Manne die Hühneraugen zu schneiden.

## 7.

Die deutschen Censoren —  —  —  —  —  —  —  —  —  —

—  —  —  —  —  —  —  —  —  —  —  —  —  —  —  —

—  —  —  —  —  —  —  —  —  —  —  —  —  —  —

—  —  —  —  —  —  —  —  —  —  —  —  —

—  —  —  —  —  —  —  —  —  —  —  —

—  —  —  —  — Dummköpfe —  —  —  —  —  —

—  —  —  —  —  —  —  —  —  —  —  —  —  —

—  —  —  —  —  —  —  —  —  —  —  —  —

—  —  —  —  —  —  —  —  —  —  —  —  —

—  —  —  —  —

# Italien.

## Reise von München nach Genua.

### 1.

Grillenhaftes Herz! jetzt bist du ja in Italien — warum tirilierst du nicht? Sind vielleicht die alten deutschen Schmerzen, die kleinen Schlangen, die sich tief in dir verkrochen, jetzt mit nach Italien gekommen, und sie freuen sich jetzt, und eben ihr gemeinschaftlicher Jubel erregt nun in der Brust jenes pittoreske Weh, das darin so seltsam sticht und hüpft und pfeift? Und warum sollten sich die alten Schmerzen nicht auch einmal freuen? Hier in Italien ist es ja so schön, das Leiden selbst ist hier so schön, in diesen gebrochenen Marmorpalazzos klingen die Seufzer viel romantischer als in unseren netten Ziegelhäuschen, unter jenen Lorbeerbäumen läßt sich viel wollüstiger weinen als unter unseren mürrisch zackigen Tannen, und nach den idealischen Wolkenbildern des himmelblauen Italiens läßt sich viel süßer hinaufschmachten als nach dem aschgrau deutschen Werkeltagshimmel, wo sogar die Wolken nur ehrliche Spießbürgerfratzen schneiden und langweilig herabgähnen! Bleibt nur in meiner Brust, ihr Schmerzen! ihr findet nirgends ein besseres Unterkommen. Ihr seid mir lieb und wert, und keiner weiß euch besser zu hegen und zu pflegen als ich und ich gestehe auch, ihr macht mir Vergnügen. Und überhaupt, was ist denn Vergnügen? Vergnügen ist nichts als ein höchst angenehmer Schmerz.

### 2.

Die bunte Gewalt der neuen Erscheinungen bewegte mich in Trient nur dämmernd und ahnungsvoll, wie Märchenschauer; in Verona aber erfaßte sie mich wie ein mächtiger Fiebertraum voll heißer Farben, scharfbestimmter Formen, gespenstischer

Trompetenklänge und fernen Waffengeräusches. Da war manch
verwitterter Palast, der mich so stier ansah, als wollte er mir
ein altes Geheimnis anvertrauen, und er scheuete sich nur vor
dem Gewühl der zudringlichen Tagesmenschen, und bäte mich,
5 zur Nachtzeit wieder zu kommen. Jedoch troß dem Gelärm
des Volkes und troß der wilden Sonne, die ihr rotes Licht
hineingoß, hat doch hie und da ein alter dunkler Turm mir
ein bedeutendes Wort zugeworfen, hie und da vernahm ich das
Geflüster zerbrochener Bildsäulen, und als ich gar über eine
10 kleine Treppe ging, die nach der Piazza de' Signori führte,
da erzählten mir die Steine eine furchtbar blutige Geschichte,
und ich las an der Ecke die Worte: Scala mazzanti.

Verona, die uralte, weltberühmte Stadt, gelegen auf beiden
Seiten der Etsch, war immer gleichsam die erste Station für die
15 germanischen Wandervölker, die ihre kaltnordischen Wälder ver-
ließen und über die Alpen stiegen, um sich im güldenen Sonnenschein des lieblichen Italiens zu erlustigen. Einige zogen
weiter hinab, anderen gefiel es schon gut genug am Orte selbst,
und sie machten es sich heimatlich bequem, und zogen seidne
20 Hausgewänder an, und ergingen sich friedlich unter Blumen
und Cypressen, bis neue Ankömmlinge, die noch ihre frischen
Eisenkleider anhatten, aus dem Norden kamen und sie verdräng-
ten, — eine Geschichte, die sich oft wiederholte, und von den
Historikern die Völkerwanderung genannt wird. Wandelt man
25 jetzt durch das Weichbild Veronas, so findet man überall die
abenteuerlichen Spuren jener Tage, sowie auch die Spuren der
älteren und der späteren Zeiten. An die Römer mahnt besonders das Amphitheater und der Triumphbogen; an die Zeit
des Theodorichs, des Dietrichs von Bern, von dem die Deutschen
30 noch singen und sagen, erinnern die fabelhaften Reste so mancher byzantinisch vorgotischen Bauwerke; tolle Trümmer erinnern
an König Alboin und seine wütenden Longobarden; sagenreiche
Denkmale mahnen an Karolum Magnum, dessen Paladine an
der Pforte des Doms eben so fränkisch roh gemeißelt sind, wie

sie gewiß im Leben gewesen — es will uns bedünken, als sei
die Stadt eine große Völkerherberge, und gleich wie man in
Wirtshäusern seinen Namen auf Wand und Fenster zu schrei=
ben pflegt, so habe dort jedes Volk die Spuren seiner Anwesen=
heit zurückgelassen, freilich oft nicht in der leserlichsten Schrift, 5
da mancher deutsche Stamm noch nicht schreiben konnte, und sich
damit behelfen mußte, zum Andenken etwas zu zertrümmern,
welches auch hinreichend war, da diese Trümmer noch deutlicher
sprechen als zierliche Buchstaben. Die Barbaren, welche jetzt
die alte Herberge bezogen haben, werden nicht ermangeln, eben 10
solche Denkmäler ihrer holden Gegenwart zu hinterlassen, da
es ihnen an Bildhauern und Dichtern fehlt, um sich durch mil=
dere Mittel im Andenken der Menschen zu erhalten.

Ich blieb nur einen Tag in Verona, in beständiger Verwun=
derung ob des nie Gesehenen, anstarrend jetzt die altertümlichen 15
Gebäude, dann die Menschen, die in geheimnisvoller Hast da=
zwischen wimmelten, und endlich wieder den gottblauen Him=
mel, der das seltsame Ganze wie ein kostbarer Rahmen umschloß
und dadurch gleichsam zu einem Gemälde erhob. Es ist aber
eigen, wenn man in dem Gemälde, das man eben betrachtet 20
hat, selbst steckt, und hie und da von den Figuren desselben
angelächelt wird, und gar von den weiblichen, wie's mir auf
der Piazza delle Erbe so lieblich geschah. Das ist nämlich der
Gemüsemarkt, und da gab es vollauf ergötzliche Gestalten,
Frauen und Mädchen. Die Mägde trugen Chignons, durch= 25
stochen mit einem oder mehreren goldnen Pfeilen, auch wohl
mit einem eichelköpfigen Silberstäbchen. Die Bäuerinnen hatten
meist kleine tellerartige Strohhütchen mit kokettierenden Blumen
an die eine Seite des Kopfes gebunden. Die Tracht der Män=
ner war minder abweichend von der unsrigen, und nur die 30
ungeheuern schwarzen Backenbärte, die aus der Kravatte hervor=
buschten, waren mir hier, wo ich diese Mode zuerst bemerkte,
etwas auffallend.

Betrachtete man aber genauer diese Menschen, die Männer

wie die Frauen, so entdeckte man in ihren Gesichtern und in
ihrem ganzen Wesen die Spuren einer Civilisation, die sich von
der unsrigen insofern unterscheidet, daß sie nicht aus der Mittel=
alter=Barbarei hervorgegangen, sondern noch aus der Römerzeit
5 herrührt, nie ganz vertilgt worden ist, und sich nur nach dem
jedesmaligen Charakter der Landesherrscher modificiert hat. Die
Civilisation hat bei diesen Menschen keine so auffallend neue
Politur wie bei uns, wo die Eichenstämme erst gestern gehobelt
worden sind und alles noch nach Firnis riecht. Es scheint uns,
10 als habe dieses Menschengewühl auf der Piazza delle Erbe im
Laufe der Zeiten nur allmählich Röcke und Redensarten ge=
wechselt, und der Geist der Gesittung habe sich dort wenig ver=
ändert. Die Gebäude aber, die diesen Platz umgeben, mögen
nicht so leicht imstande gewesen sein mit der Zeit fortzuschreiten;
15 doch schauen sie darum nicht minder anmutig, und ihr Anblick
bewegt wunderbar unsere Seele. Da stehen hohe Paläste im
venetianisch=lombardischen Stil, mit unzähligen Balkonen und
lachenden Freskobildern; in der Mitte erhebt sich eine einzelne
Denksäule, ein Springbrunnen und eine steinerne Heilige; hier
20 schaut man den launig rot= und weißgestreiften Podesta, der
hinter einem mächtigen Pfeilerthor emporragt; dort wieder
erblickt man einen altviereckigen Kirchturm, woran oben der
Zeiger und das Zifferblatt der Uhr zur Hälfte zerstört ist, so
daß es aussieht, als wolle die Zeit sich selber vernichten — über
25 dem ganzen Platz liegt derselbe romantische Zauber, der uns so
lieblich anweht aus den phantastischen Dichtungen des Ludovico
Ariosto oder des Ludovico Tieck.

Nahe bei diesem Platze steht ein Haus, das man wegen eines
Hutes, der über dem inneren Thor in Stein gemeißelt ist, für
30 den Palast der Kapulets hält. Es ist jetzt eine schmutzige
Kneipe für Fuhrleute und Kutscher, und als Herbergeschild
hängt davor ein roter, durchlöcherter Blechhut. Unfern in
einer Kirche zeigt man auch die Kapelle, worin der Sage nach
das unglückliche Liebespaar getraut worden. Ein Dichter be=

sucht gern solche Orte, wenn er auch selbst lächelt über die
Leichtgläubigkeit seines Herzens.

Auch die Grabmäler der Scaliger sind unfern der Piazza
delle Erbe. Sie sind so wunderfam prächtig wie dieses stolze
Geschlecht selbst, und es ist schade, daß sie in einem engen  5
Winkel stehen, wo sie sich gleichsam zusammendrängen müssen,
um so wenig Raum als möglich einzunehmen, und wo auch
dem Beschauer nicht viel Platz bleibt, um sie ordentlich zu
betrachten. Es ist, als sähen wir hier die geschichtliche Erscheinung dieses Geschlechtes vergleichnißt; diese füllt ebenfalls nur  10
einen kleinen Winkel in der allgemeinen italienischen Geschichte,
aber dieser Winkel ist gedrängt voll von Thatenglanz, Gesin-
nungspracht und Übermutsherrlichkeit. Wie in der Geschichte,
so sieht man sie auch auf ihren Monumenten, stolze, eiserne
Ritter auf eisernen Rossen, vor allen herrlich Can Grande,  15
der Oheim, und Mastino, der Neffe.

### 3.

Über das Amphitheater von Verona haben viele gesprochen;
man hat dort Platz genug zu Betrachtungen, und es giebt keine
Betrachtungen, die sich nicht in den Kreis dieses berühmten Bau-
werks einfangen ließen. Es ist ganz in jenem ernsten thatsäch-  20
lichen Stil gebaut, dessen Schönheit in der vollendeten Solidität
besteht und, wie alle öffentlichen Gebäude der Römer, einen
Geist ausspricht, der nichts anderes ist, als der Geist von Rom
selbst. Und Rom? Wer ist so gesund unwissend, daß nicht heimlich bei diesem Namen sein Herz erbebte, und nicht wenigstens  25
eine traditionelle Furcht seine Denkkraft aufrüttelte? Was mich
betrifft, so gestehe ich, daß mein Gefühl mehr Angst als Freude
enthielt, wenn ich daran dachte, bald umherzuwandeln auf dem
Boden der alten Roma. Die alte Roma ist ja jetzt tot, be-
schwichtigte ich die zagende Seele, und du hast die Freude, ihre  30
schöne Leiche ganz ohne Gefahr zu betrachten. Aber dann stieg

wieder das Falstaffsche Bedenken in mir auf: Wenn sie aber noch
nicht ganz tot wäre und sich nur verstellt hätte, und sie stände
plötzlich wieder auf — es wäre entsetzlich!

Als ich das Amphitheater besuchte, wurde just Komödie darin
5 gespielt; eine kleine Holzbude war nämlich in der Mitte errich=
tet, darauf ward eine italienische Posse aufgeführt, und die Zu=
schauer saßen unter freiem Himmel, teils auf kleinen Stühlchen,
teils auf den hohen Steinbänken des alten Amphitheaters. Da
saß ich nun und sah Brighellas und Tartaglias Spiegelfechtereien
10 auf derselben Stelle, wo der Römer einst saß und seinen Gla=
diatoren und Tierhetzen zusah. Der Himmel über mir, die
blaue Kristallschale, war noch derselbe wie damals. Es dunkelte
allmählich, die Sterne schimmerten hervor. Truffaldino lachte,
Smeraldina jammerte, endlich kam Pantalone und legte ihre
15 Hände ineinander. Das Volk klatschte Beifall und zog jubelnd
von dannen. Das ganze Spiel hatte keinen Tropfen Blut ge=
kostet. Es war aber nur ein Spiel. Die Spiele der Römer
hingegen waren keine Spiele, diese Männer konnten sich nimmer=
mehr am bloßen Schein ergötzen, es fehlte ihnen dazu die kind=
20 liche Seelenheiterkeit, und, ernsthaft wie sie waren, zeigte sich
auch in ihren Spielen der barste, blutigste Ernst. Sie waren
keine große Menschen, aber durch ihre Stellung waren sie grö=
ßer als andre Erdenkinder, denn sie standen auf Rom. So wie
sie von den sieben Hügeln herabstiegen, waren sie klein. Daher
25 die Kleinlichkeit, die wir da entdecken, wo ihr Privatleben sich
ausspricht; und Herkulanum und Pompeji, jene Palimpsesten
der Natur, wo jetzt wieder der alte Steintext hervorgegraben
wird, zeigen dem Reisenden das Privatleben in kleinen Häus=
chen mit winzigen Stübchen, welche so auffallend kontrastieren
30 gegen jene kolossalen Bauwerke, die das öffentliche Leben aus=
sprachen, jene Theater, Wasserleitungen, Brunnen, Landstraßen,
Brücken, deren Ruinen noch jetzt unser Staunen erregen. Aber
das ist es ja eben; wie der Grieche groß ist durch die Idee
der Kunst, der Hebräer durch die Idee eines heiligsten Gottes,

so sind die Römer groß durch die Idee ihrer ewigen Roma, groß überall, wo sie in der Begeisterung dieser Idee gefochten, geschrieben und gebaut haben. Je größer Rom wurde, je mehr erweiterte sich diese Idee, der einzelne verlor sich darin, die Großen, die noch hervorragen, sind nur getragen von dieser Idee, und sie macht die Kleinheit der Kleinen noch bemerkbar. Die Römer sind deshalb zugleich die größten Helden und die größten Satiriker gewesen, Helden, wenn sie handelten, während sie an Rom dachten, Satiriker, wenn sie an Rom dachten, während sie die Handlungen ihrer Genossen beurteilten. Gemessen mit solchem ungeheuren Maßstab der Idee Rom, mußte selbst die größte Persönlichkeit zwerghaft erscheinen und somit der Spottsucht anheimfallen. Tacitus ist der grausamste Meister in dieser Satire, eben weil er die Größe Roms und die Kleinheit der Menschen am tiefsten fühlte. Recht in seinem Elemente ist er jedesmal, wenn er berichten kann, was die malitiösen Zungen auf dem Forum über irgend eine imperiale Schandthat raisonnierten; recht ingrimmig glücklich ist er, wenn er irgend eine senatorische Blamage, etwa eine verfehlte Schmeichelei, zu erzählen hat.

Ich ging noch lange umher spazieren auf den höheren Bänken des Amphitheaters, zurücksinnend in die Vergangenheit. Wie alle Gebäude im Abendlichte ihren inwohnenden Geist am anschaulichsten offenbaren, so sprachen auch diese Mauern zu mir in ihrem fragmentarischen Lapidarstil tiefernste Dinge; sie sprachen von den Männern des alten Roms und mir war dabei, als sehe ich sie selber umher wandeln, weiße Schatten unter mir im dunkeln Cirkus. Mir war, als sehe ich die Gracchen, mit ihren begeisterten Märtyreraugen. Tiberius Sempronius, rief ich hinab, ich werde mit dir stimmen für das agrarische Gesetz! Auch Cäsar sah ich, Arm in Arm wandelte er mit Marcus Brutus. — Seid ihr wieder versöhnt? rief ich. Wir glaubten beide recht zu haben, — lachte Cäsar zu mir hinauf — ich wußte nicht, daß es noch einen Römer gab, und hielt mich deshalb für

berechtigt, Rom in die Tasche zu stecken, und weil mein Sohn
Marcus eben dieser Römer war, so glaubte er sich berechtigt,
mich deshalb umzubringen. Hinter diesen beiden schlich Tiberius
Nero mit Nebelbeinen und unbestimmten Mienen. Auch Wei-
5 ber sah ich dort wandeln, darunter Agrippina mit ihrem schönen
herrschsüchtigen Gesichte, das wundersam rührend anzusehen war,
wie ein altes Marmorbild, in dessen Zügen der Schmerz wie
versteinert erscheint. Wen suchst du, Tochter des Germanicus?
Schon hörte ich sie klagen — da erscholl plötzlich das dumpfsin-
10 nige Geläute einer Betglocke und das fatale Getrommel des
Zapfenstreichs. Die stolzen römischen Geister verschwanden, und
ich war wieder ganz in der christlich östreichischen Gegenwart.


## 4.

Auf dem Platze La Bra spaziert, sobald es dunkel wird, die
schöne Welt von Verona, oder sitzt dort auf kleinen Stühlchen
15 vor den Kaffeebuden, und schlürft Sorbett und Abendkühle und
Musik. Da läßt sich gut sitzen, das träumende Herz wiegt sich
auf süßen Tönen und erklingt im Wiederhall. Manchmal, wie
schlaftrunken, taumelt es auf, wenn die Trompeten erschallen,
und es stimmt ein mit vollem Orchester. Dann ist der Geist
20 wieder sonnig ermuntert, großblumige Gefühle und Erinnerungen mit tiefen schwarzen Augen blühen hervor, und drüber hin
ziehen die Gedanken, wie Wolkenzüge, stolz und langsam und
ewig.

Ich wandelte noch bis spät nach Mitternacht durch die Stra-
25 ßen Veronas, die allmählich leer wurden und wunderbar wieder-
hallten. Im halben Mondlichte dämmerten die Gebäude und
ihre Bildwerke, und bleich und schmerzhaft sah mich an manch
marmornes Gesicht. Ich eilte schnell den Grabmälern der
Scaliger vorüber; denn mir schien, als wolle Can Grande, artig
30 wie er immer gegen Dichter war, von seinem Rosse herabsteigen
und mich als Wegweiser begleiten. Bleib du nur sitzen, rief ich

ihm zu, ich bedarf deiner nicht, mein Herz ist der beste Cicerone
und erzählt mir überall die Geschichten, die in den Häusern
passiert sind, und bis auf Namen und Jahrzahl erzählt es sie
treu genug.

5.

„Kennst du das Land, wo die Citronen blühn?"      5
Kennst du das Lied? Ganz Italien ist darin geschildert, aber
mit den seufzenden Farben der Sehnsucht.   In der italienischen
Reise hat es Goethe etwas ausführlicher besungen, und wo er
malt, hat er das Original immer vor Augen, und man kann
sich auf die Treue der Umrisse und der Farbengebung ganz ver=   10
lassen.   Ich finde es daher bequem, hier ein für allemal auf
Goethes italienische Reise hinzudeuten, um so mehr, da er bis
Verona dieselbe Tour, durch Tirol, gemacht hat.   Ich habe schon
früherhin über jenes Buch gesprochen, ehe ich den Stoff, den es
behandelt, gekannt habe, und ich finde jetzt mein ahnendes Urteil   15
vollauf bestätigt.   Wir schauen nämlich darin überall thatsächliche
Auffassung und die Ruhe der Natur. Goethe hält ihr den
Spiegel vor, oder, besser gesagt, er ist selbst der Spiegel der
Natur.   Die Natur wollte wissen, wie sie aussieht, und sie er=
schuf Goethe.   Sogar die Gedanken, die Intentionen der Natur   20
vermag er uns wiederzuspiegeln, und es ist einem hitzigen Goe=
theaner, zumal in den Hundstagen, nicht zu verargen, wenn er
über die Identität der Spiegelbilder mit den Objekten selbst so
sehr erstaunt, daß er dem Spiegel sogar Schöpfungskraft, die
Kraft, ähnliche Objekte zu erschaffen, zutraut.   Ein Herr Ecker=   25
mann hat mal ein Buch über Goethe geschrieben, worin er
ganz ernsthaft versichert: Hätte der liebe Gott bei Erschaffung
der Welt zu Goethe gesagt: „Lieber Goethe, ich bin jetzt, gottlob!
fertig, ich habe jetzt alles erschaffen bis auf die Vögel und die
Bäume, und du thätest mir eine Liebe, wenn du statt meiner   30
diese Bagatellen noch erschaffen wolltest" — so würde Goethe,
eben so gut wie der liebe Gott, diese Tiere und Gewächse ganz

im Geiste der übrigen Schöpfung, nämlich die Vögel mit Federn, und die Bäume grün, erschaffen haben.

Es liegt· Wahrheit in diesen Worten, und ich bin sogar der Meinung, daß Goethe manchmal seine Sache noch besser ge=
5 macht hätte, als der liebe Gott selbst, und daß er z. B. den Herrn Eckermann viel richtiger, ebenfalls mit Federn und grün erschaffen hätte. Es ist wirklich ein Schöpfungsfehler, daß auf dem Kopfe des Herrn Eckermann keine grüne Federn wachsen, und Goethe hat diesem Mangel wenigstens dadurch abzuhelfen
10 gesucht, daß er ihm einen Doktorhut aus Jena verschrieben und eigenhändig aufgesetzt hat.

Nächst Goethes „Italienischer Reise" ist Frau von Morgans „Italien" und Frau von Staëls „Corinna" zu empfehlen. Was diesen Frauen an Talent fehlt, um neben Goethe nicht
15 unbedeutend zu erscheinen, das ersetzen sie durch männliche Ge= sinnungen, die jenem mangeln. Denn Frau von Morgan hat wie ein Mann gesprochen, sie sprach Skorpionen in die Herzen frecher Söldner, und mutig und süß waren die Triller dieser flatternden Nachtigall der Freiheit. Eben so, wie männiglich
20 bekannt ist, war Frau von Staël eine liebenswürdige Marke= tenderin im Heer der Liberalen, und lief mutig durch die Reihen der Kämpfenden mit ihrem Enthusiasmusfäßchen, und stärkte die Müden, und focht selber mit, besser als die besten.

## 6.

Kennst du das Land, wo die Citronen blühn,
25 Im dunkeln Laub die Goldorangen glühn,
Ein sanfter Wind vom blauen Himmel weht,
Die Myrte still und hoch der Lorbeer steht,
Kennst du es wohl?
            Dahin! dahin
30 Möcht' ich mit dir, o mein Geliebter, ziehn.

— Aber reise nur nicht im Anfang August, wo man des
Tags von der Sonne gebraten und des Nachts von den Flöhen
verzehrt wird. Auch rate ich dir, mein lieber Leser, von Verona
nach Mailand nicht mit dem Postwagen zu fahren.

Ich fuhr, in Gesellschaft von sechs Banditen, in einer schwer=
fälligen Carrozza, die wegen des allzugewaltigen Staubes von
allen Seiten so sorgfältig verschlossen wurde, daß ich von der
Schönheit der Gegend wenig bemerken konnte.

Um Mitternacht arrivierte ich in Mailand und kehrte ein bei
Herrn Reichmann, einem Deutschen, der sein Hotel ganz nach
deutscher Weise eingerichtet. Es sei das beste Wirtshaus in
ganz Italien, sagten mir einige Bekannte, die ich dort wieder=
fand, und die über italienische Gastwirte und Flöhe sehr schlecht
zu sprechen waren. Da hörte ich nichts als ärgerliche Histörchen
von italienischen Prellereien, und besonders Sir William fluchte
und versicherte, wenn Europa der Kopf der Welt sei, so sei
Italien das Diebesorgan dieses Kopfes. Der arme Baronet
hat in der Locanda Croce bianco zu Padua nicht weniger als
zwölf Francs für ein mageres Frühstück bezahlen müssen, und
zu Vicenza hat ihm jemand ein Trinkgeld abgefordert, als er
ihm einen Handschuh aufhob, den er beim Einsteigen in den
Wagen fallen lassen.

### 7.

Obgleich ich, lieber Leser, jetzt schon Gelegenheit hätte, bei
Erwähnung der Brera und Ambrosiana dir meine Kunsturteile
aufzutischen, so will ich doch diesen Kelch an dir vorübergehen
lassen, und mich mit der Bemerkung begnügen, daß ich das
spitze Kinn, das den Bildern der lombardischen Schule einen
Anstrich von Sentimentalität giebt, auch auf den Straßen von
Mailand bei mancher schönen Lombardin gesehen habe.

Es war mir immer außerordentlich belehrend, wenn ich mit
den Werken einer Schule auch die Originale vergleichen konnte,
die ihr als Modelle gedient haben; der Charakter der Schule

kam mir dann klarer zur Anschauung.. So ist mir auf dem
Jahrmarkt zu Rotterdam der Jan Steen in seiner göttlichsten
Heiterkeit plötzlich verständlich geworden; so habe ich späterhin
am Long=Arno die Formenwahrheit und den tüchtigen Geist der
5 Florentiner, und auf dem San Marco die Farbenwahrheit und
die träumerische Oberflächlichkeit der Venetianer begreifen lernen.
Geh nach Rom, liebe Seele, und vielleicht schwingst du dich dort
hinauf zur Anschauung der Idealität und zum Verständnis des
Raphael.

10 Indessen, eine Merkwürdigkeit Mailands, die in jeder Hinsicht
die größte ist, kann ich nicht unerwähnt lassen — das ist der Dom.

In der Ferne scheint es, als sei er aus weißem Postpapier
geschnitzelt, und in der Nähe erschrickt man, daß dieses Schnitz=
werk aus unwiderlegbarem Marmor besteht. Die unzähligen
15 Heiligenbilder, die das ganze Gebäude bedecken, die überall un=
ter den gotischen Krondächlein hervorgucken, und oben auf allen
Spitzen gepflanzt stehen, dieses steinerne Volk verwirrt einem
fast die Sinne. Betrachtet man das ganze Werk etwas länger,
so findet man es doch recht hübsch, kolossal niedlich, ein Spiel=
20 zeug für Riesenkinder. Im mitternächtlichen Mondschein gewährt
es noch den besten Anblick, dann kommen all' die weißen
Steinmenschen aus ihrer wimmelnden Höhe herabgestiegen, und
gehen mit einem über die Piazza, und flüstern einem alte Ge=
schichten ins Ohr, putzig heilig, ganz geheime Geschichten von
25 Galeazzo Visconti, der den Dombau begonnen, und von Na=
poleon Bonaparte, der ihn späterhin fortgesetzt.

## 8.

„Wir sind auf dem Schlachtfelde von Marengo." Wie lachte
mein Herz, als der Postillon diese Worte sprach! Ich war in
Gesellschaft eines sehr artigen Livländers, der vielmehr den Russen
spielte, des Abends von Mailand abgereist, und sah des folgenden
30 Morgens die Sonne aufgehn über das berühmte Schlachtfeld.

Hier that der General Bonaparte einen so starken Zug aus
dem Kelch des Ruhmes, daß er im Rausche Konsul, Kaiser,
Welteroberer wurde, und sich erst zu St. Helena ernüchtern
konnte. Es ist uns selbst nicht viel besser ergangen; wir waren
mitberauscht, wir haben alles mitgeträumt, sind ebenfalls erwacht, 5
und im Jammer der Nüchternheit machen wir allerlei verständige
Reflexionen. Es will uns da manchmal bedünken, als sei der
Kriegsruhm ein veraltetes Vergnügen, die Kriege bekämen eine
edlere Bedeutung, und Napoleon sei vielleicht der letzte Eroberer.

## 9.

Ich weiß wirklich nicht, ob ich es verdiene, daß man mir einst 10
mit einem Lorbeerkranze den Sarg verziere. Die Poesie, wie
sehr ich sie auch liebte, war immer nur heiliges Spielzeug, oder
geweihtes Mittel für himmlische Zwecke. Ich habe nie großen
Wert gelegt auf Dichterruhm, und ob man meine Lieder preiset
oder tadelt, es kümmert mich wenig. Aber ein Schwert sollt 15
ihr mir auf den Sarg legen; denn ich war ein braver Soldat
im Befreiungskriege der Menschheit.

## Die Bäder von Lucca.

### 1.

Sie haben keinen Begriff davon, Herr Doktor, wie viel Geld
ich ausgeben muß, und dabei behelfe ich mich mit einem einzigen
Bedienten, und nur wenn ich in Rom bin, halte ich mir einen 20
Kaplan für meine Hauskapelle. Sehen Sie, da kommt mein
Hyacinth.

Die kleine Gestalt, die in diesem Augenblick bei der Windung
eines Hügels zum Vorschein kam, hätte vielmehr den Namen
einer Feuerlilie verdient. Es war ein schlotternd weiter Schar= 25

lachrock, überladen mit Goldtreſſen, die im Sonnenglanze ſtrahlten,
und aus dieſer roten Pracht ſchwitzte ein Köpfchen hervor, das
mir ſehr wohlbekannt zunickte.  Und wirklich, als ich das bläß=
lich beſorgliche Geſichtchen und die geſchäftig zwinkenden Äuglein
5 näher betrachtete, erkannte ich jemanden, den ich eher auf dem
Berg Sinai als auf den Apenninen erwartet hätte, und das
war kein anderer als Herr Hirſch, Schutzbürger in Hamburg, ein
Mann, der nicht bloß immer ein ſehr ehrlicher Lotteriekollekteur
geweſen, ſondern ſich auch auf Hühneraugen und Juwelen ver=
10 ſteht, dergeſtalt, daß er erſtere von letzteren nicht bloß zu un=
terſcheiden, ſondern auch die Hühneraugen ganz geſchickt auszu=
ſchneiden und die Juwelen ganz genau zu taxieren weiß.

Ich bin guter Hoffnung — ſprach er, als er mir näher kam
— daß Sie mich noch kennen, obgleich ich nicht mehr Hirſch
15 heiße.  Ich heiße jetzt Hyacinth, und bin der Kammerdiener
des Herrn Gumpel.

Hyacinth! rief dieſer, in ſtaunender Aufwallung über die In=
diskretion des Dieners.

Sein Sie nur ruhig, Herr Gumpel, oder Herr Gumpelino,
20 oder Herr Marcheſe, oder Eure Excellenza, wir brauchen uns
gar nicht vor dieſem Herrn zu genieren, der kennt mich, hat
manches Los bei mir geſpielt, und ich möcht' ſogar darauf
ſchwören, er iſt mir von der letzten Renovierung noch ſieben
Mark neun Schilling ſchuldig — Ich freue mich wirklich, Herr
25 Doktor, Sie hier wieder zu ſehen.  Haben Sie hier ebenfalls
Vergnügungsgeſchäfte?  Was ſollte man ſonſt hier thun, in
dieſer Hitze, und wo man noch dazu bergauf und bergab ſteigen
muß.  Ich bin hier des Abends ſo müde, als wäre ich zwan=
zigmal vom Altonaer Thore nach dem Steinthor gelaufen, ohne
30 was dabei verdient zu haben.

O Jeſu! — rief der Marcheſe — ſchweig, ſchweig! Ich ſchaffe
mir einen andern Bedienten an.

Warum ſchweigen? — verſetzte Hirſch Hyacinthos. — Iſt es
mir doch lieb, wenn ich mal wieder gutes Deutſch ſprechen kann

mit einem Gesichte, das ich schon einmal in Hamburg gesehen, und denke ich an Hamburg —

Hier, bei der Erinnerung an sein kleines Stiefvaterländchen, wurden des Mannes Äuglein flimmernd feucht, und seufzend sprach er: „Was ist der Mensch! Man geht vergnügt vor dem Altonaer Thore auf dem Hamburger Berg spazieren, und besieht dort die Merkwürdigkeiten, die Löwen, die Gevögel, die Papa= gojim, die Affen, die ausgezeichneten Menschen, und man läßt sich Karussell fahren oder elektrisieren, und man denkt: Was würde ich erst für Vergnügen haben an einem Orte, der noch zweihundert Meilen von Hamburg weiter entfernt ist, in dem Lande, wo die Citronen und Orangen wachsen, in Italien! Was ist der Mensch! Ist er vor dem Altonaer Thore, so möchte er gern in Italien sein, und ist er in Italien, so möchte er wieder vor dem Altonaer Thore sein! Ach, stände ich dort wieder und sähe wieder den Michaelisturm, und oben dann die Uhr mit den großen goldnen Zahlen auf dem Ziffer= blatt, den großen goldnen Zahlen, die ich so oft des Nach= mittags betrachtete, wenn sie so freundlich in der Sonne glänz= ten — ich hätte sie oft küssen mögen. Ach, ich bin jetzt in Italien, wo die Citronen und Orangen wachsen; wenn ich aber die Citronen und Orangen wachsen sehe, so denk' ich an den Steinweg zu Hamburg, wo sie, ganze Karren voll, gemächlich aufgestapelt liegen, und wo man sie ruhig genießen kann, ohne daß man nötig hat, so viele Gefahr=Berge zu besteigen und so viel Hitzwärme auszustehen. So wahr mir Gott helfe, Herr Marchese, wenn ich es nicht der Ehre wegen gethan hätte und wegen der Bildung, so wäre ich Ihnen nicht hierher gefolgt. Aber das muß man Ihnen nachsagen, man hat Ehre bei Ihnen und bildet sich."

„Hyacinth!" — sprach jetzt Gumpelino, der durch diese Schmeichelei etwas besänftigt worden, — „Hyacinth, geh jetzt zu —"

„Ich weiß schon —"

„Du weißt nicht, sage ich dir, Hyacinth —"

„Ich sag' Ihnen, Herr Gumpel, ich weiß. Ew. Excellenz schicken mich jetzt zu der Lady Maxfield — Mir braucht man gar nichts zu sagen. Ich weiß Ihre Gedanken, die Sie noch gar nicht gedacht, und vielleicht Ihr Lebtag gar nicht denken werden. Einen Bedienten wie mich bekommen Sie nicht so leicht — und ich thu' es der Ehre wegen und der Bildung wegen, und wirklich, man hat Ehre bei Ihnen und bildet sich." — Bei diesem Worte putzte er sich die Nase mit einem sehr weißen Taschentuche.

„Hyacinth," sprach der Marchese, „du gehst jetzt zu der Lady Julie Maxfield, zu meiner Julia, und bringst ihr diese Tulpe — nimm sie in acht, denn sie kostet fünf Paoli — und sagst ihr —"

„Ich weiß schon —"

„Du weißt nichts. Sag' ihr: Die Tulpe ist unter den Blumen —"

„Ich weiß schon, Sie wollen ihr etwas durch die Blume sagen. Ich habe für so manches Lotterielos in meiner Kol= lekte selbst eine Devise gemacht —"

„Ich sage dir, Hyacinth, ich will keine Devise von dir. Bringe diese Blume an Lady Maxfield, und sage ihr:

> Die Tulpe ist unter den Blumen,
> Was unter den Käsen der Stracchino;
> Doch mehr als Blumen und Käse
> Verehrt dich Gumpelino!"

„So wahr mir Gott alles Gut's gebe, das ist gut!" — rief Hyacinth — „Winken Sie mir nicht, Herr Marchese; was Sie wissen, das weiß ich, und was ich weiß, das wissen Sie. Und Sie, Herr Doktor, leben Sie wohl! Um die Kleinigkeit mahne ich Sie nicht." — Bei diesen Worten stieg er den Hügel wieder hinab, und murmelte beständig: Gumpelino Stracchino — Stracchino Gumpelino —

„Es ist ein treuer Mensch" — sagte der Marchese — „sonst hätte ich ihn längst abgeschafft, wegen seines Mangels an Etikette. Vor Ihnen hat das nichts zu bedeuten. Sie verstehen mich. Wie gefällt Ihnen seine Livree? Es sind noch für vierzig Thaler mehr Tressen dran, als an der Livree von Rothschilds Bedienten. Ich habe innerlich mein Vergnügen, wie sich der Mensch bei mir perfektioniert. Dann und wann gebe ich ihm selbst Unterricht in der Bildung. Ich sage ihm oft: Was ist Geld? Geld ist rund und rollt weg, aber Bildung bleibt. Ja, Herr Doktor, wenn ich, was Gott verhüte, mein Geld verliere, so bin ich doch noch immer ein großer Kunstkenner, ein Kenner von Malerei, Musik und Poesie. Sie sollen mir die Augen zubinden und mich in der Galerie zu Florenz herumführen, und bei jedem Gemälde, vor welches Sie mich hinstellen, will ich Ihnen den Maler nennen, der es gemalt hat, oder wenigstens die Schule, wozu dieser Maler gehört. Musik? Verstopfen Sie mir die Ohren, und ich höre doch jede falsche Note. Poesie? Ich kenne alle Schauspielerinnen Deutschlands, und die Dichter weiß ich auswendig. Und gar Natur! Ich bin zweihundert Meilen gereist, Tag und Nacht durch, um in Schottland einen einzigen Berg zu sehen. Italien aber geht über alles. Wie gefällt Ihnen hier diese Naturgegend? Welche Schöpfung! Sehen Sie mal die Bäume, die Berge, den Himmel, da unten das Wasser — ist nicht alles wie gemalt? Haben Sie es je im Theater schöner gesehen? Man wird, so zu sagen, ein Dichter! Verse kommen einem in den Sinn, und man weiß nicht, woher: —

> Schweigend, in der Abenddämmrung Schleier
> Ruht die Flur, das Lied der Haine stirbt;
> Nur daß hier im alternden Gemäuer
> Melancholisch noch ein Heimchen zirpt.

Diese erhabenen Worte deklamierte der Marchese mit überschwellender Rührung, indem er wie verklärt in das lachende morgenhelle Thal hinabschaute.

# Englische Fragmente.

## I.

### Gespräch auf der Themse.

— — — Der gelbe Mann stand neben mir auf dem Ver=
deck, als ich die grünen Ufer der Themse erblickte, und in allen
Winkeln meiner Seele die Nachtigallen erwachten. „Land der
Freiheit," rief ich, „ich grüße dich)! — Sei mir gegrüßt, Frei=
heit, junge Sonne der verjüngten Welt! Jene ältere Sonnen,
die Liebe und der Glaube, sind welk und kalt geworden, und
können nicht mehr leuchten und wärmen.

„Junger Enthusiast," sprach der gelbe Mann, „Sie werden
nicht finden was sie suchen. Sie mögen recht haben, daß die
Freiheit eine neue Religion ist, die sich über die ganze Erde
verbreitet. Aber wie einst jedes Volk, indem es das Christen=
tum annahm, solches nach seinen Bedürfnissen und seinem eignen
Charakter modelte, so wird jedes Volk von der neuen Religion,
von der Freiheit nur dasjenige annehmen, was seinen Lokal=
bedürfnissen und seinem Nationalcharakter gemäß ist.

„Die Engländer sind ein häusliches Volk, sie leben ein be=
grenztes, umfriedetes Familienleben; im Kreise seiner Angehö=
rigen sucht der Engländer jenes Seelenbehagen, das ihm schon
durch seine angeborene gesellschaftliche Unbeholfenheit außer dem
Hause versagt ist. Der Engländer ist daher mit jener Freiheit
zufrieden, die seine persönlichsten Rechte verbürgt, und seinen
Leib, sein Eigentum, seine Ehe, seinen Glauben und sogar seine
Grillen unbedingt schützt. In seinem Hause ist niemand freier
als ein Engländer; um mich eines berühmten Ausdrucks zu be=
dienen, er ist König und Bischof in seinen vier Pfählen und nicht
unrichtig ist sein gewöhnlicher Wahlspruch: My house is my castle.

„Ist nun bei den Engländern das meiste Bedürfnis nach
persönlicher Freiheit, so möchte wohl der Franzose im Notfall

diese entbehren können, wenn man ihm nur jenen Teil der all=
gemeinen Freiheit, den wir Gleichheit nennen, vollauf genießen
läßt.  Die Franzosen sind kein häusliches Volk, sondern ein
geselliges, sie lieben kein schweigendes Beisammensitzen, welches
sie une conversation anglaise nennen, sie laufen plaudernd    5
vom Kaffeehause nach dem Kasino, vom Kasino nach den
Salons, ihr leichtes Champagnerblut und angeborenes Um=
gangstalent treibt sie zum Gesellschaftsleben, und dessen erste und
letzte Bedingung, ja dessen Seele ist: die Gleichheit.  Mit der
Ausbildung der Gesellschaftlichkeit in Frankreich mußte daher   10
auch das Bedürfnis der Gleichheit entstehen, und wenn auch der
Grund der Revolution im Budget zu suchen ist, so wurde ihr
doch zuerst Wort und Stimme verliehen von jenen geistreichen
Roturiers, die in den Salons von Paris mit der hohen No=
blesse scheinbar auf einem Fuße der Gleichheit lebten, und doch   15
dann und wann, sei es auch nur durch ein kaum bemerkbares,
aber desto tiefer verletzendes Feudallächeln, an die große, schmach=
volle Ungleichheit erinnert wurden; und wenn die canaille roturière sich die Freiheit nahm, jene hohe Noblesse zu köpfen, so
geschah dieses vielleicht weniger, um ihre Güter als um ihre   20
Ahnen zu erben, und statt der bürgerlichen Ungleichheit eine
adlige Gleichheit einzuführen.  Daß dieses Streben nach Gleich=
heit das Hauptprinzip der Revolution war, dürfen wir um so
mehr glauben, da die Franzosen sich bald glücklich und zufrieden
fühlten unter der Herrschaft ihres großen Kaisers, der, ihre Un=   25
mündigkeit beachtend, all ihre Freiheit unter seiner strengen
Kuratel hielt, und ihnen nur die Freude einer völligen, ruhm=
vollen Gleichheit überließ.

„Weit geduldiger als der Franzose erträgt daher der Eng=
länder den Anblick einer bevorrechteten Aristokratie; er tröstet   30
sich, daß er selbst Rechte besitzt, die es jener unmöglich machen,
ihn in seinen häuslichen Komforts und in seinen Lebensansprü=
chen zu stören.  Auch trägt jene Aristokratie nicht jene Rechte
zur Schau, wie auf dem Kontinente.  In den Straßen und

öffentlichen Vergnügungssälen Londons sieht man bunte Bänder
nur auf den Hauben der Weiber und goldne und silberne Ab=
zeichen nur auf den Röcken der Lakaien. Auch jene schöne
bunte Livree, die bei uns einen bevorrechteten Wehrstand an=
5 kündigt, ist in England nichts weniger als eine Ehrenauszeich=
nung; wie ein Schauspieler sich nach der Vorstellung die
Schminke abwischt, so eilt auch der englische Offizier, sich seines
roten Rocks zu entledigen, sobald die Dienststunde vorüber ist,
und im schlichten Rock eines Gentleman ist er wieder ein
10 Gentleman. Nur auf dem Theater zu St. James gelten jene
Dekorationen und Kostüme, die aus dem Kehricht des Mittel=
alters aufbewahrt worden; da flattern die Ordensbänder, da
blinken die Sterne, da rauschen die seidenen Hosen und Atlas=
schleppen, da knarren die goldenen Sporen und altfranzösischen
15 Redensarten, da bläht sich der Ritter, da spreizt sich das Fräu=
lein. Aber was kümmert einen freien Engländer die Hof=
komödie zu St. James!

„Was die Deutschen betrifft, so bedürfen sie weder der Frei=
heit noch der Gleichheit. Sie sind ein spekulatives Volk, Ideo=
20 logen, Vor= und Nachdenker, Träumer, die nur in der Vergan=
genheit und in der Zukunft leben, und keine Gegenwart haben.
Engländer und Franzosen haben eine Gegenwart, bei ihnen hat
jeder Tag seinen Kampf und Gegenkampf und seine Geschichte.
Der Deutsche hat nichts, wofür er kämpfen sollte, und da er
25 zu mutmaßen begann, daß es doch Dinge geben könne, deren
Besitz wünschenswert wäre, so haben wohlweise seine Philo=
sophen ihn gelehrt, an der Existenz solcher Dinge zu zweifeln.
Es läßt sich nicht leugnen, daß auch die Deutschen die Freiheit
lieben, aber anders wie andere Völker. Der Engländer liebt
30 die Freiheit wie sein rechtmäßiges Weib, er besitzt sie, und wenn
er sie auch nicht mit absonderlicher Zärtlichkeit behandelt, so
weiß er sie doch im Notfall wie ein Mann zu verteidigen, und
wehe dem rotgeröckten Burschen, der sich in ihr heiliges Schlaf=
gemach drängt — sei es als Galant oder als Scherge. Der

Franzose liebt die Freiheit wie seine Braut. Er glüht für sie, er flammt, er wirft sich zu ihren Füßen mit den überspanntes= ten Beteuerungen, er schlägt sich für sie auf Tod und Leben, er begeht für sie tausenderlei Thorheiten. Der Deutsche liebt die Freiheit wie seine alte Großmutter."          5

Gar wunderlich sind doch die Menschen! Im Vaterlande brummen wir, jede Dummheit, jede Verkehrtheit dort verdrießt uns, wie Knaben möchten wir täglich davonlaufen in die weite Welt; sind wir endlich wirklich in die weite Welt gekommen, so ist uns diese wieder zu weit, und heimlich sehnen wir uns   10 oft wieder nach den engen Dummheiten und Verkehrtheiten der Heimat, und wir möchten wieder dort in der alten wohlbe= kannten Stube sitzen, und uns, wenn es anginge, ein Haus hinter dem Ofen bauen, und warm drin hocken, und den allge= meinen Anzeiger der Deutschen lesen. So ging es auch mir   15 auf der Reise nach England. Kaum verlor ich den Anblick der deutschen Küste, so erwachte in mir eine kuriose Nachliebe für jene teutonischen Schlafmützen= und Perückenwälder, die ich eben noch mit Unmut verlassen, und als ich das Vaterland aus den Augen verloren hatte, fand ich es im Herzen wieder.   20

Daher mochte wohl meine Stimme etwas weich klingen, als ich dem gelben Mann antwortete: "Lieber Herr, scheltet mir nicht die Deutschen! Wenn sie auch Träumer sind, so haben doch manche unter ihnen so schöne Träume geträumt, daß ich sie kaum ver= tauschen möchte gegen die wachende Wirklichkeit unserer Nachbarn.   25 Da wir alle schlafen und träumen, so können wir vielleicht die Freiheit entbehren; denn unsere Tyrannen schlafen ebenfalls und träumen bloß ihre Tyrannei. Nur damals sind wir erwacht, als die katholischen Römer unsere Traumfreiheit geraubt hatten; da handelten wir und siegten, und legten uns wieder hin und   30 träumten. O Herr, spottet nicht unserer Träumer, dann und wann, wie Somnambüle, sprechen sie Wunderbares im Schlafe, und ihr Wort wird Saat der Freiheit. Keiner kann absehen die Wendung der Dinge. Der spleenige Britte, seines Weibes

überdrüffig, legt ihr vielleicht einen Strick um den Hals und
bringt fie zum Verkauf nach Smithfield. Der flatternde Franzofe
wird feiner geliebten Braut vielleicht treulos und verläßt fie,
und tänzelt fingend nach den Hofdamen feines königlichen Pa=
5 laftes (palais royal). Der Deutfche wird aber feine alte Groß=
mutter nie ganz von der Thüre ftoßen, er wird ihr immer ein
Plätzchen am Herde gönnen, wo fie den horchenden Kindern ihre
Märchen erzählen kann. — Wenn einft, was Gott verhüte, in
der ganzen Welt die Freiheit verfchwunden ift, fo wird ein
10 deutfcher Träumer fie in feinen Träumen wieder entdecken."

Während nun das Dampfboot, und auf demfelben unfer Ge=
fpräch, den Strom hinauffchwamm, war die Sonne unterge=
gangen, und ihre letzten Strahlen beleuchteten das Hofpital zu
Greenwich, ein impofantes palaftgleiches Gebäude, das eigentlich
15 aus zwei Flügeln befteht, deren Zwifchenraum leer ift, und
einen, mit einem artigen Schlößlein gekrönten, waldgrünen Berg
den Vorbeifahrenden fehen läßt. Auf dem Waffer nahm jetzt
das Gewühl der Schiffe immer zu, und ich wunderte mich, wie
gefchickt diefe großen Fahrzeuge fich einander ausweichen. Da
20 grüßt im Begegnen manch ernfthaft freundliches Geficht, das
man nie gefehen hat, und vielleicht auch nie wieder fehen wird.
Man fährt fich fo nahe vorbei, daß man fich die Hände reichen
könnte zum Willkommen und Abfchied zu gleicher Zeit. Das
Herz fchwillt beim Anblick fo vieler fchwellenden Segel und wird
25 wunderbar aufgeregt, wenn vom Ufer her das verworrene Sum=
men und die ferne Tanzmufik und der dumpfe Matrofenlärm
herandröhnt. Aber im weißen Schleier des Abendnebels ver=
fchwimmen allmählich die Kontouren der Gegenftände, und ficht=
bar bleibt nur ein Wald von Maftbäumen, die lang und kahl
30 hervorragen.

Der gelbe Mann ftand noch immer neben mir und fchaute
finnend in die Höhe, als fuche er im Nebelhimmel die bleichen
Sterne. Noch immer in die Höhe fchauend, legte er die Hand
auf meine Schulter, und in einem Tone, als wenn geheime

Gedanken unwillkürlich zu Worten werden, sprach er: „Freiheit
und Gleichheit! man findet sie nicht hier unten und nicht ein=
mal dort oben. Dort jene Sterne sind nicht gleich, einer ist
größer und leuchtender als der andere, keiner von ihnen wandelt
frei, alle gehorchen sie vorgeschriebenen, eisernen Gesetzen —          5
Sklaverei ist im Himmel wie auf Erden."

„Das ist der Tower!" rief plötzlich einer unserer Reisege=
fährten, indem er auf ein hohes Gebäude zeigte, das aus dem
nebelbedeckten London wie ein gespenstisch dunkler Traum her=
vorstieg.                                                               10

## II.

### London.

Ich habe das Merkwürdigste gesehen, was die Welt dem
staunenden Geiste zeigen kann, ich habe es gesehen, und staune
noch immer — noch immer starrt in meinem Gedächtnisse dieser
steinerne Wald von Häusern und dazwischen der drängende
Strom lebendiger Menschengesichter mit all ihren bunten Leiden=          15
schaften, und all ihrer grauenhaften Hast der Liebe, des Hungers
und des Hasses — ich spreche von London.

Schickt einen Philosophen nach London; bei Leibe keinen
Poeten! Schickt einen Philosophen hin und stellt ihn an eine
Ecke von Cheapside, er wird hier mehr lernen als aus allen          20
Büchern der letzten Leipziger Messe; und wie die Menschenwogen
ihn umrauschen, so wird auch ein Meer von neuen Gedanken
vor ihm aufsteigen, der ewige Geist, der darüber schwebt, wird
ihn anwehen, die verborgensten Geheimnisse der gesellschaftlichen
Ordnung werden sich ihm plötzlich offenbaren, er wird den Puls=      25
schlag der Welt hörbar vernehmen und sichtbar sehen — denn
wenn London die rechte Hand der Welt ist, die thätige, mächtige
rechte Hand, so ist jene Straße, die von der Börse nach Downing=
street führt, als die Pulsader der Welt zu betrachten.

Aber schickt keinen Poeten nach London! Dieser bare Ernst     30

aller Dinge, diese kolossale Einförmigkeit, diese maschinenhafte
Bewegung, diese Verdrießlichkeit der Freude selbst, dieses über-
triebene London erdrückt die Phantasie und zerreißt das Herz.
Und wolltet ihr gar einen deutschen Poeten hinschicken, einen
5 Träumer, der vor jeder einzelnen Erscheinung stehen bleibt, etwa
vor einem zerlumpten Bettelweib oder einem blanken Gold-
schmiedladen — o! dann geht es ihm erst recht schlimm, und er
wird von allen Seiten fortgeschoben oder gar mit einem milden
God damn! niedergestoßen. God damn! das verdammte Stoßen!
10 Ich merkte bald, dieses Volk hat viel zu thun. Es lebt auf
einem großen Fuße, es will, obgleich Futter und Kleider in
seinem Lande teurer sind als bei uns, dennoch besser gefüttert
und besser gekleidet sein als wir; wie zur Vornehmheit gehört,
hat es auch große Schulden, dennoch aus Großprahlerei wirft
15 es zuweilen seine Guineen zum Fenster hinaus, bezahlt andere
Völker, daß sie sich zu seinem Vergnügen herumboxen, giebt
dabei ihren respektiven Königen noch außerdem ein gutes Douceur — und deshalb hat John Bull Tag und Nacht zu arbeiten,
um Geld zu solchen Ausgaben anzuschaffen, Tag und Nacht
20 muß er sein Gehirn anstrengen zur Erfindung neuer Maschinen,
und er sitzt und rechnet im Schweiße seines Angesichts, und
rennt und läuft, ohne sich viel umzusehen, vom Hafen nach der
Börse, von der Börse nach dem Strand, und da ist es sehr ver-
zeihlich, wenn er an der Ecke von Cheapside einen armen deutschen
25 Poeten, der, einen Bilderladen angaffend, ihm in dem Wege
steht, etwas unsanft auf die Seite stößt.

Der Fremde, der die großen Straßen Londons durchwandert
und nicht just in die eigentlichen Pöbelquartiere gerät, sieht daher nichts oder sehr wenig von dem vielen Elend, das in London
30 vorhanden ist. Die Armut in Gesellschaft des Lasters und des
Verbrechens schleicht erst des Abends aus ihren Schlupfwinkeln.
Sie scheut das Tageslicht um so ängstlicher, je grauenhafter ihr
Elend kontrastiert mit dem Übermute des Reichtums, der überall
hervorprunkt; nur der Hunger treibt sie manchmal um Mittags-

zeit aus dem dunkeln Gäßchen, und da sieht sie mit stummen, sprechenden Augen und starrt flehend empor zu dem reichen Kaufmann, der geschäftig-goldklimpernd vorübereilt, oder zu dem müßigen Lord, der wie ein satter Gott auf hohem Roß einherreitet und auf das Menschengewühl unter ihm dann und wann einen gleichgiltig vornehmen Blick wirft, als wären es winzige Ameisen, oder doch nur ein Haufen niedriger Geschöpfe, deren Lust und Schmerz mit seinen Gefühlen nichts gemein hat — denn über dem Menschengesindel, das am Erdboden festklebt, schwebt Englands Nobility, wie Wesen höherer Art, die das kleine England nur als ihr Absteigequartier, Italien als ihren Sommergarten, Paris als ihren Gesellschaftssaal, ja die ganze Welt als ihr Eigentum betrachten. Ohne Sorgen und ohne Schranken schweben sie dahin, und ihr Gold ist ein Talisman, der ihre tollsten Wünsche in Erfüllung zaubert.

Arme Armut! wie peinigend muß dein Hunger sein, dort wo andere im höhnenden Überflusse schwelgen! Und hat man dir auch mit gleichgiltiger Hand eine Brotkruste in den Schoß geworfen, wie bitter müssen die Thränen sein, womit du sie erweichst! Du vergiftest dich mit deinen eigenen Thränen.

### III.
### Die Engländer.

Trotz diesen entgegengesetzten Geistes- und Lebensrichtungen, findet man doch wieder im englischen Volke eine Einheit der Gesinnung, die eben darin besteht, daß es sich als ein Volk fühlt; die neueren Stutzköpfe und Kavaliere mögen sich immerhin wechselseitig hassen und verachten, dennoch hören sie nicht auf, Engländer zu sein; als solche sind sie einig und zusammengehörig, wie Pflanzen, die aus demselben Boden hervorgeblüht und mit diesem Boden wunderbar verwebt sind. Daher die geheime Übereinstimmung des ganzen Lebens und Webens in England, das uns beim erſten Anblick nur ein Schauplaß der Verwirrung und Widerſprüche dünken will. Überreichtum und Miſere, Orthodoxie und Unglauben, Freiheit und Knechtſchaft, Grauſamkeit und Milde, Ehrlichkeit und Gaunerei, dieſe Gegenſäße in ihren tollſten Extremen, darüber der graue Nebelhimmel, von allen Seiten ſummende Maſchinen, Zahlen, Gaslichter, Schornſteine, Zeitungen, Porterkrüge, geſchloſſene Mäuler, alles dieſes hängt ſo zuſammen, daß wir uns keins ohne das andere denken können, und was vereinzelt unſer Erſtaunen oder Lachen erregen würde, erſcheint uns als ganz gewöhnlich und ernſthaft in ſeiner Vereinigung.

Ich glaube aber, ſo wird es uns überall gehen, ſogar in ſolchen Landen, wovon wir noch ſeltſamere Begriffe hegen, und wo wir noch reichere Ausbeute des Lachens und Staunens erwarten. Unſere Reiſeluſt, unſere Begierde, fremde Länder zu ſehen, beſonders wie wir ſolche im Knabenalter empfinden, entſteht überhaupt durch jene irrige Erwartung außerordentlicher Kontraſte, durch jene geiſtige Maskeradeluſt, wo wir Menſchen und Denkweiſe unſerer Heimat in jene fremde Länder hineindenken, und ſolchermaßen unſere beſten Bekannten in die fremden Koſtüme und Sitten vermummen.

## IV.

### Wellington.

Der Mann hat das Unglück, überall Glück zu haben, wo die größten Männer der Welt Unglück hatten, und das empört uns und macht ihn verhaßt. Wir ſehen in ihm nur den Sieg der Dummheit über das Genie — Arthur Wellington triumphiert, wo Napoleon Bonaparte untergeht! Nie ward ein Mann ironiſcher von Fortuna begünſtigt, und es iſt, als ob ſie ſeine öde Winzigkeit zur Schau geben wollte, indem ſie ihn auf den Schild des Sieges emporhebt. Fortuna iſt ein Weib, und nach Weiberart grollt ſie vielleicht heimlich dem Manne, der ihren ehemaligen Liebling ſtürzte, obgleich deſſen Sturz

ihr eigner Wille war. Jetzt bei der Emancipation der Katho=
liken läßt sie ihn wieder siegen, und zwar in einem Kampfe,
worin George Canning zu Grunde ging. Man würde ihn viel=
leicht geliebt haben, wenn der elende Londonderry sein Vor=
gänger im Ministerium gewesen wäre; jetzt aber war er der
Nachfolger des edlen Canning, des vielbeweinten, angebeteten,
großen Canning — und er siegt, wo Canning zu Grunde
ging. Ohne solches Unglück des Glücks würde Wellington
vielleicht für einen großen Mann passieren, man würde ihn
nicht hassen, nicht genau messen, wenigstens nicht mit dem
heroischen Maßstabe, womit man einen Napoleon und einen
Canning mißt, und man würde nicht entdeckt haben, wie klein
er ist als Mensch.

Er ist ein kleiner Mensch, und noch weniger als klein. Die
Franzosen haben von Polignac nichts Ärgeres sagen können, als:
er sei ein Wellington ohne Ruhm. In der That, was bleibt
übrig, wenn man einem Wellington die Feldmarschalluniform
des Ruhmes auszieht?

Was mich am meisten ärgert, ist der Gedanke, daß Arthur
Wellington eben so unsterblich wird wie Napoleon Bonaparte.
Wellington und Napoleon! Es ist ein wunderbares Phäno=
men, daß der menschliche Geist sich beide zu gleicher Zeit denken
kann. Es giebt keine größern Kontraste als diese beiden, schon
in ihrer äußern Erscheinung. Wellington, das dumme Gespenst
mit einer aschgrauen Seele in einem steifleinernen Körper, ein
hölzernes Lächeln in dem frierenden Gesichte — daneben denke
man sich das Bild Napoleons, jeder Zoll ein Gott!

Nie schwindet dieses Bild aus meinem Gedächtnisse. Ich
sehe ihn immer noch hoch zu Roß, mit den ewigen Augen in
dem marmornen Imperatorgesichte, schicksalruhig hinabblicken
auf die vorbeidefilierenden Garden — er schickte sie damals
nach Rußland, und die alten Grenadiere schauten zu ihm hinauf
so schauerlich ergeben, so mitwissend ernst, so todesstolz — ·

Te, Cæsar, morituri salutant!

Manchmal überschleicht mich geheimer Zweifel, ob ich ihn wirklich selbst gesehen, ob wir wirklich seine Genossen waren, und es ist mir dann, als ob sein Bild, losgerissen aus dem kleinen Rahmen der Gegenwart, immer stolzer und herrischer

5 zurückweiche in vergangenheitliche Dämmerung. Sein Name schon klingt uns wie eine Kunde der Vorwelt und eben so antik und heroisch wie die Namen Alexander und Cäsar. Es ist schon ein Losungswort geworden unter den Völkern, und wenn der Orient und der Occident sich begegnen, so verständigen sie

10 sich durch diesen einzigen Namen.

## Schlußwort zu den Reisebildern.

### (Geschrieben den 29. November 1830.)

Es fehlen mir noch einige Oktavseiten, und ich will deshalb noch eine Geschichte erzählen — sie schwebt mir schon seit gestern im Sinne — es ist eine Geschichte aus dem Leben Karls V. Doch ist es schon lange her, seit ich sie vernahm, und ich weiß die

15 besonderen Umstände nicht mehr ganz genau. So was vergißt sich leicht, wenn man kein bestimmtes Gehalt dafür bezieht, daß man die alten Geschichten alle halbe Jahre vom Hefte abliest. Was ist aber auch daran gelegen, wenn man die Ortsnamen und Jahrzahlen der Geschichten vergessen hat; wenn man nur

20 ihre innere Bedeutung, ihre Moral, im Gedächtnisse behalten. Diese ist es eigentlich, die mir im Sinne klingt und mich weh= mütig bis zu Thränen stimmt. Ich fürchte, ich werde krank.

Der arme Kaiser war von seinen Feinden gefangen genom= men und saß in schwerer Haft. Ich glaube, es war in Tirol.

25 Da saß er in einsamer Betrübnis, verlassen von allen seinen Rittern und Höflingen, und keiner kam ihm zu Hilfe. Ich weiß nicht, ob er schon damals jenes käsebleiche Gesicht hatte, wie es auf den Bildern von Holbein abkonterfeit ist. Aber die

menschenverachtende Unterlippe trat gewiß noch gewaltsamer
hervor als auf jenen Bildern.　Mußte er doch die Leute verachten, die im Sonnenschein des Glückes ihn so ergeben umwe-
delt und ihn jetzt allein ließen in dunkler Not. Da öffnete sich
plötzlich die Kerkerthüre und herein trat ein verhüllter Mann　5
und wie dieser den Mantel zurückschlug, erkannte der Kaiser
seinen treuen Kunz von der Rosen, den Hofnarren. Dieser
brachte ihm Trost und Rat, und es war der Hofnarr.

O deutsches Vaterland! teures deutsches Volk! ich bin dein
Kunz von der Rosen. Der Mann, dessen eigentliches Amt die　10
Kurzweil, und der dich nur belustigen sollte in guten Tagen,
er bringt in deinen Kerker zur Zeit der Not; hier unter dem
Mantel bringe ich dir dein starkes Scepter und die schöne Krone
— erkennst du mich nicht, mein Kaiser? Wenn ich dich nicht
befreien kann, so will ich dich wenigstens trösten, und du sollst　15
jemanden um dich haben, der mit dir schwatzt über die be-
dränglichste Drangsal, und dir Mut einspricht, und dich lieb
hat, und dessen bester Spaß und bestes Blut zu deinen Diensten
steht. Denn du, mein Volk, bist der wahre Kaiser, der wahre
Herr der Lande — dein Wille ist souverän und viel legitimer　20
als jenes Tel est notre plaisir, das sich auf ein göttliches
Recht beruft, ohne alle andre Gewähr als die Salbadereien ge-
schorener Gaukler — dein Wille, mein Volk, ist die alleinig
rechtmäßige Quelle aller Macht. Wenn du auch in Fesseln
darniederliegst, so siegt doch am Ende dein gutes Recht, es naht　25
der Tag der Befreiung, eine neue Zeit beginnt — mein Kaiser,
die Nacht ist vorüber und draußen glüht das Morgenrot.

Kunz von der Rosen, mein Narr, du irrst dich, ein blankes
Beil hältst du vielleicht für eine Sonne, und das Morgenrot
ist nichts als Blut.　　　　　　　　　　　　　　　　　　30

Nein, mein Kaiser, es ist die Sonne, obgleich sie im Westen
hervorsteigt — seit sechstausend Jahren sah man sie immer aufgehen im Osten, da wird es wohl Zeit, daß sie mal eine Veränderung vornehme in ihrem Lauf.

Kunz von der Rosen, mein Narr, du hast ja die Schellen
verloren von deiner roten Mütze, und sie hat jetzt so ein selt=
sames Ansehen, die rote Mütze.

Ach, mein Kaiser, ich habe ob Eurer Not so wütend ernsthaft
5 den Kopf geschüttelt, daß die närrischen Schellen abfielen von
der Mütze; sie ist aber darum nicht schlechter geworden.

Kunz von der Rosen, mein Narr, was bricht und kracht da
draußen?

Seid still! Das ist die Säge und Zimmermannsart, und
10 bald brechen zusammen die Pforten Eures Kerkers, und Ihr
seid frei, mein Kaiser!

Bin ich denn wirklich Kaiser? Ach, es ist ja der Narr, der
es mir sagt!

O, seufzt nicht, mein lieber Herr, die Kerkerluft macht Euch
15 so verzagt; wenn Ihr erst wieder Eure Macht errungen, fühlt
Ihr auch wieder das kühne Kaiserblut in Euren Adern, und
Ihr seid stolz wie ein Kaiser, und übermütig, und gnädig,
und ungerecht, und lächelnd, und undankbar, wie Fürsten sind.

Kunz von der Rosen, mein Narr, wenn ich wieder frei
20 werde, was willst du dann anfangen?

Ich will mir dann neue Schellen an meine Mütze nähen.

Und wie soll ich deine Treue belohnen?

Ach! lieber Herr, laßt mich nicht umbringen!

# Nachlese zu den Werken in Prosa.

## Der Thee.

### Humoreske.

Der Schauplatz der Geschichte, die ich jetzt erzählen will, sind wieder die Bäder von Lucca.

Fürchte dich nicht, deutscher Leser; es ist gar keine Politik darin, sondern bloß Philosophie, oder vielmehr eine philosophische Moral, wie du es gern hast. Es ist wirklich sehr politisch von dir, wenn du von Politik nichts wissen willst, du erführest doch nur Unangenehmes oder Demütigendes. Meine Freunde waren mit Recht über mich ungehalten, daß ich mich die letzten Jahre fast nur mit Politik beschäftigt und sogar politische Bücher herausgab. „Wir lesen sie zwar nicht," sagten sie, „aber es macht uns schon ängstlich, daß so etwas in Deutschland gedruckt wird, in dem Lande der Philosophie und der Poesie. Willst du nicht mit uns träumen, so wecke uns wenigstens nicht aus dem süßen Schlafe. Laß du die Politik, verschwende nicht daran deine schöne Zeit, vernachlässige nicht dein schönes Talent für Liebeslieder, Tragödien, Novellen, und gebe uns darin deine Kunstansichten oder irgend eine gute philosophische Moral."

Wohlan, ich will mich ruhig wie die andern aufs träume= rische Polster hinstrecken und meine Geschichte erzählen. Die philosophische Moral, die darin enthalten sein soll, besteht in dem Satze: daß wir zuweilen lächerlich werden können, ohne im geringsten selbst daran schuld zu sein. Eigentlich sollte ich bei diesem Satze in der ersten Person des Singularis sprechen — nun ja, ich will es, lieber Leser, aber ich bitte dich, stimme nicht ein in ein Gelächter, das ich nicht verschuldet. Denn ist es meine Schuld, daß ich einen guten Geschmack habe, und daß

guter Thee mir gut schmeckt? Und ich bin ein dankbarer
Mensch, und als ich in den Bädern von Lucca war, lobte ich
meinen Hauswirt, der mir dort so guten Thee gab, wie ich ihn
noch nie getrunken.

5 Dieses Loblied hatte ich auch bei Lady Woolen, die mit mir
in demselben Hause wohnte, sehr oft angestimmt, und diese
Dame wunderte sich darüber um so mehr, da sie, wie sie klagte,
trotz allen Bitten von unserem Hauswirt keinen guten Thee
erhalten konnte und deshalb genötigt war, ihren Thee per
10 Estafette aus Livorno kommen zu lassen.

„Der ist aber himmlisch!" setzte sie hinzu und lächelte göttlich.

„Mylady," erwiderte ich, „ich wette, der meinige ist noch viel
besser."

Die Damen, die zufällig gegenwärtig, wurden jetzt von mir
15 zum Thee eingeladen, und sie versprachen, des anderen Tages
um sechs Uhr auf jenem heiteren Hügel zu erscheinen, wo man
so traulich beisammen sitzen und ins Thal hinabschauen kann.

Die Stunde kam, Tischchen gedeckt, Butterbrötchen geschnitten,
Dämchen vergnügt schwatzend — aber es kam kein Thee.

20 Es war sechs, es wurde halb sieben, die Abendschatten
ringelten sich wie schwarze Schlangen um die Füße der Berge,
die Wälder dufteten immer sehnsüchtiger, die Vögel zwitscherten
immer dringender — aber es kam kein Thee. Die Sonnen=
strahlen beleuchteten nur noch die Häupter der Berge, und ich
25 machte die Damen darauf aufmerksam, daß die Sonne ver=
zögernd scheide, und sichtbar ungern die Gesellschaft ihrer Mit=
sonnen verlasse.

Das war gut gesagt — aber der Thee kam nicht.

Endlich, endlich mit seufzendem Gesicht, kam mein Hauswirt
30 und frug: ob wir nicht Sorbett statt des Thees genießen wollten?

„Thee! Thee!" riefen wir alle einstimmig.

Und zwar denselben — setzte ich hinzu — den ich täglich
trinke.

„Von demselben, Excellenzen? Es ist nicht möglich!"

„Weshalb nicht möglich?" rief ich verdrießlich.

Immer verlegener wurde mein Hauswirt, er stammelte, er
stockte; nur nach langem Sträuben kam er zu einem Geständ=
nis — und es löste sich das schreckliche Rätsel.

Mein Herr Hauswirt verstand nämlich die bekannte Kunst,    5
den Theetopf, woraus schon getrunken worden, wieder mit ganz
vorzüglich heißem Wasser zu füllen, und der Thee, der mir so
gut geschmeckt, und wovon ich so viel geprahlt, war nichts anders,
als der jedesmalige Aufguß von demselben Thee, den meine
Hausgenossin, Lady Woolen, aus Livorno kommen ließ.    10

Die Berge rings um die Wälder von Lucca haben ein ganz
außerordentliches Echo und wissen ein lautes Damengelächter
gar vielfach zu wiederholen.      •

# Französische Zustände.

## Lafayette und Napoleon.

Lafayette ist nächst Robespierre der reinste Charakter der
französischen Revolution, und nächst Napoleon ist er ihr popu-
lärster Held. Napoleon und Lafayette sind die beiden Namen,
die jetzt in Frankreich am schönsten blühen. Freilich, ihr Ruhm
5 ist verschiedener Art; dieser kämpfte mehr für den Frieden als
für den Sieg, und jener kämpfte mehr um den Lorbeer als
um den Eichenkranz. Freilich, es wäre lächerlich, wenn man
die Größe beider Helden messen wollte mit demselben Maßstabe,
und den einen hinstellen wollte auf das Postament des andern.
10 Es wäre lächerlich, wenn man das Standbild des Lafayette auf
die Vendomesäule setzen wollte, auf jene Säule, die aus den
erbeuteten Kanonen so vieler Schlachten gegossen worden, und
deren Anblick, wie Barbier singt, keine französische Mutter ertragen kann. Auf diese eiserne Säule stellt den Napoleon, den
15 eisernen Mann, hier wie im Leben fußend auf seinem Kanonen-
ruhm, und schauerlich isoliert emporragend in den Wolken, so
daß jedem ehrgeizigen Soldaten, wenn er ihn dort oben, den
Unerreichbaren, erblickt, das gedemütigte Herz geheilt wird von
der eiteln Ruhmsucht, und solchermaßen diese kolossale Metall-
20 säule, als ein Gewitterableiter des erobernden Heldentums, den
friedlichsten Nutzen stifte in Europa.

Lafayette gründete sich eine bessere Säule, als die des Vendomeplatzes, und ein besseres Standbild als von Metall oder
Marmor. Wo giebt es Marmor so rein wie das Herz, wo
25 giebt es Metall so fest wie die Treue des alten Lafayette?
Freilich, er war immer einseitig, aber einseitig wie die Mag-
netnadel, die immer nach Norden zeigt, niemals zur Abwechs-
lung einmal nach Süden oder Osten. So sagt Lafayette seit
vierzig Jahren täglich dasselbe und zeigt beständig nach Nord-

amerika; er ist es, der die Revolution eröffnete mit der Erklärung der Menschenrechte; noch zu dieser Stunde beharrt er
auf dieser Erklärung, ohne welche kein Heil zu erwarten sei —
der einseitige Mann mit seiner einseitigen Himmelsgegend der
Freiheit! Freilich er ist kein Genie, wie Napoleon war, in
dessen Haupte die Adler der Begeisterung horsteten, während in
seinem Herzen die Schlangen des Kalkuls sich ringelten; aber
er hat sich doch nie von Adlern einschüchtern oder von Schlangen
verführen lassen. Als Jüngling weise wie ein Greis, als
Greis feurig wie ein Jüngling, ein Schützer des Volks gegen
die List der Großen, ein Schützer der Großen gegen die Wut
des Volkes, mitleidend und mitkämpfend, nie übermütig und
nie verzagend, ebenmäßig streng und milde, so blieb Lafayette
sich immer gleich; und so in seiner Einseitigkeit und Gleichmäßigkeit blieb er auch immer stehen auf demselben Platze, seit den
Tagen Maria Antoinettens bis auf heutige Stunde; ein ge-
treuer Eckart der Freiheit, steht er noch immer, auf seinem
Schwerte gestützt und warnend, vor dem Eingange der Tuilerien,
dem verführerischen Venusberge, dessen Zaubertöne so verlockend
klingen, und aus dessen süßen Netzen die armen Verstrickten
sich niemals wieder losreißen können.

Es ist freilich wahr, daß dennoch der tote Napoleon noch
mehr von den Franzosen geliebt wird, als der lebende Lafayette.
Vielleicht eben weil er tot ist, was wenigstens mir das liebste
an Napoleon ist; denn lebte er noch, so müßte ich ihn ja be-
kämpfen helfen. Man hat außer Frankreich keinen Begriff davon, wie sehr noch das französische Volk an Napoleon hängt.
Deshalb werden auch die Mißvergnügten, wenn sie einmal etwas Entscheidendes wagen, damit anfangen, daß sie den jungen
Napoleon proklamieren, um sich der Sympathie der Massen zu
versichern. „Napoleon" ist für die Franzosen ein Zauberwort,
das sie elektrisiert und betäubt. Es schlafen tausend Kanonen in
diesem Namen, ebenso wie in der Säule des Vendomeplatzes,
und die Tuilerien werden zittern, wenn einmal diese Kanonen

erwachen. Wie die Juden den Namen ihres Gottes nicht eitel
aussprachen, so wird hier Napoleon selten bei seinem Namen
genannt, und er heißt immer „der Mann," l'homme. Aber
sein Bild sieht man überall, in Kupferstich und Gips, in Metall
und Holz, und in allen Situationen. Auf allen Boulevards
und Karrefours stehen Redner, die ihn preisen, den Mann,
Volkssänger, die seine Thaten besingen. Als ich gestern Abend
beim Nachhausegehen in ein einsam dunkles Gäßchen geriet, stand
dort ein Kind von höchstens drei Jahren vor einem Talglicht=
chen, das in die Erde gesteckt war, und lallte ein Lied zum
Ruhme des großen Kaisers. Als ich ihm einen Sou auf das
ausgebreitete Taschentuch hinwarf, rutschte etwas neben mir, wel=
ches ebenfalls um einen Sou bat. Es war ein alter Soldat,
der ebenfalls von dem Ruhme des großen Kaisers ein Liedchen
singen konnte, denn dieser Ruhm hatte ihm beide Beine gekostet.
Der arme Krüppel bat mich nicht im Namen Gottes, sondern
mit gläubigster Innigkeit flehte er: Au nom de Napoléon,
donnez-moi un sou. So dient dieser Name auch als das
höchste Beschwörungswort des Volkes, Napoleon ist sein Gott,
sein Kultus, seine Religion. Dagegen wird Lafayette mehr als
Mensch verehrt, oder als Schutzengel. Auch er lebt in Bildern
und Liedern, aber minder heroisch, und, ehrlich gestanden, es hat
sogar einen komischen Effekt auf mich gemacht, als ich voriges
Jahr den 28. Julius im Gesange der Parisienne die Worte
hörte: „Lafayette aux cheveux blancs," während ich ihn selbst
mit seiner braunen Perücke neben mir stehen sah. Es war auf
dem Bastilleplatz, der Mann war auf seinem rechten Platze, und
dennoch mußte ich heimlich lachen. Vielleicht eben solche komische
Beimischung bringt ihn unseren Herzen menschlich näher. Seine
Bonhommie wirkt sogar auf Kinder, und diese verstehen seine
Größe vielleicht noch besser als die Großen. Hierüber weiß ich
wieder eine kleine Bettelgeschichte zu erzählen, die aber den Cha=
rakter des Lafayetteschen Ruhms, in seiner Unterscheidung von
dem Napoleonschen, bezeichnet. Als ich nämlich jüngst an einer

# Der Salon.

## I.

Aus den Memoiren des Herrn Schnabelewopski.

Die Fabel von dem fliegenden Holländer ist euch gewiß be=
kannt. Es ist die Geschichte von dem verwünschten Schiffe, das
nie in den Hafen gelangen kann, und jetzt schon seit undenk=
licher Zeit auf dem Meere herumfährt. Begegnet es einem
5 anderen Fahrzeuge, so kommen einige von der unheimlichen
Mannschaft in einem Boote herangefahren, und bitten, ein Paket
Briefe gefälligst mitzunehmen. Diese Briefe muß man an den
Mastbaum festnageln, sonst widerfährt dem Schiffe ein Unglück,
besonders wenn keine Bibel an Bord oder kein Hufeisen am
10 Fockmaste befindlich ist. Die Briefe sind immer an Menschen
adressiert, die man gar nicht kennt, oder die längst verstorben,
so daß zuweilen der späte Enkel einen Liebesbrief in Empfang
nimmt, der an seine Urgroßmutter gerichtet ist, die schon seit
hundert Jahr' im Grabe liegt. Jenes hölzerne Gespenst, jenes
15 grauenhafte Schiff, führt seinen Namen von seinem Kapitän,
einem Holländer, der einst bei allen Teufeln geschworen, daß er
irgend ein Vorgebirge, dessen Namen mir entfallen, trotz des
heftigen Sturms, der eben wehte, umschiffen wolle, und sollte
er auch bis zum jüngsten Tage segeln müssen. Der Teufel hat
20 ihn beim Wort gefaßt, er muß bis zum jüngsten Tage auf dem
Meere herumirren, es sei denn, daß er durch die Treue eines
Weibes erlöst werde. Der Teufel, dumm wie er ist, glaubt nicht
an Weibertreue, und erlaubte daher dem verwünschten Kapitän,
alle sieben Jahr' einmal ans Land zu steigen und zu heiraten,
25 und bei dieser Gelegenheit seine Erlösung zu betreiben. Armer
Holländer! Er ist oft froh genug, von der Ehe selbst wieder
erlöst und seine Erlöserin los zu werden, und er begibt sich
dann wieder an Bord.

Auf diese Fabel gründete sich das Stück, das ich im Theater zu Amsterdam gesehen. Es sind wieder sieben Jahr' verflossen, der arme Holländer ist des endlosen Umherirrens müder als jemals, steigt ans Land, schließt Freundschaft mit einem schotti= schen Kaufmann, dem er begegnet, verkauft ihm Diamanten zu spottwohlfeilem Preise, und wie er hört, daß sein Kunde eine schöne Tochter besitzt, verlangt er sie zur Gemahlin. Auch dieser Handel wird abgeschlossen. Nun sehen wir das Haus des Schotten; das Mädchen erwartet den Bräutigam, zagen Herzens. Sie schaut oft mit Wehmut nach einem großen verwitterten Ge= mälde, welches in der Stube hängt und einen schönen Mann in spanisch niederländischer Tracht darstellt; es ist ein altes Erb= stück, und nach der Aussage der Großmutter ist es ein getreues Konterfei des fliegenden Holländers, wie man ihn vor hundert Jahr' in Schottland gesehen, zur Zeit König Wilhelms von Oranien. Auch ist mit diesem Gemälde eine überlieferte War= nung verknüpft, daß die Frauen der Familie sich vor dem Originale hüten sollten. Eben deshalb hat das Mädchen von Kind auf sich die Züge des gefährlichen Mannes ins Herz ge= prägt. Wenn nun der wirkliche fliegende Holländer leibhaftig hereintritt, erschrickt das Mädchen; aber nicht aus Furcht. Auch jener ist betroffen bei dem Anblick des Porträts. Als man ihm bedeutet, wen es vorstelle, weiß er jedoch jeden Argwohn von sich fern zu halten; er lacht über den Aberglauben, er spöttelt selber über den fliegenden Holländer, den ewigen Juden des Oceans; jedoch unwillkürlich in einen wehmütigen Ton über= gehend, schildert er, wie Mynheer auf der unermeßlichen Wasser= wüste die unerhörtesten Leiden erdulden müsse, wie sein Leib nichts anders sei als ein Sarg von Fleisch, worin seine Seele sich langweilt, wie das Leben ihn von sich stößt und auch der Tod ihn abweist; gleich einer leeren Tonne, die sich die Wellen einander zuwerfen und sich spottend einander zurückwerfen, so werde der arme Holländer zwischen Tod und Leben hin und her geschleudert, keins von beiden wolle ihn behalten; sein

Schmerz sei tief wie das Meer, worauf er herumschwimmt, sein Schiff sei ohne Anker und sein Herz ohne Hoffnung.

Ich glaube, dieses waren ungefähr die Worte, womit der Bräutigam schließt.  Die Braut betrachtet ihn ernsthaft, und
5 wirft manchmal Seitenblicke nach seinem Conterfei. Es ist, als ob sie sein Geheimnis erraten habe, und wenn er nachher fragt: Katharina, willst du mir treu sein? antwortet sie entschlossen: Treu bis in den Tod.

— — Als ich ins Theater noch einmal zurückkehrte, kam ich
10 eben zur letzten Scene des Stücks, wo auf einer hohen Meer= klippe das Weib des fliegenden Holländers, die Frau fliegende Holländerin, verzweiflungsvoll die Hände ringt, während auf dem Meere, auf dem Verdeck seines unheimlichen Schiffes, ihr unglücklicher Gemahl zu schauen ist. Er liebt sie und will sie
15 verlassen, um sie nicht ins Verderben zu ziehen, und er gesteht ihr sein grauenhaftes Schicksal und den schrecklichen Fluch, der auf ihm lastet. Sie aber ruft mit lauter Stimme: Ich war dir treu bis zu dieser Stunde, und ich weiß ein sicheres Mittel, wodurch ich dir meine Treue erhalte bis in den Tod!
20 Bei diesen Worten stürzt sich das treue Weib ins Meer, und nun ist auch die Verwünschung des fliegenden Holländers zu Ende, er ist erlöst, und wir sehen, wie das gespenstische Schiff in den Abgrund des Meeres versinkt.

## II.

Zur Geschichte der Religion und Philosophie in Deutschland.

### 1.

Diese Religion war eine Wohlthat für die leidende Menschheit während achtzehn Jahrhunderten, sie war providentiell, göttlich, heilig. Alles, was sie der Civilisation genützt, indem sie die Starken zähmte und die Zahmen stärkte, die Völker verband durch gleiches Gefühl und gleiche Sprache, und was sonst noch von ihren Apologeten hervorgerühmt wird, das ist sogar noch unbedeutend in Vergleichung mit jener großen Tröstung, die sie durch sich selbst den Menschen angedeihen lassen. Ewiger Ruhm gebührt dem Symbol jenes leidenden Gottes, des Heilands mit der Dornenkrone, des gekreuzigten Christus, dessen Blut gleichsam der lindernde Balsam war, der in die Wunden der Menschheit herabrann. Besonders der Dichter wird die schauer= liche Erhabenheit dieses Symbols mit Ehrfurcht anerkennen. Das ganze System von Symbolen, die sich ausgesprochen in der Kunst und im Leben des Mittelalters, wird zu allen Zeiten die Bewunderung der Dichter erregen. In der That, welche kolossale Konsequenz in der christlichen Kunst, namentlich in der Architektur! Diese gotischen Dome, wie stehen sie im Einklang mit dem Kultus, und wie offenbart sich in ihnen die Idee der Kirche selber! Alles strebt da empor, alles transsubstanziert sich: der Stein sproßt aus in Ästen und Laubwerk und wird Baum; die Frucht des Weinstocks und der Ähre wird Blut und Fleisch; der Mensch wird Gott; Gott wird reiner Geist! Ein ergiebiger, unversiegbar kostbarer Stoff für die Dichter ist das christliche Leben im Mittelalter.

Wie von der Reformation, so hat man auch von ihren Hel= den sehr falsche Begriffe in Frankreich. Die nächste Ursache dieses Nichtbegreifens liegt wohl darin, daß Luther nicht bloß

der größte, sondern auch der deutscheste Mann unserer Geschichte
ist; daß in seinem Charakter alle Tugenden und Fehler der
Deutschen aufs großartigste vereinigt sind, daß er auch per=
sönlich das wunderbare Deutschland repräsentiert. Dann hatte
5 er auch Eigenschaften, die wir selten vereinigt finden, und die
wir gewöhnlich sogar als feindliche Gegensätze antreffen. Er
war zugleich ein träumerischer Mystiker und ein praktischer
Mann der That. Seine Gedanken hatten nicht bloß Flügel,
sondern auch Hände; er sprach und handelte. Er war nicht
10 bloß die Zunge, sondern auch das Schwert seiner Zeit. Auch
war er zugleich ein kalter, scholastischer Wortklauber und ein
begeisterter, gottberauschter Prophet. Wenn er des Tags über
mit seinen dogmatischen Distinktionen sich mühsam abgearbeitet,
dann griff er des Abends zu seiner Flöte, und betrachtete die
15 Sterne und zerfloß in Melodie und Andacht. Er war manch=
mal wild wie der Sturm, der die Eichen entwurzelt, und dann
war er wieder sanft wie der Zephyr, der mit Veilchen kost.
Er war voll der schauerlichen Gottesfurcht, voll Aufopferung
zu Ehren des heiligen Geistes, er konnte sich ganz versenken
20 ins reine Geisttum; und dennoch kannte er sehr gut die Herr=
lichkeiten dieser Erde, und wußte sie zu schätzen, und aus
seinem Munde erblühte der famose Wahlspruch: „Wer nicht
liebt Wein, Weib und Gesang, der bleibt ein Narr sein Leben
lang." Er war ein kompleter Mensch, ich möchte sagen: ein
25 absoluter Mensch, in welchem Geist und Materie nicht getrennt
sind. Ihn einen Spiritualisten nennen, wäre daher ebenso
irrig, als nennte man ihn einen Sensualisten. Wie soll ich
sagen, er hatte etwas Ursprüngliches, Unbegreifliches, Miraku=
löses, wie wir es bei allen providentiellen Männern finden,
30 etwas schauerlich Naives, etwas tölpelhaft Kluges, etwas erhaben
Borniertes, etwas unbezwingbar Dämonisches.

Ruhm dem Luther! Ewiger Ruhm dem teuren Manne,
dem wir die Rettung unserer edelsten Güter verdanken, und
von dessen Wohlthaten wir noch heute leben! Es ziemt uns

wenig, über die Beschränktheit seiner Ansichten zu klagen. Der
Zwerg, der auf den Schultern des Riesen steht, kann freilich
weiter schauen als dieser selbst, besonders wenn er eine Brille
aufgesetzt; aber zu der erhöhten Anschauung fehlt das hohe
Gefühl, das Riesenherz, das wir uns nicht aneignen können.    5
Es ziemt uns noch weniger, über seine Fehler ein herbes Urteil zu fällen; diese Fehler haben uns mehr genutzt, als die
Tugenden von tausend andern.    Die Feinheit des Erasmus
und die Milde des Melanchthon hätten uns nimmer so weit gebracht wie manchmal die göttliche Brutalität des Bruder Martin.    10
Ja, der Irrtum in betreff des Beginnes, wie ich ihn oben angedeutet, hat die kostbarsten Früchte getragen, Früchte, woran sich
die ganze Menschheit erquickt.    Von dem Reichstage an, wo
Luther die Autorität des Papstes leugnet und öffentlich erklärt,
„daß man seine Lehre durch die Aussprüche der Bibel selbst oder    15
durch vernünftige Gründe widerlegen müsse," da beginnt ein
neues Zeitalter in Deutschland.    Die Kette, womit der heilige
Bonifaz die deutsche Kirche an Rom gefesselt, wird entzwei
gehauen.    Diese Kirche, die vorher einen integrierenden Teil
der großen Hierarchie bildete, zerfällt in religiöse Demokratien.    20
Die Religion selber wird eine andere; es verschwindet daraus
das indisch-gnostische Element, und wir sehen, wie sich wieder
das judäisch-deistische Element darin erhebt.    Es entsteht das
evangelische Christentum.    Indem die notwendigsten Ansprüche
der Materie nicht bloß berücksichtigt, sondern auch legitimiert    25
werden, wird die Religion wieder eine Wahrheit.

Indem Luther den Satz aussprach, daß man seine Lehre
nur durch die Bibel selber oder durch vernünftige Gründe
widerlegen müsse, war der menschlichen Vernunft das Recht
eingeräumt, die Bibel zu erklären, und sie, die Vernunft, war    30
als oberste Richterin in allen religiösen Streitfragen anerkannt.
Dadurch entstand in Deutschland die sogenannte Geistesfreiheit,
oder, wie man sie ebenfalls nennt, die Denkfreiheit.

Aber dieser Martin Luther gab uns nicht bloß die Freiheit

der Bewegung, sondern auch das Mittel der Bewegung, dem
Geist gab er nämlich einen Leib. Er gab dem Gedanken auch
das Wort. Er schuf die deutsche Sprache.

Dieses geschah, indem er die Bibel übersetzte.

5    In der That, der göttliche Verfasser dieses Buches scheint es
ebenso gut wie wir andere gewußt zu haben, daß es gar nicht
gleichgültig ist, durch wen man übersetzt wird, und er wählte
selber seinen Übersetzer, und verlieh ihm die wundersame Kraft,
aus einer toten Sprache, die gleichsam schon begraben war,
10  in eine andere Sprache zu übersetzen, die noch gar nicht lebte.

Man besaß zwar die Vulgata, die man verstand, sowie auch
die Septuaginta, die man schon verstehen konnte. Aber die
Kenntnis des Hebräischen war in der christlichen Welt ganz
erloschen. Nur die Juden, die sich hie und da in einem Win=
15  kel dieser Welt verborgen hielten, bewahrten noch die Tradi=
tionen dieser Sprache. Wie ein Gespenst, das einen Schatz
bewacht, der ihm einst im Leben anvertraut worden, so saß
dieses gemordete Volk, dieses Volk=Gespenst, in seinen dunklen
Ghettos und bewahrte dort die hebräische Bibel; und in diese
20  verrufenen Schlupfwinkel sah man die deutschen Gelehrten heim=
lich hinabsteigen, um den Schatz zu heben, um die Kenntnis
der hebräischen Sprache zu erwerben. Als die katholische Geist=
lichkeit merkte, daß ihr von dieser Seite Gefahr drohte, daß
das Volk auf diesem Seitenweg zum wirklichen Wort Gottes
25  gelangen und die römischen Fälschungen entdecken konnte, da
hätte man gern auch die jüdische Tradition unterdrückt, und
man ging damit um, alle hebräischen Bücher zu vernichten, und
am Rhein begann die Bücherverfolgung, wogegen unser vor=
trefflicher Doktor Reuchlin so glorreich gekämpft hat. Ich be=
30  kenne offenherzig, ich weiß nicht, wie die Sprache, die wir in
der lutherischen Bibel finden, entstanden ist. Aber ich weiß,
daß durch diese Bibel, wovon die junge Presse, die schwarze
Kunst, Tausende von Exemplaren ins Volk schleuderte, die
lutherische Sprache in wenigen Jahren über ganz Deutschland

verbreitet und zur allgemeinen Schriftsprache erhoben wurde.
Diese Schriftsprache herrscht noch immer in Deutschland, und
giebt diesem politisch und religiös zerstückelten Lande eine
litterarische Einheit. Ein solches unschätzbares Verdienst mag
uns bei dieser Sprache dafür entschädigen, daß sie in ihrer   5
heutigen Ausbildung etwas von jener Innigkeit entbehrt, welche
wir bei Sprachen, die sich aus einem einzigen Dialekt gebildet,
zu finden pflegen. Die Sprache in Luthers Bibel entbehrt
jedoch durchaus nicht einer solchen Innigkeit, und dieses alte
Buch ist eine ewige Quelle der Verjüngung für unsere Sprache.   10
Alle Ausdrücke und Wendungen, die in der lutherischen Bibel
stehn, sind deutsch, der Schriftsteller darf sie immerhin noch ge=
brauchen; und da dieses Buch in den Händen der ärmsten
Leute ist, so bedürfen diese keiner besonderen gelehrten Anlei=
tung, um sich litterarisch aussprechen zu können. Dieser Um=   15
stand wird, wenn bei uns die politische Revolution ausbricht,
gar merkwürdige Erscheinungen zur Folge haben. Die Freiheit
wird überall sprechen können, und ihre Sprache wird biblisch sein.

Luthers Originalschriften haben ebenfalls dazu beigetragen, die
deutsche Sprache zu fixieren. Durch ihre polemische Leiden=   20
schaftlichkeit drangen sie tief in das Herz der Zeit. Ihr Ton
ist nicht immer sauber. Zu dem groben Klotz gehörte manch=
mal ein grober Keil. In der Bibel ist Luthers Sprache aus
Ehrfurcht vor dem gegenwärtigen Geist Gottes immer in eine
gewisse Würde gebannt. In seinen Streitschriften hingegen   25
überläßt er sich einer plebejischen Rohheit, die oft ebenso wider=
wärtig wie grandios ist. Seine Ausdrücke und Bilder gleichen
dann jenen riesenhaften Steinfiguren, die wir in indischen oder
ägyptischen Tempelgrotten finden, und deren grelles Kolorit und
abenteuerliche Häßlichkeit uns zugleich abstößt und anzieht.   30
Durch diesen barocken Felsenstil erscheint uns der kühne Mönch
manchmal wie ein religiöser Danton, ein Prediger des Berges,
der von der Höhe desselben die bunten Wortblöcke hinab=
schmettert auf die Häupter seiner Gegner.

Merkwürdiger und bedeutender als diese prosaischen Schriften
sind Luthers Gedichte, die Lieder, die in Kampf und Not aus
seinem Gemüte entsprossen.  Sie gleichen manchmal einer Blume,
die auf einem Felsen wächst, manchmal einem Mondstrahle, der
über ein bewegtes Meer hinzittert.  Luther liebte die Musik,
er hat sogar einen Traktat über diese Kunst geschrieben, und
seine Lieder sind daher außerordentlich melodisch.  Auch in
dieser Hinsicht gebührt ihm der Name: Schwan von Eisleben.
Aber er war nichts weniger als ein milder Schwan in manchen
Gesängen, wo er den Mut der Seinigen anfeuert und sich
selber zur wildesten Kampflust begeistert.  Ein Schlachtlied war
jener trotzige Gesang, womit er und seine Begleiter in Worms
einzogen.  Der alte Dom zitterte bei diesen neuen Klängen, und
die Raben erschraken in ihren obskuren Turmnestern.  Jenes Lied,
die Marseiller Hymne der Reformation, hat bis auf unsere Tage
seine begeisternde Kraft bewahrt, und vielleicht zu ähnlichen Kämpfen
gebrauchen wir nächstens die alten geharnischten Worte:

> Ein' feste Burg ist unser Gott,
> Ein' gute Wehr und Waffen,
> Er hilft uns frei aus aller Not,
> Die uns jetzt hat betroffen.
> Der alt' böse Feind
> Mit Ernst er's jetzt meint;
> Groß' Macht und viel List
> Sein' grausam Rüstung ist,
> Auf Erd' ist nicht seinsgleichen.
>
> Mit unsrer Macht ist nichts gethan,
> Wir sind gar bald verloren,
> Es streit't für uns der rechte Mann,
> Den Gott selbst hat erkoren.
> Fragst du, wer er ist?
> Er heißt Jesus Christ,
> Der Herr Zebaoth,
> Und ist kein andrer Gott,
> Das Feld muß er behalten.

## 2.

Ich habe hier schon zum zweitenmale den Namen genannt, den kein Deutscher aussprechen kann, ohne daß in seiner Brust ein mehr oder minder starkes Echo laut wird. Aber seit Luther hat Deutschland keinen größeren und besseren Mann hervorgebracht, als Gotthold Ephraim Lessing. Diese beiden sind unser 5 Stolz und unsere Wonne. In der Trübnis der Gegenwart schauen wir hinauf nach ihren tröstenden Standbildern und sie nicken eine glänzende Verheißung. Ja, kommen wird auch der dritte Mann, der da vollbringt, was Luther begonnen, was Lessing fortgesetzt, und dessen das deutsche Vaterland so sehr 10 bedarf, — der dritte Befreier! — Ich sehe schon seine goldne Rüstung, die aus dem purpurnen Kaisermantel hervorstrahlt, „wie die Sonne aus dem Morgenrot!"

Gleich dem Luther wirkte Lessing nicht nur, indem er etwas Bestimmtes that, sondern indem er das deutsche Volk bis in 15 seine Tiefen aufregte, und indem er eine heilsame Geisterbewegung hervorbrachte, durch seine Kritik, durch seine Polemik. Er war die lebendige Kritik seiner Zeit, und sein ganzes Leben war Polemik. Diese Kritik machte sich geltend im weitesten Bereiche des Gedankens und des Gefühls, in der Religion, in 20 der Wissenschaft, in der Kunst. Diese Polemik überwand jeden Gegner und erstarkte nach jedem Siege. Lessing, wie er selbst eingestand, bedurfte eben des Kampfes zu der eignen Geistesentwickelung. Er glich ganz jenem fabelhaften Normann, der die Talente, Kenntnisse und Kräfte derjenigen Männer erbte, 25 die er im Zweikampf erschlug, und in dieser Weise endlich mit allen möglichen Vorzügen und Vortrefflichkeiten begabt war. Begreiflich ist es, daß solch ein streitlustiger Kämpe nicht geringen Lärm in Deutschland verursachte, in dem stillen Deutschland, das damals noch sabbathlich stiller war als heute. Verblüfft 30 wurden die meisten ob seiner litterarischen Kühnheit. Aber eben diese kam ihm hilfreich zu statten! denn oser! ist das

Geheimnis des Gelingens in der Litteratur, ebenso wie in der
Revolution. Vor dem Lessingschen Schwerte zitterten alle. Kein
Kopf war vor ihm sicher. Ja, manchen Schädel hat er sogar
aus Übermut heruntergeschlagen, und dann war er dabei noch
5 so boshaft, ihn vom Boden aufzuheben, und dem Publikum zu
zeigen, daß er inwendig hohl war. Wen sein Schwert nicht
erreichen konnte, den tötete er mit den Pfeilen seines Witzes.
Die Freunde bewunderten die bunten Schwungfedern dieser
Pfeile; die Feinde fühlten die Spitzen in ihren Herzen.

10 Ja, Polemik war die Lust unseres Lessings, und daher über=
legte er nie lange, ob auch der Gegner seiner würdig war. So
hat er eben durch seine Polemik manchen Namen der wohlver=
dientesten Vergessenheit entrissen. Mehre winzige Schriftsteller=
lein hat er mit dem geistreichsten Spott, mit dem köstlichsten
15 Humor gleichsam umsponnen, und in den Lessingschen Werken
erhalten sie sich nun für ewige Zeiten, wie Insekten, die sich in
einem Stück Bernstein verfangen. Indem er seine Gegner
tötete, machte er sie zugleich unsterblich. Wer von uns hätte
jemals etwas von jenem Klotz erfahren, an welchen Lessing so
20 viel Hohn und Scharfsinn verschwendet! Die Felsenblöcke, die
er auf diesen armen Antiquar geschleudert und womit er ihn
zerschmettert, sind jetzt dessen unverwüstliches Denkmal.

Merkwürdig ist es, daß jener witzigste Mensch in Deutschland
auch zugleich der ehrlichste war. Nichts gleicht seiner Wahrheits=
25 liebe. Lessing machte der Lüge nicht die mindeste Konzession,
selbst wenn er dadurch in der gewöhnlichen Weise der Weltklugen
den Sieg der Wahrheit befördern konnte. Er konnte alles für
die Wahrheit thun, nur nicht lügen. „Wer darauf denkt,"
sagte er einst, „die Wahrheit unter allerlei Larven und Schmin=
30 ken an den Mann zu bringen, der möchte wohl gern ihr Kupp=
ler sein, aber ihr Liebhaber ist er nie gewesen."

Das schöne Wort Büffons, „der Stil ist der Mensch selber!" ist
auf niemand anwendbarer als auf Lessing. Seine Schreibart ist
ganz wie sein Charakter, wahr, fest, schmucklos, schön und impo=

sant durch die innewohnende Stärke. Sein Stil ist ganz der
Stil der römischen Bauwerke: höchste Solidität bei der höchsten
Einfachheit; gleich Quadersteinen ruhen die Sätze auf einander,
und wie bei jenen das Gesetz der Schwere, so ist bei diesen die
logische Schlußfolge das unsichtbare Bindemittel.   Daher in der
Lessingschen Prosa so wenig von jenen Füllwörtern und Wen=
dungskünsten, die wir bei unserem Periodenbau gleichsam als
Mörtel gebrauchen.   Noch viel weniger finden wir da jene Ge=
dankenkaryatiden, welche ihr la belle phrase nennt.

Daß ein Mann wie Lessing niemals glücklich sein konnte,
werdet ihr leicht begreifen.   Und wenn er auch nicht die Wahr=
heit geliebt hätte, und wenn er sie auch nicht selbstwillig überall
verfochten hätte, so mußte er doch unglücklich sein; denn er war
ein Genie.   „Alles wird man dir verzeihen," sagte jüngst ein
seufzender Dichter, „man verzeiht dir deinen Reichtum, man
verzeiht dir die hohe Geburt, man verzeiht dir deine Wohlgestalt,
man läßt dir sogar Talent hingehen, aber man ist unerbittlich
gegen das Genie."   Ach! und begegnet ihm auch nicht der böse
Wille von außen, so fände das Genie doch schon in sich selber
den Feind, der ihm Elend bereitet.   Deshalb ist die Geschichte
der großen Männer immer eine Märtyrerlegende; wenn sie auch
nicht litten für die große Menschheit, so litten sie doch für ihre
eigene Größe, für die große Art ihres Seins, das Unphilister=
liche, für ihr Mißbehagen an der prunkenden Gemeinheit, der
lächelnden Schlechtigkeit ihrer Umgebung, ein Mißbehagen, welches
sie natürlich zu Extravaganzen bringt, z. B. zum Schauspiel=
haus oder gar zum Spielhaus — wie es dem armen Lessing
begegnete.

Es ist herzzerreißend, wenn wir in dieser Biographie lesen,
wie das Schicksal auch jede Freude diesem Manne versagt hat,
und wie es ihm nicht einmal vergönnte, in der Umfriedung der
Familie sich von seinen täglichen Kämpfen zu erholen.   Einmal
nur schien Fortuna ihn begünstigen zu wollen, sie gab ihm ein
geliebtes Weib, ein Kind — aber dieses Glück war wie der Son=

nenstrahl, der den Fittig eines vorüberfliegenden Vogels vergol=
det, es schwand ebenso schnell, das Weib starb, das Kind schon
bald nach der Geburt, und über letzteres schrieb er einem
Freunde die gräßlich witzigen Worte:

5 „Meine Freude war nur kurz. Und ich verlor ihn ungern,
diesen Sohn! Denn er hatte so viel Verstand! so viel Ver=
stand! — Glauben Sie nicht, daß die wenigen Stunden meiner
Vaterschaft mich schon zu so einem Affen von Vater gemacht
haben! Ich weiß was ich sage. — War es nicht Verstand, daß er
10 die erste Gelegenheit ergriff, sich wieder davon zu machen? —
Ich wollte es auch einmal so gut haben wie andere Menschen.
Aber es ist mir schlecht bekommen."

Ich sage, Lessing hat den Luther fortgesetzt. Nachdem Luther
uns von der Tradition befreit, und die Bibel zur alleinigen
15 Quelle des Christentums erhoben hatte, da entstand, wie ich
schon oben erzählt, ein starrer Wortdienst, und der Buchstabe
der Bibel herrschte ebenso tyrannisch, wie einst die Tradition.
Zur Befreiung von diesem tyrannischen Buchstaben hat nun
Lessing am meisten beigetragen. Wie Luther ebenfalls nicht der
20 einzige war, der die Tradition bekämpft, so kämpfte Lessing
zwar nicht allein, aber doch am gewaltigsten gegen den Buch=
staben. Hier erschallt am lautesten seine Schlachtstimme. Hier
schwingt er sein Schwert am freudigsten, und es leuchtet und
tötet. Hier aber auch wird Lessing am stärksten bedrängt von
25 der schwarzen Schar, und in solcher Bedrängnis rief er einst
aus:

„O sancta simplicitas! — Aber noch bin ich nicht da, wo der
gute Mann, der dieses ausrief, nur noch dieses ausrufen konnte.
(Huß rief dieses auf dem Scheiterhaufen). Erst soll uns hören,
30 erst soll über uns urteilen, wer hören und urteilen kann und
will!"

### 3.

Ehrlich gestanden, ihr Franzosen, in Vergleichung mit uns Deutschen seid ihr zahm und moderant. Ihr habt höchstens einen König töten können, und dieser hatte schon den Kopf verloren, ehe ihr köpftet. Und dabei mußtet ihr so viel trom= meln und schreien und mit den Füßen trampeln, daß es den ganzen Erdkreis erschütterte. Man erzeigt wirklich dem Maxi= milian Robespierre zu viel Ehre, wenn man ihn mit dem Im= manuel Kant vergleicht. Maximilian Robespierre, der große Spießbürger von der Rue Saint=Honoré, bekam freilich seine Anfälle von Zerstörungswut, wenn es das Königtum galt, und er zuckte dann furchtbar genug in seiner regiciden Epilepsie; aber sobald vom höchsten Wesen die Rede war, wusch er sich den weißen Schaum wieder vom Munde und das Blut von den Händen, und zog seinen blauen Sonntagsrock an mit den Spiegelknöpfen, und steckte noch obendrein einen Blumenstrauß vor seinen breiten Brustlatz.

Die Lebensgeschichte des Immanuel Kant ist schwer zu be= schreiben. Denn er hatte weder Leben noch Geschichte. Er lebte ein mechanisch geordnetes, fast abstraktes Hagestolzenleben in einem stillen abgelegenen Gäßchen zu Königsberg, einer alten Stadt an der nordöstlichen Grenze Deutschlands. Ich glaube nicht, daß die große Uhr der dortigen Kathedrale leidenschafts= loser und regelmäßiger ihr äußeres Tagewerk vollbrachte, wie ihr Landsmann Immanuel Kant. Aufstehn, Kaffeetrinken, Schreiben, Kollegienlesen, Essen, Spazierengehn, alles hatte seine bestimmte Zeit, und die Nachbarn wußten ganz genau, daß die Glocke halb vier sei, wenn Immanual Kant in seinem grauen Leibrock, das spanische Röhrchen in der Hand, aus seiner Hausthüre trat, und nach der kleinen Lindenallee wandelte, die man seinetwegen noch jetzt den Philosophengang nennt. Acht= mal spazierte er dort auf und ab, in jeder Jahreszeit, und wenn das Wetter trübe war oder die grauen Wolken einen

Regen verkündigten, sah man seinen Diener, den alten Lampe, ängstlich besorgt hinter ihm drein wandeln mit einem langen Regenschirm unter dem Arm, wie ein Bild der Vorsehung.

Sonderbarer Kontrast zwischen dem äußeren Leben des Man=
5  nes und seinen zerstörenden, weltzermalmenden Gedanken! Wahr= lich, hätten die Bürger von Königsberg die ganze Bedeutung die= ses Gedankens geahnt, sie würden vor jenem Manne eine weit grauenhaftere Scheu empfunden haben als vor einem Scharfrich= ter, vor einem Scharfrichter, der nur Menschen hinrichtet — aber
10  die guten Leute sahen in ihm nichts anderes als einen Professor der Philosophie, und wenn er zur bestimmten Stunde vorbei= wandelte, grüßten sie freundlich, und richteten etwa nach ihm ihre Taschenuhr.

Wenn aber Immanuel Kant, dieser große Zerstörer im Reiche
15  der Gedanken, an Terrorismus den Maximilian Robespierre weit übertraf, so hat er doch mit diesem manche Ähnlichkeiten, die zu einer Vergleichung beider Männer auffordern. Zunächst fin= den wir in beiden dieselbe unerbittliche, schneidende, poesielose, nüch= terne Ehrlichkeit. Dann finden wir in beiden dasselbe Talent
20  des Mißtrauens, nur daß es der eine gegen Gedanken ausübt und Kritik nennt, während der andere es gegen Menschen anwen= det und republikanische Tugend betitelt. Im höchsten Grade je= doch zeigt sich in beiden der Typus des Spießbürgertums — die Natur hatte sie bestimmt, Kaffee und Zucker zu wiegen, aber das
25  Schicksal wollte, daß sie andere Dinge abwögen, und legte dem einen einen König und dem anderen einen Gott auf die Wag= schale...

Bei einer Vergleichung der französischen Revolution mit der deutschen Philosophie habe ich einst, mehr aus Scherz als im
30  Ernste, den Fichte mit Napoleon verglichen. Aber, in der That, es bieten sich hier bedeutsame Ähnlichkeiten. Nachdem die Kantianer ihr terroristisches Zerstörungswerk vollbracht, er= scheint Fichte, wie Napoleon erschienen, nachdem die Konvention ebenfalls mit einer reinen Vernunftkritik die ganze Vergangen=

heit niedergerissen hatte. Napoleon und Fichte repräsentieren
das große unerbittliche Ich, bei welchem Gedanke und That eins
sind, und die kolossalen Gebäude, welche beide zu konstruieren
wissen, zeugen von einem kolossalen Willen. Aber durch die
Schrankenlosigkeit dieses Willens gehen jene Gebäude gleich 5
wieder zu Grunde, und die Wissenschaftslehre wie das Kaiser=
reich zerfallen und verschwinden ebenso schnell, wie sie entstanden.

Das Kaiserreich gehört nur noch der Geschichte, aber die Be=
wegung, welche der Kaiser in der Welt hervorgebracht, ist noch
immer nicht gestillt, und von dieser Bewegung lebt noch unsere 10
Gegenwart. So ist es auch mit der Fichteschen Philosophie.
Sie ist ganz untergegangen, aber die Geister sind noch aufge=
regt von den Gedanken, die durch Fichte laut geworden, und
unberechenbar ist die Nachwirkung seines Wortes. Wenn auch
der ganze Transscendentalidealismus ein Irrtum war, so lebte 15
doch in den Fichteschen Schriften eine stolze Unabhängigkeit,
eine Freiheitsliebe, eine Manneswürde, die besonders auf die
Jugend einen heilsamen Einfluß übte. Fichtes Ich war ganz
übereinstimmend mit seinem unbeugsamen, hartnäckigen, eisernen
Charakter. Die Lehre von einem solchen allmächtigen Ich konnte 20
vielleicht nur einem solchen Charakter entsprießen, und ein solcher
Charakter mußte, zurückwurzelnd in eine solche Lehre, noch un=
beugsamer werden, noch hartnäckiger, noch eiserner.

Wie mußte dieser Mann den gesinnungslosen Skeptikern,
den frivolen Eklektikern und den Moderanten von allen Farben 25
ein Greuel sein! Sein ganzes Leben war ein beständiger
Kampf. Seine Jugendgeschichte ist eine Reihe von Kümmer=
nissen, wie bei fast allen unseren ausgezeichneten Männern.
Armut sitzt an ihrer Wiege und schaukelt sie groß, und diese
magere Amme bleibt ihre treue Lebensgefährtin. 30

Der ehemalige Schelling repräsentiert, ebenso wie Kant und
Fichte, eine der großen Phasen unserer philosophischen Revo=
lution, die ich in diesen Blättern mit den Phasen der politischen
Revolution Frankreichs verglichen habe. In der That, wenn

man in Kant die terroristische Konvention und in Fichte das
Napoleonische Kaiserreich sieht, so sieht man in Herrn Schelling
die restaurierende Reaktion, welche hierauf folgte. Aber es war
zunächst ein Restaurieren im besseren Sinne. Herr Schelling
5 setzte die Natur wieder ein in ihre legitimen Rechte, er strebte
nach einer Versöhnung von Geist und Natur, er wollte beide
wieder vereinigen in der ewigen Weltseele. Er restaurierte jene
große Naturphilosophie, die wir bei den altgriechischen Philo=
sophen finden, die erst durch Sokrates mehr ins menschliche Ge=
10 müt selbst hineingeleitet wird, und die nachher ins Ideelle ver=
sließt. Er restaurierte jene große Naturphilosophie, die, aus
der alten, pantheistischen Religion der Deutschen heimlich empor=
keimend, zur Zeit des Paracelsus die schönsten Blüten verkün=
dete, aber durch den eingeführten Cartesianismus erdrückt wurde.
15 Ach! und am Ende restaurierte er Dinge, wodurch er auch im
schlechten Sinne mit der französischen Restauration verglichen
werden kann. Doch da hat ihn die öffentliche Vernunft nicht
länger geduldet, er wurde schmählich herabgestoßen vom Throne
des Gedankens; Hegel, sein Majordomus, nahm ihm die Krone
20 vom Haupt, und schor ihn, und der entsetzte Schelling lebte
seitdem wie ein armseliges Mönchlein zu München, einer Stadt,
welche ihren pfäffischen Charakter schon im Namen trägt und
auf Latein Monacho monachorum heißt. Dort sah ich ihn
gespenstisch umherschwanken mit seinen großen blassen Augen
25 und seinem niedergedrückten, abgestumpften Gesichte, ein jammer=
volles Bild heruntergekommener Herrlichkeit. Hegel aber ließ
sich krönen zu Berlin, leider auch ein bißchen salben, und beherrschte
seitdem die deutsche Philosophie.

　　Unsere philosophische Revolution ist beendigt. Hegel hat
30 ihren großen Kreis geschlossen. Wir sehen seitdem nur Ent=
wicklung und Ausbildung der naturphilosophischen Lehre. Diese
ist, wie ich schon gesagt, in alle Wissenschaften eingedrungen
und hat da das Außerordentlichste und Großartigste hervorge=
bracht.

# Die Romantische Schule.

## 1.

Indem ich diese Blätter gleichsam als eine Fortsetzung des
Frau von Staëlschen De l'Allemagne ankündige, muß ich,
die Belehrung rühmend, die man aus diesem Werke schöpfen
kann, dennoch eine gewisse Vorsicht beim Gebrauche desselben
anempfehlen und es durchaus als Koteriebuch bezeichnen. Frau
von Staël, glorreichen Andenkens, hat hier in der Form eines
Buches gleichsam einen Salon eröffnet, worin sie deutsche
Schriftsteller empfing und ihnen Gelegenheit gab, sich der fran=
zösischen civilisierten Welt bekannt zu machen; aber in dem
Getöse der verschiedensten Stimmen, die aus diesem Buche
hervorschreien, hört man doch immer am vernehmlichsten den
feinen Diskant des Herrn A. W. Schlegel. Wo sie ganz selbst
ist, wo die großfühlende Frau sich unmittelbar ausspricht mit
ihrem ganzen strahlenden Herzen, mit dem ganzen Feuerwerk
ihrer Geistesraketen und brillanten Tollheiten, da ist das Buch
gut und vortrefflich. Sobald sie aber fremden Einflüsterungen
gehorcht, sobald sie einer Schule huldigt, deren Wesen ihr ganz
fremd und unbegreiflich ist, sobald sie durch die Anpreisung
dieser Schule gewisse ultramontane Tendenzen befördert, die mit
ihrer protestantischen Klarheit in direktem Widerspruche sind, da
ist ihr Buch kläglich und ungenießbar. Dazu kommt noch, daß
sie, außer den unbewußten, auch noch bewußte Parteilichkeiten
ausübt, daß sie durch die Lobpreisungen des geistigen Lebens,
des Idealismus in Deutschland, eigentlich den damaligen Realis=
mus der Franzosen, die materielle Herrlichkeit der Kaiserperiode,
frondieren will. Ihr Buch De l'Allemagne gleicht in dieser
Hinsicht der Germania des Tacitus, der vielleicht ebenfalls durch
seine Apologie der Deutschen eine indirekte Satire gegen seine
Landsleute schreiben wollte.

Wenn ich oben einer Schule erwähnte, welcher Frau von

Staël huldigte und deren Tendenzen sie beförderte, so meinte
ich die romantische Schule. Daß diese in Deutschland ganz
etwas anders war, als was man in Frankreich mit diesem
Namen bezeichnet, daß ihre Tendenzen ganz verschieden waren
5 von denen der französischen Romantiker, das wird in den folgen=
den Blättern klar werden.

Was war aber die romantische Schule in Deutschland?

Sie war nichts anders als die Wiedererweckung der Poesie des
Mittelalters, wie sie sich in dessen Liedern, Bild= und Bauwerken,
10 in Kunst und Leben, manifestiert hatte. Diese Poesie aber war
aus dem Christentume hervorgegangen, sie war eine Passions=
blume, die dem Blute Christi entsprossen. Ich weiß nicht, ob
die melancholische Blume, die wir in Deutschland Passions=
blume benamsen, auch in Frankreich diese Benennung führt,
15 und ob ihr von der Volkssage ebenfalls jener mystische Ursprung
zugeschrieben wird. Es ist jene sonderbar mißfarbige Blume,
in deren Kelch man die Marterwerkzeuge, die bei der Kreuzigung
Christi gebraucht worden, nämlich Hammer, Zange, Nägel u. s. w.
abkonterfeit sieht, eine Blume, die durchaus nicht häßlich, son=
20 dern nur gespenstisch ist, ja deren Anblick sogar ein grauen=
haftes Vergnügen in unserer Seele erregt, gleich den krampf=
haft süßen Empfindungen, die aus dem Schmerze selbst her=
vorgehen.

Obgleich die epische Poesie des Mittelalters in heilige und
25 profane geschieden war, so waren doch beide Gattungen ihrem
Wesen nach ganz christlich; denn, wenn die heilige Poesie auch
ausschließlich das jüdische Volk, welches für das allein heilige
galt, und dessen Geschichte, welche allein die heilige hieß, die
Helden des Alten und Neuen Testaments, die Legende, kurz die
30 Kirche besang, so spiegelte sich doch in der profanen Poesie das
ganze damalige Leben mit allen seinen christlichen Anschauun=
gen und Bestrebungen.

In der profanen Poesie finden wir, nach obiger Andeutung,
zuerst den Sagenkreis der Nibelungen und des Heldenbuchs;

da herrscht noch die ganze vorchristliche Denk= und Gefühlsweise,
da ist die rohe Kraft noch nicht zum Rittertum herabgemildert, da
stehen noch wie Steinbilder die starren Kämpen des Nordens,
und das sanfte Licht und der sittige Atem des Christentums
dringt noch nicht durch die eisernen Rüstungen. Aber es däm= 5
mert allmählich in den altgermanischen Wäldern, die alten
Götzeneichen werden gefällt, und es entsteht ein lichter Kampf=
platz, wo der Christ mit dem Heiden kämpft; und dieses sehen
wir im Sagenkreis Karls des Großen, worin sich eigentlich die
Kreuzzüge mit ihren heiligen Tendenzen abspiegeln. Nun 10
aber, aus der christlich spiritualisierten Kraft, entfaltet sich die
eigentümlichste Erscheinung des Mittelalters, das Rittertum, das
sich endlich noch sublimiert als ein geistliches Rittertum. Jenes,
das weltliche Rittertum, sehen wir am anmutigsten verherrlicht
in dem Sagenkreis des König Arthus, worin die süßeste Galan= 15
terie, die ausgebildetste Courtoisie und die abenteuerlichste
Kampflust herrscht. Aus den süß närrischen Arabesken und
phantastischen Blumengebilden dieser Gedichte grüßen uns der
köstliche Iwein, der vortreffliche Lanzelot vom See, und der
tapfere, galante, honette, aber etwas langweilige Wigalois. 20
Neben diesem Sagenkreis sehen wir den damit verwandten und
verwebten Sagenkreis vom „heiligen Gral,“ worin das geistliche
Rittertum verherrlicht wird, und da treten uns entgegen drei
der grandiosesten Gedichte des Mittelalters, der Titurel, der
Parzival und der Lohengrin; hier stehen wir der romantischen 25
Poesie gleichsam persönlich gegenüber, wir schauen ihr tief hin=
ein in die großen leidenden Augen, und sie umstrickt uns un=
versehens mit ihrem scholastischen Netzwerk und zieht uns hinab
in die wahnwitzige Tiefe der mittelalterlichen Mystik. Endlich
sehen wir aber auch Gedichte in jener Zeit, die dem christlichen 30
Spiritualismus nicht unbedingt huldigen, ja worin dieser sogar
frondiert wird, wo der Dichter sich den Ketten der abstrakten
christlichen Tugenden entwindet und wohlgefällig sich hinab=
taucht in die Genußwelt der verherrlichten Sinnlichkeit; und es

ist eben nicht der schlechteste Dichter, der uns das Hauptwerk
dieser Richtung, „Tristan und Isolde", hinterlassen hat. Ja,
ich muß gestehen, Gottfried von Straßburg, der Verfasser dieses
schönsten Gedichts des Mittelalters, ist vielleicht auch dessen
5 größter Dichter, und überragt noch alle Herrlichkeit des Wolfram
von Eschenbach, den wir im Parcival und in den Fragmenten
des Titurel so sehr bewundern. Es ist vielleicht jetzt erlaubt,
den Meister Gottfried unbedingt zu rühmen und zu preisen.
Zu seiner Zeit hat man sein Buch gewiß für gottlos und ähn=
10 liche Dichtungen, wozu schon der Lancelot gehörte, für gefährlich
gehalten.

Die Poesie in allen diesen Gedichten des Mittelalters trägt
einen bestimmten Charakter, wodurch sie sich von der Poesie der
Griechen und Römer unterscheidet. In betreff dieses Unter=
15 schieds nennen wir erstere die romantische und letztere die klassi=
sche Poesie. Diese Benennungen aber sind nur unsichere Ru=
briken und führten bisher zu den unerquicklichsten Verwirr=
nissen, die noch gesteigert wurden, wenn man die antike Poesie
statt klassisch auch plastisch nannte. Hier lag besonders der
20 Grund zu Mißverständnissen. Nämlich, die Künstler sollen
ihren Stoff immer plastisch bearbeiten, er mag christlich oder
heidnisch sein, sie sollen ihn in klaren Umrissen darstellen,
kurz: plastische Gestaltung soll in der romantisch modernen
Kunst, ebenso wie in der antiken Kunst, die Hauptsache sein.
25 Und in der That, sind nicht die Figuren in der göttlichen Ko=
mödie des Dante oder auf den Gemälden des Raphael ebenso
plastisch wie die im Virgil oder auf den Wänden von Herkula=
num? Der Unterschied besteht darin, daß die plastischen Ge=
stalten in der antiken Kunst ganz identisch sind mit dem Dar=
30 zustellenden, mit der Idee, die der Künstler darstellen wollte,
z. B., daß die Irrfahrten des Odysseus gar nichts anders be=
deuten als die Irrfahrten des Mannes, der ein Sohn des Laer=
tes und Gemahl der Penelopeia war und Odysseus hieß; daß
ferner der Bacchus, den wir im Louvre sehen, nichts anders ist

als der anmutige Sohn der Semele mit der kühnen Wehmut in den Augen und der heiligen Wollust in den gewölbt weichen Lippen. Anders ist es in der romantischen Kunst; da haben die Irrfahrten eines Ritters noch eine esoterische Bedeutung, sie deuten vielleicht auf die Irrfahrten des Lebens überhaupt; der Drache, der überwunden wird, ist die Sünde; der Mandel= baum, der dem Helden aus der Ferne so tröstlich zuduftet, das ist die Dreieinigkeit, Gott Vater und Gott Sohn und Gott Heiliger Geist, die zugleich Eins ausmachen, wie Nuß, Faser und Kern dieselbe Mandel sind. Das ist nun der Charakter der mittelalterlichen Poesie, die wir die romantische nennen.

Die klassische Kunst hatte nur das Endliche darzustellen, und ihre Gestalten konnten identisch sein mit der Idee des Künst= lers. Die romantische Kunst hatte das Unendliche und lauter spiritualistische Beziehungen darzustellen oder vielmehr anzu= deuten und sie nahm ihre Zuflucht zu einem System traditio= neller Symbole, oder vielmehr zum Parabolischen, wie schon Christus selbst seine spiritualistischen Ideen durch allerlei schöne Parabeln deutlich zu machen suchte. Daher das Mystische, Rätselhafte, Wunderbare und Überschwengliche in den Kunst= werken des Mittelalters; die Phantasie macht ihre entsetzlichsten Anstrengungen, das Reingeistige durch sinnliche Bilder darzu= stellen, und sie erfindet die kolossalsten Tollheiten, sie stülpt den Pelion auf den Ossa, den Parcival auf den Titurel, um den Himmel zu erreichen.

## 2.

### Lessing.

Lessing war der litterarische Arminius, der unser Theater von jener Fremdherrschaft befreite. Er zeigte uns die Nichtigkeit, die Lächerlichkeit, die Abgeschmacktheit jener Nachahmungen des fran= zösischen Theaters, das selbst wieder dem Griechischen nachge= ahmt schien. Aber nicht bloß durch seine Kritik, sondern auch durch seine eignen Kunstwerke ward er der Stifter der neuern

deutſchen Originallitteratur. Alle Richtungen des Geiſtes, alle
Seiten des Lebens verfolgte dieſer Mann mit Enthuſiasmus
und Uneigennützigkeit. Kunſt, Theologie, Altertumswiſſenſchaft,
Dichtkunſt, Theaterkritik, Geſchichte, alles trieb er mit demſelben
5 Eifer und zu demſelben Zwecke. In allen ſeinen Werken lebt
dieſelbe große ſoziale Idee, dieſelbe fortſchreitende Humanität,
dieſelbe Vernunftreligion, deren Johannes er war und deren
Meſſias wir noch erwarten. Dieſe Religion predigte er immer,
aber leider oft ganz allein und in der Wüſte. Und dann fehlte
10 ihm auch die Kunſt, den Stein in Brot zu verwandeln; er ver-
brachte den größten Teil ſeines Lebens in Armut und Drang-
ſal; das iſt ein Fluch, der faſt auf allen großen Geiſtern der
Teutſchen laſtet, und vielleicht erſt durch die politiſche Befreiung
getilgt wird. Mehr als man ahnte, war Leſſing auch politiſch
15 bewegt, eine Eigenſchaft, die wir bei ſeinen Zeitgenoſſen gar
nicht finden; wir merken jetzt erſt, was er mit der Schilderung
des Duodezdeſpotismus in „Emilia Galotti" gemeint hat. Man
hielt ihn damals nur für einen Champion der Geiſtesfreiheit
und Bekämpfer der klerikalen Intoleranz; denn ſeine theologiſchen
20 Schriften verſtand man ſchon beſſer. Die Fragmente „über
Erziehung des Menſchengeſchlechtes", welche Eugène Rodrigue
ins Franzöſiſche überſetzt hat, können vielleicht den Franzoſen von
der umfaſſenden Weite des Leſſingſchen Geiſtes einen Begriff
geben. Die beiden kritiſchen Schriften, welche den meiſten Einfluß
25 auf die Kunſt ausgeübt, ſind ſeine „Hamburgiſche Dramaturgie"
und ſein „Laokoon, oder über die Grenzen der Malerei und
Poeſie." Seine ausgezeichnetſten Theaterſtücke ſind: Emilia
Galotti, Minna von Barnhelm und Nathan der Weiſe.

Gotthold Ephraim Leſſing ward geboren zu Camenz in der
30 Lauſitz, den 22. Januar 1729, und ſtarb zu Braunſchweig den
15. Februar 1781. Er war ein ganzer Mann, der, wenn er
mit ſeiner Polemik das Alte zerſtörend bekämpfte, auch zu
gleicher Zeit ſelber etwas Neues und Beſſeres ſchuf; er glich,
ſagt ein deutſcher Autor, jenen frommen Juden, die beim zwei-

ten Tempelbau von den Angriffen der Feinde oft gestört wurden, und dann mit der einen Hand gegen diese kämpften, und mit der andern Hand am Gotteshause weiter bauten. Es ist hier nicht die Stelle, wo ich mehr von Lessing sagen dürfte; aber ich kann nicht umhin zu bemerken, daß er in der ganzen Litte= 5 raturgeschichte derjenige Schriftsteller ist, den ich am meisten liebe. Noch eines andern Schriftstellers, der in demselben Geiste und zu demselben Zwecke wirkte und Lessings nächster Nachfolger genannt werden kann, will ich hier erwähnen; seine Würdigung gehört freilich ebenfalls nicht hierher; wie er denn 10 überhaupt in der Litteraturgeschichte einen ganz einsamen Platz einnimmt, und sein Verhältnis zu Zeit und Zeitgenossen noch immer nicht bestimmt ausgesprochen werden kann. Es ist Johann Gottfried Herder, geboren 1744 zu Morungen in Ost= preußen und gestorben zu Weimar in Sachsen im Jahre 1803. 15

Die Litteraturgeschichte ist die große Morgue, wo jeder seine Toten aufsucht, die er liebt oder womit er verwandt ist. Wenn ich da unter so vielen unbedeutenden Leichen den Lessing oder den Herder sehe mit ihren erhabenen Menschengesichtern, dann pocht mir das Herz. Wie dürfte ich vorübergehen, ohne euch 20 flüchtig die blassen Lippen zu küssen!

Wenn aber Lessing die Nachahmerei des französischen After= griechentums gar mächtig zerstörte, so hat er doch selbst, eben durch seine Hinweisung auf die wirklichen Kunstwerke des grie= chischen Altertums, gewissermaßen einer neuen Art thörichter 25 Nachahmungen Vorschub geleistet. Durch seine Bekämpfung des religiösen Aberglaubens beförderte er sogar die nüchterne Aufklärungssucht, die sich zu Berlin breit machte, und im seligen Nicolai ihr Hauptorgan, und in der allgemeinen deutschen Bibliothek ihr Arsenal besaß. Die kläglichste Mittelmäßigkeit 30 begann damals, widerwärtiger als je, ihr Wesen zu treiben, und das Läppische und Leere blies sich auf, wie der Frosch in der Fabel.

Man irrt sehr, wenn man etwa glaubt, daß Goethe, der da= mals schon aufgetaucht, bereits allgemein anerkannt gewesen sei.

Sein „Götz von Berlichingen" und sein „Werther" waren mit
Begeisterung aufgenommen worden, aber die Werke der gewöhn=
lichsten Stümper waren es nicht minder, und man gab Goethen
nur eine kleine Nische in dem Tempel der Litteratur. Nur den
5 „Götz" und den „Werther" hatte das Publikum, wie gesagt, mit
Begeisterung aufgenommen, aber mehr wegen des Stoffes als
wegen ihrer artistischen Vorzüge, die fast niemand in diesen Mei=
sterwerken zu schätzen verstand. Der „Götz" war ein dramatisier=
ter Ritterroman und diese Gattung liebte man damals. In dem
10 „Werther" sah man nur die Bearbeitung einer wahren Geschichte,
die des jungen Jerusalem, eines Jünglings, der sich aus Liebe
totgeschossen und dadurch in jener windstillen Zeit einen sehr
starken Lärm gemacht; man las mit Thränen seine rührenden
Briefe; man bemerkte scharfsinnig, daß die Art, wie Werther aus
15 einer adeligen Gesellschaft entfernt worden, seinen Lebensüberdruß
gesteigert habe; die Frage über den Selbstmord gab dem Buche
noch mehr Besprechung; einige Narren verfielen auf die Idee,
sich bei dieser Gelegenheit ebenfalls totzuschießen; das Buch machte
durch seinen Stoff einen bedeutenden Knalleffekt. Die Romane
20 von August Lafontaine wurden jedoch ebenso gern gelesen, und
da dieser unaufhörlich schrieb, so war er berühmter als Wolfgang
Goethe. Wieland war der damalige große Dichter, mit dem es
etwa nur der Herr Odendichter Ramler zu Berlin in der Poesie
aufnehmen konnte. Abgöttisch wurde Wieland verehrt, mehr als
25 jemals Goethe. Das Theater beherrschte Iffland mit seinen bür=
gerlich larmoyanten Dramen und Kotzebue mit seinen banal
witzigen Possen.

### 3.

### Die Brüder Schlegel.

Diese Litteratur war es, wogegen sich während den letzten Jah=
ren des vorigen Jahrhunderts eine Schule in Deutschland erhob,
30 die wir die romantische genannt, und als deren Gérants sich uns
die Herren August Wilhelm und Friedrich Schlegel präsentiert

haben. Jena, wo sich diese beiden Brüder nebst vielen gleichge=
stimmten Geistern auf und zu besanden, war der Mittelpunkt,
von wo aus die neue ästhetische Doktrin sich verbreitete. Ich
sage: Doktrin, denn diese Schule begann mit Beurteilung der
Kunstwerke der Vergangenheit und mit dem Recept zu den Kunst=   5
werken der Zukunft. In diesen beiden Richtungen hat die Schle=
gelsche Schule große Verdienste um die ästhetische Kritik. Bei
der Beurteilung der schon vorhandenen Kunstwerke wurden ent=
weder ihre Mängel und Gebrechen nachgewiesen, oder ihre Vor=
züge und Schönheiten beleuchtet. In der Polemik, in jenem   10
Aufdecken der artistischen Mängel und Gebrechen, waren die Her=
ren Schlegel durchaus die Nachahmer des alten Lessings, sie be=
mächtigten sich seines großen Schlachtschwerts; nur war der Arm
des Herrn August Wilhelm Schlegel viel zu zart und schwächlich
und das Auge seines Bruders Friedrich viel zu mystisch umwölkt,   15
als daß jener so stark und dieser so scharf treffend zuschlagen
konnte wie Lessing. In der reproduzierenden Kritik aber, wo
die Schönheiten eines Kunstwerks veranschaulicht werden, wo es
auf ein seines Heraussühlen der Eigentümlichkeiten ankam, wo
diese zum Verständnis gebracht werden mußten, da sind die Her=   20
ren Schlegel dem alten Lessing ganz überlegen. Was soll ich
aber von ihren Recepten für anzusertigende Meisterwerke sagen!
Da offenbarte sich bei den Herren Schlegel eine Ohnmacht, die
wir ebenfalls bei Lessing zu finden glauben. Auch dieser, so stark
er im Verneinen ist, so schwach ist er im Bejahen, selten kann   25
er ein Grundprinzip aufstellen, noch seltener ein richtiges. Es
sehlte ihm der seste Boden einer Philosophie, eines philosophischen
Systems. Dieses ist nun bei den Herren Schlegel in noch viel
trostloserem Grade der Fall. Man sabelt mancherlei von dem
Einfluß des Fichteschen Idealismus und der Schellingschen Na=   30
turphilosophie auf die romantische Schule, die man sogar ganz
daraus hervorgehen läßt. Aber ich sehe hier höchstens nur den
Einfluß einiger Fichteschen und Schellingschen Gedankenfrag=
mente, keineswegs den Einfluß einer Philosophie. Herr Schel=

ling, der damals in Jena docierte, hat freilich persönlich großen
Einfluß auf die romantische Schule ausgeübt; er ist, was man
in Frankreich nicht weiß, auch ein Stück Poet, und es heißt, es
sei noch zweifelhaft, ob er nicht seine sämtlichen philosophischen
5 Lehren in einem poetischen, ja metrischen Gewande herausgeben
solle. Dieser Zweifel charakterisiert den Mann.

Wenn aber die Herren Schlegel für die Meisterwerke, die sie
sich bei den Poeten ihrer Schule bestellten, keine feste Theorie
angeben konnten, so ersetzten sie diesen Mangel dadurch, daß sie
10 die besten Kunstwerke der Vergangenheit als Muster anpriesen
und ihren Schülern zugänglich machten. Dieses waren nun
hauptsächlich die Werke der christlich=katholischen Kunst des
Mittelalters. Die Übersetzung des Shakspeares, der an der
Grenze dieser Kunst steht und schon protestantisch klar in unsere
15 moderne Zeit hereinlächelt, war nur zu polemischen Zwecken
bestimmt, deren Besprechung hier zu weitläufig wäre. Auch
wurde diese Übersetzung von Herrn A. W. Schlegel unternom=
men zu einer Zeit, als man sich noch nicht ganz ins Mittel=
alter zurück enthusiasmiert hatte. Später, als dieses geschah,
20 ward der Calderon übersetzt und weit über den Shakspeare an=
gepriesen; denn bei jenem fand man die Poesie des Mittel=
alters am reinsten ausgeprägt, und zwar in ihren beiden Haupt=
momenten: Rittertum und Mönchstum. Die frommen Komö=
dien des kastilianischen Priesterdichters, dessen poetische Blumen
25 mit Weihwasser besprengt und kirchlich geräuchert sind, wurden
jetzt nachgebildet mit all ihrer heiligen Grandezza, mit all ihrem
sacerdotalen Luxus, mit all ihrer gebenedeiten Tollheit; und in
Deutschland erblühten nun jene buntgläubigen, närrisch tief=
sinnigen Dichtungen, in welchen man sich mystisch verliebte, wie
30 in der „Andacht zum Kreuz", oder zur Ehre der Mutter=Gottes
schlug, wie im „standhaften Prinzen"; und Zacharias Werner
trieb das Ding so weit, wie man es nur treiben konnte, ohne
von Obrigkeits wegen in ein Narrenhaus eingesperrt zu werden.

Unsere Poesie, sagten die Herren Schlegel, ist alt, unsere

Muse ist ein altes Weib mit einem Spinnrocken, unser Amor ist kein blonder Knabe, sondern ein verschrumpfter Zwerg mit grauen Haaren, unsere Gefühle sind abgewelkt, unsere Phantasie ist verdorrt: wir müssen uns erfrischen, wir müssen die verschütteten Quellen der naiven, einfältiglichen Poesie des Mittelalters wieder aufsuchen, da sprudelt uns entgegen der Trank der Verjüngung. Das ließ sich das trockne, dürre Volk nicht zweimal sagen; besonders die armen Dursthälse, die im märkischen Sande saßen, wollten wieder blühend und jugendlich werden, und sie stürzten nach jenen Wunderquellen, und das soff und schlürfte und schlückerte mit übermäßiger Gier. Aber es erging ihnen wie der alten Kammerjungfer, von welcher man folgendes erzählt. Sie hatte bemerkt, daß ihre Dame ein Wunderelixir besaß, das die Jugend wieder herstellt; in Abwesenheit der Dame nahm sie nun aus deren Toilette das Fläschchen, welches jenes Elixir enthielt; statt aber nur einige Tropfen zu trinken, that sie einen großen, langen Schluck, daß sie durch die höchstgesteigerte Wunderkraft des verjüngenden Tranks nicht bloß wieder jung, sondern gar zu einem ganz kleinen Kinde wurde. Wahrlich, so ging es namentlich unserem vortrefflichen Herrn Tieck, einem der besten Dichter der Schule; er hatte von den Volksbüchern und Gedichten des Mittelalters soviel eingeschluckt, daß er fast wieder ein Kind wurde, und zu jener lallenden Einfalt herabblühte, die Frau von Staël so sehr viel Mühe hatte zu bewundern. Sie gesteht selber, daß es ihr kurios vorkomme, wenn eine Person in einem Drama mit einem Monolog debütiert, welcher mit den Worten anfängt: Ich bin der wackere Bonifacius, und ich komme, euch zu sagen u. s. w.

Herr Ludwig Tieck hat durch seinen Roman: „Sternbalds Wanderungen" und durch die von ihm herausgegebenen und von einem gewissen Wackenroder geschriebenen „Herzensergießungen eines kunstliebenden Klosterbruders" auch den bildenden Künstlern die naiven, rohen Anfänge der Kunst als Muster dargestellt. Die Frömmigkeit und Kindlichkeit dieser Werke,

die sich eben in ihrer technischen Unbeholfenheit kundgiebt, wurde
zur Nachahmung empfohlen. Von Raphael wollte man nichts
mehr wissen, kaum einmal von seinem Lehrer Perugino, den
man freilich schon höher schätzte, und in welchem man noch
5 Reste jener Vortrefflichkeiten entdeckte, deren ganze Fülle man
in den unsterblichen Meisterwerken des Fra Giovanno Angelico
da Fiesole so andachtsvoll bewunderte. Will man sich hier
einen Begriff von dem Geschmacke der damaligen Kunstenthu-
siasten machen, so muß man nach dem Louvre gehen, wo noch
10 die besten Gemälde jener Meister hängen, die man damals
unbedingt verehrte; und will man sich einen Begriff von dem
großen Haufen der Poeten machen, die damals in allen möglichen Versarten die Dichtungen des Mittelalters nachahmten,
so muß man nach dem Narrenhaus zu Charenton gehn.

### 4.
### Goethe und Schiller.

15 Späterhin spreche ich von den neuen Dichtern, die während
der Goetheschen Kaiserzeit hervortraten. Das ist ein junger
Wald, dessen Stämme erst jetzt ihre Größe zeigen, seitdem die
hundertjährige Eiche gefallen ist, von deren Zweigen sie so weit
überragt und überschattet wurden.

20 Es fehlte, wie schon gesagt, nicht an einer Opposition, die
gegen Goethe, diesen großen Baum, mit Erbitterung eiferte.
Menschen von den entgegengesetztesten Meinungen vereinigten
sich zu solcher Opposition. Die Altgläubigen, die Orthodoxen
ärgerten sich, daß in dem Stamme des großen Baumes keine
25 Nische mit einem Heiligenbildchen befindlich war, ja daß sogar
die Dryaden des Heidentums darin ihr Hexenwesen trieben,
und sie hätten gern mit geweihter Axt, gleich dem heiligen
Bonifacius, diese alte Zaubereiche niedergefällt; die Neugläu-
bigen, die Bekenner des Liberalismus ärgerten sich im Gegen-
30 teil, daß man diesen Baum nicht zu einem Freiheitsbaum, und

am allerwenigsten zu einer Barrikade benutzen konnte. In der
That, der Baum war zu hoch, man konnte nicht auf seinen
Wipfel eine rote Mütze stecken und darunter die Carmagnole
tanzen. Das große Publikum aber verehrte diesen Baum
eben, weil er so selbständig herrlich war, weil er so lieblich die
ganze Welt mit seinem Wohlduft erfüllte, weil seine Zweige so
prachtvoll bis in den Himmel ragten, so daß es aussah, als
seien die Sterne nur die goldnen Früchte des großen Wunder=
baums.

Die Opposition gegen Goethe beginnt eigentlich mit dem Er=
scheinen der sogenannten falschen Wanderjahre, welche unter dem
Titel „Wilhelm Meisters Wanderjahre“ im Jahre 1821, also
bald nach dem Untergang der Schlegel, bei Gottfried Basse in
Quedlinburg herauskamen. Goethe hatte nämlich unter eben
diesem Titel eine Fortsetzung von „Wilhelm Meisters Lehrjahren“
angekündigt, und sonderbarerweise erschien diese Fortsetzung gleich=
zeitig mit jenem litterarischen Doppelgänger, worin nicht bloß
die Goethesche Schreibart nachgeahmt war, sondern auch der
Held des Goetheschen Originalromans sich als handelnde Person
darstellte. Diese Nachäffung zeugte nicht sowohl von vielem
Geiste, als vielmehr von großem Takte, und da der Verfasser
einige Zeit seine Anonymität zu bewahren wußte und man ihn
vergebens zu erraten suchte, so ward das Interesse des Publi=
kums noch künstlich gesteigert. Es ward dem Goethe in jenem
Buche vorgeworfen, daß seine Dichtungen keinen moralischen
Zweck hätten; daß er keine edlen Gestalten, sondern nur vulgäre
Figuren schaffen könne; daß hingegen Schiller die idealisch edel=
sten Charaktere aufgestellt und daher ein größerer Dichter sei.

Letzteres, daß nämlich Schiller größer sei als Goethe, war der
besondere Streitpunkt, den jenes Buch hervorgerufen. Man ver=
fiel in die Manie, die Produkte beider Dichter zu vergleichen,
und die Meinungen teilten sich. Die Schillerianer pochten auf
die sittliche Herrlichkeit eines Max Piccolomini, einer Thekla,
eines Marquis Posa und sonstiger Schillerschen Theaterhelden,

wogegen sie die Goetheschen Personen, eine Philine, ein Käth=
chen, ein Klärchen und dergleichen hübsche Kreaturen für un=
moralische Weibsbilder erklärten. Die Goetheaner bemerkten
lächelnd, daß letztere und auch die Goetheschen Helden schwerlich
5 als moralisch zu vertreten wären, daß aber die Beförderung der
Moral, die man von Goethes Dichtungen verlange, keineswegs
der Zweck der Kunst sei, denn in der Kunst gäbe es keine
Zwecke, wie in dem Weltbau selbst, wo nur der Mensch die
Begriffe „Zweck und Mittel" hineingegrübelt; die Kunst, wie die
10 Welt, sei ihrer selbst willen da, und wie die Welt ewig dieselbe
bleibt, wenn auch in ihrer Beurteilung die Ansichten der Men=
schen unaufhörlich wechseln, so müsse auch die Kunst von den
zeitlichen Ansichten der Menschen unabhängig bleiben.

Indem die Goetheaner von solcher Ansicht ausgehen, betrachten
15 sie die Kunst als eine unabhängige zweite Welt, die sie so hoch
stellen, daß alles Treiben der Menschen, ihre Religion und ihre
Moral, wechselnd und wandelbar, unter ihr hin sich bewegt.
Ich kann aber dieser Ansicht nicht unbedingt huldigen; die Goethe=
aner ließen sich dadurch verleiten, die Kunst selbst als das Höchste
20 zu proklamieren und von den Ansprüchen jener ersten wirklichen
Welt, welcher doch der Vorrang gebührt, sich abzuwenden.

Schiller hat sich jener ersten Welt viel bestimmter angeschlossen
als Goethe, und wir müssen ihn in dieser Hinsicht loben. Ihn,
den Friedrich Schiller, erfaßte lebendig der Geist seiner Zeit, er
25 rang mit ihm, er ward von ihm bezwungen, er folgte ihm zum
Kampfe, er trug sein Banner, und es war dasselbe Banner,
worunter man auch jenseits des Rheines so enthusiastisch stritt,
und wofür wir noch immer bereit sind, unser bestes Blut zu
vergießen. Schiller schrieb für die großen Ideen der Revolu=
30 tion, er zerstörte die geistigen Bastillen, er baute an dem Tempel
der Freiheit, und zwar an jenem ganz großen Tempel, der alle
Nationen gleich einer einzigen Brüdergemeinde umschließen soll;
er war Kosmopolit. Er begann mit jenem Haß gegen die Ver=
gangenheit, welchen wir in den „Räubern" sehen, wo er einem

kleinen Titanen gleicht, der aus der Schule gelaufen ist und
Schnaps getrunken hat und dem Jupiter die Fenster einwirft;
er endigte mit jener Liebe für die Zukunft, die schon im Don
Karlos wie ein Blumenwald hervorblüht, und er selber ist jener
Marquis Posa, der zugleich Prophet und Soldat ist, der auch 5
für das kämpft, was er prophezeit, und unter dem spanischen
Mantel das schönste Herz trägt, das jemals in Deutschland ge=
liebt und gelitten hat.

Der Poet, der kleine Nachschöpfer, gleicht dem lieben Gott
auch darin, daß er seine Menschen nach dem eignen Bilde er= 10
schafft. Wenn daher Karl Moor und der Marquis Posa ganz
Schiller selbst sind, so gleicht Goethe seinem Werther, seinem
Wilhelm Meister und seinem Faust, worin man die Phasen
seines Geistes studieren kann. Wenn Schiller sich ganz in die
Geschichte stürzt, sich für die gesellschaftlichen Fortschritte der 15
Menschheit enthusiasmiert und die Weltgeschichte besingt, so ver=
senkt sich Goethe mehr in die individuellen Gefühle oder in die
Kunst oder in die Natur.

Nichts ist thörichter, als die Geringschätzung Goethes zu
Gunsten des Schiller, mit welchem man es keineswegs ehrlich 20
meinte, und den man von jeher pries, um Goethe herabzusetzen.
Oder wußte man wirklich nicht, daß jene hochgerühmten, hoch=
idealischen Gestalten, jene Altarbilder der Tugend und der Sitt=
lichkeit, die Schiller aufstellt, weit leichter zu verfertigen waren
als jene sündhaften, kleinweltlichen, befleckten Wesen, die uns 25
Goethe in seinen Werken erblicken läßt? Wissen sie denn nicht,
daß mittelmäßige Maler meistens lebensgroße Heiligenbilder auf
die Leinwand pinseln, daß aber schon ein großer Meister dazu
gehört, um etwa einen spanischen Betteljungen, der sich laust,
einen niederländischen Bauer, dem ein Zahn ausgezogen wird, 30
und häßliche alte Weiber, wie wir sie auf kleinen holländischen
Kabinettbildchen sehen, lebenswahr und technisch vollendet zu
malen? Das Große und Furchtbare läßt sich in der Kunst
weit leichter darstellen als das Kleine und Putzige. Die ägyp=

tischen Zauberer haben dem Moses viele Kunststücke nachmachen
können, z. B. die Schlangen, das Blut, sogar die Frösche; aber,
als er scheinbar weit leichtere Zauberdinge, nämlich Ungeziefer,
hervorbrachte, da gestanden sie ihre Ohnmacht, und sie konnten
5 das kleine Ungeziefer nicht nachmachen, und sie sagten: Da ist
der Finger Gottes. Scheltet immerhin über die Gemeinheiten
im „Faust," über die Scenen auf dem Brocken, in Auerbachs
Keller, scheltet auf die Liederlichkeiten im „Meister" — das könnt
ihr alles nicht nachmachen; da ist der Finger Goethes! Aber
10 ihr wollt das auch nicht nachmachen, und ich höre, wie ihr mit
Abscheu behauptet: Wir sind keine Hexenmeister, wir sind gute
Christen. Daß ihr keine Hexenmeister seid, das weiß ich.

Goethes größtes Verdienst ist eben die Vollendung alles dessen
was er darstellt; da giebt es keine Partien, die stark sind, wäh=
15 rend andere schwach; da ist kein Teil ausgemalt, während der
andere nur skizziert worden, da giebt es keine Verlegenheiten,
kein herkömmliches Füllwerk, keine Vorliebe für Einzelheiten.
Jede Person in seinen Romanen und Dramen behandelt er, wo
sie vorkommt, als wäre sie die Hauptperson. So ist es auch
20 bei Homer, so bei Shakspeare. In den Werken aller großen
Dichter giebt es eigentlich gar keine Nebenpersonen, jede Figur
ist Hauptperson an ihrer Stelle. Solche Dichter gleichen den
absoluten Fürsten, die den Menschen keinen selbständigen Wert
beimessen, sondern ihnen selber nach eigenem Gutdünken ihre
25 höchste Geltung zuerkennen. Als ein französischer Gesandter
einst gegen den Kaiser Paul von Rußland erwähnte, daß ein
wichtiger Mann seines Reiches sich für irgend eine Sache inter=
essiere, da fiel ihm der Kaiser streng in die Rede mit den merk=
würdigen Worten: „Es giebt in diesem Reiche keinen wichtigen
30 Mann, außer demjenigen, mit welchem Ich eben spreche, und so
lange Ich eben mit ihm spreche, ist er wichtig." Ein absoluter
Dichter, der ebenfalls seine Macht von Gottes Gnade erhalten
hat, betrachtet in gleicher Weise diejenige Person seines Geister=
reichs als die wichtigste, die er eben sprechen läßt, die eben un=

ter seine Feder geraten, und aus solchem Kunstdespotismus ent=
steht jene wunderbare Vollendung der kleinsten Figuren in den
Werken Homers, Shakspeares and Goethes.

Wenn ich etwas herbe von den Gegnern Goethes gesprochen
habe, so dürfte ich noch viel Herberes von seinen Apologisten
sagen. Die meisten derselben haben in ihrem Eifer noch größere
Thorheiten vorgebracht. Auf der Grenze des Lächerlichen steht
in dieser Hinsicht einer, namens Herr Eckermann, dem es übri=
gens nicht an Geist fehlt. In dem Kampfe gegen Herrn Pust=
kuchen hat Karl Immermann, der jetzt unser größter dramatischer
Dichter ist, seine kritischen Sporen erworben; er hat da ein vor=
treffliches Schriftchen zu Tage gefördert. Zumeist haben sich die
Berliner bei dieser Gelegenheit ausgezeichnet. Der bedeutendste
Kämpe für Goethe war zu jeder Zeit Varnhagen von Ense, ein
Mann, der Gedanken im Herzen trägt, die so groß sind wie die
Welt, und sie in Worten ausspricht, die so kostbar und zierlich
sind wie geschnittene Gemmen. Es ist jener vornehme Geist,
auf dessen Urteil Goethe immer das meiste Gewicht gelegt hat.
—Vielleicht ist es nützlich, hier zu erwähnen, daß Herr Wilhelm
von Humboldt bereits früher ein ausgezeichnetes Buch über
Goethe geschrieben hat. Seit den letzten zehn Jahren brachte
jede Leipziger Messe mehrere Schriften über Goethe hervor.
Die Untersuchungen des Herrn Schubart über Goethe gehören
zu den Merkwürdigkeiten der hohen Kritik. Was Herr Häring,
der unter dem Namen Willibald Alexis schreibt, in verschiedenen
Zeitschriften über Goethe gesagt hat, war ebenso bedeutend wie
geistreich. Herr Zimmermann, Professor zu Hamburg, hat in
seinen mündlichen Vorträgen die vortrefflichsten Urteile über
Goethe ausgesprochen, die man zwar spärlich, aber desto tiefsin=
niger, in seinen dramaturgischen Blättern angedeutet findet. Auf
verschiedenen deutschen Universitäten wurde ein Kollegium über
Goethe gelesen, und von allen seinen Werken war es vorzüglich
der „Faust", womit sich das Publikum beschäftigte. Er wurde
vielfach fortgesetzt und kommentiert, er ward die weltliche Bibel
der Deutschen.

Ich wäre kein Deutscher, wenn ich bei Erwähnung des „Faus=
tes" nicht einige erklärende Gedanken darüber aussprüche.
Denn vom größten Denker bis zum kleinsten Markör, vom
Philosophen bis herab zum Doktor der Philosophie, übt jeder
5 seinen Scharfsinn an diesem Buche. Der Stoff ist hier wieder
der Hauptgrund, weshalb der „Faust" so populär ist; daß er
jedoch diesen Stoff herausgesucht aus den Volkssagen, das zeugt
eben von Goethes unbewußtem Tiefsinn, von seinem Genie, das
immer das Nächste und Rechte zu ergreifen wußte. Ich darf
10 den Inhalt des „Faust" als bekannt voraussetzen; denn das
Buch ist in der letzten Zeit auch in Frankreich berühmt gewor=
den. Aber ich weiß nicht, ob hier die alte Volkssage selbst be=
kannt ist, ob auch hier zu Land auf den Jahrmärkten ein
graues, fließpapiernes, schlechtgedrucktes und mit derben Holz=
15 schnitten verziertes Buch verkauft wird, worin umständlich zu lesen
ist, wie der Erzzauberer Johannes Faustus, ein gelehrter Doktor,
der alle Wissenschaften studiert hatte, am Ende seine Bücher
wegwarf, und ein Bündnis mit dem Teufel schloß, wodurch er
alle sinnlichen Freuden der Erde genießen konnte, aber auch
20 seine Seele dem höllischen Verderben hingeben mußte. Das
Volk im Mittelalter hat immer, wenn es irgendwo große Geis=
tesmacht sah, dergleichen einem Teufelsbündnis zugeschrieben,
und der Albertus Magnus, Raimund Lullus, Theophrastus Pa=
racelsus, Agrippa von Nettesheim, auch in England der Roger
25 Baco, galten für Zauberer, Schwarzkünstler, Teufelsbanner. Es
ist in der That sehr bedeutsam, daß zur Zeit, wo nach der
Volksmeinung der Faust gelebt hat, eben die Reformation be=
ginnt, und daß er selber die Kunst erfunden haben soll, die
dem Wissen einen Sieg über den Glauben verschafft, nämlich
30 die Buchdruckerei, eine Kunst, die uns aber auch die katholische
Gemütsruhe geraubt und uns in Zweifel und Revolution ge=
stürzt — ein anderer als ich würde sagen: endlich in die Ge=
walt des Teufels geliefert hat. Aber nein, das Wissen, die Er=
kenntnis der Dinge durch die Vernunft, die Wissenschaft, giebt

uns endlich die Genüsse, um die uns der Glaube, das katholische Christentum, so lange geprellt hat; wir erkennen, daß die Menschen nicht bloß zu einer himmlischen, sondern auch zu einer irdischen Gleichheit berufen sind; die politische Brüderschaft, die uns von der Philosophie gepredigt wird, ist uns wohlthätiger 5 als die rein geistige Brüderschaft, wozu uns das Christentum verholfen; und das Wissen wird Wort, und das Wort wird That, und wir können noch bei Lebzeiten auf dieser Erde selig werden.

In der That, die Übereinstimmung der Persönlichkeit mit dem 10 Genius, wie man sie bei außerordentlichen Menschen verlangt, fand man ganz bei Goethe. Seine äußere Erscheinung war ebenso bedeutsam wie das Wort, das in seinen Schriften lebte; auch seine Gestalt war harmonisch, klar, freudig, edel gemessen, und man konnte griechische Kunst an ihm studieren, wie an einer 15 Antike. Goethes Auge blieb in seinem hohen Alter ebenso göttlich wie in seiner Jugend. Die Zeit hat auch sein Haupt zwar mit Schnee bedecken, aber nicht beugen können. Er trug es ebenfalls immer stolz und hoch, und wenn er sprach, wurde er immer größer, und wenn er die Hand ausstreckte, so war es, als 20 ob er mit dem Finger den Sternen am Himmel den Weg vorschreiben könne, den sie wandeln sollten. Um seinen Mund will man einen kalten Zug von Egoismus bemerkt haben; aber auch dieser Zug ist den ewigen Göttern eigen, und gar dem Vater der Götter, dem großen Jupiter, mit welchem ich Goethe schon 25 oben verglichen. Wahrlich, als ich ihn in Weimar besuchte und ihm gegenüberstand, blickte ich unwillkürlich zur Seite, ob ich nicht auch neben ihm den Adler sähe mit den Blitzen im Schnabel. Ich war nahe dran, ihn griechisch anzureden; da ich aber merkte, daß er Deutsch verstand, so erzählte ich ihm auf Deutsch 30 daß die Pflaumen auf dem Wege zwischen Jena und Weimar sehr gut schmeckten. Ich hatte in so manchen langen Winternächten darüber nachgedacht, wie viel Erhabenes und Tiefsinniges ich dem Goethe sagen würde, wenn ich ihn mal sähe. Und als ich ihn endlich sah, sagte ich ihm, daß die sächsischen Pflaumen sehr gut schmeckten. Und Goethe lächelte.

## 5.

### A. W. Schlegel.

Wie gesagt, die Beförderung der Eleganz ist ein Hauptverdienst des Herrn Schlegel, und durch ihn kam auch in das Leben der
5 deutschen Dichter mehr Civilisation. Schon Goethe hatte das einflußreichste Beispiel gegeben, wie man ein deutscher Dichter sein kann, und dennoch den äußerlichen Anstand zu bewahren vermag. In früheren Zeiten verachteten die deutschen Dichter alle konven= tionellen Formen, und der Name „deutscher Dichter" oder gar
10 der Name „poetisches Genie" erlangte die unerfreulichste Bedeu= tung. Ein deutscher Dichter war ehemals ein Mensch, der einen abgeschabten, zerrissenen Rock trug, Kindtauf= und Hochzeitsge= dichte für einen Thaler das Stück verfertigte. . . . Wenn sie alt geworden, pflegten diese Menschen noch tiefer in ihr Elend zu
15 versinken, und es war freilich ein Elend ohne Sorge, oder dessen einzige Sorge darin besteht, wo man den meisten Schnaps für das wenigste Geld haben kann.

So hatte auch ich mir einen deutschen Dichter vorgestellt. Wie angenehm verwundert war ich daher Anno 1819, als ich, ein
20 ganz junger Mensch, die Universität Bonn besuchte, und dort die Ehre hatte, den Herrn Dichter August Wilhelm Schlegel, das poetische Genie, von Angesicht zu Angesicht zu sehen. Es war, mit Ausnahme des Napoleon, der erste große Mann, den ich damals gesehen, und ich werde nie diesen erhabenen Anblick
25 vergessen. Noch heute fühle ich den heiligen Schauer, der durch meine Seele zog, wenn ich vor seinem Katheder stand und ihn sprechen hörte. Ich trug damals einen weißen Flauschrock, eine rote Mütze, lange blonde Haare und keine Handschuhe. Herr August Wilhelm Schlegel trug aber Glacéhandschuhe, und war
30 noch ganz nach der neuesten Pariser Mode gekleidet: er war noch ganz parfümiert von guter Gesellschaft und eau de mille

fleurs; er war die Zierlichkeit und die Eleganz selbst, und wenn
er vom Großkanzler von England sprach, setzte er hinzu „mein
Freund", und neben ihm stand sein Bedienter in der freiherr=
lichst Schlegelschen Hauslivree, und putzte die Wachslichter, die
auf silbernen Armleuchtern brannten, und nebst einem Glase 5
Zuckerwasser vor dem Wundermanne auf dem Katheder standen.
Livreebedienter! Wachslichter! silberne Armleuchter! mein Freund,
der Großkanzler von England! Glacéhandschuhe! Zuckerwasser!
welche unerhörte Dinge im Kollegium eines deutschen Professors!
Dieser Glanz blendete uns junge Leute nicht wenig, und mich 10
besonders, und ich machte auf Herrn Schlegel damals drei Oden,
wovon jede anfing mit den Worten: O du, der du u. s. w.
Aber nur in der Poesie hätte ich es gewagt, einen so vorneh=
men Mann zu duzen. Sein Äußeres gab ihm wirklich eine
gewisse Vornehmheit. Auf seinem dünnen Köpschen glänzen 15
nur noch wenige silberne Härchen, und sein Leib war so dünn,
so abgezehrt, so durchsichtig, daß er ganz Geist zu sein schien,
daß er fast aussah, wie ein Sinnbild des Spiritualismus.

## 6.
### Ludwig Tieck.

Nach den Schlegeln war Herr Ludwig Tieck einer der thätig=
sten Schriftsteller der romantischen Schule. Für diese kämpfte 20
und dichtete er. Er war ein Poet, ein Name, den keiner von
den beiden Schlegeln verdient. Er war der wirkliche Sohn des
Phöbus Apollo, und, wie sein ewig jugendlicher Vater, führte er
nicht bloß die Leier, sondern auch den Bogen mit dem Köcher
voll klingender Pfeile. Er war trunken von lyrischer Lust und 25
kritischer Grausamkeit wie der delphische Gott. Hatte er, gleich
diesem, irgend einen litterarischen Marsyas erbärmlichst geschunden,
dann griff er mit den blutigen Fingern wieder lustig in die
goldenen Saiten seiner Leier und sang ein freudiges Minnelied.
Die poetische Polemik, die Herr Tieck in dramatischer Form 30
gegen die Gegner der Schule führte, gehört zu den außerordent=

lichſten Erſcheinungen unſerer Litteratur. Es ſind ſatiriſche
Dramen, die man gewöhnlich mit den Luſtſpielen des Ariſto=
phanes vergleicht. Aber ſie unterſcheiden ſich von dieſen faſt
ebenſo wie eine Sophokleiſche Tragödie ſich von einer Shakſpeare=
5  ſchen unterſcheidet. Hatte nämlich die antike Komödie ganz den
einheitlichen Zuſchnitt, den ſtrengen Gang und die zierlichſt aus=
gebildete metriſche Sprache der antiken Tragödie, als deren Paro=
die ſie gelten konnte, ſo ſind die dramatiſchen Satiren des Herrn
Tieck ganz ſo abenteuerlich zugeſchnitten, ganz ſo engliſch unre=
10 gelmäßig und ſo metriſch willkürlich wie die Tragödien des Shak=
ſpeare. War dieſe Form eine neue Erfindung des Herrn Tieck?
Nein, ſie exiſtierte bereits unter dem Volke, namentlich unter dem
Volke in Italien. Wer italieniſch verſteht, kann ſich einen ziem=
lich richtigen Begriff jener Tieckſchen Dramen verſchaffen, wenn
15 er ſich in die buntſcheckig=bizarren, venetianiſch=phantaſtiſchen Mär=
chen=Komödien des Gozzi noch etwas deutſchen Mondſchein hin=
einträumt.

Juſtin erzählt in ſeinen Geſchichten: Als Cyrus die Revolte
der Lydier geſtillt hatte, wußte er den ſtörrigen, freiheitſüchtigen
20 Geiſt derſelben nur dadurch zu bezähmen, daß er ihnen befahl,
ſchöne Künſte und ſonſtige luſtige Dinge zu treiben. Von lydi=
ſchen Emeuten war ſeitdem nicht mehr die Rede, deſto berühmter
aber wurden lydiſche Reſtaurateure, Kuppler und Artiſten.

Wir haben jetzt Ruhe in Deutſchland, die Theaterkritik und
25 die Novelle wird wieder Hauptſache; und da Herr Tieck in dieſen
beiden Leiſtungen excelliert, ſo wird ihm· von allen Freunden
der Kunſt die gebührende Bewunderung gezollt. Er iſt in der
That der beſte Novelliſt in Deutſchland. Jedoch alle ſeine erzäh=
lenden Erzeugniſſe ſind weder von derſelben Gattung noch von
30 demſelben Werte. Wie bei den Malern, kann man auch bei
Herrn Tieck mehrere Manieren unterſcheiden. Seine erſte Ma=
nier gehört noch ganz der früheren alten Schule. Er ſchrieb
damals nur auf Antrieb und Beſtellung eines Buchhändlers,
welcher eben kein anderer war als der ſelige Nicolai ſelbſt, der

eigensinnigste Champion der Aufklärung und Humanität, der großer Feind des Aberglaubens, des Mysticismus und der Romantik.

Die Werke, die Herr Tieck in seiner ersten Manier schrieb, meistens Erzählungen und große lange Romane, worunter "William Lovell" der beste, sind sehr unbedeutend, ja sogar ohne Poesie. Es ist, als ob diese poetisch reiche Natur in der Jugend geizig gewesen sei, und alle ihre geistigen Reichtümer für eine spätere Zeit aufbewahrt habe. Oder kannte Herr Tieck selber nicht die Reichtümer seiner eigenen Brust, und die Schlegel mußten diese erst mit der Wünschelrute entdecken? So wie Herr Tieck mit den Schlegeln in Berührung kam, erschlossen sich alle Schätze seiner Phantasie, seines Gemütes und seines Witzes. Da leuchteten die Diamanten, da quollen die klarsten Perlen, und vor allem blitzte da der Karfunkel, der fabelhafte Edelstein, wovon die romantischen Poeten damals so viel gesagt und gesungen. Diese reiche Brust war die eigentliche Schatzkammer, wo die Schlegel für ihre litterarischen Feldzüge die Kriegskosten schöpften. Herr Tieck mußte für die Schule die schon erwähnten satirischen Lustspiele schreiben, und zugleich nach den neuen ästhetischen Rezepten eine Menge Poesie jeder Gattung verfertigen. Das ist nun die zweite Manier des Herrn Ludwig Tieck. Seine empfehlenswertesten dramatischen Produkte in dieser Manier sind "der Kaiser Octavian," "die heilige Genoveva" und "der Fortunat," drei Dramen, die den gleichnamigen Volksbüchern nachgebildet sind. Diese alten Sagen, die das deutsche Volk noch immer bewahrt, hat hier der Dichter in neue kostbare Gewande gekleidet. Aber ehrlich gestanden, ich liebe sie mehr in der alten naiven, treuherzigen Form. So schön auch die Tiecksche Genoveva ist, so habe ich doch weit lieber das alte, zu Köln am Rhein sehr schlecht gedruckte Volksbuch mit seinen schlechten Holzschnitten.

Weit kostbarer noch als jene Dramen sind die Novellen, die Herr Tieck in seiner zweiten Manier geschrieben. Auch diese

find meiſtens den alten Volksſagen nachgebildet. Die vorzüg=
lichſten ſind: „Der blonde Eckbert" und „Der Runenberg."
In dieſen Dichtungen herrſcht eine geheimnisvolle Innigkeit,
ein ſonderbares Einverſtändnis mit der Natur, beſonders mit
5 dem Pflanzen= und Steinreich. Der Leſer fühlt ſich da wie in
einem verzauberten Walde; er hört die unterirdiſchen Quellen
melodiſch rauſchen; er glaubt manchmal im Geflüſter der
Bäume ſeinen eignen Namen zu vernehmen; die breitblättrigen
Schlingpflanzen umſtricken manchmal beängſtigend ſeinen Fuß:
10 wildfremde Wunderblumen ſchauen ihn an mit ihren bunten
ſehnſüchtigen Augen; unſichtbare Lippen küſſen ſeine Wangen
mit neckender Zärtlichkeit; hohe Pilze, wie goldene Glocken,
wachſen klingend empor am Fuße der Bäume: große ſchwei=
gende Vögel wiegen ſich auf den Zweigen, und nicken herab
15 mit ihren klugen, langen Schnäbeln; alles atmet, alles lauſcht,
alles iſt ſchauernd erwartungsvoll; — da ertönt plötzlich das
weiche Waldhorn, und auf weißem Zelter jagt vorüber ein
ſchönes Frauenbild, mit wehenden Federn auf dem Barett, mit
dem Falken auf der Fauſt. Und dieſes ſchöne Fräulein iſt ſo
20 ſchön, ſo blond, ſo veilchenäugig, ſo lächelnd und zugleich ſo
ernſthaft, ſo wahr und zugleich ſo ironiſch, ſo keuſch und zu=
gleich ſo ſchmachtend wie die Phantaſie unſeres vortrefflichen
Ludwig Tieck. Ja, ſeine Phantaſie iſt ein holdſeliges Ritter=
fräulein, das im Zauberwalde nach fabelhaften Tieren jagt,
25 vielleicht gar nach dem ſeltenen Einhorn, das ſich nur von einer
reinen Jungfrau fangen läßt.

Eine merkwürdige Veränderung begiebt ſich aber jetzt mit
Herrn Tieck, und dieſe bekundet ſich in ſeiner dritten Manier.
Als er nach dem Sturze der Schlegel eine lange Zeit geſchwie=
30 gen, trat er wieder öffentlich auf, und zwar in einer Weiſe,
wie man ſie von ihm am wenigſten erwartet hätte. Der ehe=
malige Enthuſiaſt, welcher einſt aus ſchwärmeriſchem Eifer ſich
in den Schoß der katholiſchen Kirche begeben, welche Aufklärung
und Proteſtantismus ſo gewaltig bekämpft, welcher nur Mittel=

alter, nur feudalistisches Mittelalter atmete, welcher die Kunst
nur in der naiven Herzensergießung liebte, dieser trat jetzt auf
als Gegner der Schwärmerei, als Darsteller des modernsten
Bürgerlebens, als Künstler, der in der Kunst das klarste.Selbst=
bewußtsein verlangte, kurz als ein vernünftiger Mann. So
sehen wir ihn in einer Reihe neuerer Novellen, wovon auch
einige in Frankreich bekannt geworden. Das Studium Goethes
ist darin sichtbar, sowie überhaupt Herr Tieck in seiner dritten
Manier als ein wahrer Schüler Goethes erscheint. Dieselbe
artistische Klarheit, Heiterkeit, Ruhe und Ironie. War es frü=
her der Schlegelschen Schule nicht gelungen, den Goethe zu sich
heranzuziehen, so sehen wir jetzt, wie diese Schule, repräsen=
tiert von Herrn Ludwig Tieck, zu Goethe überging. Dies
mahnt an eine mohammedanische Sage. Der Prophet hatte zu
dem Berge gesagt: Berg, komm zu mir! Aber der Berg
kam nicht. Und siehe! das größere Wunder geschah, der Pro=
phet ging zu dem Berge.

Ich habe nachträglich noch zwei Arbeiten des Herrn Tieck zu
rühmen, wodurch er sich ganz besonders den Dank des deutschen
Publikums erworben. Das sind seine Übersetzung einer Reihe
englischer Dramen aus der vorshakspeareschen Zeit und seine
Übersetzung des „Don Quixote".

Die Übersetzung des „Don Quixote" ist Herrn Tieck ganz
besonders gelungen; keiner hat die närrische Grandezza des
ingeniosen Hidalgo von La Mancha so gut begriffen und so
treu wiedergegeben, wie unser vortrefflicher Tieck. Das Buch
liest sich fast wie ein deutsches Original; und neben „Hamlet"
und „Faust" bildet es vielleicht die Lieblingslektüre der Deut=
schen. Das macht, in diesen beiden staunenswerten und tief=
sinnigen Werken haben wir, wie im „Don Quixote", die Tra=
gödie unseres eigenen Nichts wiedergefunden.

## 7.

### Novalis und Hoffmann.

Über das Verhältnis des Herrn Schelling zur romantischen Schule habe ich nur wenig Andeutungen geben können. Sein Einfluß war meistens persönlicher Art. Dann ist auch, seit durch ihn die Naturphilosophie in Schwung gekommen, die Na-
5 tur viel sinniger von den Dichtern aufgefaßt worden. Die einen versenkten sich mit allen ihren menschlichen Gefühlen in die Natur hinein; die andern hatten einige Zauberformeln sich gemerkt, womit man etwas Menschliches aus der Natur hervor-schauen und hervorsprechen lassen konnte. Erstere waren die
10 eigentlichen Mystiker und glichen in vieler Hinsicht den indischen Religiosen, die in der Natur aufgehen, und endlich mit der Natur in Gemeinschaft zu fühlen beginnen. Die anderen waren vielmehr Beschwörer, sie riefen mit eigenem Willen sogar die feindlichen Geister aus der Natur hervor, sie glichen dem arabi-
15 schen Zauberer, der nach Willkür jeden Stein zu beleben und jedes Leben zu versteinern weiß. Zu den ersteren gehörte zu-nächst Novalis, zu den andern zunächst Hoffmann. Novalis sah überall nur Wunder und liebliche Wunder; er belauschte das Gespräch der Pflanzen, er wußte das Geheimnis jeder jungen
20 Rose, er identificierte sich endlich mit der ganzen Natur, und als es Herbst wurde und die Blätter abfielen, da starb er. Hoffmann hingegen sah überall nur Gespenster, sie nickten ihm entgegen aus jeder chinesischen Theekanne und jeder Berliner Perücke; er war ein Zauberer, der die Menschen in Bestien verwandelte und
25 diese sogar in königlich preußische Hofräte; er konnte die Toten aus den Gräbern hervorrufen, aber das Leben selbst stieß ihn von sich als einen trüben Spuk. Das fühlte er; er fühlte, daß er selbst ein Gespenst geworden; die ganze Natur war ihm jetzt ein mißgeschliffener Spiegel, worin er, tausendfältig verzerrt,
30 nur seine eigne Totenlarve erblickte; und seine Werke sind nichts anders als ein entsetzlicher Angstschrei in zwanzig Bänden.

Hoffmann gehört nicht zu der romantischen Schule. Er stand

in keiner Berührung mit den Schlegeln, und noch viel weniger mit ihren Tendenzen. Ich erwähnte seiner hier nur im Gegen= satz zu Novalis, der ganz eigentlich ein Poet aus jener Schule ist. Novalis ist hier minder bekannt als Hoffmann, welcher von Loeve=Veimars in einem so vortrefflichen Anzuge dem 5 französischen Publikum vorgestellt worden und dadurch in Frank= reich eine große Reputation erlangt hat. Bei uns in Deutsch= land ist jetzt Hoffmann keineswegs en vogue, aber er war es früher. In seiner Periode wurde er viel gelesen, aber nur von Menschen, deren Nerven zu stark oder zu schwach waren, als 10 daß sie von gelinden Akkorden afficiert werden konnten. Die eigentlichen geistreichen und die poetischen Naturen wollten nichts von ihm wissen. Diesen war Novalis viel lieber. Aber ehr= lich gestanden, Hoffmann war als Dichter viel bedeutender als Novalis. Denn letzterer mit seinen idealischen Gebilden schwebt 15 immer in der blauen Luft, während Hoffmann mit allen seinen bizarren Fratzen sich doch immer an der irdischen Realität fest= klammert. Wie aber der Riese Antäus unbezwingbar stark blieb, wenn er mit dem Fuße die Mutter Erde berührte, und seine Kraft verlor, sobald ihn Herkules in die Höhe hob, so ist auch 20 der Dichter stark und gewaltig, so lange er den Boden der Wirklichkeit nicht verläßt, und er wird ohnmächtig, sobald er schwärmerisch in der blauen Luft umherschwebt.

Die große Ähnlichkeit zwischen beiden Dichtern besteht wohl darin, daß ihre Poesie eigentlich eine Krankheit war. In dieser 25 Hinsicht hat man geäußert, daß die Beurteilung ihrer Schriften nicht das Geschäft des Kritikers, sondern des Arztes sei. Der Rosenschein in den Dichtungen des Novalis ist nicht die Farbe der Gesundheit, sondern der Schwindsucht, und die Purpurglut in Hoffmanns Phantasiestücken ist nicht die Flamme des Genies, 30 sondern des Fiebers.

Aber haben wir ein Recht zu solchen Bemerkungen, wir, die wir nicht allzusehr mit Gesundheit gesegnet sind? Und gar jetzt, wo die Litteratur wie ein großes Lazarett aussieht? Oder

ist · die Poesie vielleicht eine Krankheit des Menschen, wie die
Perle eigentlich nur der Krankheitsstoff ist, woran das arme
Austertier leidet?

Novalis wurde geboren den 2. Mai 1772. Sein eigentlicher
5 Name ist Hardenberg. Er liebte eine junge Dame, die an der
Schwindsucht litt und an diesem Übel starb. In allem, was er
schrieb, weht diese trübe Geschichte, sein Leben war nur ein
träumerisches Hinsterben, und er starb an der Schwindsucht im
Jahre 1801, ehe er sein neunundzwanzigstes Lebensjahr und
10 seinen Roman vollendet hatte. Dieser Roman ist in seiner
jetzigen Gestalt nur das Fragment eines großen allegorischen
Gedichtes, das, wie die göttliche Komödie des Dante, alle irdi=
schen und himmlischen Dinge feiern sollte. Heinrich von Ofter=
dingen, der berühmte Dichter, ist der Held dieses Romans.
15 Wir sehen ihn als Jüngling in Eisenach, dem lieblichen Städt=
chen, welches am Fuße jener alten Wartburg liegt, wo schon
das Größte, aber auch schon das Dümmste geschehen; wo näm=
lich Luther seine Bibel übersetzt, und einige alberne Deutsch=
tümler den Gendarmeriekodex des Herrn Kampt verbrannt haben.
20 In dieser Burg ward auch einst jener Sängerkrieg geführt, wo
unter andern Dichtern auch Heinrich von Ofterdingen mit Klings=
ohr von Ungerland den gefährlichen Wettstreit in der Dichtkunst
gesungen, den uns die Manessische Sammlung aufbewahrt hat.
Dem Scharfrichter sollte das Haupt des Unterliegenden verfallen
25 sein, und der Landgraf von Thüringen war Schiedsrichter.
Bedeutungsvoll hebt sich nun die Wartburg, der Schauplatz
seines späteren Ruhms, über die Wiege des Helden, und der
Anfang des Romans von Novalis zeigt ihn, wie gesagt, in dem
väterlichen Hause zu Eisenach. „Die Eltern liegen schon und
30 schlafen, die Wanduhr schlägt ihren einförmigen Takt, vor den
klappernden Fenstern saust der Wind; abwechselnd wird die
Stube hell von dem Schimmer des Mondes.

„Der Jüngling lag unruhig auf seinem Lager und gedachte
des Fremden und seiner Erzählungen. „Nicht die Schätze sind

es, die ein so unaussprechliches Verlangen in mir geweckt haben," sagte er zu sich selbst, „fernab liegt mir alle Habsucht; aber die blaue Blume sehne ich mich zu erblicken. Sie liegt mir un= aufhörlich im Sinne, und ich kann nichts anders dichten und denken. So ist mir noch nie zu Mute gewesen; es ist, als hätte ich vorhin geträumt, oder ich wäre in eine andere Welt hinübergeschlummert; denn in der Welt, in der ich sonst lebte, wer hätte da sich um Blumen bekümmert? und gar von einer so seltsamen Leidenschaft für eine Blume habe ich damals nie gehört."

Mit solchen Worten beginnt „Heinrich von Osterdingen," und überall in diesem Roman leuchtet und duftet die blaue Blume. Sonderbar und bedeutungsvoll ist es, das selbst die fabel= haftesten Personen in diesem Buche uns so bekannt dünken, als hätten wir in früheren Zeiten schon recht traulich mit ihnen gelebt. Alte Erinnerungen erwachen, selbst Sophia trägt so wohlbekannte Gesichtszüge, und es treten uns ganze Buchen= alleen ins Gedächtnis, wo wir mit ihr auf= und abgegangen und heiter gekost. Aber das alles liegt so dämmernd hinter uns wie ein halbvergessener Traum.

## 8.

### Brentano und Arnim.

In einem solchen Glockenhause wohnte einst eine Prinzessin, deren Füßchen noch kleiner waren als die der übrigen Chine= sinnen, deren kleine schräggeschlitzten Äuglein noch süßträume= rischer zwinkten als die der übrigen Damen des himmlischen Reiches, und in deren kleinem kichernden Herzen die allertoll= sten Launen nisteten. Es war nämlich ihre höchste Wonne, wenn sie kostbare Seiden= und Goldstoffe zerreißen konnte. Wenn das recht knisterte und krackte unter ihren zerreißenden Fingern, dann jauchzte sie vor Entzücken. Als sie aber endlich ihr ganzes Vermögen an solcher Liebhaberei verschwendet, als

sie all ihr Hab und Gut zerrissen hatte, ward sie auf Anraten
sämtlicher Mandarine als eine unheilbare Wahnsinnige in
einen runden Turm eingesperrt.

Diese chinesische Prinzessin, die personificierte Kaprice, ist
zugleich die personificierte Muse eines deutschen Dichters, der in
einer Geschichte der romantischen Poesie nicht unerwähnt bleiben
darf. Es ist die Muse, die uns aus den Poesien des Herrn
Clemens Brentano so wahnsinnig entgegenlacht. Da zerreißt
sie die glattesten Atlasschleppen und die glänzendsten Goldtressen,
und ihre zerstörungssüchtige Liebenswürdigkeit, und ihre jauch=
zend blühende Tollheit erfüllt unsere Seele mit unheimlichem
Entzücken und lüsterner Angst. Seit fünfzehn Jahr' lebt aber
Herr Brentano entfernt von der Welt, eingeschlossen, ja einge=
mauert in seinem Katholicismus. Es gab nichts Kostbares mehr
zu zerreißen. Er hat, wie man sagt, die Herzen zerrissen, die
ihn liebten, und jeder seiner Freunde klagt über mutwillige
Verletzung. Sein Name ist in der letzten Zeit fast verschollen,
und nur wenn die Rede von den Volksliedern, die er mit
seinem verstorbenen Freunde Achim von Arnim herausgegeben,
wird er noch zuweilen genannt. Er hat nämlich, in Gemein=
schaft mit letzterem, unter dem Titel: „Des Knaben Wunder=
horn", eine Sammlung Lieder herausgegeben, die sie teils noch
im Munde des Volkes, teils auch in fliegenden Blättern und
seltenen Druckschriften gefunden haben. Dieses Buch kann ich
nicht genug rühmen; es enthält die holdseligsten Blüten des
deutschen Geistes, und wer das deutsche Volk von einer liebens=
würdigen Seite kennen lernen will, der lese diese Volkslieder.
In diesem Augenblick liegt dieses Buch vor mir, und es ist
mir, als röche ich den Duft der deutschen Linden. Die
Linde spielt nämlich eine Hauptrolle in diesen Liedern, in ihrem
Schatten kosen des Abends die Liebenden, sie ist ihr Lieblings=
baum, und vielleicht aus dem Grunde, weil das Lindenblatt die
Form eines Menschenherzens zeigt. Diese Bemerkung machte
einst ein deutscher Dichter, der mir am liebsten ist, nämlich ich.

Es liegt in diesen Volksliedern ein sonderbarer Zauber. Die Kunstpoeten wollen diese Naturerzeugnisse nachahmen, in derselben Weise, wie man künstliche Mineralwasser verfertigt. Aber wenn sie auch durch chemischen Prozeß die Bestandteile ermittelt, so entgeht ihnen doch die Hauptsache, die unzersetzbare sympathische Naturkraft. In diesen Liedern fühlt man den Herzschlag des deutschen Volkes. Hier offenbart sich all seine düstere Heiterkeit, all seine närrische Vernunft. Hier trommelt der deutsche Zorn, hier pfeift der deutsche Spott, hier küßt die deutsche Liebe. Hier perlt der echt deutsche Wein und die echt deutsche Thräne. Letztere ist manchmal doch noch köstlicher als ersterer; es ist viel Eisen und Salz darin. Welche Naivetät in der Treue! In der Untreue, welche Ehrlichkeit!

„Des Knaben Wunderhorn" ist ein zu merkwürdiges Denk= mal unserer Litteratur und hat auf die Lyriker der romanti= schen Schule, namentlich auf unseren vortrefflichen Herrn Uhland, einen zu bedeutenden Einfluß geübt, als daß ich es unbespro= chen lassen dürfte. Dieses Buch und das Nibelungenlied spiel= ten eine Hauptrolle in jener Periode. Auch von letzterem muß hier eine besondere Erwähnung geschehen. Es war lange Zeit von nichts anderem als vom Nibelungenlied bei uns die Rede, und die klassischen Philologen wurden nicht wenig geärgert, wenn man dieses Epos mit der Ilias verglich, oder wenn man gar darüber stritt, welches von beiden Gedichten das vorzüglichere sei? Und das Publikum sah dabei aus wie ein Knabe, den man ernsthaft fragt: Hast du lieber ein Pferd oder einen Pfef= ferkuchen? Jedenfalls ist aber dieses Nibelungenlied von großer gewaltiger Kraft. Ein Franzose kann sich schwerlich einen Be= griff davon machen. Und gar von der Sprache, worin es gedichtet ist. Es ist eine Sprache von Stein, und die Verse sind gleichsam gereimte Quadern. Hie und da aus den Spalten quellen rote Blumen hervor, wie Blutstropfen, oder zieht sich der lange Epheu herunter, wie grüne Thränen. Von den Riesenleidenschaften, die sich in diesem Gedichte bewegen, könnt

ihr kleinen artigen Leutchen euch noch viel weniger einen Be=
griff machen. Denkt euch, es wäre eine helle Sommernacht,
die Sterne, bleich wie Silber, aber groß wie Sonnen,
träten hervor am blauen Himmel, und alle gotischen Dome
5 von Europa hätten sich ein Rendezvous gegeben auf einer
ungeheuer weiten Ebene, und da kämen nun ruhig herange=
schritten der Straßburger Münster, der Glockenturm von Flo=
renz, die Kathedrale von Rouen u. s. w., und diese machten
der schönen Notre=Dame=de=Paris ganz artig die Cour. Es ist
10 wahr, daß ihr Gang ein bißchen unbeholfen ist, daß einige
darunter sich sehr linkisch benehmen, und daß man über ihr
verliebtes Wackeln manchmal lachen könnte. Aber dieses Lachen
hätte doch ein Ende, sobald man sähe, wie sie in Wut geraten,
wie sie sich untereinander würgen, wie Notre=Dame=de=Paris
15 verzweiflungsvoll ihre beiden Steinarme gen Himmel erhebt,
und plötzlich ein Schwert ergreift, und dem größten aller Dome
das Haupt vom Rumpfe herunterschlägt. Aber nein, ihr könnt
euch auch dann von den Hauptpersonen des Nibelungenlieds
keinen Begriff machen; kein Turm ist so hoch und kein Stein
20 ist so hart wie der grimme Hagen und die rachgierige Chriem=
hilde.

Wer hat aber dieses Lied verfaßt? Ebensowenig wie von
den Volksliedern weiß man den Namen des Dichters, der das
Nibelungenlied geschrieben. Sonderbar! von den vortrefflichsten
25 Büchern, Gedichten, Bauwerken und sonstigen Denkmälern der
Kunst weiß man selten den Urheber. Wie hieß der Baumeister,
der den Kölner Dom erdacht? Wer hat dort das Altarbild
gemalt, worauf die schöne Gottesmutter und die heiligen drei
Könige so erquicklich abkonterfeit sind? Wer hat das Buch
30 Hiob gedichtet, das so viele leidende Menschengeschlechter ge=
tröstet hat? Die Menschen vergessen nur zu leicht die Namen
ihrer Wohlthäter; die Namen des Guten und Edlen, der für
das Heil seiner Mitbürger gesorgt, finden wir selten im Munde
der Völker, und ihr dickes Gedächtnis bewahrt nur die Namen

ihrer Dränger und grausamen Kriegshelden. Der Baum der
Menschheit vergißt des stillen Gärtners, der ihn gepflegt in der
Kälte, getränkt in der Dürre und vor schädlichen Tieren geschützt
hat; aber er bewahrt treulich die Namen, die man ihm in
seine Rinde unbarmherzig eingeschnitten mit scharfem Stahl, 5
und er überliefert sie in immer wachsender Größe den spätesten
Geschlechtern.

Wegen ihrer gemeinschaftlichen Herausgabe des „Wunderhorns"
pflegt man auch sonst die Namen Brentano und Arnim zu=
sammen zu nennen, und da ich ersteren besprochen, darf ich 10
von dem andern um so weniger schweigen, da er in weit hö=
herem Grade unsere Aufmerksamkeit verdient. Ludwig Achim
von Arnim ist ein großer Dichter, und war einer der originell=
sten Köpfe der romantischen Schule. Die Freunde des Phan=
tastischen würden an diesem Dichter mehr als an jedem andern 15
deutschen Schriftsteller Geschmack finden. Er übertrifft hier den
Hoffmann sowohl als den Novalis. Er wußte noch inniger als
dieser in die Natur hineinzuleben, und konnte weit grauen=
haftere Gespenster beschwören als Hoffmann. Ja, wenn ich
Hoffmann selbst zuweilen betrachtete, so kam es mir vor, als 20
hätte Arnim ihn gedichtet. Im Volke ist dieser Schriftsteller
ganz unbekannt geblieben, und er hat nur eine Renommee
unter den Litteraten. Letztere aber, obgleich sie ihm die un=
bedingteste Anerkennung zollten, haben sie doch nie öffentlich
ihn nach Gebühr gepriesen. Ja, einige Schriftsteller pflegten 25
sogar wegwerfend von ihm sich zu äußern, und das waren eben
diejenigen, die seine Weise nachahmten. Man könnte das Wort
auf sie anwenden, das Steevens von Voltaire gebraucht, als
dieser den Shakspeare schmähte, nachdem er dessen Othello zu
seinem Orosman benutzt; er sagte nämlich: Diese Leute gleichen 30
den Dieben, die nachher das Haus anstecken, wo sie gestohlen
haben. Warum hat Tieck nie von Arnim gehörig gesprochen,
er, der über so manches unbedeutende Machwerk so viel Geist=
reiches sagen konnte? Die Herren Schlegel haben ebenfalls den

Arnim ignoriert. Nur nach seinem Tode erhielt er eine Art
Nekrolog von einem Mitglied der Schule.

Warum vernachläſſigte nun das deutſche Volk einen Schrift=
ſteller, deſſen Phantaſie von weltumfaſſender Weite, deſſen Ge=
5 müt von ſchauerlichſter Tiefe, und deſſen Darſtellungsgabe ſo
unübertrefflich war? Etwas fehlte dieſem Dichter, und dieſes
Etwas iſt es eben, was das Volk in den Büchern ſucht: Das
Leben. Das Volk verlangt, daß die Schriftſteller ſeine Tages=
leidenſchaften mitfühlen, daß ſie die Empfindungen ſeiner eigenen
10 Bruſt entweder angenehm anregen oder verletzen, das Volk will
bewegt werden. Dieſes Bedürfnis konnte aber Arnim nicht be=
friedigen. Er war kein Dichter des Lebens, ſondern des Todes.

## 9.

### Jean Paul.

Die Geſchichte der Litteratur iſt ebenſo ſchwierig zu beſchreiben
wie die Naturgeſchichte. Dort wie hier hält man ſich an die
15 beſonders hervortretenden Erſcheinungen. Aber wie in einem
kleinen Waſſerglas eine ganze Welt wunderlicher Tierchen ent=
halten iſt, die ebenſoſehr von der Allmacht Gottes zeugen, wie
die größten Beſtien, ſo enthält der kleinſte Muſenalmanach zu=
weilen eine Unzahl Dichterlinge, die dem ſtillen Forſcher ebenſo
20 intereſſant dünken, wie die größten Elefanten der Litteratur.
Gott iſt groß!

In der Bruſt der Schriftſteller eines Volkes liegt ſchon das
Abbild von deſſen Zukunft, und ein Kritiker, der mit hinläng=
lich ſcharfem Meſſer einen neueren Dichter ſecierte, könnte, wie
25 aus den Eingeweiden eines Opfertiers, ſehr leicht prophezeien,
wie ſich Deutſchland in der Folge geſtalten wird. — Ich würde
herzlich gern als ein litterariſcher Kalchas in dieſer Abſicht einige
unſerer jüngſten Poeten kritiſch abſchlachten, müßte ich nicht be=
fürchten, in ihren Eingeweiden viele Dinge zu ſehen, über die
30 ich mich hier nicht ausſprechen darf. Man kann nämlich unſere

neueste deutsche Litteratur nicht besprechen, ohne ins tiefste Ge=
biet der Politik zu geraten. In Frankreich, wo sich die belle=
tristischen Schriftsteller von der politischen Zeitbewegung zu ent=
fernen suchen, sogar mehr als löblich, da mag man jetzt die
Schöngeister des Tages beurteilen und den Tag selbst unbe= 5
sprochen lassen können. Aber jenseits des Rheines werfen sich
jetzt die belletristischen Schriftsteller mit Eifer in die Tages=
bewegung, wovon sie sich so lange entfernt gehalten. Ihr
Franzosen seid während fünfzig Jahren beständig auf den Beinen
gewesen und seid jetzt müde; wir Deutsche hingegen haben bis 10
jetzt am Studiertische gesessen und haben alte Klassiker kommen=
tiert, und möchten uns jetzt einige Bewegung machen.

Derselbe Grund, den ich oben angedeutet, verhindert mich,
mit gehöriger Würdigung einen Schriftsteller zu besprechen, über
welchen Frau von Staël nur flüchtige Andeutungen gegeben, 15
und auf welchen seitdem durch die geistreichen Artikel von Phi=
larète Chasles das französische Publikum noch besonders auf=
merksam geworden. Ich rede von Jean Paul Friedrich Richter.
Man hat ihn den Einzigen genannt. Ein treffliches Urteil, das
ich erst jetzt ganz begreife, nachdem ich vergeblich darüber nach= 20
gesonnen, an welcher Stelle man in einer Litteraturgeschichte
von ihm reden müßte. Er ist fast gleichzeitig mit der romanti=
schen Schule aufgetreten, ohne im mindesten daran teilzunehmen,
und ebensowenig hegte er später die mindeste Gemeinschaft mit
der Goetheschen Kunstschule. Er steht ganz isoliert in seiner 25
Zeit, eben weil er im Gegensatz zu den beiden Schulen sich ganz
seiner Zeit hingegeben und sein Herz ganz davon erfüllt war.
Sein Herz und seine Schriften waren eins und dasselbe.

Jean Pauls Periodenbau besteht aus lauter kleinen Stüb=
chen, die manchmal so eng sind, daß, wenn eine Idee dort 30
mit einer andern zusammentrifft, sie sich beide die Köpfe zer=
stoßen; oben an der Decke sind lauter Haken, woran Jean
Paul allerlei Gedanken hängt, und an den Wänden sind lau=
ter geheime Schubladen, worin er Gefühle verbirgt. Kein deut=

scher Schriftsteller ist so reich wie er an Gedanken und Ge=
fühlen, aber er läßt sie nie zur Reise kommen, und mit dem
Reichtum seines Geistes und seines Gemütes bereitet er uns
mehr Erstaunen als Erquickung. Gedanken und Gefühle, die

5 zu ungeheuren Bäumen auswachsen würden, wenn er sie ordent=
lich Wurzel fassen und mit allen ihren Zweigen, Blüten und
Blättern sich ausbreiten ließe, diese rupft er aus, wenn sie
kaum noch kleine Pflänzchen, oft sogar noch bloße Keime sind,
und ganze Geisteswälder werden uns solchermaßen auf einer

10 gewöhnlichen Schüssel als Gemüse vorgesetzt. Dieses ist nun
eine wundersame, ungenießbare Kost; denn nicht jeder Magen
kann junge Eichen, Cedern, Palmen und Bananen in solcher
Menge vertragen. Jean Paul ist ein großer Dichter und
Philosoph, aber man kann nicht unkünstlerischer sein als eben

15 er im Schaffen und Denken. Statt Gedanken giebt er uns
eigentlich sein Denken selbst, wir sehen die materielle Thätigkeit
seines Gehirns; er giebt uns, sozusagen, mehr Gehirn als Ge=
danken. Er ist der lustigste Schriftsteller und zugleich der sen=
timentalste. Ja, die Sentimentalität überwindet ihn immer, und

20 sein Lachen verwandelt sich jählings in Weinen. Er vermummt
sich manchmal in einen bettelhaften plumpen Gesellen, aber
dann plötzlich, wie die Fürstin inkognito, die wir auf dem
Theater sehen, knöpft er den groben Oberrock auf, und wir
erblicken alsdann den strahlenden Stern.

25    Hierin gleicht Jean Paul ganz dem großen Irländer, womit
man ihn oft verglichen. Auch der Verfasser des „Tristram
Shandy," wenn er sich in den rohesten Trivialitäten verloren,
weiß uns plötzlich durch erhabene Übergänge an seine fürstliche
Würde, an seine Ebenbürtigkeit mit Shakspeare zu erinnern.

30 Mit Unrecht glauben einige Kritiker, Jean Paul habe mehr
wahres Gefühl besessen als Sterne, weil dieser, sobald der
Gegenstand, den er behandelt, eine tragische Höhe erreicht, plötz=
lich in den scherzhaftesten, lachendsten Ton überspringt; statt daß
Jean Paul, wenn der Spaß nur im mindesten ernsthaft wird,

allmählich zu flennen beginnt und ruhig seine Thränendrüsen
austräufen läßt. Nein, Sterne fühlte vielleicht noch tiefer als
Jean Paul, denn er ist ein größerer Dichter. Er ist, wie ich
schon erwähnt, ebenbürtig mit William Shakspeare, und auch
ihn, den Lorenz Sterne, haben die Musen erzogen auf dem
Parnaß. Aber nach Frauenart haben sie ihn besonders durch
ihre Liebkosungen schon frühe verdorben.

Statt Menschenkenntnis bekunden unsere neueren Romanciers
bloß Kleiderkenntnis, und sie fußen vielleicht auf dem Sprich=
wort: Kleider machen Leute. Wie anders die älteren Romanen=
schreiber, besonders bei den Engländern! Richardson giebt uns
die Anatomie der Empfindungen; Goldsmith behandelt pragma=
tisch die Herzensaktionen seiner Helden. Der Verfasser des
„Tristram Shandy" zeigt uns die verborgensten Tiefen der
Seele; er öffnet eine Luke der Seele, erlaubt uns einen
Blick in ihre Abgründe, Paradiese und Schmutzwinkel, und
läßt gleich die Gardine davor wieder fallen. Wir haben von
vorn in das seltsame Theater hineingeschaut, Beleuchtung und
Perspektive hat ihre Wirkung nicht verfehlt, und indem wir das
Unendliche geschaut zu haben meinen, ist unser Gefühl unendlich
geworden, poetisch. Was Fielding betrifft, so führt er uns
gleich hinter die Koulissen, er zeigt uns die falsche Schminke
auf allen Gefühlen, die plumpesten Springfedern der zartesten
Handlungen, das Kolophonium, das nachher als Begeisterung
aufblitzen wird, die Pauke, worauf noch friedlich der Klopfer
ruht, der späterhin den gewaltigsten Donner der Leidenschaft
daraus hervortrommeln wird; kurz, er zeigt uns jene ganze
innere Maschinerie, die große Lüge, wodurch uns die Menschen
anders erscheinen als sie wirklich sind, und wodurch alle freu=
dige Realität des Lebens verloren geht. Doch wozu als Bei=
spiel die Engländer wählen, da unser Goethe in seinem „Wil=
helm Meister" das beste Muster eines Romans geliefert hat.

## 10.

### De La Motte Fouqué.

Wir wenden uns zu dem zweiten Dichter des romantischen
Triumvirats. Es ist der vortreffliche Freiherr de la Motte
Fouqué, geboren in der Mark Brandenburg im Jahre 1777
und zum Professor ernannt an der Universität Halle im Jahre
5 1833. Früher stand er als Major im königlich preußischen
Militärdienst, und gehört zu den Sangeshelden oder Helden=
sängern, deren Leier und Schwert während dem sogenannten
Freiheitskriege am lautesten erklang. Sein Lorbeer ist von
echter Art. Er ist ein wahrer Dichter, und die Weihe der
10 Poesie ruht auf seinem Haupte. Wenigen Schriftstellern ward
so allgemeine Huldigung zu teil, wie einst unserem vortrefflichen
Fouqué. Jetzt hat er seine Leser nur noch unter dem Publi=
kum der Leihbibliotheken. Aber dieses Publikum ist immer
groß genug, und Herr Fouqué kann sich rühmen, daß er der
15 einzige von der romantischen Schule ist, an dessen Schriften
auch die niederen Klassen Geschmack gefunden.

Aber welch ein wunderliebliches Gedicht ist die Undine! Die=
ses Gedicht ist selbst ein Kuß; der Genius der Poesie küßte den
schlafenden Frühling, und dieser schlug lächelnd die Augen auf, und
20 alle Rosen dufteten und alle Nachtigallen sangen, und was die Ro=
sen dufteten und die Nachtigallen sangen, das hat unser vortreff=
licher Fouqué in Worte gekleidet und er nannte es „Undine.“

Ich weiß nicht, ob diese Novelle ins Französische übersetzt wor=
den. Es ist die Geschichte von der schönen Wassersee, die
25 keine Seele hat, die nur dadurch, daß sie sich in einen Ritter
verliebt, eine Seele bekommt . . . aber ach! mit dieser Seele
bekommt sie auch unsere menschlichen Schmerzen, ihr ritterlicher
Gemahl wird treulos, und sie küßt ihn tot. Denn der Tod
ist in diesem Buche ebenfalls nur ein Kuß.

30 Diese Undine könnte man als die Muse der Fouqué'schen
Poesie betrachten. Obgleich sie unendlich schön ist, obgleich sie

ebenso leidet wie wir, und irdischer Kummer sie hinlänglich be=
lastet, so ist sie doch kein eigentlich menschliches Wesen. Un=
sere Zeit aber stößt alle solche Luft= und Wassergebilde von sich,
selbst die schönsten; sie verlangt wirkliche Gestalten des Lebens,
und am allerwenigsten verlangt sie Nixen, die in adelige Ritter
verliebt sind. Das war es. Die retrograde Richtung, das
beständige Loblied auf den Geburtsadel, die unaufhörliche Ver=
herrlichung des alten Feudalwesens, die ewige Rittertümelei
mißbehagte am Ende den bürgerlich Gebildeten im deutschen
Publikum, und man wandte sich ab von dem unzeitgemäßen
Sänger. In der That, dieser beständige Singsang von Har=
nischen, Turniergenossen, Burgfrauen, ehrsamen Zunftmeistern,
Zwergen, Knappen, Schloßkapellen, Minne und Glaube, und
wie der mittelalterliche Trödel sonst heißt, wurde uns endlich
lästig, und als der ingeniose Hidalgo Friedrich de la Motte
Fouqué sich immer tiefer in seine Ritterbücher versenkte, und
im Traume der Vergangenheit das Verständnis der Gegenwart
einbüßte, da mußten sogar seine besten Freunde sich kopfschüt=
telnd von ihm abwenden.

Die Werke, die er in dieser späteren Zeit schrieb, sind unge=
nießbar. Die Gebrechen seiner früheren Schriften sind hier aufs
höchste gesteigert. Seine Rittergestalten bestehen nur aus Eisen
und Gemüt; sie haben weder Fleisch noch Vernunft.

## 11.
### Ludwig Uhland.

Der eigentliche Liederdichter ist Herr Ludwig Uhland, der, ge=
boren zu Tübingen im Jahre 1787, jetzt als Advokat in Stutt=
gart lebt. Dieser Schriftsteller hat einen Band Gedichte, zwei
Tragödien und zwei Abhandlungen über Walter von der Vo=
gelweide und über französische Troubadoure geschrieben. Es
sind zwei kleine historische Untersuchungen und zeugen von flei=
ßigem Studium des Mittelalters. Die Tragödien heißen „Lud=

wig der Baier" und „Herzog Ernst von Schwaben." Erstere
habe ich nicht gelesen; sie ist mir auch nicht als die vorzüglichere
gerühmt worden. Die zweite jedoch enthält große Schönheiten
und erfreut durch Adel der Gefühle und Würde der Gesinnung.

5 Ich bin in diesem Augenblick in einer sonderbaren Verlegen=
heit. Ich darf die Gedichtesammlung des Herrn Ludwig Uhland
nicht unbesprochen lassen, und dennoch befinde ich mich in einer
Stimmung, die keineswegs solcher Besprechung günstig ist.
Schweigen könnte hier als Feigheit oder gar als Perfidie erschei=
10 nen, und ehrlich offne Worte könnten als Mangel an Nächsten=
liebe gedeutet werden., In der That, die Sippen und Magen
der Uhlandschen Muse und die Hinterfassen seines Ruhmes werde
ich mit der Begeisterung, die mir heute zu Gebote steht, schwer=
lich befriedigen. Aber ich bitte euch, Zeit und Ort, wo ich die=
15 ses niederschreibe, gehörig zu ermessen. Vor zwanzig Jahren,
ich war ein Knabe, ja damals, mit welcher überströmenden Be=
geisterung hätte ich den vortrefflichen Uhland zu feiern vermocht!
Damals empfand ich seine Vortrefflichkeit vielleicht besser als
jetzt; er stand mir näher an Empfindung und Denkvermögen.
20 Aber so vieles hat sich seitdem ereignet! Was mir so herrlich
dünkte, jenes chevalereste und katholische Wesen, jene Ritter, die
im adligen Turnei sich hauen und stechen, jene sanfte Knappen
und sittigen Edelfrauen, jene Nordlandshelden und Minnesän=
ger, jene Mönche und Nonnen, jene Vätergrüfte mit Ahnungs=
25 schauern, jene blassen Entsagungsgefühle mit Glockengeläute, und
das ewige Wehmutgewimmer, wie bitter ward es mir seitdem
verleidet! Ja, einst war es anders.

Dasselbe Buch habe ich wieder in Händen, aber zwanzig
Jahre sind seitdem verflossen, ich habe unterdessen viel gehört
30 und gesehen, gar viel, ich glaube nicht mehr an Menschen ohne
Kopf, und der alte Spuk wirkt nicht mehr auf mein Gemüt.
Das Haus, worin ich eben sitze und lese, liegt auf dem Boule=
vard Mont=Martre; und dort branden die wildesten Wogen des
Tages, dort kreischen die lautesten Stimmen der modernen Zeit;

das lacht, das grollt, das trommelt; im Sturmschritt schreitet
vorüber die Nationalgarde; und jeder spricht französisch. — Ist
das nun der Ort, wo man Uhlands Gedichte lesen kann? Drei=
mal habe ich den Schluß des oberwähnten Gedichtes mir wieder
vordeklamiert, aber ich empfinde nicht mehr das unnennbare
Weh, das mich einst ergriff, wenn das Königstöchterlein stirbt
und der schöne Schäfer so klagevoll zu ihr hinaufrief: Willkom=
men, Königstöchterlein:

> „Ein Geisterlaut herunterscholl,
> Ade, du Schäfer mein!"

Vielleicht erging es Herrn Uhland selber nicht besser als uns.
Auch seine Stimmung muß sich seitdem etwas verändert haben.
Mit geringen Ausnahmen hat er seit zwanzig Jahren keine
neuen Gedichte zu Markte gebracht. Ich glaube nicht, daß die=
ses schöne Dichtergemüt so kärglich von der Natur begabt gewe=
sen und nur einen einzigen Frühling in sich trug. Nein, ich
erkläre mir das Verstummen Uhlands vielmehr aus dem Wider=
spruch, worin die Neigungen seiner Muse mit den Ansprüchen
seiner politischen Stellung geraten sind. Der elegische Dichter,
der die katholisch=feudalistische Vergangenheit in so schönen Balla=
den und Romanzen zu besingen wußte, der Ossian des Mittel=
alters, wurde seitdem in der württembergischen Ständeversamm=
lung ein eifriger Vertreter der Volksrechte, ein kühner Sprecher
für Bürgergleichheit und Geistesfreiheit. Daß diese demokratische
und protestantische Gesinnung bei ihm echt und lauter ist, be=
wies Herr Uhland durch die großen persönlichen Opfer, die er
ihr brachte; hatte er einst den Dichterlorbeer errungen, so erwarb
er auch jetzt den Eichenkranz der Bürgertugend. Aber eben
weil er es mit der neuen Zeit so ehrlich meinte, konnte er das
alte Lied von der alten Zeit nicht mehr mit der vorigen Begeiste=
rung weiter singen; und da sein Pegasus nur ein Ritterroß
war, das gern in die Vergangenheit zurücktrabte, aber gleich
stetig wurde, wenn es vorwärts sollte in das moderne Leben,

da ist der wackere Uhland lächelnd abgestiegen, ließ ruhig absat=
teln und den unfügsamen Gaul nach dem Stall bringen. Dort
befindet er sich noch bis auf heutigen Tag, und wie sein Kollege,
das Roß Bayards, hat er alle möglichen Tugenden und nur
5 einen einzigen Fehler: er ist tot.

Herr Uhland ist nicht der Vater einer Schule, wie Schiller
oder Goethe oder sonst so einer, aus deren Individualität ein
besonderer Ton hervordrang, der in den Dichtungen ihrer Zeit=
genossen einen bestimmten Widerhall fand. Herr Uhland ist
10 nicht der Vater, sondern er ist selbst nur das Kind einer Schule,
die ihm einen Ton überliefert, der ihr ebenfalls nicht ursprüng=
lich angehört, sondern den sie aus früheren Dichterwerken müh=
sam hervorgequetscht hatte. Aber als Ersatz für diesen Mangel
an Originalität, an eigentümlicher Neuheit bietet Herr Uhland
15 eine Menge Vortrefflichkeiten, die ebenso herrlich wie selten sind.
Er ist der Stolz des glücklichen Schwabenlandes, und alle Ge=
nossen deutscher Zunge erfreuen sich dieses edlen Sängergemütes.
In ihm resumieren sich die meisten seiner lyrischen Gespielen
von der romantischen Schule, die das Publikum jetzt in dem
20 einzigen Manne liebt und verehrt. Und wir verehren und lie=
ben ihn jetzt vielleicht um so inniger, da wir im Begriffe sind,
uns auf immer von ihm zu trennen.

Ach! nicht aus leichtfertiger Lust, sondern dem Gesetze der
Notwendigkeit gehorchend, setzt sich Deutschland in Bewegung...
25 Das fromme, friedsame Deutschland!... es wirft einen wehmü=
tigen Blick auf die Vergangenheit, die es hinter sich läßt, noch
einmal beugt es sich gefühlvoll hinab über jene alte Zeit, die
uns aus Uhlands Gedichten so sterbebleich anschaut, und es
nimmt Abschied mit einem Kusse. Und noch einen Kuß, meinet=
30 wegen sogar eine Thräne! Aber laßt uns nicht länger weilen
in müßiger Rührung...

> Vorwärts, fort und immer fort,
> Frankreich rief das stolze Wort:
> Vorwärts!

# Florentinische Nächte.

## Paganini.

War mir aber Paganini, als ich ihn am hellen Mittage unter den grünen Bäumen des Hamburger Jungfernstiegs einherwandeln sah, schon hinlänglich fabelhaft und abenteuerlich erschienen: wie mußte mich erst des Abends im Konzerte seine schauerlich bizarre Erscheinung überraschen. Das Hamburger Komödienhaus war der Schauplatz dieses Konzertes, und das kunstliebende Publikum hatte sich schon frühe und in solcher Anzahl eingefunden, daß ich kaum noch ein Plätzchen für mich am Orchester erkämpfte. Obgleich es Posttag war, erblickte ich doch in den ersten Ranglogen die ganze gebildete Handelswelt, einen ganzen Olymp von Bankiers und sonstigen Millionärs, die Götter des Kaffees und des Zuckers, nebst deren dicken Ehegöttinnen, Junonen vom Wandrahm und Aphroditen vom Dreckwall. Auch herrschte eine religiöse Stille im ganzen Saal. Jedes Auge war nach der Bühne gerichtet. Jedes Ohr rüstete sich zum Hören. Mein Nachbar, ein alter Pelzmakler, nahm seine schmutzige Baumwolle aus den Ohren, um bald die kostbaren Töne, die zwei Thaler Entrégeld kosteten, besser einsaugen zu können. Endlich aber, auf der Bühne, kam eine dunkle Gestalt zum Vorschein, die der Unterwelt entstiegen zu sein schien. Das war Paganini in seiner schwarzen Gala: der schwarze Frack und die schwarze Weste von einem entsetzlichen Zuschnitt, wie er vielleicht am Hofe Proserpinens von der höllischen Etikette vorgeschrieben ist; die schwarzen Hosen ängstlich schlotternd um die dünnen Beine. Die langen Arme schienen noch verlängert, indem er in der einen Hand die Violine und in der andern den Bogen gesenkt hielt und damit fast die Erde berührte, als er vor dem Publikum seine unerhörten Verbeugungen auskramte. In den eckigen Krümmungen seines Leibes lag eine schauerliche Hölzernheit und zugleich etwas närrisch

Tierisches, daß uns bei diesen Verbeugungen eine sonderbare
Lachlust anwandeln mußte; aber sein Gesicht, das durch die
grelle Orchesterbeleuchtung noch leichenartig weißer erschien, hatte
alsdann so etwas Flehendes, so etwas blödsinnig Demütiges,
5 daß ein grauenhaftes Mitleid unsere Lachlust niederdrückte.
Hat er diese Komplimente einem Automaten abgelernt oder
einem Hunde? Ist dieser bittende Blick der eines Todkranken,
oder lauert dahinter der Spott eines schlauen Geizhalses? Ist
das ein Lebender, der im Verscheiden begriffen ist und der das
10 Publikum in der Kunstarena, wie ein sterbender Fechter, mit
seinen Zuckungen ergötzen soll? Oder ist es ein Toter, der
aus dem Grabe gestiegen, ein Vampyr mit der Violine, der
uns, wo nicht das Blut aus dem Herzen, doch auf jeden Fall
das Geld aus den Taschen saugt?
15 Solche Fragen kreuzten sich in unserm Kopfe, während Pa=
ganini seine unaufhörlichen Komplimente schnitt; aber alle der=
gleichen Gedanken mußten stracks verstummen, als der wunder=
bare Meister seine Violine ans Kinn setzte und zu spielen begann.
Was mich betrifft, so kennen Sie ja mein musikalisches zweites
20 Gesicht, meine Begabnis, bei jedem Tone, den ich erklingen
höre, auch die adäquate Klangfigur zu sehen; und so kam es,
daß mir Paganini mit jedem Striche seines Bogens auch sicht=
bare Gestalten und Situationen vor die Augen brachte, daß er
mir in tönender Bilderschrift allerlei grelle Geschichten erzählte,
25 daß er vor mir gleichsam ein farbiges Schattenspiel hingaukeln
ließ, worin er selber immer mit seinem Violinspiel als die
Hauptperson agierte. Schon bei seinem ersten Bogenstrich
hatten sich die Coulissen um ihn her verändert; er stand mit
seinem Musikpult plötzlich in einem heitern Zimmer, welches
30 lustig unordentlich dekoriert mit verschnörkelten Möbeln im
Pompadourgeschmack; überall kleine Spiegel, vergoldete Amo=
retten, chinesisches Porzellan, ein allerliebstes Chaos von Bän=
dern, Blumenguirlanden, weißen Handschuhen, zerrissenen Blon=
den, falschen Perlen, Diademen von Goldblech und sonstigem

Götterflitterkram, wie man dergleichen im Studierzimmer einer
Primadonna zu finden pflegt. Paganini's Äußeres hatte sich
ebenfalls, und zwar aufs allervorteilhafteste verändert; er trug
kurze Beinkleider von lillafarbigem Atlas, eine silbergestickte, weiße
Weste, einen Rock von hellblauem Sammet mit goldumsponne=
nen Knöpfen, und die sorgsam in kleinen Löckchen frisierten
Haare umspielten sein Gesicht, das ganz jung und rosig blühete
und von süßer Zärtlichkeit erglänzte, wenn er nach dem hüb=
schen Dämchen hinäugelte, das neben ihm am Notenpult stand,
während er Violine spielte.

In der That, an seiner Seite erblickte ich ein hübsches junges
Geschöpf, altmodisch gekleidet, der weiße Atlas ausgebauscht un=
terhalb der Hüften, die Taille um so reizender schmal, die ge=
puderten Haare hoch aufgefrisiert, das hübsch runde Gesicht um
so freier hervorglänzend mit seinen blitzenden Augen, mit seinen
geschminkten Wänglein, Schönpfläs:terchen und impertinent süßem
Näschen. In der Hand trug sie eine weiße Papierrolle, und
sowohl nach ihren Lippenbewegungen, als nach dem kokettieren=
den Hin= und Herwiegen ihres Oberleibchens zu schließen, schien sie
zu singen; aber vernehmlich ward mir kein einziger ihrer Triller,
und nur aus dem Violinspiel, womit der junge Paganini das
holde Kind begleitete, erriet ich, was sie sang und was er
selber während ihres Singens in der Seele fühlte. O, das
waren Melodien, wie die Nachtigall sie flötet in der Abenddäm=
merung, wenn der Duft der Rose ihr das ahnende Frühlings=
herz mit Sehnsucht berauscht! O, das war eine schmelzende,
wollüstig hinschmachtende Seligkeit! Das waren Töne, die sich
küßten, dann schmollend einander flohen, und endlich wieder
lachend sich umschlangen und eins wurden, und in trunkener
Einheit dahinstarben. Ja, die Töne trieben ein heiteres Spiel,
wie Schmetterlinge, wenn einer dem anderen neckend ausweicht,
sich hinter eine Blume verbirgt, endlich erhascht wird, und
dann mit dem anderen, leichtsinnig beglückt, im goldnen Sonnen=
lichte hinaufflattert. Aber eine Spinne, eine Spinne kann

ſolchen verliebten Schmetterlingen mal plötzlich ein tragiſches
Schickſal bereiten. Ahnte dergleichen das junge Herz? Ein
wehmütig ſeufzender Ton, wie Vorgefühl eines heranſchleichen=
den Unglücks, glitt leiſe durch die entzückteſten Melodien, die
5 aus Paganinis Violine hervorſtrahlten . . . Seine Augen wer=
den feucht . . . Anbetend kniet er nieder vor ſeiner Amata . . .
Aber ach! indem er ſich beugt, um ihr die Füße zu küſſen,
erblickt er unter dem Bette einen kleinen Abbate! Ich weiß
nicht, was er gegen den armen Menſchen haben mochte, aber
10 der Genueſer wurde blaß wie der Tod, er erfaßt den Kleinen
mit wütenden Händen, giebt ihm diverſe Ohrfeigen, ſowie auch
eine beträchtliche Anzahl Fußtritte, ſchmeißt ihn gar zur Thür
hinaus, zieht alsdann ein langes Stilett aus der Taſche und
ſtößt es in die Bruſt der jungen Schönen . . .

15 In dieſem Augenblick aber erſcholl von allen Seiten: Bravo!
Bravo! Hamburgs begeiſterte Männer und Frauen zollten
ihren rauſchendſten Beifall dem großen Künſtler, welcher eben
die erſte Abteilung ſeines Konzertes beendigt hatte, und ſich
mit noch mehr Ecken und Krümmungen als vorher verbeugte.
20 Auf ſeinem Geſichte, wollte mich bedünken, winſelte ebenfalls
eine noch flehſamere Demut als vorher. In ſeinen Augen
ſtarrte eine grauenhafte Ängſtlichkeit, wie die eines armen
Sünders.

„Göttlich!" rief mein Nachbar, der Pelzmakler, indem er ſich
25 in den Ohren kratzte, „dies Stück war allein ſchon zwei Thaler
wert."

Als Paganini aufs neue zu ſpielen begann, ward es mir
düſter vor den Augen. Die Töne verwandelten ſich nicht in
helle Formen und Farben; die Geſtalt des Meiſters umhüllte
30 ſich vielmehr in finſtere Schatten, aus deren Dunkel ſeine
Muſik mit den ſchneidenſten Jammertönen hervorklagte. Nur
manchmal, wenn eine kleine Lampe, die über ihm hing, ihr
kümmerliches Licht auf ihn warf, erblickte ich ſein erbleichtes
Antlitz, worauf aber die Jugend noch immer nicht erloſchen

war. Sonderbar war sein Anzug, gespalten in zwei Farben,
wovon die eine gelb und die andere rot. An den Füßen
lasteten ihm schwere Ketten. Hinter ihm bewegte sich ein Ge=
sicht, dessen Physiognomie auf eine lustige Bocksnatur hindeu=
tete, und lange, haarichte Hände, die, wie es schien, dazu ge=
hörten, sah ich zuweilen hilfreich in die Saiten der Violine
greifen, worauf Paganini spielte. Sie führten ihm auch manchmal
die Hand, womit er den Bogen hielt, und ein meckerndes Bei=
fall=Lachen accompagnierte dann die Töne, die immer schmerz=
licher und blutender aus der Violine hervorquollen. Das
waren Töne gleich dem Gesang der gefallenen Engel, die mit
den Töchtern der Erde gebuhlt hatten und, aus dem Reiche der
Seligen verwiesen, mit schamglühenden Gesichtern in die Unter=
welt hinabstiegen. Das waren Töne, in deren bodenloser Un=
tiefe weder Trost noch Hoffnung glimmte. Wenn die Heiligen
im Himmel solche Töne hören, erstirbt das Lob Gottes auf
ihren verbleichenden Lippen, und sie verhüllen ihre frommen
Häupter! Zuweilen, wenn in die melodischen Qualnisse dieses
Spiels das obligate Bockslachen hineinmeckerte, erblickte ich auch
im Hintergrunde eine Menge kleiner Weibsbilder, die boshaft
lustig mit den häßlichen Köpfen nickten und mit den gekreuzten
Fingern in neckender Schadenfreude ihre Rübchen schabten.
Aus der Violine drangen alsdann Angstlaute und ein entsetz=
liches Seufzen und ein Schluchzen, wie man es noch nie gehört
auf Erden, und wie man es vielleicht nie wieder auf Erden hören
wird, es sei denn im Thale Josaphat, wenn die kolossalen
Posaunen des Gerichts erklingen und die nackten Leichen aus
ihren Gräbern hervorkriechen und ihres Schicksals harren . . .
Aber der gequälte Violinist that plötzlich einen Strich, einen so
wahnsinnig verzweifelten Strich, daß seine Ketten rasselnd ent=
zweisprangen und sein unheimlicher Gehilfe, mitsamt den ver=
höhnenden Unholden, verschwanden.

In diesem Augenblick sagte mein Nachbar, der Pelzmakler:
„Schade, schade, eine Saite ist ihm gesprungen, das kommt von
dem beständigen Pizzicato!"

War wirklich die Saite auf der Violine gesprungen? Ich
weiß nicht. Ich bemerkte nur die Transfiguration der Töne,
und da schien mir Paganini und seine Umgebung plötzlich wie=
der ganz verändert. Jenen konnte ich kaum wieder erkennen in
der braunen Mönchstracht, die ihn mehr versteckte als bekleidete.
Das verwilderte Antlitz halb verhüllt von der Kapuze, einen
Strick um die Hüfte, barfüßig, eine einsame trotzige Gestalt,
stand Paganini auf einem felsigen Vorsprunge am Meere und
spielte Violine. Es war, wie mich dünkte, die Zeit der Däm=
merung, das Abendrot überfloß die weiten Meeresfluten, die
immer röter sich färbten und immer feierlicher rauschten, im
geheimnisvollsten Einklang mit den Tönen der Violine. Je
röter aber das Meer wurde, desto fahler erbleichte der Himmel,
und als endlich die wogenden Wasser wie lauter scharlachgrelles
Blut aussahen, da ward droben der Himmel ganz gespenstisch=
hell, ganz leichenweiß, und groß und drohend traten daraus
hervor die Sterne . . . und diese Sterne waren schwarz,
schwarz wie glänzende Steinkohlen. Aber die Töne der Vio=
line wurden immer stürmischer und kecker, in den Augen des
entsetzlichen Spielmanns funkelte eine so spöttische Zerstörungs=
lust, und seine dünnen Lippen bewegten sich so grauenhaft
haftig, daß es aussah, als murmelte er uralt verruchte Zauber=
sprüche, womit man den Sturm beschwört und jene bösen
Geister entfesselt, die in den Abgründen des Meeres gefangen
liegen. Manchmal wenn er, den nackten Arm aus dem weiten
Mönchsärmel lang mager hervorstreckend, mit dem Fiedelbogen
in den Lüften segte, dann erschien er erst recht wie ein Hexen=
meister, der mit dem Zauberstabe den Elementen gebietet, und
es heulte dann wie wahnsinnig in der Meerestiefe, und die
entsetzten Blutwellen sprangen dann so gewaltig in die Höhe,
daß sie fast die bleiche Himmelsdecke und die schwarzen Sterne
dort mit ihrem roten Schaume bespritzten. Das heulte, das
kreischte, das krachte, als ob die Welt in Trümmer zusammen=
brechen wollte, und der Mönch strich immer hartnäckiger seine

Violine. Er wollte durch die Gewalt seines rasenden Willens die sieben Siegel brechen, womit Salomon die eisernen Töpfe versiegelt, nachdem er darin die überwundenen Dämonen verschlossen. Jene Töpfe hat der weise König ins Meer versenkt, und eben die Stimmen der darin verschlossenen Geister glaubte ich zu vernehmen, während Paganinis Violine ihre zornigsten Baßtöne grollte. Aber endlich glaubte ich gar wie Jubel der Befreiung zu vernehmen, und aus den roten Blutwellen sah ich hervortauchen die Häupter der entfesselten Dämonen: Ungetüme von fabelhafter Häßlichkeit, Krokodile mit Fledermausflügeln, Schlangen mit Hirschgeweihen, Affen bemützt mit Trichtermuscheln, Seehunde mit patriarchalisch langen Bärten, Weibergesichter mit Brüsten an der Stelle der Wangen, grüne Kamelsköpfe, Zwittergeschöpfe von unbegreiflicher Zusammensetzung, alle mit kaltklugen Augen hinglotzend und mit langen Floßtatzen hingreifend nach dem siedelnden Mönche . . . Diesem aber, in dem rasenden Beschwörungseifer, fiel die Kapuze zurück, und die lockigen Haare, im Winde dahinflatternd, umringelten sein Haupt wie schwarze Schlangen.

Diese Erscheinung war so sinneverwirrend, daß ich, um nicht wahnsinnig zu werden, die Ohren mir zuhielt und die Augen schloß. Da war nun der Spuk verschwunden, und als ich wieder aufblickte, sah ich den armen Genueser in seiner gewöhnlichen Gestalt seine gewöhnlichen Komplimente schneiden, während das Publikum aufs entzückteste applaudierte.

„Das ist also das berühmte Spiel auf der G=Saite," bemerkte mein Nachbar; „ich spiele selber die Violine und weiß, was es heißt, dieses Instrument so zu bemeistern!" Zum Glück war die Pause nicht groß, sonst hätte mich der musikalische Pelzkenner gewiß in ein langes Kunstgespräch eingemufft. Paganini setzte wieder ruhig seine Violine ans Kinn, und mit dem ersten Strich seines Bogens begann auch wieder die wunderbare Transfiguration der Töne. Nur gestaltete sie sich nicht mehr so grellfarbig und leiblich bestimmt. Diese Töne entfalteten sich

ruhig, majestätisch wogend und anschwellend, wie die eines Orgel=
chorals in einem Dome; und alles umher hatte sich immer
weiter und höher ausgedehnt zu einem kolossalen Raume, wie
nicht das körperliche Auge, sondern nur das Auge des Geistes
5 ihn fassen kann.   In der Mitte dieses Raumes schwebte eine
leuchtende Kugel, worauf riesengroß und stolzerhaben ein Mann
stand, der die Violine spielte.   Diese Kugel, war sie die
Sonne?  Ich weiß nicht.  Aber in den Zügen des Mannes
erkannte ich Paganini, nur idealisch verschönert, himmlisch ver=
10 klärt, versöhnungsvoll lächelnd.  Sein Leib blühte in kräftigster
Männlichkeit, ein hellblaues Gewand umschloß die veredelten
Glieder, um seine Schultern wallte in glänzenden Locken das
schwarze Haar; und wie er da fest und sicher stand, ein erha=
benes Götterbild, und die Violine strich, da war es, als ob
15 die ganze Schöpfung seinen Tönen gehorchte.  Er war der
Mensch=Planet, um den sich das Weltall bewegte, mit gemesse=
ner Feierlichkeit und in seligen Rhythmen erklingend.  Diese
großen Lichter, die so ruhig glänzend um ihn her schwebten,
waren es die Sterne des Himmels, und jene tönende Harmo=
20 nie, die aus ihren Bewegungen entstand, war es der Sphären=
gesang, wovon Poeten und Seher so viel Verzückendes berichtet
haben?  Zuweilen, wenn ich angestrengt weit hinausschaute in
die dämmernde Ferne, da glaubte ich lauter weiße wallende
Gewänder zu sehen, worin kolossale Pilgrime vermummt einher
25 wandelten, mit weißen Stäben in den Händen, und sonder=
bar! die goldnen Knöpfe jener Stäbe waren eben jene großen
Lichter, die ich für Sterne gehalten hatte.  Die Pilgrime zogen
in weiter Kreisbahn um den großen Spielmann umher, von
den Tönen seiner Violine erglänzten immer heller die goldnen
30 Knöpfe ihrer Stäbe, und die Choräle, die von ihren Lippen
erschollen und die ich für Sphärengesang halten konnte, waren
eigentlich nur das verhallende Echo jener Violinentöne.  Eine
unnennbare heilige Inbrunst wohnte in diesen Klängen, die
manchmal kaum hörbar erzitterten, wie geheimnisvolles Flüstern

auf dem Wasser, dann wieder süßschauerlich anschwollen, wie
Waldhorntöne im Mondschein, und dann endlich mit ungezü=
geltem Jubel dahinbrausten, als griffen tausend Barden in die
Saiten ihrer Harfen und erhüben ihre Stimmen zu einem
Siegeslied.   Das waren Klänge, die nie das Ohr hört, sondern    5
nur das Herz träumen kann, wenn es des Nachts am Herzen
der Geliebten ruht. Vielleicht auch begreift sie das Herz am
hellen, lichten Tage, wenn es sich jauchzend versenkt in die
Schönheitslinien und Ovale eines griechischen Kunstwerks . . . ."

   „Oder wenn man eine Bouteille Champagner zu viel ge=    10
trunken hat!" ließ sich plötzlich eine lachende Stimme verneh=
men, die unseren Erzähler wie aus einem Traume weckte.

# Shakspeares Mädchen und Frauen.

Und in einem solchen Lande, und unter einem solchen Volke hat William Shakspeare im April 1564 das Licht der Welt erblickt.

Aber das England jener Tage, wo in dem nordischen Beth=
5 lehem, welches Stratford on Avon geheißen, der Mann gebo= ren ward, dem wir das weltliche Evangelium, wie man die Shakspeareschen Dramen nennen möchte, verdanken, das Eng= land jener Tage war gewiß von dem heutigen sehr verschieden; auch nannte man es merry England, und es blühte in Far=
10 benglanz, Maskenscherz, tiefsinniger Narretei, sprudelnder Tha= tenlust, überschwänglicher Leidenschaft . . . Das Leben war dort noch ein buntes Turnier, wo freilich die edelbürtigen Ritter in Schimpf und Ernst die Hauptrolle spielten, aber der helle Trompetenton auch die bürgerlichen Herzen erschütterte . . .
15 All diese farbenreiche Lust ist seitdem erblichen, verschollen sind die freudigen Trompetenklänge, erloschen ist der schöne Rausch . . . . Und das Buch, welches dramatische Werke von William Shakspeare heißt, ist als Trost für schlechte Zeiten und als Beweis, daß jenes merry England wirklich existiert habe,
20 in den Händen des Volkes zurückgeblieben.

Es ist ein Glück, daß Shakspeare eben noch zur rechten Zeit kam, daß er ein Zeitgenosse Elisabeths und Jakobs war, als freilich der Protestantismus sich bereits in der ungezügelten Denkfreiheit, aber keineswegs in der Lebensart und Gefühls=
25 weise äußerte, und das Königtum, beleuchtet von den letzten Strahlen des untergehenden Ritterwesens, noch in aller Glorie der Poesie blühte und glänzte. Ja, der Volksglaube des Mit= telalters, der Katholicismus, war erst in der Theorie zerstört; aber er lebte noch mit seinem vollen Zauber im Gemüte der
30 Menschen, und erhielt sich noch in ihren Sitten, Gebräuchen und Anschauungen. Erst später, Blume nach Blume, gelang

es den Puritanern, die Religion der Vergangenheit gründlich
zu entwurzeln, und über das ganze Land, wie eine graue
Nebeldecke, jenen öden Trübsinn auszubreiten, der seitdem, ent=
geistet und entkräftet, zu einem lauwarmen, greinenden, dünn=
schläfrigen Pietismus sich verwässerte. 5

Ja, dieser ist die geistige Sonne, die jenes Land verherrlicht
mit ihrem holdesten Lichte, mit ihren gnadenreichen Strahlen.
Alles mahnt uns dort an Shakspeare, und wie verklärt erschei=
nen uns dadurch die gewöhnlichsten Gegenstände. Überall um=
rauscht uns dort der Fittig seines Genius, aus jeder bedeuten= 10
den Erscheinung grüßt uns sein klares Auge, und bei großarti=
gen Vorfällen glauben wir ihn manchmal nicken zu sehen, leise
nicken, leise und lächelnd.

Diese unaufhörliche Erinnerung an Shakspeare und durch
Shakspeare ward mir recht deutlich während meines Aufenthalts 15
in London, während ich, ein neugieriger Reisender, dort von
morgens bis in die späte Nacht nach den sogenannten Merk=
würdigkeiten herumlief. Jeder lion mahnte an den größern
lion, an Shakspeare. Alle jene Orte, die ich besuchte, leben
in seinen historischen Dramen ihr unsterbliches Leben, und 20
waren mir eben dadurch von frühester Jugend bekannt. Diese
Dramen kennt aber dort zu Lande nicht bloß der Gebildete,
sondern auch jeder im Volke, und sogar der Beefeater, der
mit seinem roten Rock und roten Gesicht im Tower als Weg=
weiser dient, und dir hinter dem Mittelthor das Verließ zeigt, 25
wo Richard seine Neffen, die jungen Prinzen ermorden lassen,
verweist dich an Shakspeare, welcher die nähern Umstände dieser
grausamen Geschichte beschrieben habe. Auch der Küster, der
dich in der Westminsterabtei herumführt, spricht immer von
Shakspeare, in dessen Tragödien jene toten Könige und Köni= 30
ginnen, die hier in steinernem Konterfei auf ihren Sarkophagen
ausgestreckt liegen, und für einen Shilling sechs Pence gezeigt
werden, eine so wilde oder klägliche Rolle spielen. Er selber,
die Bildsäule des großen Dichters, steht dort in Lebensgröße,

eine erhabene Gestalt mit sinnigem Haupt, in den Händen eine
Pergamentrolle . . . Es stehen vielleicht Zauberworte darauf,
und wenn er um Mitternacht die weißen Lippen bewegt und
die Toten beschwört, die dort in den Grabmälern ruhen, so
5 steigen sie hervor mit ihren verrosteten Harnischen und ver=
schollenen Hofgewanden, die Ritter der weißen und roten Rose,
und auch die Damen heben sich seufzend aus ihren Ruhestätten,
und ein Schwertergeklirr und ein Lachen und Fluchen erschallt
. . . Ganz wie zu Drurylane, wo ich die Shakspeareschen Ge=
10 schichtsdramen so oft tragieren sah, und wo Kean mir so ge=
waltig die Seele bewegte, wenn er verzweifelnd über die Bühne
rann:

"A horse, a horse, my kingdom for a horse!"

Aber auch in Beziehung auf seine römischen Dramen muß
15 Shakspeare wieder den Vorwurf der Formlosigkeit anhören, und
sogar ein höchst begabter Schriftsteller, Dietrich Grabbe, nannte
sie „poetisch verzierte Chroniken," wo aller Mittelpunkt fehle,
wo man nicht wisse, wer Hauptperson, wer Nebenperson, und
wo, wenn man auch auf Einheit des Orts und der Zeit ver=
20 zichtet, doch nicht einmal Einheit des Interesses zu finden sei.
Sonderbarer Irrtum der schärfsten Kritiker! Nicht sowohl die
letztgenannte Einheit, sondern auch die Einheiten von Ort und
Zeit mangeln keineswegs unserm großen Dichter. Nur sind
bei ihm die Begriffe etwas ausgedehnter als bei uns: Der
25 Schauplatz seiner Dramen ist dieser Erdball, und das ist seine
Einheit des Ortes; die Ewigkeit ist die Periode, während
welcher seine Stücke spielen, und das ist seine Einheit der Zeit,
und beiden angemäß ist der Held seiner Dramen, der dort als
Mittelpunkt strahlt, und die Einheit des Interesses repräsentiert.
30 . . . Die Menschheit ist jener Held, jener Held, welcher beständ=
dig stirbt und beständig aufersteht — beständig liebt, beständig
haßt und noch mehr liebt als haßt — sich heute wie ein Wurm
krümmt, morgen als ein Adler zur Sonne fliegt — heute eine

Narrenkappe, morgen einen Lorbeer verdient, noch öfter beides
zu gleicher Zeit — der große Zwerg, der kleine Riese. .. .

Dieselbe Treue und Wahrheit, welche Shakspeare in betreff
der Geschichte beurkundet, finden wir bei ihm in betreff der
Natur. Man pflegt zu sagen, daß er der Natur den Spiegel 5
vorhalte. Dieser Ausdruck ist tadelhaft, da er über das Ver=
hältnis des Dichters zur Natur irreleitet. In dem Dichtergeiste
spiegelt sich nicht die Natur, sondern ein Bild derselben, das
dem getreuesten Spiegelbilde ähnlich, ist dem Geiste des Dichters
eingeboren; er bringt gleichsam die Welt mit zur Welt, und 10
wenn er, aus dem träumenden Kindesalter erwachend, zum
Bewußtsein seiner selbst gelangt, ist ihm jeder Teil der äußern
Erscheinungswelt gleich in seinem ganzen Zusammenhang be=
greifbar; denn er trägt ja ein Gleichbild des Ganzen in
seinem Geiste, er kennt die letzten Gründe aller Phänomene, 15
die dem gewöhnlichen Geiste rätselhaft dünken, und auf dem
Wege der gewöhnlichen Forschung nur mühsam, oder auch gar
nicht begriffen werden . . . Und wie der Mathematiker, wenn
man ihm nur das kleinste Fragment eines Kreises giebt, un=
verzüglich den ganzen Kreis und den Mittelpunkt desselben 20
angeben kann: so auch der Dichter, wenn seiner Anschauung
nur das kleinste Bruchstück der Erscheinungswelt von außen
geboten wird, offenbart sich ihm gleich der ganze universelle
Zusammenhang dieses Bruchstückes; er kennt gleichsam Cirkula=
tur und Centrum aller Dinge; er begreift die Dinge in ihrem 25
weitesten Umfang und tiefsten Mittelpunkt.

# Lutezia.

## George Sand.

„Wie männiglich bekannt, ist George Sand ein Pseudonym,
der Nom de guerre einer schönen Amazone. Bei der Wahl
dieses Namens leitete sie keineswegs die Erinnerung an den un=
glückseligen Sand, den Meuchelmörder Kotzebues, des einzigen
5 Lustspieldichters der Deutschen. Unsre Heldin wählte jenen Na=
men, weil er die erste Silbe von Sandeau; so hieß nämlich ihr
Liebhaber, der ein achtungswerter Schriftsteller, aber dennoch mit
seinem ganzen Namen nicht so berühmt werden konnte, wie
seine Geliebte mit der Hälfte desselben, die sie lachend mitnahm,
10 als sie ihn verließ. Der wirkliche Name von George Sand ist
Aurora Dudevant, wie ihr legitimer Gatte geheißen, der kein
Mythos ist, wie man glauben sollte, sondern ein leiblicher Edel=
mann aus der Provinz Berry, und den ich selbst einmal das
Vergnügen hatte mit eigenen Augen zu sehen. Ich sah ihn so=
15 gar bei seiner, damals schon de facto geschiedenen Gattin, in ih=
rer kleinen Wohnung auf dem Quai Voltaire, und daß ich ihn
eben dort sah, war an und für sich eine Merkwürdigkeit, ob wel=
cher, wie Chamisso sagen würde, ich selbst mich für Geld sehen
lassen könnte. Er trug ein nichtssagendes Philistergesicht und
20 schien weder böse noch roh zu sein, doch begriff ich sehr leicht,
daß feuchtkühle Tagtäglichkeit, dieser porzellanhafte Blick, diese
monotonen, chinesischen Pagodenbewegungen für ein banales
Weibzimmer sehr amüsant sein konnten, jedoch einem tieferen
Frauengemüte auf die Länge sehr unheimlich werden und das=
25 selbe endlich mit Schauder und Entsetzen, bis zum Davonlaufen
erfüllen mußten.

Der Familienname der Sand ist Dupin. Sie ist die
Tochter eines Mannes von geringem Stande, dessen Mutter
die berühmte, aber jetzt vergessene Tänzerin Dupin gewesen.

Diese Dupin soll eine natürliche Tochter des Marschalls Moritz von Sachsen gewesen sein. Die Mutter des Moritz von Sachsen war Aurora von Königsmark, und Aurora Dudevant, welche nach ihrer Ahnin genannt wurde, gab ihrem Sohne ebenfalls den Namen Moritz. Dieser und ihre Tochter, Solange geheißen und an den Bildhauer Clesinger vermählt, sind die zwei einzigen Kinder von George Sand. Sie war immer eine vortreffliche Mutter, und ich habe oft stundenlang dem französischen Sprach=unterricht beigewohnt, den sie ihren Kindern erteilte, und es ist schade, daß die sämtliche Académie française diesen Lektionen nicht beiwohnte, da sie gewiß davon viel profitieren konnte.

George Sand, die große Schriftstellerin, ist zugleich eine schöne Frau. Sie ist sogar eine ausgezeichnete Schönheit. Wie der Genius, der sich in ihren Werken ausspricht, ist ihr Gesicht eher schön als interessant zu nennen: das Interessante ist immer eine graziöse oder geistreiche Abweichung vom Typus des Schö=nen, und die Züge von George Sand tragen eben das Gepräge einer griechischen Regelmäßigkeit. Der Schnitt derselben ist je=doch nicht schroff und wird gemildert durch die Sentimentalität, die darüber wie ein schmerzlicher Schleier ausgegossen. Die Stirn ist nicht hoch, und gescheitelt fällt bis zur Schulter das köstliche, kastanienbraune Lockenhaar. Ihre Augen sind etwas matt, wenigstens sind sie nicht glänzend, und ihr Feuer mag wohl durch viele Thränen erloschen oder in ihre Werke überge=gangen sein, die ihre Flammenbrände über die ganze Welt verbreitet, manchen trostlosen Kerker erleuchtet, vielleicht aber auch manchen stillen Unschuldstempel verderblich entzündet haben. Der Autor von „Lelia" hat stille, sanfte Augen, die weder an Sodom noch an Gomorrha erinnern. Sie hat weder eine emanzipierte Adlernase, noch ein witziges Stumpfnäschen; es ist eben eine ordinäre grade Nase. Ihren Mund umspielt gewöhn=lich ein gutmütiges Lächeln, es ist aber nicht sehr anziehend; die etwas hängende Unterlippe verrät ermüdete Sinnlichkeit. Das Kinn ist vollfleischig, aber doch schön gemessen. Auch ihre

Schultern sind schön, ja prächtig. Ebenfalls die Arme und die
Hände, die sehr klein, wie ihre Füße. Ihr übriger Körperbau
scheint etwas zu dick, wenigstens zu kurz zu sein. Nur der
Kopf trägt den Stempel der Idealität, erinnert an die edelsten
Überbleibsel der griechischen Kunst, und in dieser Beziehung
konnte immerhin einer unserer Freunde die schöne Frau mit der
Marmorstatue der Venus von Milo vergleichen, die in den un=
teren Sälen des Louvres aufgestellt. Ja, George Sand ist schön
wie die Venus von Milo; sie übertrifft diese sogar durch manche
Eigenschaften; sie ist z. B. sehr viel jünger. Die Physiogno=
men, welche behaupten, daß die Stimme des Menschen seinen
Charakter am untrüglichsten ausspreche, würden sehr verlegen
sein, wenn sie die außerordentliche Innigkeit einer George Sand
aus ihrer Stimme herauslauschen sollten. Letztere ist matt und
welk, ohne Metall, jedoch sanft und angenehm. Die Natürlichkeit
ihres Sprechens verleiht ihr einigen Reiz. Von Gesangsbegab=
nis ist bei ihr keine Spur; George Sand singt höchstens mit
der Bravour einer schönen Grisette, die noch nicht gefrühstückt
hat oder sonst nicht eben bei Stimme ist. Das Organ von
George Sand ist ebensowenig glänzend wie das, was sie sagt. Sie
hat durchaus nichts von dem sprudelnden Esprit ihrer Lands=
männinnen, aber auch nichts von ihrer Geschwätzigkeit. Dieser
Schweigsamkeit liegt aber weder Bescheidenheit noch sympatheti=
sches Versenken in die Rede eines andern zum Grunde. Sie
ist einsilbig vielmehr aus Hochmut, weil sie dich nicht wert hält,
ihren Geist an dir zu vergeuden, oder gar aus Selbstsucht, weil
sie das Beste deiner Rede in sich aufzunehmen trachtet, um es
später in ihren Büchern zu verarbeiten. Daß George Sand
aus Geiz im Gespräche nichts zu geben und immer etwas zu
nehmen versteht, ist ein Zug, worauf mich Alfred de Musset einst
aufmerksam machte. „Sie hat dadurch einen großen Vorteil vor
uns andern," sagte Musset, der in seiner Stellung als lang=
jähriger Kavaliere servente jener Dame die beste Gelegenheit
hatte, sie gründlich kennen zu lernen.

Nie sagt George Sand etwas Witziges, wie sie überhaupt eine der unwitzigsten Französinnen ist, die ich kenne. Mit einem liebenswürdigen, oft sonderbaren Lächeln hört sie zu, wenn andre reden, und die fremden Gedanken, die sie in sich aufgenommen und verarbeitet hat, gehen aus dem Alambik ihres Geistes weit kostbarer hervor. Sie ist eine sehr feine Horcherin. Sie hört auch gerne auf den Rat ihrer Freunde. Bei ihrer unkanonischen Geistesrichtung hat sie, wie begreiflich, keinen Beichtvater, doch da die Weiber, selbst die emancipationssüchtigsten, immer eines männlichen Lenkers, einer männlichen Autorität bedürfen, so hat George Sand gleichsam einen litterarischen Directeur de conscience, den philosophischen Kapuziner Pierre Leroux. Dieser wirkt leider sehr verderblich auf ihr Talent, denn er verleitet sie, sich in unklare Faseleien und halbausgebrütete Ideen einzulassen, statt sich der heitern Lust farbenreicher und bestimmter Gestaltungen hinzugeben, die Kunst der Kunst wegen übend.

Lange Zeit, wie ich oben bemerkt, war Alfred de Musset der Herzensfreund von George Sand. Sonderbarer Zufall, daß einst der größte Dichter in Prosa, den die Franzosen besitzen, und der größte ihrer jetzt lebenden Dichter in Versen (jedenfalls der größte nach Béranger) lange Zeit, in leidenschaftlicher Liebe für einander entbrannt, ein lorbeergekröntes Paar bildeten. George Sand in Prosa und Alfred de Musset in Versen überragen in der That den so gepriesenen Victor Hugo, der mit seiner grauenhaft hartnäckigen, fast blödsinnigen Beharrlichkeit den Franzosen und endlich sich selber weis machte, daß er der größte Dichter Frankreichs sei. Ist dieses wirklich seine eigne fixe Idee? Jedenfalls ist es nicht die unsrige. Sonderbar! die Eigenschaft, die ihm am meisten fehlt, ist eben diejenige, die bei den Franzosen so viel gilt und zu ihren schönsten Eigentümlichkeiten gehört. Es ist dieses der Geschmack. Da sie den Geschmack bei allen französischen Schriftstellern antrafen, mochte der gänzliche Mangel desselben bei Victor Hugo ihnen vielleicht eben als eine Originalität erscheinen. Was wir bei ihm am unleid=

lichsten vermissen, ist das, was wir Deutsche „Natur" nennen:
er ist gemacht, verlogen, und oft im selben Verse sucht die eine
Hälfte die andre zu belügen; er ist durch und durch kalt, wie
nach Aussage der Hexen der Teufel ist, eiskalt sogar in seinen
5 leidenschaftlichsten Ergüssen; seine Begeisterung ist nur eine
Phantasmagorie, ein Kalkul ohne Liebe, oder vielmehr, er liebt
nur sich; er ist ein Egoist, und damit ich noch Schlimmeres
sage, er ist ein Hugoist. Wir sehen hier mehr Härte als Kraft,
eine freche eiserne Stirn, und bei allem Reichtum der Phantasie
10 und des Witzes dennoch die Unbeholfenheit eines Parvenüs oder
eines Wilden, der sich durch Überladung und unpassende An=
wendung von Gold und Edelsteinen lächerlich macht — kurz, ba=
rocke Barbarei, gellende Dissonanz und die schauderhafteste Diffor=
mität! Es sagte jemand von dem Genius des Victor Hugo:
15 C'est un beau bossu. Das Wort ist tiefsinniger, als diejenigen
ahnen, welche Hugos Vortrefflichkeit rühmen.

Wir erleichtern uns die Beurteilung der Werke George
Sands, indem wir sagen, daß sie den bestimmtesten Gegensatz
zu denen des Victor Hugo bilden. Jener Autor hat alles,
20 was diesem fehlt; George Sand hat Wahrheit, Natur, Geschmack,
Schönheit und Begeisterung, und alle diese Eigenschaften verbin=
det die strengste Harmonie. George Sands Genius hat die
wohlgerundet schönsten Hüften, und alles, was sie fühlt und
denkt, haucht Tiefsinn und Anmut. Ihr Stil ist eine Offenba=
25 rung von Wohllaut und Reinheit der Form. Was aber den Stoff
ihrer Darstellung betrifft, ihre Sujets, die nicht selten schlechte
Sujets genannt werden dürften, so enthalte ich mich hier jeder
Bemerkung, und ich überlasse dieses Thema ihren Feinden. — —

## Gemäldeausstellung von 1843.

Paris, den 7. Mai 1843.

Die Gemäldeausstellung erregt dieses Jahr ungewöhnliches Interesse, aber es ist mir unmöglich, über die gepriesenen Vorzüglichkeiten dieses Salons nur ein halbweg vernünftiges Urteil zu fällen. Bis jetzt empfand ich nur ein Mißbehagen sondergleichen, wenn ich die Gemächer des Louvre durchwandelte. 5 Diese tollen Farben, die alle zu gleicher Zeit auf mich loskreischen, dieser bunte Wahnwitz, der mich von allen Seiten angrinst, diese Anarchie in goldnen Rahmen, macht auf mich einen peinlichen, fatalen Eindruck. Ich quäle mich vergebens, dieses Chaos im Geiste zu ordnen und den Gedanken der Zeit darin 10 zu entdecken, oder auch nur den verwandtschaftlichen Charakterzug, wodurch diese Gemälde sich als Produkte unsrer Gegenwart kundgeben. Alle Werke einer und derselben Periode haben nämlich einen solchen Charakterzug, das Malerzeichen des Zeitgeistes. Z. B. auf der Leinwand des Watteau, oder des 15 Boucher, oder des Vanloo, spiegelt sich ab das graziöse gepuderte Schäferspiel, die geschminkte, tändelnde Leerheit, das süßliche Reifrockglück des herrschenden Pompadourtums, überall hellfarbig gebänderte Hirtenstäbe, nirgends ein Schwert. In entgegengesetzter Weise sind die Gemälde des David und seiner 20 Schüler nur das farbige Echo der republikanischen Tugendperiode, die in den imperialistischen Kriegsruhm überschlägt, und wir sehen hier eine forcierte Begeisterung für das marmorne Modell, einen abstrakten frostigen Verstandesrausch, die Zeichnung korrekt, streng, schroff, die Farbe trüb, hart, unverdaulich: Spartaner- 25 suppen. Was wird sich aber unsern Nachkommen, wenn sie einst die Gemälde der heutigen Maler betrachten, als die zeitliche Signatur offenbaren? Durch welche gemeinsame Eigentümlichkeiten werden sich diese Bilder gleich beim ersten Blick als Erzeugnisse aus unsrer gegenwärtigen Periode ausweisen? Hat 30

vielleicht der Geist der Bourgeoisie, der Industrialismus, der
jetzt das ganze sociale Leben Frankreichs durchdringt, auch schon
in den zeichnenden Künsten sich dergestalt geltend gemacht, daß
allen heutigen Gemälden das Wappen dieser neuen Herrschaft
5 aufgedrückt ist? Besonders die Heiligenbilder, woran die dies=
jährige Ausstellung so reich ist, erregen in mir eine solche Ver=
mutung. Da hängt im langen Saal eine Geißelung, deren
Hauptfigur mit ihrer leidenden Miene dem Direktor einer ver=
unglückten Aktiengesellschaft ähnlich sieht, der vor seinen Aktio=
10 nären steht und Rechnung ablegen soll; ja, letztere sind auch
auf dem Bilde zu sehen, und zwar in der Gestalt von Henkern
und Pharisäern, die gegen den Ecce=Homo schrecklich erbost sind
und an ihren Aktien sehr viel Geld verloren zu haben scheinen.
Der Maler soll in der Hauptfigur seinen Oheim, Herrn August
15 Leo, porträtiert haben. Die Gesichter auf den eigentlich histo=
rischen Bildern, welche heidnische und mittelalterliche Geschichten
darstellen, erinnern ebenfalls an Kramladen, Börsenspekulation,
Merkantilismus, Spießbürgerlichkeit. Da ist ein Wilhelm der
Eroberer zu sehen, dem man nur eine Bärenmütze aufzusetzen
20 brauchte, und er verwandelte sich in einen Nationalgardisten, der
mit musterhaftem Eifer die Wache bezieht, seine Wechsel pünkt=
lich bezahlt, seine Gattin ehrt und gewiß das Ehrenlegionskreuz
verdient. Aber gar die Porträts? Die meisten haben einen so
pekuniären, eigennützigen, verdrossenen Ausdruck, den ich mir
25 nur dadurch erkläre, daß das lebendige Original in den Stun=
den der Sitzung immer an das Geld dachte, welches ihm das
Porträt kosten werde, während der Maler beständig die Zeit
bedauerte, die er mit dem jämmerlichen Lohndienst vergeuden
mußte.

30 Horace Vernet gilt bei der Menge für den größten Maler
Frankreichs und ich möchte dieser populären Ansicht nicht ganz
bestimmt widersprechen. Jedenfalls ist er der nationalste der
französischen Maler, und er überragt sie alle durch das frucht=
bare Können, durch die dämonische Überschwenglichkeit, durch

die ewig blühende Selbstverjüngung seiner Schöpferkraft. Das
Malen ist ihm angeboren, wie dem Seidenwurm das Spinnen,
wie dem Vogel das Singen, und seine Werke erscheinen wie
Ergebnisse der Notwendigkeit. Kein Stil, aber Natur. Frucht=
barkeit, die ans Lächerliche grenzt. Eine Karikatur hat den 5
Horace Vernet dargestellt, wie er auf einem hohen Rosse, mit
einem Pinsel in der Hand, vor einer ungeheuer lang ausge=
spannten Leinwand hinreitet und im Galopp malt; sobald er
ans Ende der Leinwand anlangt, ist auch das Gemälde fertig.
Welche Menge von kolossalen Schlachtstücken hat er in der jüng= 10
sten Zeit für Versailles geliefert! In der That, mit Ausnahme
von Österreich und Preußen, besitzt wohl kein deutscher Fürst
so viele Soldaten, wie deren Horace Vernet schon gemalt hat!
Wenn die fromme Sage wahr ist, daß am Tage der Auferste=
hung jeden Menschen auch seine Werke nach der Stätte des 15
Gerichts begleiten, so wird gewiß Horace Vernet am jüngsten
Tage in Begleitung von einigen hunderttausend Mann Fuß=
volk und Kavallerie im Thale Josaphat anlangen.

# Memoiren.

Ich habe in der That, teure Dame, die Denkwürdigkeiten
meiner Zeit, insofern meine eigene Person damit als Zuschauer
oder als Opfer in Berührung kam, so wahrhaft und getreu als
möglich aufzuzeichnen gesucht.

5      Diese Aufzeichnungen, denen ich selbstgefällig den Titel Me =
moiren verlieh, habe ich jedoch schier zur Hälfte wieder ver=
nichten müssen, teils aus leidigen Familienrücksichten, teils auch
wegen religiöser Skrupeln.

Ich habe mich seitdem bemüht, die entstandenen Lakunen
10  notdürftig zu füllen, doch ich fürchte, posthume Pflichten oder
ein selbstquälerischer Überdruß zwingen mich, meine Memoiren
vor meinem Tode einem neuen Autodafé zu überliefern, und
was alsdann die Flammen verschonen, wird vielleicht niemals
das Tageslicht der Öffentlichkeit erblicken.

15      Ich nehme mich wohl in acht, die Freunde zu nennen, die
ich mit der Hut meines Manuskriptes und der Vollstreckung
meines letzten Willens in Bezug auf dasselbe betraue; ich will
sie nicht nach meinem Ableben der Zudringlichkeit eines müßigen
Publikums und dadurch einer Untreue an ihrem Mandat bloß=
20  stellen.

Eine solche Untreue habe ich nie entschuldigen können; es ist
eine unerlaubte und unsittliche Handlung auch nur eine Zeile
von einem Schriftsteller zu veröffentlichen, die er nicht selber für
das große Publikum bestimmt hat.   Dieses gilt ganz besonders
25  von Briefen, die an Privatpersonen gerichtet sind. Wer sie
drucken läßt oder verlegt, macht sich einer Felonie schuldig, die
Verachtung verdient.

Nach diesen Bekenntnissen, teure Dame, werden Sie leicht
zur Einsicht gelangen, daß ich Ihnen nicht, wie Sie wünschen,
30  die Lektüre meiner Memoiren und Briefschaften gewähren kann.

Jedoch, ein Höfling ihrer Liebenswürdigkeit, wie ich es immer war, kann ich Ihnen kein Begehr unbedingt verweigern, und um meinen guten Willen zu bekunden, will ich in anderer Weise die holde Neugier stillen, die aus einer liebenden Teilnahme an meinen Schicksalen hervorgeht.

Welch ein erhabenes Gefühl muß einen solchen Kirchenfürsten beseelen, wenn er hinabblickt auf den wimmelnden Marktplatz, wo Tausende entblößten Hauptes mit Andacht vor ihm niederknieend seinen Segen erwarten!

In der italienischen Reisebeschreibung des Hofrats Moritz las ich einst eine Beschreibung jener Scene, wo ein Umstand vorkam, der mir ebenfalls jetzt in den Sinn kommt.

Unter dem Landvolk, erzählt Moritz, das er dort auf den Knieen liegen sah, erregte seine besondere Aufmerksamkeit einer jener wandernden Rosenkranzhändler des Gebirges, die aus einer braunen Holzgattung die schönsten Rosenkränze schnitzen und sie in der ganzen Romagna um so teurer verkaufen, da sie denselben an obenerwähntem Feiertage vom Papste selbst die Weihe zu verschaffen wissen.

Mit der größten Andacht lag der Mann auf den Knieen, doch den breitkrämpigen Filzhut, worin seine Ware, die Rosenkränze, befindlich, hielt er in die Höhe, und während der Papst mit ausgestreckten Händen den Segen sprach, rüttelte jener seinen Hut und rührte darin herum, wie Kastanienverkäufer zu thun pflegen, wenn sie ihre Kastanien auf dem Rost braten; gewissenhaft schien er dafür zu sorgen, daß die Rosenkränze, die unten im Hut lagen, auch etwas von dem päpstlichen Segen abbekämen und alle gleichmäßig geweiht würden.

Ich konnte nicht umhin, diesen rührenden Zug von frommer Naivetät hier einzuflechten, und ergreife wieder den Faden meiner Geständnisse, die alle auf den geistigen Prozeß Bezug haben, den ich später durchmachen mußte.

Aus den frühesten Anfängen erklären sich die spätesten Erscheinungen. Es ist gewiß bedeutsam, daß mir bereits in mei-

nem dreizehnten Lebensjahr alle Systeme der Denker vorgetragen
wurden, und zwar durch einen ehrwürdigen Geistlichen, der seine
sacerdotalen Amtspflichten nicht im geringsten vernachläſſigte, ſo
daß ich hier frühe ſah, wie ohne Heuchelei Religion und Zweifel
5 ruhig neben einander gingen, woraus nicht bloß in mir der
Unglauben, ſondern auch die toleranteſte Gleichgültigkeit entſtand.

Ort und Zeit ſind auch wichtige Momente: ich bin geboren
zu Ende des ſkeptiſchen achtzehnten Jahrhunderts und in einer
Stadt, wo zur Zeit meiner Kindheit nicht bloß die Franzoſen,
10 ſondern auch der franzöſiſche Geiſt herrſchte.

Die Franzoſen, die ich kennen lernte, machten mich, ich muß
es geſtehen, mit Büchern bekannt, die mir ein Vorurteil gegen
die ganze franzöſiſche Litteratur einflößten.

Ich habe ſie auch ſpäter nie ſo ſehr geliebt, wie ſie es ver=
15 dient, und am ungerechteſten blieb ich gegen die franzöſiſche
Poeſie, die mir von Jugend an fatal war.

Daran iſt wohl zunächſt der Abbé Daunoi ſchuld, der im
Lyceum zu Düſſeldorf die franzöſiſche Sprache docierte und mich
durchaus zwingen wollte, franzöſiſche Verſe zu machen. Wenig
20 fehlte, und er hätte mir nicht bloß die franzöſiſche, ſondern die
Poeſie überhaupt verleidet.

Ich kenne auch jetzt nichts Abgeſchmackteres als das metriſche
Syſtem der franzöſiſchen Poeſie, dieſer art de peindre par les
images, wie die Franzoſen dieſelbe definieren, welcher verkehrte
25 Begriff vielleicht dazu beiträgt, daß ſie immer in die maleriſche
Paraphraſe geraten.

Ihre Metrik hat gewiß Prokruſtes erfunden; ſie iſt eine
wahre Zwangsjacke für Gedanken, die bei ihrer Zahmheit gewiß
nicht einer ſolchen bedürfen. Daß die Schönheit eines Gedichts
30 in der Überwindung der metriſchen Schwierigkeiten beſtehe, iſt
ein lächerlicher Grundſatz, derſelben närriſchen Quelle entſprungen.
Die Franzoſen haben dieſe widrige Unnatur, die weit ſünd=
hafter als die Greuel von Sodom und Gomorrha, immer ſelbſt
gefühlt, und ihre guten Schauſpieler ſind darauf angewieſen, die

Verse so saccadiert zu sprechen, als wären sie Prosa — warum aber alsdann die überflüssige Mühe der Versifikation?

So denk' ich jetzt und so fühl' ich schon als Knabe, und man kann sich leicht vorstellen, daß es zwischen mir und der alten braunen Perücke zu offenen Feindseligkeiten kommen mußte, als ich ihm erklärte, wie es mir rein unmöglich sei, französische Verse zu machen. Er sprach mir allen Sinn für Poesie ab und nannte mich einen Barbaren des Teutoburger Waldes.

Durch den Rektor und meine Mutter wurde der Zwist beigelegt. Letztere war überhaupt nicht damit zufrieden, daß ich Verse machen lernte, und seien es auch nur französische. Sie hatte nämlich damals die größte Angst, daß ich ein Dichter werden möchte; das wäre das Schlimmste, sagte sie immer, was mir passieren könne.

Die Begriffe, die man damals mit dem Namen Dichter verknüpfte, waren nämlich nicht sehr ehrenhaft, und ein Poet war ein zerlumpter, armer Teufel, der für ein paar Thaler ein Gelegenheitsgedicht verfertigt und am Ende im Hospital stirbt.

Meine Mutter aber hatte große, hochfliegende Dinge mit mir im Sinn, und alle Erziehungspläne zielten darauf hin. Sie spielte die Hauptrolle in meiner Entwickelungsgeschichte, sie machte die Programme aller meiner Studien, und schon vor meiner Geburt begannen ihre Erziehungspläne. Ich folgte gehorsam ihren ausgesprochenen Wünschen, jedoch gestehe ich, daß sie schuld war an der Unfruchtbarkeit meiner meisten Versuche und Bestrebungen in bürgerlichen Stellen, da dieselben niemals meinem Naturell entsprachen. Letzteres, weit mehr als die Weltbegebenheiten, bestimmte meine Zukunft.

In uns selbst liegen die Sterne unseres Glücks.

Zuerst war es die Pracht des Kaiserreichs, die meine Mutter blendete, und da die Tochter eines Eisenfabrikanten unserer Gegend, die mit meiner Mutter sehr befreundet war, eine Herzogin geworden und ihr gemeldet hatte, daß ihr Mann sehr viele Schlachten gewonnen und bald auch zum König avancieren

würde, — ach da träumte meine Mutter für mich die goldensten
Epauletten oder die brodiertesten Ehrenchargen am Hofe des
Kaisers, dessen Dienst sie mich ganz zu widmen beabsichtigte.

Deshalb mußte ich jetzt vorzugsweise diejenigen Studien be=
5 treiben, die einer solchen Laufbahn förderlich, und obgleich im
Lyceum schon hinlänglich für mathematische Wissenschaften ge=
sorgt war und ich bei dem liebenswürdigen Professor Brewer
vollauf mit Geometrie, Statik, Hydrostatik, Hydraulik und so
weiter gefüttert ward und in Logarithmen und Algebra schwamm,
10 so mußte ich doch noch Privatunterricht in dergleichen Disziplinen
nehmen, die mich in Stand setzen sollten, ein großer Stra=
tegiker oder nötigenfalls der Administrator von eroberten Pro=
vinzen zu werden.

Mit dem Fall des Kaiserreichs mußte auch meine Mutter der
15 prachtvollen Laufbahn, die sie für mich geträumt, entsagen; die
dahin zielenden Studien nahmen ein Ende, und sonderbar! sie
ließen auch keine Spur in meinem Geiste zurück, so sehr waren
sie demselben fremd. Es war nur eine mechanische Errungen=
schaft, die ich von mir warf als unnützen Plunder.

20 Meine Mutter begann jetzt in anderer Richtung eine glän=
zende Zukunft für mich zu träumen.

Das Rothschildsche Haus, mit dessen Chef mein Vater ver=
traut war, hatte zu jener Zeit seinen fabelhaften Flor bereits
begonnen; auch andere Fürsten der Bank und der Industrie
25 hatten in unserer Nähe sich erhoben, und meine Mutter be=
hauptete, es habe jetzt die Stunde geschlagen, wo ein bedeu=
tender Kopf im merkantilischen Fache das Ungeheuerlichste er=
reichen und sich zum höchsten Gipfel der weltlichen Macht em=
porschwingen könne. Sie beschloß daher jetzt, daß ich eine
30 Geldmacht werden sollte, und jetzt mußte ich fremde Sprachen,
besonders Englisch, Geographie, Buchhalten, kurz alle auf den
Land= und Seehandel und Gewerbskunde bezüglichen Wissen=
schaften studieren.

Um etwas vom Wechselgeschäft und von Kolonialwaren kennen

zu lernen, mußte ich später das Comptoir eines Bankiers mei=
nes Vaters und die Gewölbe eines großen Spezereihändlers be=
suchen; erstere Besuche dauerten höchstens drei Wochen, letztere
vier Wochen, doch lernte ich bei dieser Gelegenheit, wie man
einen Wechsel ausstellt und wie Muskatnüsse aussehen.          5

Ein berühmter Kaufmann, bei welchem ich ein apprenti millio-
naire werden wollte, meinte, ich hätte kein Talent zum Er=
werb, und lachend gestand ich ihm, daß er wohl recht haben
möchte.

Da bald darauf eine große Handelskrisis entstand und wie viele  10
unserer Freunde auch mein Vater sein Vermögen verlor, da
platzte die merkantilische Seifenblase noch schneller und kläglicher
als die imperiale, und meine Mutter mußte nun wohl eine
andere Laufbahn für mich träumen.

Sie meinte jetzt, ich müsse durchaus Jurisprudenz studieren.  15

Sie hatte nämlich bemerkt, wie längst in England, aber auch
in Frankreich und im konstitutionellen Deutschland der Juristen=
stand allmächtig sei, und besonders die Advokaten durch die Ge=
wohnheit des öffentlichen Vortrags die schwatzenden Hauptrollen
spielen und dadurch zu den höchsten Staatsämtern gelangen.  20
Meine Mutter hatte ganz richtig beobachtet.

Da eben die neue Universität Bonn errichtet worden, wo die
juristische Fakultät von den berühmtesten Professoren besetzt war,
schickte mich meine Mutter unverzüglich nach Bonn, wo ich bald
zu den Füßen Mackeldeys und Welkers saß und die Manna  25
ihres Wissens einschlürfte.

Von den sieben Jahren, die ich auf deutschen Universitäten
zubrachte, vergeudete ich drei schöne blühende Lebensjahre durch
das Studium der römischen Kasuistik, der Jurisprudenz, dieser
illiberalsten Wissenschaft.                                     30

Welch ein fürchterliches Buch ist das Korpus Juris, die Bibel
des Egoismus!

Wie die Römer selbst blieb mir immer verhaßt ihr Rechts=
kodex. Diese Räuber wollten ihren Raub sicher stellen, und

was sie mit dem Schwerte erbeutet, suchten sie durch Gesetze zu
schützen; deshalb war der Räuber zu gleicher Zeit Soldat und
Advokat und es entstand eine Mischung der widerwärtigsten Art.

Wahrhaftig jenen römischen Dieben verdanken wir die Theorie
des Eigentums, das vorher nur als Thatsache bestand, und die
Ausbildung dieser Lehre in ihren schnödesten Konsequenzen ist
jenes gepriesene römische Recht, das allen unseren heutigen Le=
gislationen, ja allen modernen Staatsinstituten zu Grunde
liegt, obgleich es im grellsten Widerspruch mit der Religion, der
Moral, dem Menschengefühl und der Vernunft steht.

Ich brachte jenes Studium zu Ende, aber ich konnte mich
nimmer entschließen, von solcher Errungenschaft Gebrauch zu
machen, und vielleicht auch weil ich fühlte, daß andere mich in
der Advokasserie und Rabulisterei leicht überflügeln würden,
hing ich meinen juristischen Doktorhut an den Nagel.

Meine Mutter machte eine noch ernstere Miene als ge=
wöhnlich. Aber ich war ein sehr erwachsener Mensch geworden,
der in dem Alter stand, wo er der mütterlichen Obhut ent=
behren muß.

Die gute Frau war ebenfalls älter geworden, und indem sie
nach so manchem Fiasko die Oberleitung meines Lebens auf=
gab, bereute sie, wie wir oben gesehen, daß sie mich nicht dem
geistlichen Stande gewidmet.

Sie ist jetzt eine Matrone von 87 Jahren und ihr Geist
hat durch das Alter nicht gelitten. Über meine wirkliche Denk=
art hat sie sich nie eine Herrschaft angemaßt und war für mich
immer die Schonung und Liebe selbst.

Sie war sparsam, aber nur in Bezug auf ihre eigene Person;
für das Vergnügen andrer konnte sie verschwenderisch sein, und
da sie das Geld nicht liebte sondern nur schätzte, schenkte sie mit
leichter Hand und setzte mich oft durch ihre Wohlthätigkeit und
Freigebigkeit in Erstaunen.

Welche Aufopferung bewies sie dem Sohne, dem sie in schwie=
riger Zeit nicht bloß das Programm seiner Studien, sondern

auch die Mittel dazu lieferte! Als ich die Universität bezog, wa=
ren die Geschäfte meines Vaters in sehr traurigem Zustand,
und meine Mutter verkaufte ihren Schmuck, Halsband und Ohr=
ringe von großem Werte, um mir das Auskommen für die vier
ersten Universitätsjahre zu sichern.

Ich war übrigens nicht der erste in unserer Familie, der auf
der Universität Edelsteine aufgegessen und Perlen verschluckt
hatte. Der Vater meiner Mutter, wie diese mir einst erzählte,
erprobte dasselbe Kunststück. Die Juwelen, welche das Gebetbuch
seiner verstorbenen Mutter verzierten, mußten die Kosten seines
Aufenthalts auf der Universität bestreiten, als sein Vater, der
alte Lazarus de Geldern, durch einen Successionsprozeß mit
einer verheirateten Schwester in große Armut geraten war, er, der
von seinem Vater ein Vermögen geerbt hatte, von dessen Größe
mir eine alte Großmuhme so viel Wunderdinge erzählte.

Nach meiner Mutter beschäftigte sich mit meiner geistigen
Bildung ganz besonders ihr Bruder, mein Oheim Simon de
Geldern. Er ist tot seit zwanzig Jahren. Er war ein Son=
derling von unscheinbarem, ja sogar närrischem Äußern. Eine
kleine, gehäbige Figur mit einem bläßlichen, strengen Gesichte,
dessen Nase zwar griechisch geradlinigt, aber gewiß um ein Drit=
tel länger war, als die Griechen ihre Nasen zu tragen pflegten.

In seiner Jugend, sagte man, sei diese Nase von gewöhnlicher
Größe gewesen und nur durch die üble Gewohnheit, daß er sich
beständig daran zupfte, soll sie sich so übergebührlich in die Länge
gezogen haben. Fragten wir Kinder den Ohm, ob das wahr
sei, so verwies er uns solche respektwidrige Rede mit großem Eifer
und zupfte sich dann wieder an der Nase.

Er ging ganz altfränkisch gekleidet, trug kurze Beinkleider, weiß=
seidene Strümpfe, Schnallenschuhe und nach der alten Mode einen
ziemlich langen Zopf, der, wenn das kleine Männchen durch die
Straßen trippelte, von einer Schulter zur andern flog, allerlei
Kapriolen schnitt und sich über seinen eignen Herrn hinter seinem
Rücken zu mokieren schien.

Oft, wenn der gute Onkel in Gedanken vertieft saß oder die
Zeitung las, überschlich mich das frevle Gelüste, heimlich sein
Zöpfchen zu ergreifen und daran zu ziehen, als wäre es eine
Hausklingel, worüber ebenfalls der Ohm sich sehr erboste, indem
5 er jammernd die Hände rang über die junge Brut, die vor
nichts mehr Respekt hat, weder durch menschliche noch durch gött=
lliche Autorität mehr in Schranken zu halten und sich endlich an
dem Heiligsten vergreifen werde.

War aber das Äußere des Mannes nicht geeignet, Respekt
10 einzuflößen, so war sein Inneres, sein Herz desto respektabler,
und es war das bravste und edelmütigste Herz, das ich hier auf
Erden kennen lernte. Es war eine Ehrenhaftigkeit in dem
Manne, die an den Rigorismus der Ehre in altspanischen Dra=
men erinnerte, und auch in der Treue glich er den Helden der=
15 selben.

Nach weltlichen Begriffen war sein Leben ein verfehltes. Si=
mon de Geldern hatte im Kollegium der Jesuiten seine soge=
nannten humanistischen Studien, Humaniora, gemacht, doch als
der Tod seiner Eltern ihm die völlig freie Wahl einer Lebens=
20 laufbahn ließ, wählte er gar keine, verzichtete auf jedes sogenannte
Brotstudium der ausländischen Universitäten und blieb lieber
daheim zu Düsseldorf in der „Arche Noä“, wie das kleine Haus
hieß, welches ihm sein Vater hinterließ und über dessen Thüre
das Bild der Arche Noä recht hübsch ausgemeißelt und bunt
25 koloriert zu schauen war.

Von rastlosem Fleiße, überließ er sich hier allen seinen gelehr=
ten Liebhabereien und Schnurrpfeifereien, seiner Bibliomanie und
besonders seiner Wut des Schriftstellerns, die er besonders in
politischen Tagesblättern und obskuren Zeitschriften ausließ.

30 Nebenbei gesagt kostete ihm nicht bloß das Schreiben, sondern
auch das Denken die größte Anstrengung.

Entstand diese Schreibwut vielleicht durch den Drang, gemein=
nützig zu wirken? Er nahm teil an allen Tagesfragen und
das Lesen von Zeitungen und Broschüren trieb er bis zur Ma=

nie, aber nicht eigentlich wegen seiner Gelahrtheit, sondern weil
sein Vater und sein Bruder Doktoren der Medizin gewesen.
Und die alten Weiber ließen es sich nicht ausreden, daß der
Sohn des alten Doktors, der sie so oft kuriert, nicht auch die
Heilmittel seines Vaters geerbt haben müsse, und wenn sie er= 5
krankten, kamen sie zu ihm gelaufen mit Weinen und Bitten,
daß er ihnen sage, was ihnen fehle. Wenn der arme Oheim
solcherweise in seinen Studien gestört wurde, konnte er in Zorn
geraten, und die alten Trullen zum Teufel wünschen und davon=
jagen. 10

Dieser Oheim war es nun, der auf meine geistige Bildung
großen Einfluß geübt und dem ich in solcher Beziehung unend=
lich viel zu verdanken habe. Wie sehr auch unsere Ansichten
verschieden und so kümmerlich auch seine litterarischen Bestrebun=
gen waren, so regten sie doch vielleicht in mir die Lust zu schrift= 15
lichen Versuchen.

Der Ohm schrieb einen alten steifen Kanzleistil, wie er in den
Jesuitenschulen, wo Latein die Hauptsache, gelehrt wird, und
konnte sich nicht leicht befreunden mit meiner Ausdrucksweise, die
ihm zu leicht, zu spielend, zu irreverenziös vorkam. Aber sein 20
Eifer, womit er mir die Hilfsmittel des geistigen Fortschritts zu=
wies, war für mich von größtem Nutzen.

Er beschenkte schon den Knaben mit den schönsten, kostbarsten
Werken; er stellte zu meiner Verfügung seine eigene Bibliothek,
die an klassischen Büchern und wichtigen Tagesbroschüren so reich 25
war, und er erlaubte mir sogar, auf dem Söller der Arche Noä
in den Kisten herumzukramen, worin sich die alten Bücher und
Skripturen des seligen Großvaters befanden.

Der beste und kostbarste Fund jedoch, den ich in den bestäub=
ten Kisten machte, war ein Notizenbuch von der Hand eines 30
Bruders meines Großvaters, den man den Chevalier oder den
Morgenländer nannte, und von welchem die alten Muhmen im=
mer soviel zu singen und zu sagen wußten.

Dieser Großoheim, welcher ebenfalls Simon de Geldern hieß,

muß ein sonderbarer Heiliger gewesen sein. Den Zunamen der „Morgenländer" empfing er, weil er große Reisen im Oriente gemacht und sich bei seiner Rückkehr immer in orientalische Tracht kleidete.

5 Am längsten scheint er in den Küstenstädten Nordafrikas, na= mentlich in den marokkanischen Staaten verweilt zu haben, wo er von einem Portugiesen das Handwerk eines Waffenschmieds erlernte und dasselbe mit Glück betrieb.

Er wallfahrtete nach Jerusalem, wo er in der Verzückung des 10 Gebetes, auf dem Berge Moria, ein Gesicht hatte. Was sah er? Er offenbarte es nie.

Ein unabhängiger Beduinenstamm, der sich nicht zum Islam, sondern zu einer Art Mosaismus bekannte und in einer der un= bekannten Oasen der nordafrikanischen Sandwüste gleichsam sein 15 Absteigequartier hatte, wählte ihn zu seinem Anführer oder Scheik. Dieses kriegerische Völkchen lebte in Fehde mit allen Nachbar= stämmen und war der Schrecken der Karawanen. Europäisch zu reden: mein seliger Großoheim, der fromme Visionär vom heiligen Berge Moria, ward Räuberhauptmann. In dieser schö= 20 nen Gegend erwarb er auch jene Kenntnisse von Pferdezucht und jene Reiterkünste, womit er nach seiner Heimkehr ins Abend= land so viele Bewunderung erregte.

An den verschiedenen Höfen, wo er sich lange aufhielt, glänzte er auch durch seine persönliche Schönheit und Stattlichkeit, sowie 25 auch durch die Pracht der orientalischen Kleidung, welche beson= ders auf die Frauen ihren Zauber übte. Er imponierte wohl noch am meisten durch sein vorgebliches Geheimwissen, und nie= mand wagte es, den allmächtigen Nekromanten bei seinen hohen Gönnern herabzusetzen. Der Geist der Intrigue fürchtete die 30 Geister der Kabala.

Nur sein eigener Übermut konnte ihn ins Verderben stürzen, und sonderbar geheimnisvoll schüttelten die alten Muhmen ihre greisen Köpflein, wenn sie etwas von dem galanten Verhältnis munkelten, worin der „Morgenländer" mit einer sehr erlauchten

Dame stand, und dessen Entdeckung ihn nötigte, aufs schleunigste den Hof und das Land zu verlassen. Nur durch die Flucht mit Hinterlassung aller seiner Habseligkeiten konnte er dem sichern Tode entgehen, und eben seiner erprobten Reiterkunst verdankte er seine Rettung.

Nach diesem Abenteuer scheint er in England einen sichern aber kümmerlichen Zufluchtsort gefunden zu haben. Ich schließe solches aus einer zu London gedruckten Broschüre des Groß= oheims, welche ich einst, als ich in der Düsseldorfer Bibliothek bis zu den höchsten Bücherbrettern kletterte, zufällig entdeckte.

Eine rätselhafte Erscheinung, schwer zu begreifen, war dieser Großoheim. Er führte eine jener wunderlichen Existenzen, die nur im Anfang und in der Mitte des achtzehnten Jahrhunderts möglich gewesen; er war halb Schwärmer, der für kosmopolitische, weltbeglückende Utopien Propaganda machte, halb Glücksritter, der im Gefühl seiner individuellen Kraft die morschen Schranken einer morschen Gesellschaft durchbricht oder überspringt. Jeden= falls war er ganz ein Mensch.

Sein Charlatanismus, den wir nicht in Abrede stellen, war nicht von gemeiner Sorte. Er war kein gewöhnlicher Charlatan, der den Bauern auf den Märkten die Zähne ausreißt, sondern er drang mutig in die Paläste der Großen, denen er den stärk= sten Backzahn ausriß, wie weiland Ritter Hüon von Bourdeaux dem Sultan von Babylon that. Klappern gehört zum Hand= werk, sagt das Sprichwort, und das Leben ist ein Handwerk wie jedes andere.

Wie dem auch sei, dieser Großohm hat die Einbildungskraft des Knaben außerordentlich beschäftigt. Alles, was man von ihm erzählte, machte einen unauslöschlichen Eindruck auf mein junges Gemüt, und ich versenkte mich so tief in seine Irrsahrten und Schicksale, daß mich manchmal am hellen, lichten Tag ein unheimliches Gefühl ergriff und es mir vorkam, als sei ich selbst mein seliger Großoheim und als lebte ich nur eine Fortsetzung des Lebens jenes längst Verstorbenen!

Wenn ich Fehler begehe, deren Entstehung mir unbegreiflich erscheint, schiebe ich sie gern auf Rechnung meines morgenländischen Doppelgängers. Als ich einst meinem Vater eine solche Hypothese mitteilte, um ein kleines Versehen zu beschönigen, be-
5 merkte er schalkhaft: er hoffe, daß mein Großoheim keine Wechsel unterschrieben habe, die mir einst zur Bezahlung präsentiert werden könnten.

Es sind mir keine solche orientalischen Wechsel vorgezeigt worden, und ich habe genug Nöte mit meinen eigenen occidentalischen
10 Wechseln gehabt.

Aber es giebt gewiß noch schlimmere Schulden als Geldschulden, welche uns die Vorfahren zur Tilgung hinterlassen. Jede Generation ist eine Fortsetzung der andern und ist verantwortlich für ihre Thaten. Die Schrift sagt: die Väter haben Här-
15 linge (unreife Trauben) gegessen und die Enkel haben davon schmerzhaft taube Zähne bekommen.

Es herrscht eine Solidarität der Generationen, die auf einander folgen, ja die Völker, die hintereinander in die Arena treten, übernehmen eine solche Solidarität und die ganze Menschheit
20 liquidiert am Ende die große Hinterlassenschaft der Vergangenheit. Im Thale Josaphat wird das große Schuldbuch vernichtet werden oder vielleicht vorher noch durch einen Universalbankrott.

Mein Vater selbst war sehr einsilbiger Natur, sprach nicht
25 gern, und einst als kleines Bübchen, zur Zeit, wo ich die Werkeltage in der öden Franziskaner-Klosterschule, jedoch die Sonntage zu Hause zubrachte, nahm ich hier eine Gelegenheit wahr, meinen Vater zu befragen, wer mein Großvater gewesen sei. Auf diese Frage antwortete er halb lachend, halb unwirsch: „Dein
30 Großvater war ein kleiner Jude und hatte einen großen Bart."

Den andern Tag, als ich in den Schulsaal trat, wo ich bereits meine kleinen Kameraden versammelt fand, beeilte ich mich sogleich ihnen die wichtige Neuigkeit zu erzählen: daß mein Großvater ein kleiner Jude war, welcher einen langen Bart hatte.

Kaum hatte ich diese Mitteilung gemacht, als sie von Mund zu Mund flog, in allen Tonarten wiederholt ward, mit Begleitung von nachgeäfften Tierstimmen. Die Kleinen sprangen über Tische und Bänke, rissen von den Wänden die Rechentafeln, welche auf den Boden purzelten, nebst den Tintenfässern, und dabei wurde gelacht, gemeckert, gegrunzt, gebellt, gekräht — ein Höllenspektakel, dessen Refrain immer der Großvater war, der ein kleiner Jude gewesen und einen großen Bart hatte.

Der Lehrer, welchem die Klasse gehörte, vernahm den Lärm und trat mit zornglühendem Gesichte in den Saal und fragte nach dem Urheber dieses Unfugs. Wie immer in solchen Fällen geschieht: ein jeder suchte kleinlaut sich zu diskulpieren, und am Ende der Untersuchung ergab es sich, daß ich Ärmster überwiesen ward, durch meine Mitteilung über meinen Großvater den ganzen Lärm veranlaßt zu haben, und ich büßte meine Schuld durch eine bedeutende Anzahl Prügel.

Es waren die ersten Prügel, die ich auf dieser Erde empfing, und ich machte bei dieser Gelegenheit schon die philosophische Betrachtung, daß der liebe Gott, der die Prügel erschaffen, in seiner gütigen Weisheit auch dafür sorgte, daß derjenige, welcher sie erteilt, am Ende müde wird, indem sonst am Ende die Prügel unerträglich würden.

Der Stock, womit ich geprügelt ward, war ein Rohr von gelber Farbe, doch die Streifen, welche dasselbe auf meinem Rücken ließ, waren dunkelblau. Ich habe sie nicht vergessen.

Meine Großmutter väterlicherseits, von welcher ich ebenfalls nur wenig zu sagen weiß, will ich jedoch nicht unerwähnt lassen. Sie war eine außerordentlich schöne Frau und einzige Tochter eines Banquiers zu Hamburg, der wegen seines Reichtums weit und breit berühmt war. Diese Umstände lassen mich vermuten, daß der kleine Jude, der die schöne Person aus dem Hause ihrer hochbegüterten Eltern nach seinem Wohnorte Hannover heimführte, noch außer seinem großen Barte sehr rühmliche Eigenschaften besessen und sehr respektabel gewesen sein muß.

Er starb frühe, eine junge Witwe mit sechs Kindern, sämtlich Knaben im zartesten Alter zurücklassend. Sie kehrte nach Ham= burg zurück und starb dort ebenfalls nicht sehr betagt.

Von den Kindern meiner Großmutter haben, so viel ich weiß, 5 nur zwei ihre außerordentliche Schönheit geerbt, nämlich mein Vater und mein Oheim Salomon Heine, der verstorbene Chef des hamburgischen Banquierhauses dieses Namens.

Die Schönheit meines Vaters hatte etwas Überweiches, Cha= rakterloses, fast Weibliches. Sein Bruder besaß vielmehr eine 10 männliche Schönheit und er war überhaupt ein Mann, dessen Charakterstärke sich auch in seinen edelgemessenen, regelmäßigen Zügen imposant, ja manchmal sogar verblüffend offenbarte.

Seine Kinder waren alle, ohne Ausnahme, zur entzückendsten Schönheit emporgeblüht, doch der Tod raffte sie dahin in ihrer 15 Blüte und von diesem schönen Menschenblumenstrauß leben jetzt nur zwei, der jetzige Chef des Banquierhauses und seine Schwes= ter — —

Ich hatte alle diese Kinder so lieb und ich liebte auch ihre Mutter, die ebenfalls so schön war und früh dahinschied, und 20 alle haben mir viele Thränen gekostet. Ich habe wahrhaftig in diesem Augenblicke nötig, meine Schellenkappe zu schütteln, um die weinerlichen Gedanken zu überklingeln.

Der Typus von Schönheit, der sich in den Zügen meines Vaters aussprach, erinnerte weder an die strenge keusche Idealität der 25 griechischen Kunstwerke, noch an den spiritualistisch schwärmeri= schen, aber mit heidnischer Gesundheit geschwängerten Stil der Renaissance; nein, besagtes Porträt trug vielmehr ganz den Cha= rakter einer Zeit, die eben keinen Charakter besaß, die minder der Schönheit als das Hübsche, das Niedliche, das kokett=Zierliche 30 liebte; einer Zeit, die es in der Fadheit bis zur Poesie brachte, jener süßen, geschnörkelten Zeit des Rokoko, die man auch die Haarbeutelzeit nannte und die wirklich als Wahrzeichen, nicht an der Stirn, sondern am Hinterkopfe, einen Haarbeutel trug. Wäre das Bild meines Vaters auf besagtem Porträte etwas

mehr Miniatur gewesen, so hätte man sagen können, der vor=
treffliche Watteau habe es gemalt, um mit phantastischen Arabes=
ken von bunten Edelsteinen und Goldflittern umrahmt auf einem
Fächer der Frau von Pompadour zu paradieren.

Die rote Uniform, worin mein Vater auf dem erwähnten 5
Porträte abkonterfeit ist, deutet auf hannöversche Dienstverhält=
nisse. Im Gefolge des Prinzen Ernst von Cumberland befand
sich mein Vater zu Anfang der französischen Revolution und
machte den Feldzug in Flandern und Brabant mit, in der
Eigenschaft eines Proviantmeisters oder Kommissarius, oder, wie es 10
die Franzosen nennen, eines officier de bouche; die Preußen
nennen es einen „Mehlwurm."

Das eigentliche Amt des blutjungen Menschen war aber das
eines Günstlings des Prinzen, eines Brummels au petit pied
und ohne gesteifte Kravatte, und er teilte auch am Ende das 15
Schicksal solcher Spielzeuge der Fürstengunst. Mein Vater blieb
zwar zeitlebens fest überzeugt, daß der Prinz, welcher später
König von Hannover ward, ihn nie vergessen habe, doch wußte
er sich nie zu erklären, warum der Prinz niemals nach ihm
schickte, niemals sich nach ihm erkundigen ließ, da er doch nicht 20
wissen konnte, ob sein ehemaliger Günstling nicht in Verhält=
nissen lebte, wo er etwa seiner bedürftig sein möchte.

Aus der Feldlagerperiode meines Vaters stammte auch wohl
seine grenzenlose Vorliebe für den Soldatenstand oder vielmehr
für das Soldatenspiel, die Lust an jenem lustigen, müßigen 25
Leben, wo Goldflitter und Scharlachlappen die innere Leere ver=
hüllen und die berauschte Eitelkeit sich als Mut gebärden kann.

In seiner junkerlichen Umgebung gab es weder militärischen
Ernst noch wahre Ruhmsucht; vom Heroismus konnte gar nicht
die Rede sein. Als die Hauptsache erschien ihm die Wachtparade, 30
das klirrende Wehrgehenke, die strammanliegende Uniform, so kleid=
sam für schöne Männer.

Wie glücklich war daher mein Vater, als zu Düsseldorf die
Bürgergarden errichtet wurden und er als Offizier derselben die

schöne dunkelblaue, mit himmelblauen Sammetaufschlägen ver=
sehene Uniform tragen und an der Spitze seiner Kolonnen an
unserem Hause vorbeidefilieren konnte. Vor meiner Mutter,
welche errötend am Fenster stand, salutierte er dann mit aller=
liebster Courtoisie; der Federbusch auf seinem dreieckigen Hute
flatterte da so stolz, und im Sonnenlicht blitzten freudig die
Epauletten.

Noch glücklicher war mein Vater in jener Zeit, wenn die
Reihe an ihn kam, als kommandierender Offizier die Hauptwache
zu beziehen und für die Sicherheit der Stadt zu sorgen. An
solchen Tagen floß auf der Hauptwache eitel Rüdesheimer und
Aßmannshäuser von den trefflichsten Jahrgängen, alles auf Rech=
nung des kommandierenden Offiziers, dessen Freigebigkeit seine Bür=
gergardisten, seine Creti und Pleti, nicht genug zu rühmen wußten.

Eine grenzenlose Lebenslust war ein Hauptzug im Charakter
meines Vaters, er war genußsüchtig, frohsinnig, rosenlaunig.
In seinem Gemüte war beständig Kirmeß, und wenn auch manch=
mal die Tanzmusik nicht sehr rauschend, so wurden doch immer
die Violinen gestimmt. Immer himmelblaue Heiterkeit und Fan=
faren des Leichtsinns. Eine Sorglosigkeit, die des vorigen Tages
vergaß und nie an den kommenden Morgen denken wollte.

Dieses Naturell stand im wunderlichsten Widerspruch mit der
Gravität, die über sein strengruhiges Antlitz verbreitet war und
sich in der Haltung und jeder Bewegung des Körpers kundgab.
Wer ihn nicht kannte und zum erstenmal diese ernsthafte, ge=
puderte Gestalt und diese wichtige Miene, sah, hätte gewiß glauben
können, einen von den sieben Weisen Griechenlands zu erblicken.
Aber bei näherer Bekanntschaft merkte man wohl, daß er weder
ein Thales noch ein Lampsakus war, der über kosmogonische
Probleme nachgrüble. Jene Gravität war zwar nicht erborgt,
aber sie erinnerte doch an jene antiken Basreliefs, wo ein heiteres
Kind sich eine große tragische Maske vor das Antlitz hält.

Auch seine Stimme, obgleich männlich, klangvoll, hatte etwas
Kindliches, ich möchte fast sagen etwas, das an Waldtöne, etwa

an Rotkehlchenlaute erinnerte; wenn er sprach, so drang seine Stimme so direkt zum Herzen, als habe sie gar nicht nötig gehabt, den Weg durch die Ohren zu nehmen.

Er redete den Dialekt Hannovers, wo, wie auch in der südlichen Nachbarschaft dieser Stadt, das Deutsche am bestem ausgesprochen wird. Das war ein großer Vorteil für mich, daß solchermaßen schon in der Kindheit durch meinen Vater mein Ohr an eine gute Aussprache des Deutschen gewöhnt wurde, während in unserer Stadt selbst jenes fatale Kauderwelsch des Niederrheins gesprochen wird, das zu Düsseldorf noch einigermaßen erträglich, aber in dem nachbarlichen Köln wahrhaft ekelhaft wird.

In der Sprache der Düsseldorfer merkt man schon einen Übergang in das Froschgequäke der holländischen Sümpfe. Ich will der holländischen Sprache bei Leibe nicht ihre eigentümlichen Schönheiten absprechen, nur gestehe ich, daß ich kein Ohr dafür habe. Es mag sogar wahr sein, daß unsere eigene deutsche Sprache, wie patriotische Linguisten in den Niederlanden behauptet haben, nur ein verdorbenes Holländisch sei. Es ist möglich.

Dieses erinnert mich an die Behauptung eines kosmopolitischen Zoologen, welcher den Affen für den Ahnherrn des Menschengeschlechts erklärt: die Menschen sind nach seiner Meinung nur ausgebildete, ja überbildete Affen. Wenn die Affen sprechen könnten, sie würden wahrscheinlich behaupten, daß die Menschen nur ausgeartete Affen seien, daß die Menschheit ein verdorbenes Affentum, wie nach der Meinung der Holländer die deutsche Sprache ein verdorbenes Holländisch ist.

— — Doch ich suche vergebens durch das Schellen meiner Kappe die Wehmut zu überklingeln, die mich jedesmal ergreift, wenn ich an meinen verstorbenen Vater denke.

Er war von allen Menschen derjenige, den ich am meisten auf dieser Erde geliebt. Er ist jetzt tot seit länger als 25 Jahren. Ich dachte nie daran, daß ich ihn einst verlieren würde, und selbst jetzt kann ich es kaum glauben, daß ich ihn wirklich ver-

loren habe. Es ist so schwer, sich von dem Tod der Menschen
zu überzeugen, die wir so innig liebten. Aber sie sind auch
nicht tot, sie leben fort in uns und wohnen in unserer Seele.

Es verging seitdem keine Nacht, wo ich nicht an meinen seligen
5 Vater denken mußte, und wenn ich des Morgens erwache, glaube
ich oft noch den Klang seiner Stimme zu hören, wie das Echo
eines Traumes. Alsdann ist mir zu Sinn, als müßt' ich mich
geschwind ankleiden und zu meinem Vater hinabeilen · in die
große Stube, wie ich als Knabe that.

10 Mein Vater pflegte immer sehr frühe aufzustehen und sich an
seine Geschäfte zu begeben, im Winter wie im Sommer, und ich
fand ihn gewöhnlich schon am Schreibtisch, wo er ohne aufzu=
blicken mir die Hand hinreichte zum Kusse. Eine schöne, fein=
geschnittene, vornehme Hand, die er immer mit Mandelklei wusch.
15 Ich sehe sie noch vor mir, ich sehe noch jedes blaue Äderchen,
das diese blendendweiße Marmorhand durchrieselte. Mir ist als
steige der Mandelduft prickelnd in meine Nase, und das Auge
wird feucht.

Zuweilen blieb es nicht beim bloßen Handkuß, und mein
20 Vater nahm mich zwischen seine Knie und küßte mich auf die
Stirn. Eines Morgens umarmte er mich mit ganz ungewöhn=
licher Zärtlichkeit und sagte: „Ich habe diese Nacht etwas Schönes
von dir geträumt und bin sehr zufrieden mit dir, mein lieber
Harry." Während er diese naiven Worte sprach, zog ein Lächeln
25 um seine Lippen, welches zu sagen schien: mag der Harry sich
noch so unartig in der Wirklichkeit aufführen, ich werde dennoch,
um ihn ungetrübt zu lieben, immer etwas Schönes von ihm
träumen.

# Geständnisse.

Ein geistreicher Franzose — vor einigen Jahren hätten diese Worte einen Pleonasmus gebildet — nannte mich einst einen Romantique défroqué. Ich hege eine Schwäche für alles, was Geist ist, und so boshaft die Benennung war, hat sie mich dennoch höchlich ergötzt. Sie ist treffend. Trotz meiner exterminatorischen Feldzüge gegen die Romantik, blieb ich doch selbst immer ein Romantiker, und ich war es in einem höheren Grade, als ich selbst ahnte. Nachdem ich dem Sinne für romantische Poesie in Deutschland die tödlichsten Schläge beigebracht, beschlich mich selbst wieder eine unendliche Sehnsucht nach der blauen Blume im Traumlande der Romantik, und ich ergriff die bezauberte Laute und sang ein Lied, worin ich mich allen holdseligen Übertreibungen, aller Mondscheintrunkenheit, allem blühenden Nachtigallen-Wahnsinn der einst so geliebten Weise hingab. Ich weiß, es war das „letzte freie Waldlied der Romantik," und ich bin ihr letzter Dichter; mit mir ist die alte lyrische Schule der Deutschen geschlossen, während zugleich die neue Schule, die moderne deutsche Lyrik, von mir eröffnet ward. Diese Doppelbedeutung wird mir von den deutschen Litterarhistorikern zugeschrieben. Es ziemt mir nicht, mich hierüber weitläufig auszulassen, aber ich darf mit gutem Fuge sagen, daß ich in der Geschichte der deutschen Romantik eine große Erwähnung verdiene. Aus diesem Grunde hätte ich in meinem Buche „De l'Allemagne," wo ich jene Geschichte der romantischen Schule so vollständig als möglich darzustellen suchte, eine Besprechung meiner eignen Person liefern müssen. Indem ich dieses unterließ, entstand eine Lakune, welcher ich nicht leicht abzuhelfen weiß. Die Abfassung einer Selbstcharakteristik wäre nicht bloß eine sehr verfängliche, sondern sogar eine unmögliche Arbeit. Ich wäre ein eitler Geck, wenn ich hier das Gute, das ich von mir zu sagen wüßte, drall hervorhübe, und ich wäre ein großer

Narr, wenn ich die Gebrechen, deren ich mich vielleicht ebenfalls bewußt bin, vor aller Welt zur Schau stellte — und dann, mit dem besten Willen der Treuherzigkeit kann kein Mensch über sich selbst die Wahrheit sagen.

Da war der König der Aschantis, von welchem ich jüngst in einer afrikanischen Reisebeschreibung viel Ergötzliches las, viel ehrlicher, und das naive Wort dieses Negerfürsten, welches die oben angedeutete, menschliche Schwäche so spaßhaft resumiert, will ich hier mitteilen. Als nämlich der Major Bowditsch in der Eigenschaft eines Ministerresidenten von dem englischen Gouverneur des Kaps der guten Hoffnung an den Hof jenes mächtigsten Monarchen Südafrikas geschickt ward, suchte er sich die Gunst der Höflinge und zumal der Hofdamen, die trotz ihrer schwarzen Haut mitunter außerordentlich schön waren, dadurch zu erwerben, daß er sie porträtierte. Der König, welcher die frappante Ähnlichkeit bewunderte, verlangte ebenfalls konterfeit zu werden und hatte dem Maler bereits einige Sitzungen gewidmet, als dieser zu bemerken glaubte, daß der König, der oft aufgesprungen war, um die Fortschritte des Porträts zu beobachten, in seinem Antlitze einige Unruhe und die grimassierende Verlegenheit eines Mannes verriet, der einen Wunsch auf der Zunge hat, aber doch keine Worte dafür finden kann — der Maler drang jedoch so lange in Seine Majestät, ihm ihr allerhöchstes Begehr kundzugeben, bis der arme Negerkönig endlich kleinlaut ihn fragte: ob es nicht anginge, daß er ihn weiß malte?

Das ist es. Der schwarze Negerkönig will weiß gemalt sein. Aber lacht nicht über den armen Afrikaner — jeder Mensch ist ein solcher Negerkönig, und jeder von uns möchte dem Publikum in einer andern Farbe erscheinen, als die ist, womit uns die Fatalität angestrichen hat. Gottlob, daß ich dieses begreife, und ich werde mich daher hüten, hier in diesem Buche mich selbst abzukonterfeien.

An einem andern Orte, in meinen Memoiren, erzähle ich

weitläufiger, als es hier geſchehen dürfte, wie ich nach der Ju=
liusrevolution nach Paris überſiedelte, wo ich ſeitdem ruhig und
zufrieden lebe. Was ich während der Reſtauration gethan und
gelitten, wird ebenfalls zu einer Zeit mitgeteilt werden wo die
uneigennützige Abſicht ſolcher Mitteilungen keinem Zweifel und   5
keiner Verdächtigung begegnen kann. — — Ich hatte viel gethan
und gelitten, und als die Sonne der Juliusrevolution in
Frankreich aufging, war ich nachgerade ſehr müde geworden und
bedurfte einiger Erholung. Auch ward mir die heimatliche Luft
täglich ungeſunder, und ich mußte ernſtlich an eine Veränderung   10
des Klimas denken. Ich hatte Viſionen; die Wolkenzüge äng=
ſtigten mich und ſchnitten mir allerlei fatale Fratzen. Es kam
mir manchmal vor, als ſei die Sonne eine preußiſche Kokarde;
des Nachts träumte ich von einem häßlichen ſchwarzen Geier,
der mir die Leber fraß, und ich ward ſehr melancholiſch. Dazu   15
hatte ich einen alten Berliner Juſtizrat kennen gelernt, der viele
Jahre auf der Feſtung Spandau zugebracht und mir erzählte,
wie es unangenehm ſei, wenn man im Winter die Eiſen tragen
müſſe. Ich fand es in der That ſehr unchriſtlich, daß man den
Menſchen die Eiſen nicht ein bißchen wärme. Wenn man uns   20
die Ketten ein wenig wärmte, würden ſie keinen ſo unangeneh=
men Eindruck machen, und ſelbſt fröſtelnde Naturen könnten ſie
dann gut ertragen; man ſollte auch die Vorſicht anwenden, die
Ketten mit Eſſenzen von Roſen und Lorbeern zu parfümieren,
wie es hier zu Lande geſchieht. Ich frug meinen Juſtizrat, ob   25
er zu Spandau oft Auſtern zu eſſen bekommen. Er ſagte nein,
Spandau ſei zu weit vom Meere entfernt. Auch das Fleiſch,
ſagte er, ſei dort rar, und es gebe dort kein anderes Geflügel,
als die Fliegen. Zu gleicher Zeit lernte ich einen franzöſiſchen
commis voyageur kennen, der für eine Weinhandlung reiſte   30
und mir nicht genug zu rühmen wußte, wie luſtig man jetzt in
Paris lebe, wie der Himmel dort voller Geigen hänge, wie man
dort von morgens bis abends die Marſeillaiſe und „En avant,
marchons!“ und „Lafayette aux cheveux blancs“ ſinge, und

Freiheit, Gleichheit und Brüderschaft an allen Straßenecken stehe;
dabei lobte er auch den Champagner seines Hauses, von dessen
Adresse er mir eine große Anzahl Exemplare gab, und er ver=
sprach mir Empfehlungsbriefe für die besten Pariser Restaurants,
im Fall ich die Hauptstadt zu meiner Erheiterung besuchen
wollte. Da ich nun wirklich einer Aufheiterung bedurfte, und
Spandau zu weit vom Meere entfernt ist, um dort Austern zu
essen, und mich die Spandauer Geflügelsuppen nicht sehr lockten,
und auch obendrein die preußischen Ketten im Winter sehr kalt
sind und meiner Gesundheit nicht zuträglich sein konnten, so ent=
schloß ich mich, nach Paris zu reisen und im Vaterland des
Champagners und der Marseillaise jenen zu trinken und diese
letztere, nebst „En avant, marchons!" und „Lafayette aux
cheveux blancs" singen zu hören.

Fortgerissen von der Strömung großmütiger Gesinnung,
mögen wir immerhin die Interessen der Kunst und Wissenschaft,
ja alle unsere Partikularinteressen dem Gesamtinteresse des
leidenden und unterdrückten Volkes aufopfern; aber wir können
uns nimmermehr verhehlen, wessen wir uns zu gewärtigen
haben, sobald die große rohe Masse, welche die einen das Volk,
die andern den Pöbel nennen, und deren legitime Souveränetät
bereits längst proklamiert worden, zur wirklichen Herrschaft käme.
Ganz besonders empfindet der Dichter ein unheimliches Grauen
vor dem Regierungsantritte dieses täppischen Souveräns. Wir
wollen gern für das Volk uns opfern, denn Selbstaufopferung
gehört zu unsern raffiniertesten Genüssen — die Emancipation
des Volkes war die große Aufgabe unseres Lebens und wir
haben dafür gerungen und namenloses Elend ertragen, in der
Heimat wie im Exil — aber die reinliche, sensitive Natur des
Dichters sträubt sich gegen jede persönlich nahe Berührung mit
dem Volke, und noch mehr schrecken wir zusammen bei dem
Gedanken an seine Liebkosungen, vor denen uns Gott bewahre!
Ein großer Demokrat sagte einst: er würde, hätte ein König
ihm die Hand gedrückt, sogleich seine Hand ins Feuer halten,

um sie zu reinigen. Ich möchte in derselben Weise sagen: Ich würde meine Hand waschen, wenn mich das souveräne Volk mit seinem Händedruck beehrt hätte.

Ja, ich habe das Wort genannt. Es war der närrische Hoch= mut des deutschen Dichters, der mich davon abhielt, auch nur pro Forma ein Franzose zu werden. Es war eine ideale Grille wovon ich mich nicht losmachen konnte. In Bezug auf das, was wir gewöhnlich Patriotismus nennen, war ich immer ein Freigeist, doch konnte ich mich nicht eines gewissen Schauers erwehren, wenn ich etwas thun sollte, was nur halbwegs als ein Lossagen vom Vaterlande erscheinen mochte. Auch im Gemüt des Aufgeklärtesten nistet immer ein kleines Alräunchen des alten Aberglaubens, das sich nicht ausbannen läßt; man spricht nicht gern davon, aber es treibt in den geheimsten Schlupfwinkeln unsrer Seele sein unkluges Wesen. Die Ehe, welche ich mit unsrer lieben Frau Germania, der blonden Bärenhäuterin, geführt, war nie eine glückliche gewesen. Auch lebten wir zuletzt getrennt von Tisch und Bett. Aber bis zu einer eigentlichen Scheidung sollte es nicht kommen. Ich habe es nie übers Herz bringen können, mich ganz loszusagen von meinem Hauskreuz. Jede Abtrünnigkeit ist mir verhaßt, und ich hätte mich von keiner deutschen Katze lossagen mögen, nicht von einem deutschen Hund, wie unausstehlich mir auch seine Flöhe und Treue. Die Naturalisation mag für andre Leute passen; ein Advokat aus Zweibrücken, ein Strohkopf mit einer eisernen Stirn und einer kupfernen Nase, mag immerhin, um ein Schulmeisteramt zu erschnappen, ein Vaterland aufgeben, das nichts von ihm weiß und nie etwas von ihm erfahren wird —aber dasselbe geziemt sich nicht für einen deutschen Dichter, welcher die schönsten deutschen Lieder gedichtet hat. Es wäre für mich ein entsetzlicher, wahnsinniger Gedanke, wenn ich mir sagen müßte, ich sei ein deutscher Poet und zugleich ein naturalisierter Franzose. — Ich käme mir selber vor wie eine jener Mißge= burten mit zwei Köpfchen, die man in den Buden der Jahr=

märkte zeigt. Es würde mich beim Dichten unerträglich genieren,
wenn ich dächte, der eine Kopf singe auf einmal an, im französischen Truthahnpathos die unnatürlichsten Alexandriner zu
skandieren, während der andere in den angebornen wahren
5 Naturmetren der deutschen Sprache seine Gefühle ergösse. Und,
ach! unausstehlich sind mir, wie die Metrik, so die Verse der
Franzosen, dieser parfümierte Quark — kaum ertrage ich ihre
ganz geruchlosen besseren Dichter. — Wenn ich jene sogenannte
Poésie lyrique der Franzosen betrachte, erkenne ich erst ganz
10 die Herrlichkeit der deutschen Dichtkunst, und ich könnte mir alsdann wohl etwas darauf einbilden, daß ich mich rühmen darf,
in diesem Gebiete meine Lorbeern errungen zu haben. — Wir
wollen auch kein Blatt davon aufgeben, und der Steinmetz, der
unsre letzte Schlafstätte mit einer Inschrift zu verzieren hat, soll
15 keine Einrede zu gewärtigen haben, wenn er dort eingräbt die
Worte: „Hier ruht ein deutscher Dichter."

Aber, wie du wohl weißt, geneigter Leser, ich bin kein Papst
geworden, auch kein Kardinal, nicht mal ein römischer Nuntius,
und, wie in der weltlichen, so auch in der geistlichen Hierarchie
20 habe ich weder Amt noch Würden errungen. Ich habe es, wie
die Leute sagen, auf dieser schönen Erde zu nichts gebracht.
Es ist nichts aus mir geworden, nichts als ein Dichter.

Nein, ich will keiner heuchlerischen Demut mich hingebend,
diesen Namen geringschätzen. Man ist viel, wenn man ein
25 Dichter ist, und gar wenn man ein großer lyrischer Dichter ist
in Deutschland, unter dem Volke, das in zwei Dingen, in der
Philosophie und im Liede, alle andern Nationen überflügelt
hat. Ich will nicht mit der falschen Bescheidenheit, welche die
Lumpen erfunden, meinen Dichterruhm verleugnen. Keiner
30 meiner Landsleute hat in so frühem Alter, wie ich, den Lorbeer errungen, und wenn mein Kollege Wolfgang Goethe wohlgefällig davon singt, „daß der Chinese mit zitternder Hand
Werthern und Lotten auf Glas male," so kann ich, soll einmal
geprahlt werden, dem chinesischen Ruhm einen noch weit fabel-
35 haftern, nämlich einen japanischen entgegensetzen.

In diesem Augenblick ist er mir ebenso gleichgültig, wie etwa mein finnländischer Ruhm. Ach! der Ruhm überhaupt, dieser sonst so süße Tand, süß wie Ananas und Schmeichelei, er ward mir seit geraumer Zeit sehr verleidet; er dünkt mich jetzt bitter wie Wermut. Ich kann wie Romeo sagen: „Ich bin der Narr des Glücks." Ich stehe jetzt vor dem großen Breinapf, aber es fehlt mir der Löffel. Was nützt es mir, daß bei Festmahlen aus goldnen Pokalen und mit den besten Weinen meine Gesundheit getrunken wird, wenn ich selbst unterdessen, abgesondert von aller Weltlust, nur mit einer schmalen Tisane meine Lippen netzen darf! Was nützt es mir, daß begeisterte Jünglinge und Jungfrauen meine marmorne Büste mit Lorbeeren umkränzen, wenn derweilen meinem wirklichen Kopfe von den welken Händen einer alten Wärterin eine spanische Fliege hinter die Ohren gedrückt wird! Was nützt es mir, daß alle Rosen von Schiras so zärtlich für mich glühen und duften — ach, Schiras ist zweitausend Meilen entfernt von der Rue d'Amsterdam, wo ich in der verdrießlichen Einsamkeit meiner Krankenstube nichts zu riechen bekomme, als etwa die Parfüms von gewärmten Servietten. Ach! der Spott Gottes lastet schwer auf mir. Der große Autor des Weltalls, der Aristophanes des Himmels, wollte dem kleinen irdischen, sogenannten deutschen Aristophanes recht grell darthun wie die witzigsten Sarkasmen desselben nur armselige Spöttelesien gewesen im Vergleich mit den seinigen, und wie kläglich ich ihm nachstehen muß im Humor, in der kolossalen Spaßmacherei.

Ja, die Lauge der Verhöhnung, die der Meister über mich herabgeußt, ist entsetzlich, und schauerlich grausam ist sein Spaß. Demütig bekenne ich seine Überlegenheit, und ich beuge mich vor ihm im Staube. Aber wenn es mir auch an solcher höchsten Schöpfungskraft fehlt, so blitzt doch in meinem Geiste die ewige Vernunft, und ich darf sogar den Spaß Gottes vor ihr Forum ziehen und einer ehrfurchtsvollen Kritik unterwerfen. Und da wage ich nun zunächst die unterthänigste Andeutung

auszusprechen, es wolle mich bedünken, als zöge sich jener grau=
same Spaß, womit der Meister den armen Schüler heimsucht,
etwas zu sehr in die Länge; er dauert schon über sechs Jahre,
was nachgerade langweilig wird.    Dann möchte ich ebenfalls mir
5 die unmaßgebliche Bemerkung erlauben, daß jener Spaß nicht
neu ist und daß ihn der große Aristophanes des Himmels schon
bei einer andern Gelegenheit angebracht, und also ein Plagiat
an hoch sich selber begangen habe.    Um diese Behauptung zu
unterstützen, will ich eine Stelle der Limburger Chronik citieren.
10 Diese Chronik ist sehr interessant für diejenigen, welche sich über
Sitten und Bräuche des deutschen Mittelalters unterrichten
wollen.    Sie beschreibt, wie ein Modejournal, die Kleidertrachten,
sowohl die männlichen als die weiblichen, welche in jeder Pe=
riode aufkamen.    Sie giebt auch Nachricht von den Liedern,
15 die in jedem Jahre gepfiffen und gesungen wurden, und von
manchem Lieblingsliede der Zeit werden die Anfänge mitge=
teilt.    So vermeldet sie von Anno 1480, daß man in diesem
Jahre in ganz Deutschland Lieder gepfiffen und gesungen, die
süßer und lieblicher als alle Weisen, so man zuvor in deut=
20 schen Landen kannte, und Jung und Alt, zumal das Frauen=
zimmer, sei ganz davon vernarrt gewesen, so daß man sie von
Morgen bis Abend singen hörte; diese Lieder aber, setzt die
Chronik hinzu, habe ein junger Klerikus gedichtet, der von der
Misselsucht behaftet war und sich, vor aller Welt verborgen, in
25 einer Einöde aufhielt.    Du weißt gewiß, lieber Leser, was für
ein schauderhaftes Gebreste im Mittelalter die Misselsucht war,
und wie die armen Leute, die solchem unheilbaren Siechtum
verfallen, aus jeder bürgerlichen Gesellschaft ausgestoßen waren
und sich keinem menschlichen Wesen nahen durften.    Lebendig=
30 tote, wandelten sie einher, vermummt vom Haupt bis zu den
Füßen, die Kapuze über das Gesicht gezogen, und in der Hand
eine Klapper tragend, die sogenannte Lazarusklapper, womit sie
ihre Nähe ankündigten, damit ihnen jeder zeitig aus dem Wege
gehen konnte.    Der arme Klerikus, von dessen Ruhm als Lieder=

dichter die obengenannte Limburger Chronik gesprochen, war nun
ein solcher Mißselsüchtiger, und er saß traurig in der Öde seines
Elends, während jauchzend und jubelnd ganz Deutschland seine
Lieder sang und pfiff! O, dieser Ruhm war die uns wohl=
bekannte Verhöhnung, der grausame Spaß Gottes, der auch 5
hier derselbe ist, obgleich er diesmal im romantischen Kostüme
des Mittelalters erscheint. Der blasierte König von Judäa
sagte mit Recht: „Es giebt nichts Neues unter der Sonne" —
vielleicht ist diese Sonne selbst ein alter, aufgewärmter Spaß,
der mit neuen Strahlen geflickt, jetzt so imposant funkelt! 10

Manchmal in meinen trüben Nachtgesichten glaube ich den
armen Klerikus der Limburger Chronik, meinen Bruder in
Apoll, vor mir zu sehen, und seine leidenden Augen lugen
sonderbar stier hervor aus seiner Kapuze; aber im selben
Augenblick huscht er von dannen, und verhallend, wie das 15
Echo eines Traumes, hör' ich die knarrenden Töne der Lazarus=
klapper.

# Vermischte Briefe.

## An Moses Moser.

Göttingen, den 22. Juli 1825.

Lieber Moser!

Deinen Brief vom 5. des Monats hätte ich längst beantwor=
tet, wenn mich nicht meine Promotion, die, von einem Tage zum
andern sich herumziehend, erst vorgestern stattfand, daran verhin=
dert hätte. Aber auch heute kann ich dir bloß den Empfang
5 der zehn Louisdor melden und, wie gesagt, die Nachricht der
stattgefundenen Promotion. Ich habe disputiert wie ein Kutschen=
pferd über die 4te und 5te Thesis, Eid und Confarreatio.
Es ging sehr gut, und der Dekan (Hugo) machte mir bei dieser
feierlichen Scene die größten Elogen, indem er seine Bewunde=
10 rung aussprach, daß ein großer Dichter auch ein großer Jurist
sei. Wenn mich letztere Worte nicht mißtrauisch gegen dieses
Lob gemacht hätten, so würde ich mir nicht wenig darauf ein=
bilden, daß man vom Katheder herab, in einer langen latei=
nischen Rede, mich mit Goethe verglichen und auch geäußert, daß
15 nach dem allgemeinen Urteil meine Verse den Goetheschen an die
Seite zu setzen sind. Und dieses sagte der große Hugo aus der
Fülle seines Herzens, und privatim sagte er noch viel Schönes
denselben Tag, als wir beide mitsammen spazieren fuhren und
ich von ihm auf ein Abendessen gesetzt wurde. Ich finde also,
20 daß Gans unrecht hat, wenn er in geringschätzendem Tone
von Hugo spricht. Hugo ist einer der größten Männer unseres
Jahrhunderts.

Gestern habe ich den ganzen Tag mit Briefschreiben an meine
Familie und Gratuliertwerden vertrödelt, und heute bin ich tot.
25 Erschrick nicht über letztere Worte, ich sprach bloß im figürlichen
Sinn. Ich kann dir also heute nicht schreiben, obschon ich un=
endlichen Stoff dazu habe. Besonders wenn ich dir ausführlich
sagen wollte, wie sehr ich dich liebe, und wie sehr du es verdienst
geliebt zu werden.

Im ganzen geht es gut mit meiner Gesundheit. Ich werde wohl jetzt nicht lange mehr hier bleiben. In einem Briefe an meinen Onkel habe ich meinen Wunsch, nach einem Seebade zu reisen, durchschimmern lassen, und ich erwarte von seiner sagacité und Gnade, daß dieser Wunsch in Erfüllung gehen wird. Salo= 5 mon Heine ist hier durchgereist, ließ mich gleich rufen, war über alle Maßen freundlich, so daß wir vergnügte Stunden verbrach= ten. Doch da einige Fremden immer gegenwärtig waren, konnte ich nicht dazu kommen, mit ihm über meine Privatverhältnisse zu sprechen; und als ich mit nach Kassel fahren sollte, war der 10 Wagen so sehr bepackt, daß Peter Schlemihl zurückbleiben mußte. — Doch ich bin gewitzigt genug, um nicht zu glauben, daß mor= gen schönes Wetter sei, weil heute die Sonne schien . . . . .

Lebe wohl, und schreibe mir bald; sollte dein Brief mich nicht mehr hier antreffen, so gebe ich Ordre, daß er mir nachgeschickt 15 wird. Hast du aber nichts Wichtiges mir mitzuteilen, so warte mit dem Schreiben, bis ich dir sage, ob ich nach dem Bade reise.

Ich bin, wie gesagt, heute tot und in großer Verwirrung und weiß kaum, was ich schreibe. Ich weiß aber sehr gut und klar, daß du mein liebster und wahrhaftester Freund bist und ich der 20 deinige. H. Heine.

## An Salomon Heine.

Havre De Grace, den 1. September 1837.
Lieber Onkel!

Mit Verwunderung und großem Kummer ersehe ich aus den Briefen meines Bruders Max, daß Sie noch immer Beschwerde gegen mich führen, sich noch immer zu bitteren Klagen berechtigt glauben; und mein Bruder, in seinem Enthusiasmus für Sie, 25 ermahnt mich aufs dringendste, Ihnen mit Liebe und Gehorsam zu schreiben, und ein Mißverhältnis, welches der Welt so viel Stoff zum Skandal bietet, auf immer zu beseitigen. Der Skan= dal kümmert mich nun wenig, es liegt mir nichts daran, ob die

Welt mich ungerechter Weise der Lieblosigkeit oder gar der Un=
dankbarkeit anklage, mein Gewissen ist ruhig, und ich habe außer=
dem dafür gesorgt, daß, wenn wir alle längst im Grabe liegen,
mein ganzes Leben seine gerechte Anerkennung findet. Aber,
5 lieber Onkel, es liegt mir sehr viel daran, die Unliebe, womit
jetzt Ihr Herz wider mich erfüllt ist, zu verscheuchen, und mir
Ihre frühere Zuneigung zu erwerben. Dieses ist jetzt das
schmerzlichste Bedürfnis meiner Seele und um diese Wohlthat
bitte ich und flehe ich mit der Unterwürfigkeit, die ich immer
10 Ihnen gegenüber empfunden und deren ich mich nur einmal im
Leben entäußert habe, nur einmal, und zwar zu einer Zeit, als
die unverdientesten Unglücksfälle mich grauenhaft erbitterten, und
die widerwärtige Krankheit, die Gelbsucht, mein ganzes Wesen
verkehrte, und Schrecknisse in mein Gemüt traten, wovon
15 Sie keine Ahnung haben. Und dann habe ich Sie nie anders
beleidigt, als mit Worten, und Sie wissen daß in unserer Fa=
milie, bei unserm aufbrausenden und offnen Charakter, die bösen
Worte nicht viel bedeuten, und in der nächsten Stunde, wo
nicht gar vergessen, doch gewiß bereut sind. Wer kann das
20 besser wissen, als Sie, lieber Onkel, an dessen bösen Worten
man manchmal sterben könnte, wenn man nicht wüßte, daß sie
nicht aus dem Herzen kommen, und daß Ihr Herz voll Güte
ist, voll Liebenswürdigkeit und Großmut. Um Ihre Worte,
und wären Sie noch so böse, würde ich mich nicht lange grä=
25 men, aber es quält mich aufs gramvollste, es schmerzt mich, es
peinigt mich die unbegreifliche, unnatürliche Härte, die sich jetzt
in Ihrem Herzen selbst zeigt. Ich sage unnatürliche Härte,
denn sie ist gegen Ihre Natur, hier müssen unselige Zuflüste=
rungen im Spiel sein, hier ist ein geheimer Einfluß wirksam,
30 den wir beide vielleicht nie erraten, was um so verdrießlicher
ist, da mein Argwohn jeden in Ihrer Umgebung, die besten
Freunde und Verwandten verdächtigen könnte — mir kann dabei
nicht wohl werden, mehr als alles andere Unglück muß mich
dieses Familienunglück bedrücken, und Sie begreifen, wie not=

wendig es iſt, daß ich davon erlöſt werde. Sie haben keine
Vorſtellung davon, wie ſehr ich jetzt unglücklich bin, unglücklich
ohne meine Schuld; ja, meinen beſſeren Eigenſchaften verdanke
ich die Kümmerniſſe, die mich zernagen und vielleicht zerſtören.
Ich habe tagtäglich mit den unerhörteſten Verfolgungen zu  5
kämpfen, damit ich nur den Boden unter meinen Füßen be=
halten kann; Sie kennen nicht die ſchleichenden Intriguen, die
nach den wilden Aufregungen des Parteikampfes zurückbleiben
und mir alle Lebensquellen vergiften. Was mich noch aufrecht
hält, iſt der Stolz der geiſtigen Obermacht, die mir angeboren  10
iſt, und das Bewußtſein, daß kein Menſch in der Welt mit
weniger Federſtrichen ſich gewaltiger rächen könnte, als ich, für
alle offene und geheime Unbill, die man mir zufügt.

Aber ſagen Sie mir, was iſt der letzte Grund jenes Fluches,
der auf allen Männern von großem Genius laſtet? Warum  15
trifft der Blitz des Unglücks die hohen Geiſter, die Türme der
Menſchheit, am öfteſten, während er die niedrigen Strohkopf=
dächer der Mittelmäßigkeit ſo liebreich verſchont? Sagen Sie
mir, warum erntet man Kummer, wenn man Liebe ſäet?
Sagen Sie mir, warum der Mann, der ſo weichfühlend, ſo  20
mitleidig, ſo barmherzig iſt gegen fremde Menſchen, ſich jetzt ſo
hart zeigt gegen ſeinen Neffen? H. Heine.

## An Mathilde Heine.

Hamburg, den 2. September 1844.

Liebſter Schatz!

Ich weiß wohl, daß Du nicht ſehr ſchrebluſtig biſt, daß
Briefe zu ſchreiben für Dich ein ſehr langweiliges Geſchäft iſt,
daß es Dich ärgert, Deine Feder nicht mit verhängtem Zügel  25
von ſelbſt galoppieren laſſen zu können — aber Du weißt wohl,
daß Du Dich vor mir nicht zu genieren brauchſt, und daß ich
Deine Gedanken errate, wie ſchlecht ſie auch ausgedrückt ſein

mögen. Ich habe in diesem Augenblick viel zu arbeiten, und
da ich nur Deutsch spreche und schreibe, macht es mir auch schon
einige Mühe, Französisch zu schreiben. Das mag Dir zugleich
erklären, weshalb ich Dir weniger oft und nicht so lange Briefe
5 schreibe, wie ich es gern möchte; denn ich denke stets an Dich,
und ich habe Dir Tausenderlei zu sagen. Das Wichtigste, was
ich Dir mitzuteilen habe, ist, daß ich Dich liebe bis zum Wahn=
sinn, meine liebe Frau.

Ich hoffe, daß Du die deutsche Sprache noch nicht vergessen
10 hast. Wir befinden uns Alle recht wohl; selbst meinem Oheim
geht's besser, und er ist umgänglicher. Ich bin wohlangesehen
bei Hofe. Über meine Abreise habe ich noch nichts bestimmt.
Ich bin in derselben Wohnung geblieben, nur bin ich ins zweite
Stockwerk hinauf gezogen, um nicht 125 Mark Miete zu be=
15 zahlen; ich zahle jetzt nur 46 Mark monatlich. Gewöhnlich esse
ich bei meiner Mutter, so daß ich wenig verbrauche. Ich hoffe,
daß auch Du nicht viel ausgiebst; meine Geschäfte sind nicht
sehr einträglich. Auf jeden Fall werde ich Dir nächste Woche
Geld senden.

20 Leb' wohl, meine geliebte Nonnotte. Meine Empfehlung an
Madame Darte.

Dein armer Mann

Henri Heiné.


## An Maximilian Heine.

Passy, den 12. September 1848.

Mein geliebter Bruder!

Es drängt mich, meinem gestrigen Briefe einige Zeilen auf
dem Fuße nachfolgen zu lassen. Das Beste, was ich Dir zu
sagen habe, ist, daß die verflossene Nacht eine schmerzlose und
25 ruhige war; obgleich die Krämpfe im Grunde dieselben geblie=
ben, und dieselben Kontraktionen und Verkrümmungen hervor=
brachten, so fehlte ihnen doch der akute Schmerz, und ich habe

auch einige Minuten geſchlafen. Ich träumte von unſerem ſeli=
gen Vater. Das Wichtigere aber, was ich Dir noch zu ſagen
habe, betrifft die 4000 Franks, die Du mir noch ſchicken woll=
teſt. Ich muß Dich auf Ehr' und Gewiſſen bitten, mir auf=
richtig zu ſagen, ob wirklich Deine Umſtände es erlauben, dieſe
Summe zu riskieren, ich ſage zu riskieren, denn obgleich meine
Finanzen im nächſten Jahr wieder ganz hergeſtellt ſein werden,
ſo bin ich doch nicht ſicher, ob ich dieſe Zeit auch erlebe. Wenn
Du aber jene Summe entbehren kannſt, und ſchlimmſten Falles
verlieren kannſt, ſo geſtehe ich Dir offen, daß die Hilfe ihren
Hauptwert dadurch erhält, daß ſie bald anlangt, indem eben der
Moment von kritiſcher Bedeutung iſt. Du haſt keinen Begriff
davon, wie jeder hier von Geldnot gehetzt wird; denk' Dir nun
Einen, der gehetzt wird und keine Beine hat, und eine Meile
entfernt vom Schauplatze des Verkehrs auf ſeinem Bette ange=
nagelt liegt. In vierzehn Tagen werde ich wieder in Paris
wohnen, und kann ſchon allenfalls die Perſonen, womit ich im
Verkehr ſtehe, zu mir kommen laſſen, und ich hoffe allmählich
meine Verhältniſſe behaglich zu geſtalten. Ich habe mich ſeit
geſtern entſchloſſen, dennoch eine neue Wohnung zu nehmen,
was freilich wieder neue Koſten herbeiführt. Dir, lieber Max,
verdanke ich es, daß ich ſolches ausführen und ſomit für meine
Geſundheit etwas Förderliches thun kann. — Von Hamburg
habe ich eben die beſten Nachrichten empfangen. Die Mutter
ſchickt mir auch Deine Anweiſung, wie man ſich bei der Cho=
lera zu verhalten habe. Ich kann vielleicht für Andere nütz=
lichen Gebrauch davon machen. Wie wäre es, wenn Du mir
zu öffentlicher Benutzung einen großen Brief ſchriebeſt, im po=
pulärſten Tone, jeder Intelligenz zugänglich, mit den genaue=
ſten Details, was man bei den erſten Symptomen der Krank=
heit zu thun habe, mit einer für die Laien faßlichen Angabe
der Medikamente. Dein Brief über die Peſt war ſehr gut ge=
ſchrieben; ich gab ihn einem Freunde zur Veröffentlichung ins
Franzöſiſche, aber nur ein einziges franzöſiſches Blatt druckte

ihn; die französische Presse verbreitete nicht gerne etwas, was
mit den französischen Handelsinteressen im Widerspruch stand,
wie Deine Meinung über die Quarantänen. Vielleicht interessiert
Dich diese retrospektive Notiz.

Über meine Krankheit will ich Dir nächstens einmal Man=
cherlei mitteilen, woraus Dir, dem Arzte, vielleicht ein Licht
aufgehen mag. Ich weiß nicht, woran ich bin, und keiner
meiner Ärzte weiß es. So viel ist gewiß, daß ich in den
letzten drei Monaten mehr Qualen erduldet habe, als jemals
die spanische Inquisition ersinnen konnte. Dieser lebendige
Tod, dieses Unleben ist nicht zu ertragen, wenn sich noch
Schmerzen dazu gesellen. Vorigen Winter hatte ich große Ge=
nesungshoffnung durch einen ungarischen Charlatan, der durch
seine Wundertinktur mir meine letzten Kräfte raubte. Genug
davon! Wenn ich auch nicht gleich sterbe, so ist doch das Le=
ben für mich auf ewig verloren, und ich liebe doch das Leben
mit so inbrünstiger Leidenschaft, für mich giebt es keine schönen
Berggipfel mehr, die ich erklimme, keine Frauenlippe, die ich küsse,
nicht mal mehr einen guten Rinderbraten in Gesellschaft heiter
schmausender Gäste; meine Lippen sind gelähmt wie meine
Füße, auch die Eßwerkzeuge sind gelähmt, ich werde wie ein
Vogel gefüttert. Dieses Unleben ist nicht zu ertragen. O!
welch ein Unglück, lieber Max, daß ich nicht bei Dir sein kann.

Dein leidender Bruder

Heinrich Heine.

## An die Mutter.

Paris, 29. Dezember 1852.

Liebste gute Mutter, meine liebe gute Schwester,
und alles was daran herum baumelt und
bummelt!

Euer Brief, worin die Beschreibung von Mutters Geburts=
tagsfeier, habe ich mit Vergnügen erhalten, und mich recht

daran gefreut. Heute gratuliere ich Euch zum neuen Jahre, welches ſich ziemlich gut für mich ankündigt. Ich habe die Hoffnung, daß das neue Jahr beſſer ſein wird, als das alte. Daß ich Euch alles Liebe und Gute wünſche, brauche ich Euch nicht erſt zu ſagen. Der Himmel erhalte Euch im Wohlſein, Eintracht und guter Laune! Meine Frau läßt ebenfalls gratulieren, und iſt eben im Begriff, mit neuen weißen Vorhängen die Fenſter zu verzieren, um das hereinbrechende Jahr freundlich zu empfangen. Sie iſt ſehr liebenswürdig gelaunt, und macht dieſes Jahr weniger Neujahrsgeſchenke, als ſonſt, was wirklich ein Fortſchritt iſt. Meinen lieben Neſſen Ludwig läßt ſie freundlich grüßen, auch ich grüße ſowohl Ludwig wie meinen Schwager Moritz. Auch Anna und Lenchen laſſe ich herzlich grüßen, und noch vor Ablauf des nächſten Monats finde ich Gelegenheit, ſie wiſſen zu laſſen, daß ſie in Paris einen Onkel haben, der ſie ſehr liebt. —

Meiner lieben Mutter küſſe ich das ganze Geſicht, und die beiden lieben Hände. Meine Frau ſagt, die liebe Mutter müſſe mit der neuen Mütze gewiß ſehr ſchön ausgeſehen haben.

Und nun lebt wohl. Schreibt mir viel, und behaltet lieb

Euren getreuen

H. Heine.


## An die Mouche.

Im Herbſt 1855.

Ich bedaure lebhaft, Sie neulich ſo wenig geſehen zu haben. Sie haben mir einen ſehr angenehmen Eindruck hinterlaſſen, und ich empfinde ein großes Verlangen, Sie wiederzuſehen. Kommen Sie von morgen ab, wenn es Ihnen möglich iſt, unter allen Umſtänden, kommen Sie ſobald wie möglich. Ich bin bereit, Sie zu jeder Stunde zu empfangen, jedoch wäre mir's am liebſten von 4 Uhr bis — ſo ſpät Sie wollen.

Ich ſchreibe Ihnen ſelbſt, trotz meiner ſchwachen Augen, und

zwar weil ich im Augenblick keinen Sekretär habe, auf den ich
mich verlassen kann. Meine Ohren sind betäubt von allerlei
widerwärtigem Geräusch, und ich bin die ganze Zeit über sehr
leidend gewesen.

5 Ich weiß nicht, warum Ihre liebevolle Sympathie mir so
wohl thut; ich abergläubisches Wesen — bilde mir doch ein,
mich habe eine gute Fee in der Stunde der Trübsal besucht.
Nein, war die Fee gut, so war auch die Stunde eine Stunde
des Glücks. Oder wären Sie eine böse Fee? Ich muß das
10 bald wissen.

Meine gute, reizende, holde Mouche, komm und summe mir
um die Nase mit Deinen kleinen Flügeln! Ich kenne ein
Lied von Mendelssohn mit dem Refrain: „Komm bald!" Diese
Melodie klingt mir fortwährend durch den Kopf: „Komm bald!"
15 Ich küsse die beiden lieben Pfötchen, nicht auf einmal, son=
dern eines nach dem andern.

----

November 1855.

Ich habe ein großes Verlangen, Dich wiederzusehen, letzte
Blume meines trübseligen Herbstes, tolle Geliebte.

Ich danke für die süßherzlichen Zeilen — bin froh, daß Sie
20 wohl sind — ich leider bin immer sehr krank, schwach und un=
wirsch, manchmal bis zu Thränen über den geringsten Schick=
salsschabernack afficiert. — Jeder Kranke ist eine Canaille. Un=
gern lasse ich mich in solchem miserablen Zustande sehen, aber
die liebe Mouche muß ich dennoch summen hören.

25 Komm Du bald — sobald Ew. Wohlgeboren nur wollen, so=
bald als möglich, — komm mein teures liebes Schwabengesicht!
Das Gedicht hab' ich aufgekritzelt — pure Charenton=Poesie —
Der Verrückte an eine Verrückte.

1. Januar 1856.

Ich bin sehr leidend und zum Tode verdrießlich. Auch das Augenlid meines rechten Auges fällt zu, und ich kann fast nicht mehr schreiben. Aber ich liebe Dich sehr und denke an Dich, Du Süßeste! Die Novelle hat mich gar nicht ennuyiert und giebt gute Hoffnungen für die Zukunft; Du bist nicht so dumm, als Du aussiehst! Zierlich bist Du über alle Maßen, und daran erfreut sich mein Sinn. Werde ich Dich morgen sehen? Eine weinerliche Verstimmung überwältigt mich. Mein Herz gähnt spasmatisch. Diese bâillements sind unerträglich. Ich wollte, ich wäre tot!

Tiefster Jammer, dein Name ist

H. Heine.

---

Mitte Januar 1856.

Ich stecke noch immer in meinem Kopfschmerz, der vielleicht erst morgen endigt, so daß ich die Liebliche erst übermorgen sehen kann. Welch ein Kummer! Ich bin so krank! My brain is full of madness and my heart is full of sorrow! Nie war ein Poet elender in der Fülle des Glücks, das seiner zu spotten scheint! Leb' wohl.

# NOTES.

# NOTES.

## Briefe aus Berlin.

The *Letters from Berlin*, written in 1822, were first published in the *Kunst und Wissenschaftsblatt*, and addressed to the editor of that journal. They were later included in the *Vermischte Schriften*, see Elster, "Heinrich Heines sämtliche Werke," Vol. 7, pp. 176 f; 560 f.

The following motto introduced the letters:

> „Seltsam! — Wenn ich der Dei von Tunis wäre,
> Schlüg' ich bei so zweideut'gem Vorfall Lärm."
> Kleist's *Prinz von Homburg*, Act 5, Sc. 2.

These words express the astonishment of the Elector, when the Kottwitz dragoons arrive in Berlin contrary to orders.

**Page 3.** — **line 2.** Carl Maria von Weber's (b. 1786; d. 1826) opera *Der Freischütz* was performed for the first time in Berlin, June 18, 1821, about ten months before the date of this letter. Its success was immediate and its popularity lasting. — Das Lied der Brautjung= fern, *The Chorus of the Bridesmaids*, „Wir winden dir den Jungfern= kranz," with an attractive melody, occurs in the third act of the opera.

**ll. 6–8.** The Halle gate is on the south, the Brandenburger on the west, the Oranienburgerthor and the Unterbaum on the north, the Königsthor on the northeast and the Köpnickerthor on the south-east.

**l. 12.**

> " Marlborough s'en va-t-en guerre,
> Mironton, mironton, mirontaine ! " etc.,

a well-known French song which Goethe found widespread also in Italy. Cf. the *Römische Elegien*, I. 2:

> „So verfolgte das Liedchen *Malbrough* den reisenden Briten,
> Einst von Paris nach Livorn, dann von Livorno nach Rom,
> Weiter nach Napel hinunter; und wär' er nach Smyrna gesegelt,
> Malbrough! empfing' ihn auch dort, Malbrough! im Hafen das Lied."

"Malbrouk s'en va-t-en guerre" is one of the songs which Trilby sings, in Du Maurier's popular novel of that name.

**Page 4.** — line 1. Lavendel, Thymian, *lavender* and *thyme*, aromatic southern plants. — Myrt', *myrtle*, used for bridal wreaths, was sacred in ancient times to Venus.

l. 12. The barber came to shave him in his room, as was the custom.

l. 16. Droschke, of Russian derivation, means *coupé, cab.*

ll. 27-28. Hilf, Samiel! This invocation, quoted from the opera, has been added to the stock of German popular expressions, „geflügelte Worte." Similarly, the then popular dramas of Kotzebue have furnished a number of winged words, the origin of which is lost to the popular mind. The name Samiel is derived from Sammael, which in rabbinical demonology is a personification of the evil principle, the arch-fiend Satan.

l. 32. Boucher (b. 1770; d. 1861). Heine found the following statement in the *Gesellschafter* (1817). „Ein gewisser Boucher, der jetzt mit seiner Frau Konzerte in Paris giebt, nennt sich den Socrates der Violinisten, und das *Journal de Commerce* versichert, daß er sich auch als einen solchen bewähre." — Heine adds: „Wir glücklichen Berliner! Die Weisheit selbst ist zu uns gekommen." See *Kleine Mitteilungen u. Erklärungen,* Elster, Vol. 7, p. 523.

**Page 5.** — line 6. Tiergarten, the extensive park west of the city, beginning at the Brandenburger Thor. The latter opens, eastward, on the famous thoroughfare „Unter den Linden."

l. 7. schene. As the Saxon confuses his d's and t's, so the Berliner pronounces e for the modified vowel ö (similarly i for ü), or, vice versa, ö when e is correct.

l. 9. einen schmachtenden Passionsblick, etc., trans., *the languishing look of a martyr.*

l. 17. Luise. Queen Louise (b. 1776; d. 1810), a Mecklenburg princess, born in Hannover, was the wife of Frederic William III, and because of her dignified bearing during Prussia's period of humiliation, and her love for her family and people, has become the ideal German queen and woman. Her two elder sons were Frederick William IV, king of Prussia 1840–61, and the late Emperor Wilhelm I (d. 1888).

**Page 6.** — line 4. Prince Karl of Prussia (1801–83), the third of the sons of Queen Louise, was at one time more popular in Prussia

than his brother Wilhelm.  Prinz Karl was Chief of Artillery of the
Prussian Army, and father of Prinz Friedrich Karl, who commanded the
·3weite Armee in the Franco-German War.

ll. 6-7.  Prinzeffin Alexandrine, daughter of Queen Louise, married the Grand Duke Paul Frederick of Mecklenburg-Schwerin.

ll. 18-19.  Und nun den ganzen Tag, — das vermaledeite Lied.
Note the emphasis which is given to these two expressions by their position at the beginning and at the end of the sentence.  As originally
printed, the sentence read:  „Und nun verläßt mich das vermaledeite
Lied den ganzen Tag nicht."  This illustrates the care with which Heine
revised the style of his earlier works for succeeding editions.

l. 25.  Gröhlen, *bawling.* — fiftulieren, *to sing falsetto.*

ll. 26-27.  Das Kasparlied und der Jägerchor, the song of the
huntsman Kaspar and the chorus of the hunters, in the first and third
acts of the opera.

l. 28.  illuminierten, *tipsy.*

Page 7. — lines 4-5.  Mais toujours perdrix, lit., *but always partridge,* that is, the continued recurrence of the same thing, however
good in itself, becomes monotonous.  The French phrase is probably
derived from a story in the *Cent Nouvelles Nouvelles.*

---

## Der Rabbi von Bacharach.

This historical novel was begun earlier than the *Harzreise.*  On June
25, 1824, Heine wrote to his friend Moser:  "I am also carrying on
studies of the chronicles, and especially Jewish history (*historica judaica*).  These in connection with my *Rabbi*, and perhaps because of
an inner need and longing.  Feelings quite mysterious come over me as
I turn the leaves of those sad annals.  I derive therefrom a wealth of
instruction and of pain.  The spirit of Jewish history reveals itself to me
more and more, and this intellectual equipment will surely in the future
be of much service to me.  I have completed but a third part of the
*Rabbi.*  Through this opportunity I have noticed also that the talent
for story-telling is entirely lacking in me; possibly I wrong myself and
it may be due merely to the brittleness of the subject matter."

At another time (1825) Heine speaks of the *Rabbi* as "his most disinterested piece of work, which was at the same time to become the most pure and genuine, and the writing of which was an act pleasing to God." The work progressed slowly during the succeeding years, and its publication was deferred. The manuscript was subsequently destroyed in a fire, and but a small part of it was rewritten and published as a fragment in the fourth volume of the *Salon* in 1840. *Die Legende des Rabbi von Bacharach* Heine dedicated to his friend Heinrich Laube, eminent among the representatives of „das junge Deutschland." Elster, Vol. 4, 445 ff.

**Page 7.** — **line 6.** Rheingau is the name given to the district extending along the right bank of the Rhine, from Niederwalluf, near Mainz, to Rüdesheim; it is bordered on the north by the Rheingaugebirge, a spur of the Taunus, located in the province of Hessen Nassau. It is about thirteen miles in length and six in breadth. The Rheingau is frequently spoken of as the garden of Germany, because of its general fertility, its richness in wines and the beauty of its scenery.

l. 7. lachende Miene. On leaving the fertile, *smiling* banks of the Rheingau, the channel becomes narrow, deep and tortuous, owing to the hills on either side and the high cliffs rising from the water's edge. Notable among the latter is the Lurlei (Lore-Ley), a rock about 450 feet high, near St. Goar.

l. 7. abenteuerlich, trans., *grotesque*.

l. 9. schaurige, trans., *awe-inspiring, thrilling*.

l. 10. Bacharach, a small and ancient town on the left bank of the Rhine at the foot of the mountain crowned by the castle of Stahleck, now in ruins. During periods of very low water a rectangular rock becomes visible in the Rhine at Bacharach. The Romans are said to have dedicated this rock, called *Bacchi Ara*, as an altar to Bacchus, whence the town possibly derived its name. The fact that during the Thirty Years' War Bacharach was sacked eight times, indicates that it was once a town of wealth and importance.

l. 14. Lehmgassen, streets in which the building material of the houses consisted chiefly of Lehm, *clay*, a cheap cement or plaster.

l. 20. Municipien. The municipia were Latin cities within or beyond the borders of Italy, which by the Julian law of 90 B.C. received the Roman franchise. Full rights of citizenship were not bestowed on cities outside of Italy until the time of Caracalla.

ll. 23–24. Hohenstaufische und Wittelsbacher. The Hohenstaufen dynasty, one of the most brilliant in German history, flourished from 1138–1254. The family became extinct with the death of Conradin, who was executed in Naples in 1268. The princely house of Wittelsbach became Dukes of Bavaria in 1180, and Counts Palatinate of the Rhine in 1215. They were the ancestors of the present royal house of Bavaria. The town of Bacharach was situated within the Palatinate.

l. 26. freie Gemeinwesen. The towns along the Rhine, which had become wealthy through trade, maintained a sort of local independence.

**Page 8. — line 2.** Altbürger, the earliest inhabitants and their descendants, who by virtue of their property and long established privileges, formed a patrician class. — Zünfte, *trade-guilds*, unions of the masters of the same trade, formed for their own protection.

l. 3. verschiedenen Gewerken, *according to their particular trades.* The guilds were not all of equal prominence. Their rank depended much upon the degree of prosperity which their particular branch of industry brought the town. Thus the goldsmiths were very prominent in Nürnberg, the weavers in Augsburg, where even patricians, as the wealthy Fuggers, were members of the leading guild.

l. 4. Schutz und Trutz, *offense and defense* (or *defense and defiance*), may be paralleled by many other German rimed couplets, as „Sang und Klang."

l. 5. Raubadel, *robber-barons*, who lived on plunder and dwelt secure in their strongholds. The members of the guilds were skilled in the use of arms and made excellent soldiers. They were often more than a match for the lawless nobles.

l. 10. Sareck, possibly the castle of Stahleck near Bacharach, ruins of which are still preserved. The occupants of these fortified castles generally exacted tribute from passing ships, but did not otherwise interfere with the commerce of the Rhine, upon which their own existence depended.

l. 14. kleine Judengemeinde. The earliest reliable record of the presence of Jews on the Rhine, is found in the *Codex Theodosianus* which mentions Jews as settled in Cologne, A.D. 321, during the reign of Constantine. Whether there were Jewish settlements at Bacharach in Roman times is not known.

ll. 16–20. Judenverfolgung. The great persecution referred to is

probably that of 1096, at the time of the first Crusade, which was especially
severe in the Rhine countries.   The Hebrew population of Bacharach
suffered persecution also in 1147, in 1283, and finally in 1348–49, during the ravages of the plague called the Black Death, when they were
accused of poisoning the wells and springs.

l. 24.  Flagellanten.  The *Flagellants* were a fanatical religious body
who believed that by scourging themselves they could appease the divine
wrath against their own sins and the sinfulness of the age.  An association of flagellants founded in Italy in 1260 spread throughout Europe,
gaining numerous adherents also in the cities along the Rhine and in
the Low Countries.   They marched in procession from city to city and
publicly celebrated their rites, in which they would in turn inflict blows
upon each other with leathern thongs until the blood flowed.   In spite
of their prohibition by both the clergy and civil rulers, these scenes were
repeated in 1348 at the time of the Black Death.

ll. 31–32.  läppifche . . . Märchen, *silly fabrication.*  When, in the
thirteenth century, red spots occasionally appeared on the holy wafers
(which was due to a fungus), the Jews were accused of thrusting knives
into them and thus drawing blood.

**Page 9.** — line 1.  Pafchafefte, the Jewish festival of the Passover,
corresponding to the Christian Easter.

l. 8.  verfehmte, *doomed, outlawed.*  The Behmgericht was a secret
tribunal which flourished in Germany, chiefly in Westphalia, in the
fourteenth and fifteenth centuries.   Those convicted of serious offenses
or those who refused to appear before the secret tribunal were put to
death.   For an interesting description of the manner in which it was
conducted, see Goethe's *Götz von Berlichingen*, Act V, Scene XI.

l. 12.  Sanft Werner was according to a legend a boy murdered by
the Jews in 1286.   His dead body floated from Oberwesel up the
Rhine to Bacharach, and as related by Heine he was sainted.

ll. 15–16.  Spitzbögigen, etc.  Windows with pointed arches, pillars,
flying buttresses, and tracery are characteristic of the Gothic architecture.

l. 17.  heitergrün, *gay and verdant;* coined compounds, adjectives
or nouns, are frequent in Heine's style.

l. 30.  gottgefälligen Wandels, *pious life.*

l. 32.  Gelahrtheit, archaic for Gelehrtheit or Gelehrsamkeit, *learning.*  In the circulars of the German universities there still appears the

form Gottesgelahrtheit, meaning the department of theology. Cf. Schriftgelahrtheit (p. 10, l. 4), *knowledge of the Scriptures.*

**Page 10.** — **line 8.** Fuchsbärte, *red-beards*, possessing the cunning of the fox. Popular lore cautions against red-bearded men; The mediæval epic *Ruodlieb* gives twelve wise counsels as a rule of life, the first being: "Beware of a red-beard, for he is choleric and faithless."

**l. 20.** This formula is given by the *Talmud*, and is still employed.

**l. 24.** Toledo, in the fourteenth century a city of 200,000 inhabitants, now hardly one tenth as large. The university founded in 1498 no longer exists.

**l. 33.** These semi-weekly fasts were in accordance with the customs of the orthodox Jews.

**Page 11.** — **line 2.** das göttliche Gesetz, trans., *the Mosaic law.*

**l. 4.** des Nachts, the genitive in 8 of Nachts, a feminine noun, is a relic of the former consonant declension. The use of the masc. art. arises from analogy with other expressions of time, as des Abends.

**l. 9.** ohne Umstände, *without ceremony, informally.*

**l. 12.** der wöchentliche Abschnitt, a section of the Old Testament was read in the synagogue every week.

**l. 18.** Öhme or Ohme, singular Ohm, archaic for Oheim or Onkel, *uncle.* — Muhme, an old Teutonic word denoting originally mother's sister and then cousin or female relation in general, is now commonly displaced by the foreign word Tante.

**l. 26.** Nissen or Nisan. The first month of the Hebrew year, coming in March or April. It was the month in which the vernal equinox fell; the name was derived from the Babylonian.

**l. 30.** ungesäuerten Bröten, *unleavened bread*, in the shape of a thin disc, also called Matzen, *Passover bread.*

**l. 33.** Meerrettigwurzel, *horse-radish.*

**Page 12.** — **line 3.** Agade (Hebrew for *narrative*) denotes one of the two great divisions of post-biblical literature; that portion of the Talmudic literature not devoted to religious law. The exegetical and homiletical portions, fables, proverbs, ethics as well as everything relating to natural science and history, are included under the term Agaba, which is opposed to Halacha, the legal portions.

**l. 28.** getriebener Arbeit, *embossed* or *repoussé work.*

**l. 29.** Platthüten, *flat hats.*

l. 30. weißen Halskragen, *white ruffs.*

ll. 32-33. Sabbathlampe, *the lamp used only on the Sabbath day.*

Page 13. — line 16. Fahrniße, obsolete for Gefahren.

l. 29. Mizri, pl. Mizraim, *the Egyptian.*

l. 31. verſäuft = erſäuft, *is drowned.*

Page 14. — lines 6-13. This translation from the *Agada* was made by Moses Moser. Heine in a letter to Moser dated June 25, 1824, makes a request for certain translations from the Hebrew.

l. 28. in grauſiger Verzerrung erſtarrte, trans., *his countenance became distorted and rigid with terror.*

Page 15. — line 8. Gaſſenhauer, trans., *like a street-ballad.*

l. 11. wirft. By this movement was symbolized the casting away of all plagues.

l. 18. knoperten (a Frankfurt word used also by Goethe), *nibbled.* Cf. knaupeln, *to gnaw.*

l. 22 f. In accordance with an ancient Oriental custom, orthodox Jews washed their hands before each meal. Cf. Mark VII, 2 f.

l. 30. Thor, here *the city gate.*

l. 31. Bingen lies about nine miles to the southeast of Bacharach where the Rhine bends to the northward.

l. 33 f. A striking example of nature used as a background, reflecting human emotion.

l. 34. leichenhaft dufteten die Blumen, lit., *the flowers emitted an odor as of death.*

Page 16. — line 6. Sterbeglöckchen, etc., trans., *and at intervals the funeral bell from Saint Werner's church pealed forth with shrill earnestness.*

l. 13. Sonneck, may be the same as the ruined castle of Sooneck, near the village of Trechtungshausen. — Lorch, a small town at the confluence of the Wisper and the Rhine.

ll. 14-15. Felſenplatte, *rocky ledge.*

l. 23. ſchollernd (= mit dumpfem Klange fallen), *falling with a dull sound.*

l. 25. Schadai voller Genade = Allmächtiger Gott. Schadai, *the Almighty.* Genade, obsolete for Gnade.

Page 17. — line 3. Verſammlung, etc., *the congregation of evildoers.* Cf. Psalm XXVI, 5.

1. 11. **Ruchlofen,** *ruthless* or *reprobate men.*

1. 18. **der ſtille Wilhelm,** *the deaf ferryman William.*

The story continues with the journey of the Rabbi and his wife down the Rhine, their landing at Frankfurt-on-the-Main, and a description of the life in the Jewish quarter of that city; the narrative then breaks off abruptly after relating the first experiences of the Rabbi in Frankfurt.

---

## Reiſebilder.

The *Travel Pictures* appeared in four parts during the years 1824–30. Elster, Vol. 3. See also Introduction pp. xxiv, xxvi.

### Die Harzreiſe.

The **Harzgebirge** (**Hart** = forest, wood) is the northernmost range of mountains in Germany, about sixty miles in length, situated in Brunswick, Anhalt, and the Prussian provinces of Hannover and Saxony.

Heine's journey of four weeks on foot through the Harz mountains was made in September, 1824. Proceeding from Göttingen to Nordheim, he turned eastward to Osterode, northeast to Klausthal, to Goslar, thence by way of Harzburg to the Brocken, and down its northern slope to Ilsenburg. His description includes only the Oberharz. The Unterharz, in which the romantic Bodethal is situated, is only briefly referred to in the concluding remarks of the *Harzreise*, and is not reprinted in this volume.

The *Harzreise* bears as a motto the following quotation from Börne's celebrated *Rede auf Jean Paul:* „Nichts iſt dauernd, als der Wechſel; nichts beſtändig, als der Tod. Jeder Schlag des Herzens ſchlägt uns eine Wunde, und das Leben wäre ein ewiges Verbluten, wenn nicht die Dichtkunſt wäre. Sie gewährt uns, was uns die Natur verſagt: eine goldene Zeit, die nicht roſtet, einen Frühling, der nicht abblüht, wolken-loſes Glück und ewige Jugend.“

**Page 18.** — line 1 ff. This poem expresses Heine's joy at taking leave of the artificial, pedantic society of Göttingen, and his anticipation of the invigorating influence of mountain air and more natural conditions of life.

l. 2. höfliche, lit., pertaining to the court, *genteel.*

l. 3. fanfte Reden, *smooth speeches.* — Embraffieren, *embraces,* simply an outward show of politeness, and not necessarily a mark of cordiality.

l. 7. Gefinge, colloq., *monotonous songs.*

l. 10. die frommen Hütten, *cottages of the innocent and pious.* The simple mountaineers, removed from the fashion and artificiality of city life, were supposed to be nearer the natural condition of man.

l. 21. Göttingen. See Introd., p. xv, for an account of the University. In his descriptions of places Heine imitates mockingly the detailed, matter-of-fact methods of the guide-books.

l. 22. Könige von Hannover, at this time George IV of England (1820–30). The personal relation of the kingdom to England was ended in 1837, when King Ernest Augustus ascended the throne. In 1866 Hannover was annexed to Prussia.

l. 23. Feuerftellen, lit., *hearths, dwellings.* — Karcer (Lat. *carcer*), the University prison, in which were punished offenders coming under the jurisdiction of the University authorities.

l. 24. Ratsfeller, a room in the basement of the Rathaus or town-hall, which was rented by the magistracy for the sale of wines, etc. *Cf.* Hauff's *Phantasien im Bremer Ratskeller.*

l. 25. The Leine flows into the Aller not far from its junction with the Weser.

**Page 19.** — line 2. Lüder is the name of a dog which probably belonged to Heine. The French version of the *Harzreise* gives: *mon ami Luder*, which apparently occasioned the interpretation of Lüder as a fellow-student.

l. 6. konfiliiert, *rusticated.* In consequence of a challenge sent by Heine to a fellow-student who had insulted him, he received from the University authorities a "consilium abeundi" (*advice to leave*), suspending him from Göttingen for six months. See Introd., pp. xv and xvi.

l. 7. altkluge, *precocious*, that is, prematurely wise and aged.

l. 8. Schnurren, student's slang for nightwatchmen. They carried a rattle, Schnurre, a word which also means nonsense. — Pudeln, *poodle*, corruption of Pedell, the University *beadle.* — Differtationen, the dissertation required of a student for the degree of doctor.

l. 9. Thédanfants, dancing parties at which tea was served. — Kom=

penbien, summaries or digests especially designed to facilitate preparation for examination.

l. 10. Guelfenorden, an order instituted in 1815 by George IV, in honor of the Guelfs, the ancestors of the English dynasty. — Promotionskutschen, *graduation-coaches*, which students used in paying formal calls at their professors' houses, when a copy of their dissertation for graduation was placed in the hands of the examiners. — Pfeifenköpfen, *pipe-bowls.*

l. 11. Relegationsräten, a coined word, *counselors of relegation or rustication.* — Profaxen und anderen Faxen. Profax is a student's slang term for professor. Faxen means nonsense, buffoonery. A free translation would be, *professors and other farces.*

l. 12. Völkerwanderung, the *migrations of nations* in the fourth, fifth and sixth centuries A. D.

l. 14. ungebundenes Exemplar, lit., *an unbound copy*, trans., *an uncouth specimen.*

l. 15. Dandalen, etc., names of Teutonic tribes which the various student fraternities or "corps" have adopted. Each corps is distinguishable by the color of the caps and ribbons worn by its members.

l. 18. Pfeifenquäste, *tasselled cord*, which attaches the bowl to the cherry-wood stem of a German student's pipe. — Weenderstraße, the name Weende is that of a neighboring village and river.

l. 19 f. Rasenmühle (named from the river Rase), Ritschenkrug and Borden (= Bovenden), are favorite students' resorts, where duels are fought.

l. 22. Duces (Latin), *leaders.* — Haupthähne, in students' slang *chief cocks*, the best duellists, and at the same time popular fellows.

l. 23. Komment (pron. as in French) is the students' code by which duels and drinking bouts are regulated. Heine says it is fit to be placed among *the laws of the barbarians* (legibus barbarorum).

l. 27. Philister, *philistines.* This term was applied contemptuously by the students to all persons not connected with the University. In German literature, the word has come to designate respectable mediocrity, the narrow-minded, prosperous and self-satisfied middle-class, impervious to culture, "impenetrable to ideas," and in this latter sense Matthew Arnold introduced it into the English language. (*Essays in Criticism,* No. V.)

l. 28. nichts weniger als, trans., *by no means.*

l. 30. unordentlichen Profefforen. There are two grades of professors in German universities, viz., Ordentlicher and Außerordentlicher Profeffor (*ordinarius* and *extraordinarius*), the former being the higher in rank, and the latter corresponding to our associate or assistant professor. Heine calls them the orderly and disorderly (unordentlichen) professors.

l. 33. gar keinen Namen haben, that is, those who have not yet won recognition.

**Page 20.** — line 1. Kot am Meer, *mud on the seashore.*

l. 2. fie. Heine refers to the tradesmen and duns who came to the University Court to prosecute students for unpaid bills.

l. 5. Lumpenpack, *rabble.*

l. 7. der gelehrte **, *the learned Professor **.*

l. 9. weiße mit Citaten befchriebene Papierchen, white slips of paper or cards on which were written notes or citations from books and journals which the scholar had consulted. These cards, arranged carefully under rubrics, were placed in a case or box and could be transferred from one section to another. Heine lets these card-notes haunt the professor's mind; they are planted, as it were, in flower-beds and glisten in the sunlight.

l. 16. Lumpenkerl, *good-for-nothing.*

l. 17. nicht mal (= einmal'), *not even.*

l. 18. **Mensa.** This word is commonly used as a paradigm for the first declension of nouns, and therefore occurs near the beginning of Latin grammars.

l. 20. die Jungen piepfen, wie die Alten pfeifen, trans., *the young pipe as the old birds whistle,* a proverb found in many forms, such as

> „Wie die Alten fungen
> So zwitfchern die Jungen,"

which is equivalent in meaning to the adage: „Der Apfel fällt nicht weit vom Stamme."

l. 22. engen, trocknen Notizenftolz, *the narrow, stilted pride in citations* or *compilations.* — hochgelahrten for hochgelehrten, here used for its pedantic coloring. — Georgia Augufta, was the name of the University of Göttingen, so called in honor of George Augustus (George II of England), who founded it in 1739.

l. **23.** Chauffee (pron. as in French), *highway*, an important road, generally macadamized.

l. **26.** Pandeftenftall, lit., stable of the Pandects, a code or digest of statutes and decisions of the Roman Civil Law, compiled by order of the Emperor Justinian, A.D. 533.

l. **30.** Tribonian (d. 545), the distinguished jurist who edited the famous code of Roman laws, known as the *Codex Justinianus.*

l. **31.** Hermogenian, who lived earlier, in the first half of the fourth century, is the reputed author of a section of the pandects called the *Codex Hermogenianus.* — Dummerjahn, *blockhead.* The ending „jahn," which rimes admirably with the foregoing terminations means *Jack. Blockheadian* has been suggested as a translation, and also *Stupidianus.*

l. **33.** mit verfchlungenen Händen, an edition of the corpus juris with `book-clasps in the shape of hands closing together.

**Page 21.** — **line 3.** Salomon Geßner (1730–1788), a Swiss-German poet given high rank in his day; he wrote idylls, in which a shepherd woos a maiden Doris. To exalt the lower officers of an institution of learning by means of high-sounding names, is quite in accordance with student traditions.

l. **4.** wohlbeftallte, an obsolete form, ironically used for wohlbeftellt; trans., *comfortably fixed.* The word seems to contain also a play on Stall.

ll. **6–7.** doch noch immer ... Quarantäne halten müffen, trans., *which must still observe quarantine before Göttingen for several decades before gaining entrance.*

l. **7.** Privatdocent is an authorized lecturer in the German university, who receives no pay from the institution, but is entitled to stipends from students who attend his courses. As these lecturers are young and eager to gain a reputation, they frequently promulgate new views.

l. **9.** follegialifch, *as a colleague.* — ebenfalls Schriftfteller. His literary activity consisted in compiling the semi-annual student-lists, and in his reports upon the conduct of students.

l. **11.** citiert, a play upon the double meaning of the word, *to quote* and *to summon.*

l. **12.** Citation, a summons to appear before the university authorities.

l. 18. Semeſterwelle, *semester-wave*. The academic year at a German university is divided into two terms or semesters, which are separated by vacations (Ferienzeiten, l. 15), of six weeks or more, which occur usually during the months of March and April, and during August, September and a part of October. The semester, not the year, is the unit in reckoning a course.

l. 22. Weisheit. The pyramids have been held to embody the astronomical views of the ancient Egyptians as well as to have been the repositories of national archives and scientific records.

l. 23. Nordheim, a village about ten miles north-north-east of Göttingen.

l. 25. Meſſe, *the annual fair of Brunswick*. The Messen of Frank-fort-on-the-Oder and Leipsic have retained their importance longest. Next in prominence were those of Frankfort-on-the-Main and Bruns-wick. The Meſſe differed from the Jahrmarkt only in so far as it lasted longer and attracted a larger number of buyers.

l. 27. Behältnis, *receptacle*.

l. 32. Oſterode lies east of Nordheim (see map), in Hannover, at the foot of the Harz mountains. The entire distance from Göttingen was a very good day's journey, about twenty-five miles. — A passage has here been omitted. In his dreams during the night the poet is carried back to the university, where in a vision he beholds Themis, the goddess of the law, surrounded by and receiving homage from the Göttingen professors.

Page 22. — line 5. Befreiungskriege, the "War of Liberation" (1813–1815), against Napoleon's sway in Germany.

l. 8. Kopfabſchneidereien, *decapitations*.

l. 20. wie von Krebsſchäden angefreſſenen Curms, *a tower attacked, as it were, by some cancerous affection*.

l. 21. Klausthal is the principal mining center of the Harz moun-tains, the seat also of the mining authorities and of the schools, and contains a population of about 9,000.

l. 25. gar liebe, kindliche Beleuchtung, a well-nigh untranslatable use of the adjectives lieb and kindlich. The meaning is, that the light upon the landscape was genial and tender.

l. 28. Hardenberg. This ruin lies above the new castle which is owned by the ancient and noble family of Hardenberg.

l. 29. The Left is often used on the Continent to denote the liberal party in legislative assemblies, their seats being located on the left of the speaker. For a like reason „das Zentrum" stands for the Catholic party in the German and in the Prussian parliament.

l. 32. ſtarken Appetit, *vigorous appetite.* The greed, not the sturdiness, of the old nobility has been bequeathed to their feeble descendants.

**Page 23.** — line 29. Senſenritter, *knight of the scythe*, that is, death.

**Page 24.** — line 2. Handwerksburſchen, *journeyman.* For a workman aspiring to become a master in his trade, it was necessary in the guild-system, that after completing his term of service as Lehrling (apprentice) and Geſelle (assistant), he should spend several years as a journeyman, seeking employment of masters in different cities, after which he might settle down as a master himself, provided his application and masterpiece were approved.

l. 9. Herzog Ernſt (1007–30) was a Swabian duke, banished by his stepfather, the Emperor Konrad III, because he refused to go to war against his friend Werner von Kyburg. According to legendary account he joined a crusade where he met with wondrous adventures. The legend was the subject of a popular epic of the Middle Ages, a later prose version, and of a modern drama by Uhland.

ll. 9–10. Schneidergeſell. This would-be tailor's assistant later made himself known in a communication to the *Gesellschafter*, the journal in which the *Harzreise* was first published. It appears that he sought to mystify his unknown companion, Heine, who in turn had claimed to be Peregrinus, a recruiting agent of the Sultan seeking to enlist men in Germany. Heine was thus equally the victim of a deception.

l. 11. Oſſian, a name commonly given to Oisin, a semi-historical Gaelic bard and warrior, son of Finn. He lived about the end of the third century and to him was ascribed the authorship of the poems *Fingal and others*, published by James Macpherson in 1760–63, but it is now generally admitted that Macpherson himself was the compiler, and in part the author. The poems were translated into many languages, and were especially popular in Germany.

l. 15. Ein Käfer, etc., the beginning of a ballad, cf. *Büschings Volkslieder*, p. 156. The first strophe is as follows:

„Ein Käfer auf dem Zaune saß,
    Brumm, brumm!
Die Fliege, die darunter saß,
    Summ, Summ!
                    -    (*Buchheim.*)

l. 21. **Leidvoll und freudvoll**, is the first line of Clärchen's beautiful song, in the third act of Goethe's *Egmont.*

„Freudvoll und leidvoll
    Gedankenvoll sein;
Langen und bangen
    In schwebender Pein;
Himmelhoch jauchzend
    Zum Tode betrübt,
Glücklich allein
    Ist die Seele, die liebt.“

„Gedanken sind frei,“ is the beginning of a popular song.   There is the old saying also:  „Gedanken sind zollfrei, aber nicht höllenfrei.“

l. 23 f. **Lottchen bei dem Grabe ihres Werthers**, was the title of one of the numerous sentimental poems inspired by Goethe's novel, *The Sorrows of Young Werther.*

l. 29. **Herberge**, a hostelry for the members of the guilds.

l. 32. **wenn er im Thran ist**, trans., *when he is in his cups.*

l. 33. **Kamisol** (Lat. *camisia*, shirt), *short jacket.*

l. 34. **doppelten Poesie.**   Heine did not interpret the words of his acquaintance correctly.   The latter writes: " As far as the *double poetry* is concerned, — I must confess for the sake of truthfulness, that I wished to say merely this: My friend in Cassel was by nature a poet, and when he had taken drink, he saw everything double, and wrote double verses.   The other speeches which Mr. Heine imputes to me, are all correct and belonged to my rôle.   We have evidently succeeded in deceiving each other." — Karl D. . . e.

**Page 25.** — line 2. **Ziegenhainer**, named from Ziegenhain, a village near Jena, and applied to a thin and knotty walking-stick used by students.

l. 8. **bramarbasierte**, trans., *bragged.*   This verb is derived from the proper noun **Bramarbas** (from **bram**, boasting), a character in a Danish play by Ludwig von Holberg, and was thence introduced into German and gained currency through its use by Gottsched and Langbein.

l. 9. den Weg, etc., trans., *to take long strides.*

ll. 12–13. wie ein betrübtes Lämmerschwänzchen, *like a melancholy little lamb's tail.* Grimm's *Wörterbuch* quotes an example where the word Lämmerschwänzchen is used similarly as expressive of a mood: „Dem guten Menschen wackelte das Herz vor Freuden wie ein Lämmerschwänzchen."

l. 14. Da bin ich nun, etc., trans., *Now am I poor little urchin done for again.* — marode, *exhausted,* was derived from the French (*maraud* = beggar) and its presence in the German language dates from the soldiers' slang of the Thirty Years' War.

l. 20. bizarr, *fantastic.*

l. 24. krampfstillend . . . wirkt, trans., *has the effect of stilling the passions, and calming human emotion.* Heine's compound adjectives are frequently best rendered by paraphrasing.

l. 25. selige, *deceased, the late.* E. T. A. Hoffmann (b. 1776, d. 1822), was the author of numerous fantastic tales like the *Elixire des Teufels, Kater Murr,* etc. Cf. text, page 154 f. Trans., *he would have painted the clouds in motley colors.*

**Page 26.** — line 1. Lerrbach, a picturesque village, which extends for some distance along the road to Klausthal.

l. 3. Kropfleute, *people afflicted with goitre.*

l. 4. weiße Mohren, lit., *white moors.* Albinos occur among all races of men and are of a pale, milky complexion, with light hair and pink eyes.

l. 13. unsereins, *one of us, such as I.*

l. 21. Krone. The "Inn of the Crown" is still in a flourishing condition.

l. 25. The name Bücking has also a more modern form Bückling. The word is Low German; bokking = Bücking occurs in Dutch. Cf. also German Pökelfleisch, *salted or corned meat.*

l. 34. Handlungsbeflissener, *commercial traveler.*

**Page 27.** — line 16. Silberblick, a play upon the double meaning of the word. Technically it means the sudden flash appearing when silver separates from the ore. Figuratively the word denotes *good fortune,* a gleam of sunshine.

l. 20. Ich hatte . . . das Zusehn, *I had to be content with looking on.*

l. 26. Prägstocke or Prägestocke, *coiners' die.*

**Page 28.** — lines 2-3. womit ... zurechtmatſcht, trans., *where-with hereafter my great-great-grandchild will mash his favorite gruel.*

l. 4. Befahren, *the descent into,* or *inspection of.*

l. 10. bis über, etc., a coat made very long in front.

l. 11. Schurzfell, a leathern, miner's apron worn at the back. — aufgebundenes, *triced up.*

ll. 12-13. abgekappter Kegel, *like a truncated cone.*

l. 13. Hinterleder = Schurzfell, l. 11.

l. 16. Kaminfegeloch, an opening above the fireplace through which the chimney-sweep can enter, in order to clean the chimney.

l. 19. nichts weniger als, *not at all dangerous.* Cf. note to p. 19, l. 28.

l. 22. Delinquententracht, trans., *prison garb.*

l. 23. auf allen Vieren, *with hands and feet.*

l. 30. Karolina, one of the mines of the Rammelsberg.

l. 32. kotig naß, *moist and muddy.* See note to p. 25, l. 24.

**Page 29.** — line 2. schwindlicht, for schwind(e)lig, *dizzy.* — bei Leibe, *as you value your life.*

l. 3. Seitenbrett, *board at the side.* — schnurrende Tonnenſeil, *whizzing rope,* by which loads of ore were raised.

l. 9. durchgehauene Gänge, *passages hewn through the rock, galleries.*

l. 14. **Lafayette,** etc. At the time when Heine wrote, Lafayette was being enthusiastically received in the United States as a guest of the nation (1824-25).

l. 24 ff. Heine prefers the terrors of the sea to the oppressive gloom of the mine.

**Page 30.** — line 5. Glückauf, *may you have a safe ascent,* the usual miner's greeting; elliptical for Glück hinauf, or auf den Weg.

l. 14. Cicerone, an Italian word, derived from the Latin Cicero, the orator's name. Trans., *guide.* — pudeldeutſche, a word coined by Heine; trans., *submissive and faithful* (as a dog), the characteristics of unthinking allegiance which he ascribes to the Germans of his day. Cf. p. 31, l. 6.

l. 16. Herzog von Cambridge (b. 1774; d. 1850), the youngest son of George III.

l. 31. ergötzlicher, *more entertaining.*

**Page 31.** — line 1. Adreſſenfloskel, *figure of speech, flower of rhetoric.*

**l. 2 f.** dem getreuen Eckart. The trusty Eckart (or Eckhardt) according to German legend was a mentor, who went in advance of devastating hordes to give warning, especially to children, whose friend he was at all times. He is represented as an old man with a long beard and a white staff, who stands before the Venusberg to caution passing knights against the wiles of Frau Holle or Venus, whose court was held in the mountain. Cf. the legend of Tannhäuser and the ballads of Tieck by Goethe.

**l. 13.** Zellerfeld. This town is separated from Klausthal by a brook but a few feet wide, the Zellbach. The two are virtually one town.

**l. 31.** eingeflößt, trans., *breathed into,* or *inspired it with a part of his soul.*

**l. 32.** Anschauungsleben, *contemplative life,* embracing naturally a close observation of the objects about them. — Unmittelbarkeit, intuitive perception; direct contact with nature without an intervening medium.

**Page 32.** — line 4. diese, with its antecedent, Gegenstände, refers to animals, plants, and lifeless-seeming things (p. 31, l. 34 f).

**ll. 8-13.** Nähnadel, etc. All these examples are taken from Grimm's *Fairy Tales* (Kinder- und Hausmärchen). The Nähnadel und Stecknadel (*The Needle and Pin*) is from „Das Lumpengesindel" (*The Vagabonds*); Strohhalm und Bohne from „Strohhalm, Kohle und Bohne" (*The Blade of Straw, the Coal and the Bean*); Schippe und Besen (*The Dustpan and Broom*) from the tale „Der Herr Gevatter" (*The Godfather*); the talking mirror from „Schneewittchen" (*Snow-white*); and the last, the speaking blood-drops, from „Der Liebste Roland."

**l. 16.** gleich wichtig, *all equally important.*

**l. 18.** absichtlicher werden, *act with more definite purpose.*

**l. 19.** das klare Gold, etc., *we exchange the pure gold of observation for the paper-money of book-learning.*

**l. 25.** Hans, *Jack,* that is, *any one.*

**l. 26.** Isaak, *the pawnbroker,* or *dealer in second-hand furniture.*

**l. 33.** die liebe Hand der Geliebten so lieblich ruhte. The vest had been embroidered by the hand of his sweetheart.

**Page 33.** — line 2. verschollenem, *antiquated, faded.*

**l. 15.** Hofrat B., probably Friedrich Bouterwek, professor of philosophy in Göttingen, and author of *Die Geschichte der neuern Poesie und Beredsamkeit* (1801-19) in twelve volumes. There is a possibility that Heine meant Professor Benecke, whose lectures on German philology he attended.

l. 19. Chamiſſo (b. 1781; d. 1838). A well-known German writer of prose and verse, belonging to the Romantic School, and author of the famous story, *Peter Schlemihl*, the typically unlucky, the man who sold his shadow.*

l. 25. hob auf, a Biblical phrase. Cf. Da hob Jakob ſeine Füße auf und ging in das Land. I. Mose xxix, 1. — Goslar, an ancient town, now of about 10,000 inhabitants, derived its name from the river Gose which flows through it. Founded by Henry the Fowler about 920, it is one of the most interesting places in northern Germany, because of its quaint historical buildings and its reminiscences. The Kaiserhaus founded by Henry II (973-1024) is reputed to be the oldest secular structure in Germany. The town was a favorite place of residence of the Saxon and Franconian emperors (919-1125).

l. 32. bis ins Allerheiligſte, etc., *even into the Holy of Holies.*

**Page 34.** — line 8. The Zwinger, and the Paulsturm were the strongest of the defensive towers, which numbered over one hundred.

l. 10. Schützenhof, the same as Schützenfeſt. Contests in archery and later with the rifle were held in various parts of Germany and Switzerland. The victor was crowned king (Schützenkönig) for the year.

l. 25. quis, quid, etc. *Who? What? Where? By what means? Why? How? When?* These seven questions, which constituted an hexameter arranged to aid the memory, were used formerly in logic to fix in the mind the seven categories, "the forms and conditions of human understanding." Aristotle established ten categories, which were reduced to seven by the German teacher and philosopher, J. G. Darjes. Kant recognized four categories (of quantity, quality, relation and modality), subdivided into twelve.

---

* Dr. B. J. Vos suggests that the reference to „ſchlechtes Wetter" (l. 21 f.) is due to this, viz., "that Chamisso resembled Schlemihl, who also, on account of his want of a shadow, could move about from place to place only in rainy weather or in the dark."

l. 28. **Batavia**, the capital of the island of Java, in Dutch East India. Here Batavia is used as a name for the whole island.

l. 30. **Quedlinburg**, an ancient Saxon town, on the river Bode in Prussian Saxony.

l. 33. **Rammelsberg**, a mountain ridge near Goslar, yielding many ores, silver, copper, lead, sulphur and some gold.

**Page 35.**—line 4. **Spießbürger**, citizen of the uncultured self-complacent middle class, a philistine. (Cf. Fr. épicier.)

**Page 36.**—line 8. **Berichtiger**, *corrector, instructor.* — **Harzburg**, lies about seven miles from Goslar, and is now a fashionable resort, and is upon one of the main routes to the Brocken.

l. 10. **wampiges**, *bloated.*

**Page 37.**—line 2. The beautiful **Berg-Jdylle** has necessarily been omitted here.

l. 11. **kostbare Perlen**. Heine likens his tears to costly pearls. Fichte's philosophy has been made responsible for the importance which Heine gives to the Ego.

**Page 38.**—line 2. **Schmerzenreich** (*rich in sorrow*) was the son of the holy Geneviève or Genovefa, who was the wife of the Count Siegfried of Brabant and, according to legend, lived in the eighth century, and was falsely accused of unfaithfulness to her husband by the major-domo Golo. She was sentenced to be put to death. Left to perish in a forest by the executioner, she lived six years in a cave in the Ardennes, together with her son, who during infancy was nourished by a roe. The roe being pursued by Siegfried while hunting, took refuge in a cave and led to the reunion of Geneviève and her husband, who had in the meantime discovered the treachery of Golo. There is a *Volksbuch* Genovefa; the legend has also been treated by Tieck, Raupach, and Hebbel.

l. 16. **Da läßt sich gut sitzen**, trans., *it is pleasant to sit there.* The refl. use of **lassen** with an impers. subject is of frequent occurrence.

l. 33. **Walpurgisnacht**, the night before May 1, which day is dedicated to St. Walpurga, niece of St. Boniface. According to an old superstition the witches from far and near congregate on the Brocken or Blocksberg on the night of April 30, for an annual festival. See the scene "Walpurgisnacht" in Goethe's *Faust*, Part I.

**Page 39.**—line 3. **Moritz Retzsch** (b. 1779; d. 1857), a German etcher and painter, Professor in the Academy of Painting in Dresden, made himself known by his illustrations of *Faust*, Schiller's poems, and of certain dramas of Shakspeare.

**l. 4.** The Broden (Blocksberg), the Roman *Mons Bructerus*, the highest peak of the Harz mountains, is 3,745 feet above the sea-level.

**l. 8.** Pferdefuß, refers here to Mephistopheles the constant attendant of Faust. The horse-foot (in Eng., the cloven-foot) was the mark of the devil.

**l. 14.** Parterre, *ground floor*. The present Brodenhaus has more than one story.

**Page 40.** — line 9. Profit (subj. of Latin "prodesse"). A salutation given before drinking, meaning, *to your health!* also in other expressions, as Profit Neujahr! *Happy New Year!*

**l. 10.** refreiert, *refreshed myself*.

**Page 41.** — line 6. Kompilatoren, *compilers, collectors of details*.

**l. 14.** philiströse, *like a philistine*. — Matthias Claudius (b. 1740, d. 1815), wrote some very popular patriotic songs, „Reiselieder" such as Herr Urian, and drinking songs like the popular „Rheinweinlied" quoted here, which begins:

> „Bekränzt mit Laub den lieben vollen Becher."

The stanza to which Heine refers, reads as follows:

> Der Blocksberg ist der lange Herr Philister,
> Er macht nur Wind wie der;
> D'rum tanzen auch der Kuduck und sein Küster
> Auf ihm die Kreuz' und Quer'.

**l. 20.** burschikosen, like a Bursche, *a jolly good fellow*, in contrast with philiströse.

**l. 27.** vornehme Formen, *refined* or *aristocratic manners*.

**l. 34.** wißbegierigen, *eager to know*.

**Page 42.** — line 3. Docentenmiene, *the serious mien of a lecturer in the university*. — Docent = Privatdocent.

**l. 6.** orientierten, "got their bearings," or, became familiar with.

**l. 7.** Schierke und Elend, two villages on the slope of the Brocken, on the road to Elbingerode, a barren, rocky region.

**l. 15.** sitzen geblieben, *remained unmarried*.

**Page 43.** — line 1. Kodex palimpsestus. *Palimpsest*, a manu-

script on which the first writing has been erased to make room for a
second. The costliness of parchment made palimpsests common.

l. 8. fenice, the name of a theatre in Venice.

l. 12. Wagenſeil, J. C., was the author of a volume on the Meis-
tersang, *Buch der Meistersinger holdseligen Kunst,* 1697.

l. 14. welſchem Stegreifunſinn, etc., trans., *extemporized foreign
nonsense, and effeminate song.* — Sankt Sebaldus, patron saint of one
part of Nuremberg.

l. 17. Curmplatte, *platform of the tower.*

l. 27. Giovanni Pierluigi Sante da Paleſtrina (1514–94), the
Prince of Music (Princeps Musicae). He was a reformer and creator
of a new style of church music, and his works mark an important epoch
in the annals of the art. He left about ninety to one hundred masses,
among which his famous "Missa Papae Marcelli," also a Stabat mater
and numerous motettes.

l. 33. Werkeltagsſtimmung, *the work-a-day mood.*

Page 44. — line 18. Eliſe von Hohenhanſen, a Berlin friend of
our poet, translated some of Byron's poems, and was fond of calling
Heine the German Byron. Cf. Introd., p. xxvi.

l. 25. Hexenaltar und Teufelskanzel, *witches' altar and devil's pul-
pit,* are huge rocks of curious shape.

l. 32. gelehrten Sibirien, *learned Siberia,* that is, Göttingen.

l. 33. die Bären ... angebunden. Bär is a student term for a
*money-lender,* a "shark"; Bären anbinden is to contract debts;
Bären loslaſſen is to discharge debts, set the bear at liberty. (Hewett.)

Page 45. — line 4. Hallenſern, students of the University of Halle.

l. 6. Witze geriſſen, *jokes were "sprung."*

l. 24. Fürſtenknecht. The Swiss were often mercenaries, and the
best bodyguards of royal personages, e.g. the Swiss guard of the French
kings, and of the popes (to the present day).

l. 25. Leckerkramverfertiger, manufacturers of sweetmeats and con-
fectionery; trans., *pastry-cooks.*

l. 33. ſmolliert. Smollieren or Schmollieren, is a student term for
*to drink brotherhood.* Similar in meaning is „buzen", that is, to use „du"
in address, instead of the conventional form „Sie", and which is not
permissible except by fraternal agreement. The word Smollis is used as
a pledge, and derived from the Lat., "sis mihi mollis amicus," abridged

to 's(is) mollis,' *be my good friend.* — Der alte Landesvater, is the name of an old German student-song, beginning with the words: „Lau= besvater, Schutz und Rater," and marked the height of conviviality at the „Commers" or drinking-bout. During the song the students took off their caps and thrust their rapiers through them.

1. 34. Wilhelm Müller, Rückert, Uhland were the poets who up to that time (at present Scheffel would have to be included) had contributed most to the stock of songs popular at the Kommers.

**Page 46.** — line 1. Methfessel'sche Melodien, *airs of Methfessel* (b. 1785; d. 1869), who wrote the music of many popular songs, also the compiler of a long-used Kommersbuch, a collection of student and folk-songs.

1. 2. Ernst Moritz Arndt (b. 1769; d. 1860), one of the poets of freedom (Freiheitsdichter), of 1813–14, wrote some of the most stirring and martial of German patriotic songs.

1. 8. fistulierte, *sang falsetto.* — Schuld (Guilt), the title of a fatalistic drama by Adolf Müllner.

1. 9. "It may be that the expression sprach Latein is an indirect allusion to the popular saying: Wein spricht Latein, and denotes *was tipsy*, or rather spoke in an elevated style." — (Buchheim.)

1. 17. karmesinrote, also spelled karmoisin; trans., *crimson.*

1. 29. Bülbüllieder, *songs of the bulbul,* the Persian name for the nightingale, rendered familiar in English poetry by Moore, Byron and others.

1. 30. Kamele, a student cant phrase for blockhead, unpopular person, "*goat.*"

1. 34. Brockenbuch, the register of the Brockenhaus. An example of the verse inscribed therein is the following by a Berlin wag of recent date: „Berge schene, Bäume klene, Lauter Stene, Müde Bene, Aussicht lene." Very few tourists are fortunate enough to get a view from the Brocken, as the mountain-top is enveloped in mist during almost the entire year.

**Page 47.** — line 10. Greifswalder, a student from Greifswald, a university town in the Prussian province of Pomerania.

1. 13. Schneelöcher. The snow-holes are ravines in which the snow remains longest. — Ilsenburg is a town on the river Ilse, north-east of the Brocken.

l. 14. Über Hals und Kopf, trans., *helter-skelter, head over heels.*

l. 15. öſtreichiſche Landwehr. The Austrian militia had the reputation of moving very slowly. Cf. the song:

> Nur immer langſam voran! Nur immer langſam voran!
> Daß die öſtreich'ſche Landwehr auch nachkommen kann.

Cf. also the Commerslied: „Der Krähwinkler Landſturm."

**Page 48.**—line 1. Troß der Zagenden, *lagging troop of the timid.*

l. 14. The Unterharz is the south-eastern portion of the Harz which is not described in Heine's *Harzreise.*

l. 22. wie aus, etc., as if poured out of full watering-cans.

l. 27. ſilbernen Buſenbänder, *silver ribbons.*

l. 31. tantenhaft, lit., like aunts, trans., *like delighted kinswomen.*

l. 33. verdrießlicher Oheim, der das ſchöne Wetter, etc., uncle, cross and sulky, who is to pay for all this sport. Heine knew such an Uncle Absolute.

**Page 49.**—line 7. Erſcheinungswelt, when the outer world of nature harmonizes with the inner mood.

l. 15. apothekenartig, as in an apothecary's shop, supplied with a thousand drawers.

l. 22. Mölln. In Mölln, near Lübeck, is located the grave of Till Eulenspiegel, marked by a stone on which is carved an owl and mirror. In the *Volksbuch* bearing his name, Till Eulenspiegel is a clownish peasant, who plays practical jokes on townsmen and nobles. He was gloomy when going down hill because he thought of the exertion which would be required to take him up the next, and happy while ascending, since he then thought only of the pleasure of going down hill afterwards.

**Page 50.**—line 6. Ritter v. Weſtenberg. This legend is given in the work, *Norddeutsche Sagen*, by A. Kuhn and W. Schwartz, p. 176, etc. (Buchheim.)

l. 9. Kaiſer Heinrich, the Emperor Henry the Fowler (919–936), founder of many German cities and of the power of the Saxon dynasty.

ll. 22-23. Trans., *For acting as I did in my perplexing situation, no one surely will blame me.* His clinging to the cross should be understood symbolically, for Heine entered the Christian church in the summer of 1825, shortly before the publication of the *Harzreise* (1826). The lines are an apology for his conversion, which is treated here in jest. Cf. Introd., pp. xxii and xxiii.

### Die Nordsee.

This second sketch of the *Reisebilder* was written in 1826 during and after Heine's second visit to the island of Norderney. The latter is located in the North Sea, on the coast of East Friesland; it is eight miles long, belongs to the Prussian province of Hannover, and is a favorite place for sea-bathing, as well as a winter health-resort.

**Page 51.** — line 1. blutarm, trans., *very poor, poor as church-mice*. Cf. such adjectives as blutjung, etc., *very young*.

l. 4. Kauffahrteischiffen, *ships engaged in commerce, merchantmen*.

ll. 13-14. daheim . . . zu Mute, trans., *that they are all happiest at home*.

l. 17. Leck, a seaman's metaphor, trans., *cannot stop the leak in their hearts*.

l. 23. Sprache schwatzen. Owing to the location of the island, the language of the inhabitants is a mixture of dialects, among which, however, Frisian is very prominent. Heine did not have a sympathetic ear for the sounds of Low German dialects. He speaks of Dutch as „das Fröschegequak der niederländischen Sümpfe" (*the croaking of the frogs in the swamps of the Netherlands*); and of English as, „die Zischlaute (*hissing sounds*) der Engländer."

l. 27. naturgemäße Ineinander-Hinüberleben, *closely interwoven life resembling the primitive or natural state*.

l. 28. Unmittelbarkeit. Cf. p. 31, l. 32, note. — gemeinschaftliche, all their affairs, needs and interests, being of the same nature, were shared in common.

**Page 52.** — line 9. Expektorationen, contemptuous for *effusions*.

l. 11. geistig einsam, *intellectually alone*. This complaint of his intellectual isolation is uttered with far more bitterness by Heine in later life.

l. 14. verlarvt, *masked*.

l. 32. Gängelband, *leading-strings*.

l. 33. Befreiungstaumel, trans., *intoxicated with the joy of freedom*.

**Page 53.** — line 1. uralter Zweifel, trans., *world-old doubts*.

l. 12. Köhlerglaubens, lit., *the belief of charcoal-burners*, a class noted for their superstition and intellectual barrenness.

l. 16. aus allen, etc. A part of the work of the Romantic school

consisted in directing attention to foreign literatures and in producing
translations and adaptations of the literary monuments of all ages and
countries, e.g. the translation of.Shakespeare by Schlegel and Tieck, of
Don Quixote by Tieck.

l. 20. gegenſtändliches Denken, *objective thinking.* Dr. Heinroth
in his *Anthropologie* attributed to Goethe „ein gegenſtändliches Denken,"
which Goethe accepted as a very happy expression. Cf. Goethe's essay:
„Bedeutende Förbernis burch ein einziges geiſtreiches Wort." *Werke,*
Hempel 27, I, 351.

l. 21. Selbſtbiographie, Goethe's autobiography entitled *Dichtung
und Wahrheit.*

l. 27. plaſtiſchen, *plastic, with distinct outlines.* The sculptor's art
is said to be plastic as distinguished from painting or the graphic arts.
German Romantic literature was picturesque, while Goethe's ideal was
that of the Greek literature, resembling more closely the sculptor's art,
the statuesque.

**Page 54.** — line 3. Schubarth published, in 1821, his „Ideen
über Homer und ſein Zeitalter. Eine ethiſch hiſtoriſche Abhandlung."
He had previously become known through his book: „Zur Beurteilung
Goethes mit Beziehung auf verwandte Litteratur und Kunſt." (Breslau,
1820.)

l. 7. feſtgeſchwaßt, lit., *talked myself fast to the subject of Goethe.*

l. 9. ſämtliche Alexanbriner, trans., *all the Alexandrian critics.*
The Alexandrian School, a name given to the literature and scholarly
research centred in Alexandria, was founded by the Ptolemies, and
flourished with some interruptions from 300 B.C. to 500 A.D. After the
decline of Greece it became the home of learning and investigation, and
was endowed with funds for the support of scholars who lived in the
so-called Museum, and with two magnificent libraries. The period of
greatest prominence was reached about the middle of the second century B.C. under Aristarchus, whose principal work was a recension of
Homer. The text he established, and his division of the poems into
books, are substantially those which have come down to us. The
Alexandrian library, which is said to have contained about 700,000
volumes, was burned by Omar in 642.

l. 25. Klabotermann or Klabautermann, a protecting genius or
sprite. The name is probably from „Klabaſtern = poltern," to strike or

knock continuously. According to a superstition of North German seamen the Klabotermann in stormy weather gives warning if the ships are in danger, by striking the vessel with his wooden hammer. He was supposed to be about a foot in height, with a fiery red face and white beard.

l. 33 f. im Schiffsraume . . . nachstaue, *to trim the hold,* lit., *to stow more carefully.*

**Page 55.** — line 5. Bramsegel, *top-gallant sail.*

l. 11. von andern wolle er wissen, *he claimed to know through others.*

l. 29. fliegenden Holländer, *the Flying Dutchman,* whom Heine calls the Wandering Jew of the Sea. This legend is more fully described in the *Memoiren des Herren von Schnabelewopski* (Salon I, Elster, IV), included in this volume. See p. 112 ff.

**Page 56.** — line 6. Felix Mendelssohn-Bartholdy (b. 1809; d. 1847), the celebrated German composer and musician, grandson of the philosopher, Moses Mendelssohn. He was wonderfully precocious, making his first appearance in public as a performer at the age of nine, and composing regularly from the age of twelve. His songs and oratorios are known the world over.

l. 8. das Kreuzen, *cruising.* Cf. Kreuzer, *cruiser.*

l. 15. Evelina, one of the numerous fictitious names with which the poet addresses his lady, whose indentity here is not definitely known. He may have meant Therese Heine, the sister of Amalie, his first love, who had married Herr Friedländer. Heine had won Therese's heart and at this time entertained hopes of obtaining the consent of her parents to their marriage. He attempted by means of increased literary reputation to force himself into favor with his uncle Salomon. See Introd. pp. xx, xxiv, xxvii. — The Buch le Grand Heine dedicates to the same name Evelina, which there seems to mean his cousin Amalie Heine, since she is addressed as a married woman, and the story of his unhappy love is once more rehearsed.

l. 21. Ich liebe das Meer, etc. Cf. Byron's stanza, "And I have loved thee, ocean," *Childe Harold,* Canto IV, 184.

ll. 28–34. Cf. Heine's poem *Seegespenst,* Nordseebilder Cycle I, 10. Elster I, p. 175.

l. 29. Einst, etc. It is a scientific fact, observed within historical times, that the lowlands of North Germany have been slowly sinking, and that the coast line has been giving way to the ravages of the Northern Seas. The Zuider Zee in North Holland was formed by an inundation of the North Sea in the thirteenth century. Legends of sunken islands and cities therefore naturally abounded in the North, though by no means there alone.

**Page 57.** — lines 1–4. This stanza is the last but one of the poem *Vineta* (in six stanzas), the subject of which is the legend of the proud city Vineta which was buried in the Baltic Sea between Rügen and the mainland. Heine was an admirer of Wilhelm Müller and his *Wander-lieder* and confessed his indebtedness to their author. See Introd. p. xlvii, Footnote 3. For an appreciative estimate of the work of Wilhelm Müller, cf. J. T. Hatfield, *The Poetry of Wilhelm Müller*, Methodist Review, July-August, 1895.

l. 24. nach abgeſteckter Menſur, lit., *after the duelling distance has been marked of.* Heine was not lacking in personal courage, having been engaged in several duels both as a student and later in life. His boast is, that it would be an easier matter for him to pull the trigger on one of these man-hunters, than on a helpless creature.

l. 32. Junker (from Jungherr, like Jungfer, from Jungfrau), *young nobleman* or *country squire*, a class numerous and prominent in Göttingen. — Humaniora, *the humanities, liberal arts.*

**Page 58.** — line 14. Düne, *down*, a bank or rounded hillock of sand, thrown up by the wind along or near the shore.

l. 16. Haſe, etc. It is considered a bad omen for a hare to run across one's path.

### Jdeen. Das Buch Le Grand.

This work was a part of the *Reisebilder* (Elster 3), and appeared in the second volume, 1827. It bore the dedication: „Evelina, empfange dieſe Blätter als ein Zeichen der Freundſchaft und Liebe des Verfaſſers." Cf. note to p. 56, l. 15. This book contains principally Heine's reminiscences of his boyhood, the story of the French occupation of Düsseldorf, and of his admiration for Napoleon, which was roused by the "talking" drum of Le Grand, the drum-major of the National Guard who was quartered in the poet's home.

**Page 59.** — line 1. dort, in Düsseldorf.

l. 3. Schilda, like the Greek *Abdera*, is the place notorious for dull-ness. Schildbürger was a term like Spießbürger originally applied opprobriously to the citizen-class. Schilda has a real existence only in German literature and folk-lore, and the small Prussian town of the same name in the district of Torgau should not be held accountable for the follies of Schilda. — Krähwinkel, in Kotzebue's play *Die deutschen Kleinstädter*, enjoys a similar reputation for incorrigible dullness. The other towns, Polkwitz, Bockum, Dülken, Schöppenstedt, are minor places, and are characterized as centers of fooldom and caviling pettiness; Göttingen is classed with these.

l. 16. Kanonikus, possibly the Roman Catholic priest Schallmeyer, rector of the Lycée, who was much interested in the boy Heine, for the sake of his mother and his uncles.

l. 20. kleine Wilhelm. Heine's biographer Strodtmann declares that this unfortunate little boy's name was Fritz (not Wilhelm) von Wizewski. The poet has noted the incident also in his poem *Erinnerung*.

**Page 60.** — line 3. Bolkerstraße. The house in the Bolkerstraße in which Heine was born, has been torn down. The house which re-placed it bears, since 1867, a memorial tablet to the poet.

l. 11. Hühnerwinkel, *the hencoop*, into which his father locked him, and which the boy turned into a playhouse. Cf. Introd., p. xi, xii.

l. 15. Mutter. Heine's mother taught him how to write, and was therefore responsible for his becoming a writer. However, she did all in her power to prevent him from becoming a poet. See Introd., p. ix, x, xii, xiii.

l. 17. Makulatur-Lorbeer, *waste paper laurels*.

l. 23. To the Elector Johann Wilhelm (d. 1716) of the Palatinate, was mainly due the rise and prosperity of Düsseldorf, and its citizens erected in his honor an equestrian statue of bronze.

l. 24. Allongeperücke, a wig with very long flowing curls, trans., *bag-wig*.

l. 30. Zerbrach mir den Kopf, trans., *racked my brains*.

**Page 61.** — line 4. Diskantstimme, trans., *shrill treble*.

l. 18. papiernen Anschlag, *paper bill* or *placard*.

l. 24. pfälzischer, *from the Pfalz, the Palatinate*. This was once a

German state, the territory of the Count Palatine (Pfalzgraf), in the region of the Rhine. The present Rhine Palatinate is bounded by the Rhine on the east, and borders on Hesse, Prussia, and Alsace-Lorraine; it is part of the kingdom of Bavaria.

l. 26. Schnauzbart = Schnurrbart, *mustache.*

l. 28. Kurfürst. The Elector Maximilian Joseph von Pfalz-Zweibrücken, who had succeeded to the dukedom in 1799.

**Page 62.** — line 3. Gassenvogt, *beadle, street-policeman.*

l. 5. Aloysius (from Chlodwig = Ludovicus = Louis), here, a street loafer.

l. 8. Gumpertz, the town drunkard. — ça ira, etc. Cf. note to p. 64, l. 1.

l. 18. Pudermantel, trans., *toilet-mantle.*

l. 20. Joachim Murat (1771–1815), the dashing ·cavalry leader, brother-in-law of Napoleon, entered Düsseldorf March 25, 1806, as Grand Duke of Berg.

l. 22. Schwester, Caroline Bonaparte, the youngest sister of Napoleon, was born in Ajaccio on the island of Corsica (1782), and died in Florence (1839).

l. 31. Voltigeurs, light infantry organized by Napoleon in 1804; they were stationed at the left wing of a battalion and did duty as sharpshooters. — **point d'honneur,** *dash, military ardor.*

l. 33. erste Etage = zweiter Stock, *second story.*

**Page 63.** — line 13. Kunz, abbreviated from Konrad, like Hans, a very common name, trans., *Jack.*

l. 14. Huldigung, the ceremony of homage to the new ruler. — losgelassen, contemptuous for *begin, take place ;* trans., *discharged.*

l. 34. herschnarrte, *rattled off.*

**Page 64.** — line 1. ça ira, etc. (lit., *it will go*). The earliest of the popular songs of the French Revolution of 1789. The refrain *Ah ça ira, ça ira,* is said to have been suggested by the frequent use made of this phrase by Benj. Franklin in Paris, with reference to the American Revolution.

l. 13. Niebuhr (b. 1776; d. 1831), in his *Römische Geschichte,* proved that Livy's account of the Roman kings was largely mythical, and unreliable as history.

l. 27. die rechten Häuser, etc., trans., *knew how to find the correct roads of influence.*

**Page 65.** — line 11. den 20ſten Juli, 1825. The date of Heine's promotion to the doctorate. As a matter of fact Heine did use an incorrect case in delivering his Latin dissertation, saying "legitur hoc in *caput* 7," thereby provoking much mirth in his learned audience.

l. 15. ſüchſe, a German students' phrase for students of the first year, *freshmen.*

l. 16. **vis, buris,** etc., are Latin nouns with an exceptional form of the accusative, viz., in *im.*

l. 33. kreuzigen, *mark with a cross,* on account of his apostasy.

**Page 66.**—lines 6-7. katal, etc. These are Hebrew verbal forms, katal being commonly used as a paradigm. The first three denote: he has — thou hast — I have killed. The next three are perfect tense forms of the mood Piël (repetition or intensification of an action). — pokat, pokadeti, = he has sought, I have sought; — pikat is another form of the same verb in a different mood.

l. 12. Adelung (b. 1732; d. 1806), was a prominent German grammarian and lexicographer. Besides his well-known dictionary, he wrote *Deutsche Sprachlehre, Umständiges Lehrgebäude der deutschen Sprache,* etc.

l. 14. Rektor Schallmeyer, cf. note to p. 59, l. 16.

l. 16. Profeſſor Schramm, Profeſſor des Natur= und Völkerrechts in Düſſeldorf, wrote much on educational questions, some little on politics and finally "A Small Contribution to the Subject of Universal Peace" (1815).

l. 27. blau geweſen, which had been colored blue on the map.

l. 29. Lehrbuchſeelen, the number of souls given in the *text-books* or *manuals* were so changed and shaken up.

l. 31. The cultivation of Cichorien und Runkelrüben, *chicory,* used as a substitute for coffee, *and beets* for the manufacture of beet-sugar was especially promoted in Germany in 1806, after the blockade of Continental ports was put into effect by Napoleon (Berlin *Decrees*), who aimed to exclude England from trade with the Continent.

l. 32. hinterherlaufende Landjunker, *country squires who gave them chase.*

**Page 67.** — line 2. Venetianer. Venice changed rulers many times; it was ceded to Austria in 1797, to Italy in 1805, to Austria again in 1814, and became a part of the Lombardo-Venetian kingdom in 1815.

l. 5. Semmel, etc., *like fresh rolls* or *hot cakes.*

l. 8. Siegellack. The last of the Holy Roman Emperors, Francis I of Austria, is said to have been of a very phlegmatic temperament. It is reported that even when his throne and country were in greatest peril, he indulged in his favorite daily pastimes, among which were playing the violin, feeding his pigeons and making *sealing-wax.* He reigned from 1792–1835.

l. 25. viel **apprendre par cœur,** *much learning by heart.*

**Page 68.** —line 10. wie eine Klette, lit., *stuck to him like a bur.*

l. 15. **les jours de fête sont passés !** *our fête-days are past.*

l. 19. Marseiller Marsch, *the Marseillaise.* The words and music of this "chant de guerre" were by Rouget de l'Isle, a captain of engineers. It became a national hymn through the Marseillaise battalion of volunteers who sang it on their long march from the south of France to Paris, and during the attack on the Tuileries, August 10, 1792. Cf. the historical novel by Felix Gras, *Les Rouges du Midi.* (A translation has been published by Scribners, *The Reds of the Midi.*)

l. 22. **les aristocrats à la lanterne !** (sc. *hang*) *the aristocrats to the lamp-post !*

l. 23. **bêtise,** *folly, nonsense.* — Deffauer Marsch, a popular march named· after Prince Leopold of Anhalt-Dessau (1676–1747), called „der alte Deffauer."

l. 25. Champagne. The Prussian invasion of Champagne in 1792 ending in the defeat at Valmy, was a series of military blunders and mistaken strategy, a *bêtise.* Goethe accompanied Karl August in the invading army, and kept a diary. Cf. Goethe, *Campagne in Frankreich.*

l. 28. **Dum** = bumm.

l. 34. Bastille. The storming of the Bastille, the state prison, took place July 14, 1789. — The Palace of the Tuileries was the royal residence of the French monarchs, and connected with the Louvre by wings. It was taken by the mob in 1792 and made the seat of the Convention. Burned by the Commune in 1871, nothing remains now of the palace but the pavilions at the two extremities, which have been restored and belong architecturally to the Louvre.

**Page 69.** —line 2. Schulkompendien, *text-books, school-manuals.*

l. 4. hochdero. dero is an obsolete genitive; trans., *their most noble.* — Altessen, *Highnesses.*

**l. 13. Monsieur Le Grand,** the drum-major quartered in the house of Heine's father.

**ll. 17 f.** Some of the greatest of Napoleon's military successes are enumerated here. The battle of Lodi (near Milan) in Italy, in which Napoleon displayed great personal valor, was fought with the Austrians in 1796 under the government of the Directory; the battle of Marengo, in 1800, made Napoleon master of Italy. The battle of the Pyramids took place earlier, during the invasion of Egypt, 1798–99. The victory of Austerlitz was won in 1805, against the allied Austrians and Russians. The crushing defeat of the Prussian arms at Jena (1806), was due largely to the incompetency of their commander. The battle of Eylau (1807) with the Russians and Prussians was indecisive. The victory of Wagram determined the result of the war with Austria in 1809, and was followed by Napoleon's marriage with Maria Louisa, daughter of the Austrian emperor.

**l. 28. Trommelfell,** means both the *tympanum* (of the ear) and a *drum-skin.*

**l. 31. Hosianna!** trans., *Hail to him!* Cf. "Hosanna to the son of David!" Math. XXI, 9, 15; also Psalm CXVIII, 25 (Save now).

**Page 70.** — line 11. **welthistorische = weltgeschichtlich,** belonging to the world's history.

**l. 14. fast hängend,** *almost drooping,* not erect. Cf. the phrase: „den Kopf hängen lassen." Napoleon's characteristic stoop, when mounted, is noticeable on some of the portraits.

**l. 26. et la Prusse,** etc. It was a boast of Napoleon that, if he should but speak the word, *Prussia would no longer exist,* and the continuance of the Vatican as a temporal power would end.

**l. 28. ausgeklingelt,** *had ceased to ring;* alluding to the custom of ringing bells during mass in the Catholic churches. The plupf. ind. is used here, because the event is assured as a fact.

**Page 71.** — line 3. **Siebenmeilenstiefel-Gedanken,** *thoughts traveling in seven-league boots.*

**l. 7. Polizeidiener.** Policemen ordinarily prevented horsemen and vehicles from using the centre of the avenue. Cf. p. 70, ll. 4–5.

**l. 14. Insel.** The island of St. Helena in the South Atlantic is about 1200 miles west of Africa, 1800 miles east of South America, and 820 miles from Ascension, the nearest land.

l. 19. Klio, the muse of history.

l. 24. Sir Hudson Lowe, governor of St. Helena from 1816, in whose charge Napoleon was placed as a prisoner of war.

Page 72. — lines 4 f. Gefangene. This incident probably forms the subject of Heine's famous poem „Die Grenadiere," which has been set to music by Schumann.

l. 16. Kapotte (French, capote), soldier's cloak.

Page 73. — line 14. Moskwa, a river in the province of Moscow, Russia, about seventy miles west of the city of Moscow. The bloody battle fought there, also called Borodino, September 7, 1812, resulted in a victory for Napoleon, who lost 30,000 men, against a Russian loss of 50,000. The opposing armies numbered each about 140,000.

l. 17. Es waren getrommelte Thränen, *tears were beaten upon the drum*, or *they were drum-beat tears*.

l. 29. Zapfenstreich, *the tattoo*, in the cavalry, *Retraite*, or signal given by drum or trumpet, summoning the soldiers to quarters in the evening. Zapfen — streich originally denoted the blow upon the tap, which closed the cask; it is connected with Low German, Tappenslag, Swed. tappto, Engl. tattoo (= Zapfen zu) i.e. shut the tap. The Z. or tattoo may thus have been the signal for closing the taps of the public-houses, when the revels of soldiers would necessarily cease.

Page 74. — line 1. Trans., *From the sublime to the ridiculous is but a step, Madam.*

l. 8. Knittelversen, *doggerel verses.* Reference is made to the irregular metres, such as those in which the monologues of *Faust* are written, occurring in the first part of the poem.

l. 19. Hühneraugen, *corns.* The thought is probably suggested by the experiences of Heine's uncle, Simon van Geldern. Cf. *Memoiren*, p. 201, ll. 1-10.

ll. 20 f. This is Heine's retort for the mutilation of his publications by German censors, and he devotes a whole chapter to it. Similar conceits are frequent in the works of Laurence Sterne, e.g., the *black*, and the *marble* page in *Tristram Shandy*. For a fuller expression of Heine's sentiments on German press censorship, see his *Schriftsteller-nöten*, Elster, Vol. 7. pp. 338-50.

## Italien.

The *Pictures of Travel* in Italy composed the third volume of Heine's *Reisebilder*. Elster, Vol. 3, pp. 195 f. The poet's journey in Italy extended only over the northern part of the peninsula and lasted from the middle of July to the end of November, 1828. The work, published in December, 1829, was divided into two parts, *The Journey from Munich to Genoa*, and *The Baths of Lucca*. The *Reisebilder*, IV (1831), called also *Nachträge zu den Reisebildern*, contains the last of the Italian sketches, *The City of Lucca*.

**Page 75.** — line 1. Grillenhaftes, *moody, capricious*.

l. 2. warum tirilierst du nicht? *why dost thou not burst forth in joyous song?*

l. 11. Ziegelhäuschen, *brick-houses*.

l. 16. Spießbürgerfratzen, *philistine-faces*.

l. 21 f. Vergnügen, etc. This sentence illustrates how much Heine was affected by the morbid sentimentality of the Romantic school. The words are not written in jest.

l. 24. Märchenschauer. Heine frequently speaks of the mysterious thrill which a myth or fairy tale imparted to him.

**Page 76.** — line 12. Scala mazzanti. On this spot Antonio della Scala (of the celebrated house Scaligeri, rulers in Verona, 1260–1387) had murdered his brother Bartolomeo, as he was about to visit his lady. The latter's grief is pictured in the twenty-fifth chapter of these sketches, not included in this volume. Cf. Elster, Vol. 3, p. 264.

l. 24. Völkerwanderung, *the migration of nations*, from the 4th–6th century. The beginning was made by the Huns about 375 A.D., causing a movement of Germanic tribes south and westward.

l. 25. Weichbild (cf. Anglo-Saxon wíc, Old High German wih = Flecken, village), trans., *precincts* or *district*.

l. 28. Amphitheater, the "Arena" of Verona, which is very well preserved, was erected about 290 A.D., under Diocletian.

l. 29. Theodorichs. Theodoric the Great (b. 454; d. 526), became king of the East Goths in Italy, after his final defeat of Odoacer in 490. He was known to legend as Dietrich von Bern (Verona), although the capital of the East Gothic kingdom was the fortified city of Ravenna, then a seaport.

l. 32. König Alboin. After the fall of the East Gothic kingdom, northern Italy was invaded by the Lombards and remained in their possession in spite of the conquest of the Franks under Charlemagne, who succeeded in depriving them of their independence. The Lombard King Alboin ruled from 561–573; he took Verona in 568.

Page 77. — line 2. Völkerherberge, *a hostelry of nations.*

l. 17. gottblauen, the deep "divine" blue of the Italian sky.

l. 25. Chignons = Nackenzöpfe, *braids of hair.*

l. 27. eichelköpfigen, *acorn-headed.*

Page 78. — line 9. Firnis, etc., smells of varnish.

l. 12. Gesittung, here, *civilization.*

l. 19. Denksäule. This monumental column at the northern end of the Piazza delle Erbe is composed of a single block of Verona marble; it is surmounted by a modern imitation of the Lion of St. Mark, the emblem of the Venetian Republic. — steinerne Heilige, a statue, in part antique, surmounting the fountain, representing Verona.

l. 20. launig, *capriciously.* The effect described is caused by alternating bands of red brick and white marble. — Podesta, the palace of the Podesta, or chief magistrate.

l. 22. Kirchturm. Heine probably means the tower of the Municipio, which is 273 feet high.

l. 27. Ludovico Ariosto (b. 1474; d. 1533), the celebrated Italian poet, author of the romantic epic *Orlando Furioso.* — Ludovico Tieck, See text, Romantische Schule, pp. 149 f.

l. 31. Kneipe, *tavern.*

Page 79. — line 15. Can Grande (or Cangrande) della Scala, born at Verona, 1291, was the sovereign prince of Verona from 1311–29, and the most illustrious of his line. He conquered Vicenza, Padua, and Treviso, and was noted also as the patron of Dante. The family name Scaligeri, was derived from the *ladder* (*scala*) in their coat-of-arms. The family held sway in Verona, from 1260–1387. Can Grande ("Great Dog") was succeeded by his son Alberto II and Martino II, his nephew (1329–1351). The latter's sepulchre is one of the most beautiful among the tombs of Verona.

l. 20. thatsächlichen, *realistic, matter-of-fact.*

Page 80. — line 1. Falstaffsche Bedenken. Cf. *King Henry IV,* Part I, Act V, Scene 4. Falstaff, who has dropped down as if dead in order to save himself from Douglas, sees the dead body of Hotspur, and fears he may come to life again.

l. 9. **Brighella, Tartaglia, Truffaldino** (l. 13) etc., characters of the popular Italian farces, the *Commedia dell' arte.* — **Spiegelfechte= reien,** *sham-fights, juggleries.*

l. 22. **keine große Menschen.** In the nominative and accusative plural Heine frequently uses the strong form of an adjective (here **große**), where we should expect a weak ending (**großen**). Cf. e.g., p. 100, l. 18: **jene fremde Länder.**

l. 26. **Herkulanum, Pompeii** and **Stabiae,** were the three towns overwhelmed by the eruption of Mt. Vesuvius in 79 A.D. The site of Pompeii was discovered in 1748, and excavations have been carried on down to the present time. The ruins have remained practically intact, because buried in ashes and pumice, and not reached by lava; they afford in many ways the most complete and authentic information which we possess of Roman material civilization.

l. 27. **Steintext,** the old text, consisting of stones unearthed.

· **Page 81.** — line 19. **Blamage,** *disgrace, scandal.*

l. 25. **Lapidarstyl,** *stone-language;* lit., *lapidary style.*

l. 28. **Gracchen.** The brothers Tiberius Sempronius and Caius Sempronius Gracchus, tribunes of the people and supporters of the Agrarian laws, made innovations in order to improve the condition of the poor, and were assassinated in the streets of Rome, Tiberius in 133 B.C., Caius the younger brother in 121 B.C.

**Page 82.** — line 5. **Agrippina** (the younger) was the daughter of Germanicus and Agrippina, and the mother of Nero. She was a woman of boundless ambition, and notorious for her moral depravity. She poisoned her second husband Claudius. She obtained great influence in the beginning of Nero's reign, but was put to death by his order about 60 A.D.

l. 12. **östreichischen.** Verona had belonged to Austria since 1797; it was ceded to Italy in 1866.

l. 13. **Platze la Bra,** the longest square of the city, now Piazza Vittorio Emmanuele. On the east side rises the famous Amphitheatre.

l. 14. **schöne Welt,** cf. the French *le beau monde, the fashionable world.*

l. 15. **Sorbett,** *sherbet.*

**Page 83.** — lines 3-4. bis auf . . . treu genug, *all but names and dates my heart will relate, faithfully enough.*

l. 5. Kennſt du das Land, etc. This familiar song *Mignon* was published by Goethe for the first time in his *Wilhelm Meisters Lehrjahre*. It expresses not merely a child's longing, but the yearning of a Northern race for a sunnier clime, of Germans for Italy.

l. 19. A famous epigrammatic line. Trans., *Nature wished to know how she looked and she created Goethe.*

l. 21. hitziger Goetheaner, *ardent admirer of Goethe.*

l. 25. Herr Eckermann (b. 1792; d. 1854), friend and literary assistant of Goethe in his last years, sometimes called his Boswell, because of his published diary, *Gespräche mit Goethe*, in which he reported conversations with the poet during the years 1823-32.

l. 26. ein Buch; entitled, *Beiträge zur Poesie mit besonderer Hinweisung auf Goethe.* Stuttgart, 1823. Heine has distorted the phraseology of Eckermann's passage, but the meaning is correctly given.

**Page 84.** — line 10. Doktorhut aus Jena. On November 7, 1825, fifty years had passed since the coming of Goethe to Weimar, and the event was celebrated with a fitting ceremony. The University of Jena, in whose welfare Goethe had ever taken an active interest, extended to him the privilege on this occasion, of naming two candidates for the degree of doctor of philosophy. Goethe gave as one of the names Johann Peter Eckermann.

l. 12. Lady Sydney Morgan's *Italy* (London, 1821). The political tendency of this work was anti-Austrian.

l. 13. Frau von Staël. Madame de Staël (b. 1766; d. 1817), an eminent French writer, daughter of Necker, the minister of finance under Louis XVI. She was an admirer of Rousseau and an enthusiast for the cause of freedom. Her book on Italy is a work of fiction, *Corinne ou l'Italie.* Her best known work, *De l'Allemagne*, extols Germany and its intellectual achievements with a certain purpose, viz., thereby to disparage the grandeur of the French empire under Napoleon, whom she censured and attacked in her writings. She was exiled from France by Napoleon, from 1812-14.

l. 20. Marketenderin, a woman who sells provisions and liquor to the soldiers; Fr., *vivandière.* For a classical example of a woman as sutler, cf. Schiller's *Wallensteins Lager*, Scenes 5 and 11.

**l. 22.** Enthusiasmusfäßchen, *cask* or *flask of enthusiasm.*

**Page 85.** — line 4. Mailand = *Milan.*

**l. 6.** Carrozza, or Karoffe, *coach.*

**l. 15.** Prellereien, *impositions, fraud.*

**l. 17.** Diebesorgan, *thieving member* or *instrument.*

**l. 18.** Locanda Croce Bianco, *Inn of the White Cross.* — Padua, or Padova, an important town east of Verona, on the road toward Venice, the seat of one of the oldest universities of Europe, famous for its faculties of law and medicine.

**l. 20.** Vicenza, a town noted for its buildings by Palladio and its silk manufactures, about equidistant from Verona and Padua. It was at one time under the sway of the Scala family, later under that of Venice.

**l. 24.** Brera, the palace of Science, Letters and Arts, contains a picture gallery, a public library of 300,000 volumes and several collections of casts, coins, etc. — Ambrosiana, a celebrated library of Milan, especially rich in manuscripts (8,000), named after St. Ambrose, the patron saint of Milan.

**Page 86.** — line 2. Jan Steen, the Dutch genre-painter, was born at Leiden in 1626 and died there in 1679.

**l. 4.** Long-Arno, or Lungarno, a favorite drive, the broad quay extending along the banks of the Arno, which flows through Florence.

**l. 5.** San Marco, the piazza or open public place of St. Mark in Venice, around which some of the most important buildings are grouped, such as the Palace of the Doges, the Cathedral of St. Mark, the Royal Palace, and large edifices devoted to the display of Venetian manufactures.

**l. 16.** Krondächlein, *canopy.*

**l. 25.** Gian Galeazzo Visconti, began the construction of the cathedral of Milan in 1386, but the work progressed slowly under numerous architects. German builders were also frequently consulted. Francis I of Austria, and finally, Napoleon did much toward completing the structure, but the façade is still unsatisfactory, not being in keeping with the dignity of the other parts. The cathedral is one of the largest in the world, and is next in size to St. Peter's among Italian churches.

**l. 27.** Marengo. A village about three miles southeast of Alessandria. The battle of Marengo was fought on June 14, 1800, and completed Napoleon's campaign in Northern Italy. The battle was very hotly contested, and Napoleon was saved from the reverse which attended the first seven hours' fighting by the arrival of French reinforcements.

**Page 87.** — lines 10 f. Cf. Introd., pp. xlvi, xlvii.

---

### Die Bäder von Lucca.

**The Baths of Lucca,** Bagni di Lucca, are situated inland, on the Lima, fourteen miles north by east of the city of Lucca. Invalids and tourists are attracted thither by the mineral and hot springs and their pleasant location in the mountains. The poet wrote to his friends, that he spent there the happiest days of his life, and that wandering over the heights of the Apennines he dreamed day-dreams of how his fame should increase and spread over the whole wide earth.

Heine's *Bäder von Lucca* is notorious for its malicious attack on the poet Graf von Platen, but it contains a far more valuable piece of writing in the parody (given here only in part) on the upstart Jew, who spends his money in outward display, and his time in absorbing culture.

The original of Gumpelino was Herr Gumpel, a rival banker of Hamburg and neighbor of Salomon Heine in his country home at Ottensen. Herr Gumpel's business principles were known to be opposed to such humanitarian sacrifices as Salomon Heine was often ready to make for the needy and helpless. This burlesque was always the favorite remedy with Heine's uncle for a dismal mood.

The servant *Hirsch Hyacinth,* was likewise drawn from a model, viz., Isaak Rocamora, a poor vender of lottery tickets, "a living counting-machine," often employed by the poet, who exclaimed on first hearing this name: "Rocamora! What an ideal title for a book. Before I die I shall write a poem called Rocamora."

**Page 88.** — line 2. schwitze ... hervor, trans., *oozed out.*

l. 7. Schutzbürger, *resident,* a stranger living under protection of the city authorities.

l. 17. staunender Aufwallung, *ebullition of amazement.*

l. 23. Renovierung, *renewal,* that is, purchase of tickets for the succeeding lottery.

l. 29. Altonaer Thor, Steinthor, these gates are at the western and eastern limits respectively of the old or central city.

**Page 89.** — line 7. Löwen, etc. The Zoölogical Garden is still one of the sights of Hamburg. — Papagoyim, an unusual plural, for Papageien, *parrots*.

l. 16. Michaelisturm, the largest church of Hamburg, built in the last century upon the most elevated portion of the city, with a steeple over 400 feet high. It does not compare in beauty with the newer St. Nikolaikirche, built in 1842.

l. 23. Steinweg or Steinstraße is one of the important thoroughfares in the old town.

**Page 90.** — line 13. Paoli, a coin of the sometime Papal State, and worth about ten cents.

l. 24. Stracchino, called also Gorgonzola, an Italian cheese made in Lombardy, in the fall of the year, called also Schachtelkäse (box-cheese).

l. 30. Um die Kleinigkeit mahne ich Sie nicht, *I shall not dun you for the trifling sum.*

**Page 91.** — line 5. Rothschilds, the money-king. The banking house of Rothschild was founded in the latter half of the 18th century by Mayer Anselm Rothschild in Frankfurt. His five sons established branches in the capital cities of Europe and extended the power of the house throughout the financial world.

ll. 28–31. The opening verses of Fr. Matthison's poem "Elegie." It is just possible that Heine desired the word Haine (l. 29) to be felt as a play upon his own name.

## Englische Fragmente.

The *English Fragments* appeared first (1828) in Cotta's journals, the *Politische Annalen*, and the *Morgenblatt*, but were collected later, and published in 1831 as a part of the fourth series of the *Pictures of Travel*, *Reisebilder IV*, or *Nachträge zu den Reisebildern*, Elster, 3, pp. 431 f. Heine visited England for several months in 1827. He remained in London from April until June, and then visited Ramsgate for two weeks, after which he returned to London, which he left on the day of Canning's death, August 8.

**Page 92.** — line 1. gelbe Mann, lit., *the sallow* or *jaundiced man*, by which the poet symbolizes the splenetic mood, which accompanies him on his journey.

l. 17. umfriedetes, *fenced in.* Cf. Friedhof.

l. 25. in seinen vier Pfählen, *within his four walls.*

**Page 93.** — line 5. une conversation anglaise, *an English conversation.* Heine's wife Mathilde called the same thing, "une conversation allemande."

l. 6. Kasino, *Casino*, in Continental Europe a club-house or public room used for large social meetings, dances, music, etc.

l. 7. Umgangstalent, *gift for social intercourse.*

l. 14. Roturiers, lit., one who cultivates the field (roture), *a plebeian.*

ll. 17–18. canaille roturière, *rabble.*

l. 27. Kuratel (Lat. curatela, Fr. curatelle, Eng. curator), a legal term for *guardianship;* in Kuratel stehen, to be in ward.

**Page 94.** — line 4. bevorrechteten Wehrstand, *privileged military class.*

l. 8. Dienststunde or simply Dienst, *duty, period of service.*

l. 10. Theater, the court of St. James is here likened to a stage.

l. 11. Kehricht, *sweepings, rubbish.*

l. 12. Ordensbänder, an order is generally suspended from a ribbon, and is worn on state occasions.

ll. 15–16. da bläht sich der Ritter, da spreizt sich das Fräulein, trans., *there struts the knight and there the damsel flaunts and flutters.* Note the amphi-brachic movement of the German.

ll. 19–20. Ideologen, *ideologists, visionaries.* — Vordenker, one who thinks for and in advance of others. — Nachdenker, *ponderer, thinker.*

ll. 24 f. Der Deutsche hat nichts, etc. Since the establishment of the Empire in 1870, Germany has begun a political and national life, the absence of which Heine and his contemporaries had felt so keenly. Germany was unfortunate in being the last of the great European countries to become strongly centralized and nationalized, one retarding cause being the selfish policy of Austria.

**Page 95.** — lines 14–15. den allgemeinen Anzeiger der Deutschen. This journal was published first in 1791 and was called the Reichsanzeiger; later it bore the above title (1807–29).

l. 17. Nachliebe, an *after-love*, a feeling of love arising when the opportunity of enjoying the object is past. It is a word coined by Heine who probably had in mind a contra-distinction to Vorliebe (predilection), an inclination of love before the opportunity of enjoying the object has come.

l. 18. Schlafmützen, *sleepy-head, dolt.* — Perücke, *wig*, is associated with the idea of conservatism.

l. 29. katholischen Römer, *the catholic Romans* (not Roman Catholics), so called from their greed for universal empire, etc. In another place (cf. p. 117, ll. 32 f.) Heine shows how Luther has given Germany freedom of thought.

**Page 96.** — line 2. Smithfield, formerly a recreation-ground, and long famous for its cattle-market. It was noted in the time of Queen Mary as the place where heretics were burned at the stake.

l. 28. Kontouren, *outlines.*

**Page 97.** — line 18. bei Leibe, *on peril of your life!* a phrase frequent in Heine's prose. The word is here used in its old sense. Cf. M.H.G. lîp = life. Cf. p. 29, l. 2.

l. 21. Leipziger Messe. The fair in Leipzig was famous for its book trade. Cf. p. 21, l. 25, note.

**Page 98.** — line 11. auf einem großen Fuße, *on a large scale, in grand style.*

l. 17. Douceur, *gratuity.*

l. 23. Börse, *the Exchange.* — Strand, one of the principal streets of the city, extending southeast from Fleet Street to Charing Cross; once the fashionable quarter and built up on the river side with fine palaces and monasteries.

l. 24. Cheapside (cf. M.E. chepe, market). The central, east and west thoroughfare of the city.

l. 31. Schlupfwinkeln, *hiding-places.*

**Page 99.** — line 3. goldklimpernd, *jingling his money.*

l. 11. Absteigequartier, lit., place for dismounting, or alighting from a carriage, then *hotel, lodgings.*

l. 24. Stutzköpfe = Stutzer, *dandy, fop.*

**Page 100.** — line 28. Schild des Sieges, a reference to the custom of Germanic warriors who raised their newly elected king upon a shield. For a graphic illustration of this, cf. Dahn, *Kampf um Rom*, Vol. III, pp. 168 f.

**Page 101.** — line 3. George Canning (b. 1770; d. 1827), was Secretary for Foreign Affairs 1807–09, and 1822–27; President of the Board of Control 1816–20, and Premier 1827. He is considered one of the greatest of English orators and statesmen. He was a follower of Pitt, and opposed Fox and Sheridan. He advocated Catholic emancipation. Seeing that the reactionary party predominated in 1822, he stood firmly against the absolutism of the Holy Alliance, and decided that England should throw the weight of her influence on the side of the Liberals. He was everywhere hailed as the champion and spokesman of national and popular liberty.

l. 4. Londonderry. Robert Stewart, second Marquis of Londonderry, born in Ireland, 1769, was Secretary for Ireland in 1798, and Foreign Secretary 1812–22; he committed suicide in a fit of insanity, 1822.

l. 15. Polignac (b. 1780; d. 1847), was embassador to Great Britain (1823–29), Minister of Foreign Affairs and Premier (1829–30). He signed the ordinances which led to the Revolution of July, 1830, and was imprisoned, 1830–36.

l. 34. **Te, Cæsar, morituri salutant!** *Those who are about to die, salute thee, Cæsar.* This was the salute of the Roman gladiators on entering the arena. Cf. Suetonius, *Have imperator, morituri te salutant! Divus Claudius.* Ed. Roth, Teubner Series, p. 159.

### Schlußwort zu den Reisebildern.

**Page 102.** —line 13. Karl V. (b. 1500; d. 1558), Emperor of Germany from 1519–56. The French version reads: "une histoire de la vie de l'empereur Maximilien." The latter is the better reading, for Kunz von der Rosen was the court fool not of Charles V, but of the Emperor Maximilian (Holy Roman Emperor, 1493–1519). Both rulers waged successful and unsuccessful wars, but the scene here described is again more in keeping with the events of the reign of Maximilian, who labored with grand plans for an ideal government. Maximilian was in 1488 made a prisoner by the Flemish town of Bruges and held for three months until rescued.

ll. 16 f. Gehalt, etc., paid a *salary* for reading the old stories from the same old manuscript, semester after semester, — like a university professor.

**Page 103.** — lines 9 f. O deutſches Vaterland! Cf. Introd. p. xliv, xlv.

l. 21. **Tel est notre plaisir,** *Such is our will.*

l. 22 f. Salbadereien geſchorener Gaukler, *idle assurances of shaven jugglers.*

**Page 104.** — line 23. Cf. Introd. p. xlv, xlvi.

------

## Nachleſe zu den Werken in Proſa.

The sketch „Der Thee" was written in 1830, and based on an incident which has been similarly described by the brother of the poet, in his „Erinnerungen an Heinrich Heine und ſeine Familie," von ſeinem Bruder Maximilian Heine, 1868.

**Page 105.** — line 2. Bäder von Lucca, cf. note to p. 87, l. 18.

l. 3. **Politif.** At the time when Heine wrote this, European politics were in a state of fermentation.

**Page 106.** — line 10. per Eſtafette, *by express.* — Livorno = *Leghorn,* a seaport on the western coast of Italy, next in importance to Genoa.

------

## Franzöſiſche Zuſtände.

Under this title the collection of articles which Heine sent from Paris to the „Augsburger Allgemeine Zeitung," from December, 1831, to September, 1832, was published. Cf. Elster, Vol. 5. The extract given here is a part of Article II, dated January 19, 1832.

**Page 108.** — line 11. Vendomeſäule. This column, composed of the metal of 1,200 cannons taken in battle, was erected by Napoleon (1806–10) in the Place Vendôme, in honor of the Grand Army. It was thrown down by the Commune in 1871, but reërected in 1875.

l. 13. **Barbier,** Henri Auguste (b. 1805, d. 1882), a French poet whose best known work was *Les Iambes* (1831); a series of satires, political and social, occasioned by the Revolution of 1830.

**Page 109.** — line 7. Kalkuls, *of calculation.*

l. 17. treuer Eckart, cf. note to p. 31, l. 2.

l. 30. **den jungen Napoleon.** The son of Napoleon, born in Paris, 1811, and proclaimed king of Rome, was created Duke of Reichstadt in 1818 by his grandfather, Francis I of Austria, at whose court he resided after his father's overthrow. He died a few months after Heine's article was written, at the castle of Schönbrunn near Vienna, July 22, 1832.

**Page 110.** — line 5. **Boulevard.** The term boulevard indicated originally a rampart or fortification and later the walk encircling the city, erected on the site of the same, now used of any street of especial width or prominence as a promenade, and often adorned with shade trees.

l. 6. **Karrefours** (Fr. *carrefours*), in a town, *a public place*, where several streets end.

l. 11. **Sou** (= five centimes), the twentieth part of a franc, equivalent therefore to about one cent.

ll. 14-15. **ein Liedchen singen**, trans., *could tell a tale, fearful and wonderful.*

ll. 17-18. Trans., *In the name of Napoleon, give me a sou.*

l. 24. **Parisienne,** a patriotic song on the Revolution of 1830.

l. 30. **Bonhommie** (Fr. *bonhomie*), simplicity and affability.

**Page 111.** — line 3. **Auvergnate,** a native of the province of Auvergne, south of central France.

l. 6. **Est-ce que vous connaissez le général Lafayette?** trans., *Do you know General Lafayette?*

l. 9. **Il est de mon pays,** trans., *he is from my native country.*

---

# Der Salon. I.

The Salon comprises a large number of prose works, cf. Introd. p. xxxiii, xxxiv. This selection is taken from Chapter VII of *Aus den Memoiren des Herren von Schnabelewopski.* Elster, Vol. 4, p. 116 f. The fable of the Flying Dutchman, the *Ahasuerus* or *Wandering Jew of the Ocean*, is here treated by Heine in an original manner. Just as his poetical fancy reconstructed the legend of the enchantress Lorelei, so also he invented the beautiful close of the legend of the Flying Dutchman. The statement that he found the legend as he tells it in a play performed in

Amsterdam, has been proved to be a fiction of the poet.  Richard
Wagner in his opera, *Der Fliegende Holländer* has adopted the argu-
ment exactly as Heine gives it here, and has made the following
acknowledgment: "Especially the dramatic treatment, invented by
Heine, of the deliverance of this Ahasuerus of the ocean, gave me what
was needed for the use of this legend as the subject of an opera."

**Page 112.** — line 10.  Focfmaſte, *foremast.*

l. 17.  Dorgebirge, *promontory, cape.*

**Page 113.** — line 6.  ſpottwohlfeilem, *ridiculously cheap.*

l. 14.  Konterfei, *portrait.*

l. 27.  Mynheer = mein Herr, in German often a nickname for
a Dutchman.  It is properly a title in address, like the French *Monsieur.*

# II.

Zur Geſchichte der Religion und Philoſophie in Deutſchland, was
published in the second volume of the *Salon*, 1835.  See Elster, Vol. 4,
pp. 161–296.  The first extract pp. 116–21, is taken from Book I, the
second, pp. 122–25 from Book II, and pp. 126–30 from Book III of
this history.  The word Zur preceding the title ( = Lat. *de*) is a convenient word to indicate that the treatment will not be exhaustive, and
in English must be rendered by some such longer phrase, as *contributions to.*

**Page 115.** — line 1.  Dieſe Religion, the Christian religion.  In
lines 1-25 and in paragraphs omitted here coming before and after,
Heine, as it were, sings an elegy to Mother Church, which he conceives
to be dying.

**Page 116.** — line 11.  Wortflauber, *pedant, hair-splitter*, from
flauben, *to pick, to cull.*

**Page 117.** — line 8.  Deſiderius Erasmus, the great humanist,
reformer and satirist, was born at Rotterdam, 1465, and died at Basel
in 1536.

l. 9.  Melanchthon (a name Grecized from Schwarzerd, *black-earth*),
was born in Baden in 1497, and died in Wittenberg in 1560.  He was
one of the greatest Greek scholars of his time, and collaborator with
Luther in his translation of the Bible; he was an active reformer, and
was the author of the Augsburg Confession of 1530 and the Apology.

**l. 10. Bruder Martin** (Luther) was born in 1483 at Eisleben, and died there in 1546. For an excellent account of these reformers and the period, cf. Seebohm's *Era of the Protestant Revolution.*

**l. 11. des Beginnes,** trans., *fault in his origin.* In a paragraph, omitted in this extract, Heine explains that Luther being the son of a miner, was in constant contact with the earth and earth-spirits during his youth and therefore much that was earthly clave to him, so also the ore of passion. For this he was censured, but unjustly, for without this earthly admixture, the poet argues, Luther could not have become a man of deeds. Pure spirits cannot act.

**l. 13. Reichstage.** The Diet of Worms (1521), presided over by Charles V, was the one before which Luther was summoned to explain his heresy and to recant. Luther remained firm' and closed his speech with the famous words: "Here do I stand. I cannot do otherwise. So help me God, amen!"

**l. 18. Bonifaz,** *St. Boniface, the British monk Winfred* (d. 755), was called the "Apostle of the Germans," because of the large numbers whom he converted among the heathen Teutonic tribes. He acknowledged the supremacy of the Bishop of Rome, and thereby laid the foundation of the Roman Catholic hierarchy in Germany.

**Page 118.** — line 11. **Vulgata,** *the Vulgate,* the Latin version of the Scriptures, based upon the translation of Jerome, of the close of the fourth century, is accepted as the authorized version for the Roman Catholic Church.

**l. 12. Septuaginta,** *the Septuagint,* the Greek version of the Hebrew Scriptures, written according to one tradition by seventy persons in as many days, is said by Josephus to have been prepared by order of Ptolemy Philadelphus, king of Egypt about 270 or 280 B.C.

**ll. 19 f. Bibel.** Luther's Bible was the first translation into a modern language, which was based on all the known original sources. The translator received the assistance of many learned men of his time. The meetings of these associates once a week in the old Augustinian monastery at Wittenberg has been called a private *Sanhedrim.* Besides Luther, Melanchthon, Bugenhagen, Justus Jonas, Aurogallus, Roser and several Jewish rabbis were engaged in the work. The translation of the Old Testament was the more difficult task. The New Testament appeared in 1522 and the Old Testament was completed in 1532. The complete Bible was printed in 1534 by Hans Lufft in Wittenberg.

l. 29. Reuchlin (b. 1455; d. 1522), a celebrated German humanist. He opposed the suppression of the Jewish books hostile to Christianity (advocated by the converted Jew Pfefferkorn), which involved him in a controversy with the Dominicans and obscurantists generally (1510-16). He wrote books on the classics and published a Hebrew grammar. He was a great promoter of classical learning in Germany.

l. 30. die Sprache. The language of Luther's translation was based upon the Sächsische Kanzleisprache, the official language of the courts and government offices of the Electorate of Saxony, The New High German literary language is therefore based upon a Middle German dialect and is in some respects a compromise between the speech of the North and the South. Luther gave prominence to a dialect, which, because of the popularity of his works, the whole people learned to understand and accept as their standard. He was therefore called the founder of the Neuhochdeutsche Schriftsprache, the modern German literary language.

l. 32. schwarze Kunst, *black art.* The art of printing, like other new inventions was for a time looked upon by the ignorant as due to magic, and as a temptation of the devil. There is here a play upon the word schwarz (*black* and *dirty*).

**Page 119.** — line 19. Originalschriften. Luther's works, exclusive of his translations, comprised his *Catechism, Hymns, his Diary,* and a large number of writings both theological and polemical, such as the famous pamphlets, „An den Christlichen Adel deutscher Nation," „Von der Babylonischen Gefangenschaft der Kirche."

l. 32. Danton (born in 1759; guillotined in 1794), the French revolutionist, leader of the attack on the Tuileries, August 10, 1792, and an orator of great power.

**Page 120.** — line 2. Lieder. Luther's hymns were not numerous and were usually paraphrases of the Psalms; but they took the initiative and induced other poets to follow the example given. In the last and largest hymn-book published by Luther in 1545, there were 129 hymns, of which only 37 were by the compiler.

l. 6. er hat, etc. Luther wrote a poem addressed to *Frau Musica,* which formed a preface to a treatise on music written by Joh. Walther. He wrote no such tract himself.

ll. 18 f. Only the first two of four stanzas are quoted here. The

whole has been beautifully translated by John Wesley.   It is the victory
song of German Protestantism, as well as the national religious hymn of
Germany.

### 2.

This selection is taken from *Zur Geschichte der Religion und Philosophie*, Zweites Buch.   Cf. Elster, Vol. 4, p. 240 f.

**Page 121.** — line 5.   G. E. Lessing was born at Kamenz, Upper
Lusatia (kingdom of Saxony), in 1729, and died at Brunswick in 1781.

**ll. 6–13.**   „Jn der Trübnis . . . aus dem Morgenrot."   These
lines were supplied by Strodtmann from Heine's original manuscript;
they had been cut out by the German censor.   The poet's dream of a
third liberator was not realized as soon as he hoped, not until 1870.

**l. 24.** fabelhaften Normann.   The *legendary Norman* has not
been identified.   But similar characteristics have been assigned to the
Tartars by popular belief.   The orator Burke (*Regicide Peace*, IV,
Clarendon Press ed., p. 309) speaks of having heard "that a *Tartar*
believes, when he has killed a man, that all his estimable qualities pass
with his clothes and arms to the murderer."   Cf. also Butler, *Hudibras*
(Part 1, c. 2):

> "So a wild *Tartar*, when he spies
> A man that's handsome, valiant, wise,
> If he can kill him thinks t' inherit
> His wit, his beauty, and his spirit."

**l. 32.** oser (Fr.), *to dare*.   Cf. Mirabeau: "Si j'écrivais un traité de
politique, je traiterais à fond de l'art d'oser, non moins nécessaire pour
faire réussir les entreprises civiles, que les opérations militaires." *Fragments* (dans les Mémoires publiés par M. Lucas Montigny, t. VII,
p. 215).

**Page 122.** — line 13. winzige Schriftstellerlein, *diminutive medi-
ocrities in literature.*

**l. 19.** C. A. Klotz (b. 1738; d. 1771), professor of classical philology in Halle, was an able linguist, although excessively vain of his
scholarship.   He became involved in literary controversies which resulted
to his disadvantage.   Lessing attacked him in the *Briefe antiquari-
schen Inhalts.*

l. 30. an den Mann zu bringen, *to find a buyer for, to dispose of.*
— Kuppler, *go-between.*

l. 32. Comte de Buffon (George Louis Leclerc, b. 1707, d. 1788),
the celebrated French naturalist.   When admitted to the French Academy in 1753, he delivered as his inaugural address the famous *Discours
sur le style,* in which he uttered the sentence: " *le style est l'homme
même.*"

**Page 123.** — line 3. Quaderſteinen, heavy square-cut stones with
rough faces.

ll. 8-9. Gedankenkaryatiden . . . nennt, trans., *those thought-sup-
porting caryatids, which you call fine phrasing.*

l 17. läßt . . . hingehen, *overlook* or *pardon.*

l. 23. das Unphiliſterliche, *their antiphilistine characteristics.*

l. 27. Spielhaus.   Lessing was fond of the excitement of the gaming
table, and, while in Breslau, engaged in play with the officers of the
garrison.

l. 34. Weib.   In 1776 Lessing married Frau Eva König, the widow
of his friend Engelbert König.   She died in 1778.   The author's death
followed three years after his bereavement.

**Page 124.** — line 13. Leſſing hat den Luther fortgeſetzt, trans.,
*Lessing was the continuator of Luther.*   This line may have suggested
to Matthew Arnold the phrase:  Heine was the continuator of Goethe.
Cf. Introd. p. xlvii, footnote 2.

l. 27. O sancta simplicitas.   When the Bohemian reformer, Johann
Huss, was about to be burned at the stake, he noticed an old woman
who hastily threw on the pile some sticks which she had gathered to
add to the flames in the hope of promoting her future salvation by
participating in the punishment of a heretic.   The latter exclaimed:  *O
holy simplicity!*

### 3.

This selection is taken from *Zur Geschichte der Religion und Philosophie,* Drittes Buch; cf. Elster, Vol. 4, p. 249 f.

**Page 125.** — line 3. einen König, Louis XVI.

l. 7. Maximilian Robespierre (b. 1758, guillotined 1794), sur-
named "the Incurruptible."   He was identified with the Reign of
Terror, 1793-94, attacked Danton and Hébert, and was overthrown in
the Convention July 27, 1794.

l. 8. **Jmmanuel Kant**, one of the most profound thinkers of modern times, was born at Königsberg, Prussia, in 1724 and died there in 1804. He was the son of a saddler, and spent nearly his whole life in his native city. Receiving the professorship of logic and metaphysics in the university of Königsberg, he refused advantageous calls to other institutions.

l. 9. **Rue Saint=Honoré**, was, during the Middle Ages, the great street of Paris, corresponding to the Strand in London.

l. 11. **Epilepsie.** This figure has special significance because Robespierre was an epileptic.

l. 19. **Hageftolzenleben**, *the life of a bachelor.* **Hageftolz** or **Hageftalt** (O.H.G. **haguftalt**), was equivalent to **Hagbesitzer**, meaning the possessor (generally a younger brother) of a „**Hag**" or small estate not sufficient for the support of a family, the owner of which remained unmarried.

l. 25. **Kollegienlesen**, *delivering university lectures.*

**Page 126.** — line 26. **einen Gott.** Heine bases his estimate of Kant upon the destructive criticism in the philosopher's first great work, the *Critique of Pure Reason* (**Kritik der reinen Vernunft**, 1781). Kant endeavors in this to ascertain the nature of the transcendental ideas of the human understanding and to establish the province of certain human knowledge. Kant's second great work, the *Critique of Practical Reason* (**Kritik der praktischen Vernunft**, 1788), treated of morals. According to it the ideas of God, human liberty, and immortality are postulates of practical reason. Heine's parallel between the German intellectual movement and the contemporary French political revolution, is brilliant but superficial.

l. 30. **Johann Gottlieb Fichte** was born in Upper Lusatia near the birthplace of Lessing in 1762, and died at Berlin, 1814. His first philosophical work, the *Critique of all Revelation* (**Kritik aller Offenbarung**) appeared in 1792. In the following year he became professor of philosophy at Jena, and there wrote his principal work, *Fundamental Principles of the Whole Theory of Science* (**Grundlage der gesammten Wissenschaftslehre**). After 1799 he lived in Berlin, and in 1807–08 delivered his celebrated *Reden an die deutsche Nation*, which appealed to Germany to throw off the yoke of Napoleon. At the opening of the University of Berlin (1810) he was appointed professor of philosophy, and was the second rector of that institution.

**Page 127.** — line 31. Friedrich Wilh. Jof. v. Schelling (b. 1775; d. 1854), was professor of philosophy at Jena 1798, at Würzburg 1803, and lecturer in Berlin 1841–46. He systematized pantheism, but owed much to his predecessors, Fichte and Kant, and to Spinoza. His system of nature, and transcendental philosophy is elaborated in his works: *Erster Entwurf eines Systems der Naturphilosophie* (1799), *System des transcendentalen Idealismus* (1800), *Darstellung meines Systems der Philosophie* (1809).

**Page 128.** — line 1. Konvention. The National Convention governed France from September 21, 1792, to October 26, 1795.

l. 13. Paracelfus (b. 1493, d. 1541), was a Swiss-German physician and alchemist, and is of importance for the impetus which he gave to the development of pharmaceutical chemistry. He was also the author of a visionary and theosophic system of philosophy.

l. 14. Cartefianismus. The founder of Cartesianism and of modern philosophy in general was René Descartes (latinized Renatus Cartesius) who was born at La Hague, Touraine, 1596, and died at Stockholm, 1650. His active life was mainly spent in the Netherlands (1629–49). The fundamental proposition of Cartesian philosophy is: *Cogito, ergo sum, I think, therefore I am.*

l. 19. Georg Wilhelm Friedrich Hegel (b. at Stuttgart, 1770; d. at Berlin, 1831), was professor of philosophy successively in Jena, Heidelberg and Berlin, in which latter place he succeeded Fichte in 1818. His philosophical system, rising above the work of his predecessors, was during the second quarter of the 19th century, the leading system of metaphysical thought in Germany. — Majordomus. This is an allusion to the Carolingian *mayors of the palace*, who, under the Merovingian dynasty were the power behind the throne. Pepin the Small, son of Charles Martel, deposed the Merovingian Childeric III and made himself king of the Franks in 751.

l. 23. The name of the city of Munich goes back to O.H.G. munihha, munichen M.H.G. (dat. pl.), (at) the monks. A monastery was located on its site.

## Die Romantische Schule.

### 1.

This work was written during the closing months of 1832, and the early part of the following year. Though originally composed in German, it made its first appearance serially in the French journal *L'Europe littéraire*. A French and a German edition were published in Paris in 1833, but these did not contain the complete text of the *Romantische Schule* (several chapters of the third book were lacking). A complete manuscript was sent to Campe for publication in 1835, but this was badly abridged by the German censor, causing the author "sleepless nights." The work is contained in Elster, Vol. 5, p. 205–364.

**Page 129.** — line 1. Fortſetzung. In the opening paragraphs, not reprinted here, Heine states that Madame de Staël's *De l'Allemagne* was the first account given to the French people of the new intellectual life of Germany, and that his own work, having a similar purpose, might therefore be regarded as a continuation of hers. *De l'Allemagne* was first published in London in 1813, an edition printed previously in Paris having been confiscated by order of Napoleon. A Paris edition followed in 1814. Cf. note to p. 84, l. 13.

l. 5. Koteriebuch, a book written for a set or coterie.

l. 12. feinen Diskant, *shrill treble*.

l. 16. fremden Einflüſterungen, *the suggestions of others*, that is, what others have prompted her to say.

l. 26. frondieren, *rebuke, censure*. (Fr. *fronder*; cf. Lat. *funda*, a sling). The *Fronde* was a name applied in the seventeenth century to a party opposed to the ministry of Cardinal Mazarin, during the minority of Louis XIV.

**Page 130.** — line 5. franzöſiſchen Romantiker. The object of the French Romanticists, Chateaubriand, Mérimée, Victor Hugo, Musset and others, was to liberate French literature from the restraints of the classical school.

l. 13. Paſſionsblume, *passion-flower* (genus passiflora). The common blue passion-flower is a native of Brazil. There is also a variety, *passiflora incarnata*, in the southern part of the United States.

l. 14. benamſen or benamen (archaic), *is named, yclept*.

l. 34. The historical basis of the *Nibelungensage* and the *Heldenbuch* epics is found in the Frankish, Burgundian and Gothic migrations, and dates back to the fifth and sixth centuries.

**Page 131.** — line 3. **Kämpen,** *warriors, champions.*

l. 4. **fittige,** *civilizing.* The Christian element in the Nibelungenlied has been emphasized in a recent work by Schönbach: *Das Christentum in der altdeutschen Heldendichtung,* Graz, 1897.

ll. 19. **Jwein,** one of the best of the Middle High German courtepics was written by Hartmann von Aue (died between 1207-20). — **Lanzelot vom See,** by Ulrich von Zatzikhofen, was an adaptation from French originals.

l. 20. **Wigalois,** or "the knight of the wheel," was the work (after 1204) of Wirnt von Gravenberg. Based upon a French source, it was written in verse after the manner of Hartmann and Wolfram.

✱ ll. 22. **heiligen Gral,** *the Holy Grail.* This, in mediæval legend, was a cup or chalice used by Christ at the Last Supper, in which Joseph of Arimathea caught the last drops of Christ's blood as he was taken from the cross. According to one account it was carried to Britain; others declare it was brought by angels from heaven and intrusted to the care of a body of knights (of the Holy Grail), a spiritual order superior to the worldly knighthood of the Round Table, and residing upon Mons Salvationis. The legends of the Holy Grail and of the Round Table have been rendered very familiar in recent times through Tennyson's *Idylls of the King* and Wagner's musical dramas.

l. 24. **Titurel,** a fragment, and *Parzival* are Grail epics by Wolfram von Eschenbach (1170-1220), the greatest epic poet of the Middle High German period.

l. 25. **Lohengrin,** "the knight of the swan" and son of Parzival, is a sequel to Wolfram's epic, but was not written by him; it originated toward the close of the thirteenth century.

**Page 132.** — line 3. **Gottfried von Straßburg,** lived at the end of the twelfth and the beginning of the thirteenth century. He did not complete his epic, *Tristan und Isolde,* which was continued by Ulrich v. Türheim and Heinrich von Freiberg. At the present day Heine would find few to sustain him in placing Gottfried's *Tristan* above Wolfram's *Parzival.*

l. 19. **plaſtiſch,** cf. note to p. 53, l. 27.

**Page 133.** — line 1. Semele, the mother by Zeus of Dionysus or Bacchus. Wishing to see Zeus as the god of thunder, she was consumed by lightning.

l. 4. efoterifche, *esoteric*, that is, *inner*, the doctrine or instruction of those especially initiated.

l. 6. Mandelbaum, *the almond-tree*. The shell, fibre and kernel were interpreted as the symbol of the Trinity, the three in one.

l. 12. das Endliche, *the finite, worldly realities*.

l. 22. das Reingeistige, etc., trans., *to exhibit the purely spiritual by means of imagery perceptible to the senses*.

### 2.

Selections 1, 2, 3 and 4, are taken from Book I, of the *Romantische Schule*, cf. Elster, Vol. 5, p. 215-66.

l. 26. Arminius (Hermann) was the leader of the Cherusci and liberator of the Germans from Roman dominion. He annihilated the legions of Varus, the Roman military governor, in the Teutoburg Forest, 9 A.D.

l. 29. Cheaters. Lessing's criticism of the theatre and drama is contained for the most part in his *Hamburgische Dramaturgie*.

**Page 134.** — line 7. deren Johannes er war, *whose John the Baptist he was*.

l. 17. Duodez (Lat. *duodecim*), in such compounds as Duodezfürst, means petty. Trans., *the tyranny of petty principalities*.

**Page 135.** — line 16. Morgue, *morgue*, i.e., the place where dead bodies are exposed for identification.

l. 22. Aftergriechentums, trans. *pseudo-Greek classicism*.

ll. 27-28. nüchterne Aufflärungsfucht, *the rationalistic mania for enlightenment*.

l. 29. Criftoph friedrich Nicolai (b. 1733; d. 1811), was a publisher of Berlin, and editor of the journal, *Allgemeine deutsche Bibliothek*. He attacked Goethe's *Werthers Leiden*, in a coarse parody, and was in turn held up to ridicule by Goethe, notably in the *Walpurgisnacht* (the " Proktophantasmist "), ll. 4144-47, 4158-63, 4165-67, and in the *Walpurgisnachtstraum* (the "Neugieriger Reisender"), ll. 4267-70, 4319-22, in *Faust*, Part I.

**Page 136.** — line 3.  Stümper, *tyros, bunglers.*

l. 20.  Lafontaine in the novel, Iffland and Kotzebue (cf. note to p. 141, l. 31), in the drama, gave prominence to the *bourgeoisie*, its morality, sentimentality and philistinism.  Their popularity lasted during the close of the eighteenth and the beginning of the nineteenth century.

l. 22.  Wieland (b. 1733; d. 1813), a prominent poet of the Weimar circle, author of the beautiful metrical romance *Oberon*, and of successful novels, gained much influence in German literature through his quarterly literary magazine *Der teutsche Mercur*, founded in 1772, and continued until 1810.

l. 23.  K. W. Ramler (b. 1725; d. 1796).  As a writer of odes he stood opposed to Klopstock, insisting on perfection of form.  His own work, however, did not win the place of high esteem which he held among his comtemporaries; that was gained through the valuable critical help he constantly gave aspiring literary talent.  Lessing submitted to him the manuscript of Minna von Barnhelm and adopted most of Ramler's suggestions.  Eichendorff has called Ramler „den poetischen Exerziermeister."

l. 26.  larmoyanten (Fr. *larme* = tear.  Lat. *lacrima*), trans., *lacrymose, tearful.* — banal witzigen Possen, *farces full of trite witticisms.*

l. 30.  Gérants (Fr.), *manager, spokesman.*

l. 31.  August Wilhelm Schlegel (b. 1767; d. 1845), and Friedrich Schlegel (b. 1772; d. 1829).  The brothers were natives of Hannover, and while the former was professor of German literature in Jena (1798–1801), they issued jointly the literary journal called the *Athenäum*, which became the recognized organ of the Romantic School.

**Page 137.** — line 22.  Recepten für, etc., trans., *recipes for producing (literary) masterpieces.*

l. 30.  Fichteschen . . . Schellingschen, cf. pp. 126–27, and the notes to those pages.

**Page 138.** — line 13.  Shakspeares.  The translation of Shakespeare by A. W. von Schlegel and Tieck (the latter contributed very little himself) is a masterly achievement and is ranked as a German classic.

l. 19.  enthusiasmiert, the meaning is, *when romantic enthusiasm had not yet carried them back into the Middle Ages altogether.*

**l. 20.** Five plays of Pedro Calderon de la Barca (b. 1600; d. 1861), were translated by A. W. von Schlegel under the title, *Spanisches Theater*. Goethe likewise endeavored to make the great Spanish poet known in Germany. Calderon, after a career as a writer and soldier, was created chaplain of honor to King Philip IV. He also became a priest of the Congregation of St. Peter and subsequently its head. Notwithstanding his religious duties, he wrote for the theatre and composed, besides, for thirty-seven years the annual Corpus Christi plays. He himself made a list of one hundred and eleven plays and seventy *autos* (or religious plays) which he had written.

**l. 30 f.** These are names of two of Calderon's plays: „Andacht zum Kreuz," *The Devotion of the Cross*, La Devoción de la Cruz. — „Standhaften Prinzen," *The Constant Prince*, El Príncipe Constante.

**l. 31.** Zacharias Werner (b. 1768; d. 1823) was a member of the Romantic School, and originator of the fate-tragedies (Schicksalstragödien). He became a Roman Catholic in 1811, and a priest in 1814. His devoted mother suffered for a few years before her death from the hallucination that she was the Virgin Mary, and her son the Saviour.

**l. 33.** von Obrigkeits wegen, trans., *by order of the civil authorities*.

**Page 139.** — line 5. einfältiglich (einfältig-lich), *simple, childlike*.

**ll. 8-9.** märkischen Sande. The plain of the Mark of Brandenburg is meant, in which Berlin is situated, where some of the followers of the Romantic School were located.

**l. 11.** schlückerte (from schlucken), *to swallow in repeated draughts*.

**l. 22.** The Volksbücher were most popular in the fifteenth and sixteenth centuries, and were generally prose adaptations of some international poetical material; such were the folks' books of *Fortunatus, Melusine, Reinecke Fuchs*, though some of purely German origin existed, e.g. *Till Eulenspiegel*, and *Doktor Faust*.

**l. 27 f.** Ich bin der, etc. These lines begin the opening monologue (spoken by Bonifacius) of Tieck's play, *Leben und Tod der heiligen Genoveva. Deutsche National-Litteratur, Tieck's Werke, I, p. 107.*

**l. 31.** Wackenroder was Tieck's intimate friend, who died in 1798 at the age of 25, and who was the original of the Klosterbruder (l. 32).

**Page 140.** — line 2. Raphael Sanzio (b. 1483; d. 1520). In his early period this great Italian painter imitated his teacher Perugino, who like Fra Angelico (Giovanni Angelico da Fiesole, b. 1387; d. 1455) was celebrated for the spirituality and mystical charm of his human figures.   When Raphael, during the Roman period, formed his own style, it was more characteristic for its purely human elements.

**l. 14.** Charenton-le-Pont, a town about three miles southeast of Paris, located on the Marne, contains an asylum for the insane.

**l. 28.** St. Boniface, the missionary, cut down, it is said with his own hand, the huge oak sacred to the God Thor (the Thunderer) near Geismar.   Cf. p. 117, l. 18, and note.

**Page 141.** — line 3.   Carmagnole, a popular dance and song of the Republicans of the French Revolution of 1789.

**l. 11.** The Pseudo-Wanderjahre appeared in 1821 at about the same time as Goethe's *Wanderjahre*, which is a continuation of his *Wilhelm Meisters Lehrjahre*.   The falschen Wanderjahre were written by Joh. F. W. Pustkuchen (or P.-Glanzow), a Protestant minister, who parodied the work of Goethe and wished to hold it up to moral scorn.   He also wrote: *Wilhelm Meisters Tagebuch*, and *Wilhelm Meisters Meisterjahre* (1824).

**l. 31.** die Manie.   This *vagary* originated in part with the prolific writer of comedies, Kotzebue (cf. p. 136, l. 26), who attempted in Weimar, his native city, to undermine the friendship of Goethe and Schiller, and thereby destroy their influence.   Goethe's comment is to the point, viz., that the German people ought to consider themselves fortunate in the possession of two such " fellows " as Schiller and himself, without wishing to detract from one in order to exalt the other.

**l. 33.** Max Piccolomini and Thekla are the ideal lovers in the Wallenstein trilogy.   Marquis Posa is the ideal friend and the champion of human liberty in the drama *Don Carlos*.

**Page 142.** — lines 1-2.   Philine is an actress in Goethe's *Wilhelm Meisters Lehrjahre*.   Klärchen is the heroine in the drama *Egmont*. Käthchen is probably an error for Gretchen.

**ll. 8-9.** wo nur . . . hineingegrübelt; trans., *in which men alone had incorporated the notion of " end and means."*

**l. 30.** Bastillen, cf. note to p. 68, l. 34.

**Page 143.** — line 9.   Nachschöpfer, *imitator of the Creator.* — dem lieben Gott ; the adj. lieben as in the French *le bon Dieu*, cannot be translated into English.

**l. 11.** Karl Moor, in Schiller's *Räuber*, was the leader of the bandits, and avenger of wrongs.

l. 34. das Pußige, *the droll.*

Page 144.—lines 11–12. Ĥerenmeifter, *wizard, conjurer.* There is a play upon two meanings of the word here, which may be liberally rendered by *heretic,* and *genius.*

l. 17. ĥerĸömmliĉhes ĵüllwerĸ, *conventional padding.*

l. 26. The emperor Paul I, son of Peter III and Catherine II, was noted for his arbitrary and capricious conduct. He was assassinated in 1801.

Page 145. — line 8. Eĸermann, cf. p. 83, l. 25 and note.

l. 10. ĸarl Ĵmmermann (b. 1796; d. 1840) was an intimate friend of Heine (cf. Introd. p. xxi). He is now better known as a writer of romances, than as a dramatist. He is the author of *Die Epigonen* (1836), *Münchhausen* (with the *Oberhof*), 1838–39.

l. 14. Varnĥagen von Enfe (b. 1785; d. 1858), diplomatist, literary critic and biographer, was the life-long friend of Heine, and his patron during his Berlin period and early literary career. At the home of Varnhagen and his wife Raĥel, Heine met the literary world of the capital (cf. Introd. xvi, xvii). Heine's eulogistic utterances are therefore but a token of gratitude. In 1823 Varnhagen published: *Goethe in den Zeugnissen der Mitlebenden.*

l. 19. Wilĥelm von Ĥumboldt (b. 1767; d. 1835), brother of the traveler and scientist, Alexander von Humboldt, was an eminent states-man and scholar. His studies in comparative philology were notable. He was also frequently employed in important diplomatic services. His *Aesthetische Versuche über Goethe's Hermann und Dorothea* (1799) was an admirable piece of philosophical criticism. His correspondence with Goethe has also been published.

l. 23. K. E. Sĉhubart. His work was entitled: *Zur Beurteilung Goethes, mit Beziehung auf verwandte Litteratur und Kunst* (Breslau, 1820).

l. 24. Wilĥelm Ĥäring (b. 1798; d. 1871), whose pen-name was Wilibald Alexis, has been called the German Walter Scott. This is due to the fact that his earliest romances, *Walladmor* and *Schloss Avalon,* were published as translations from the English of Walter Scott. For some time the deception was not discovered, but when disclosed, brought the author prominently before the public. The scenes of Alexis' romances are generally laid in the Mark of Brandenburg.

l. 27. ℱ. ⑤. Zimmermann was a professor at the Johanneum in Hamburg. There Heine became acquainted with him and highly valued his abilities as a keen literary critic.

l. 31. Kollegium, *a course of lectures on Goethe* was given at several German universities, — in spite of the reluctance commonly felt there to admit for discussion the work of living men-of-letters.

**Page 146.** — line 3. Marför, or Marqueur, *marker, scorer*, in a billiard-room.

l. 23. Albertus Magnus (b. in Swabia 1193, d. at Cologne 1280) belonged to the Dominican order and was a famous scholastic philosopher. He was the first scholastic who reproduced the philosophy of Aristotle with careful consideration of the Arabian commentators, and made it accord with the dogmas of the church. His works in twenty-one volumes relate chiefly to physical science. They include an epitome of the learning of his times. Among his numerous pupils was Thomas Aquinas. — Raimund Lullus (Lully), was born on the island of Majorca about 1235 and died on his return from Africa in 1315, as a result of brutal treatment by the Mahomedans. He was a missionary and an inventor of a method, which he expected would serve as a test of all truth. (*Ars magna Lulli.*) — Theophrastus Paracelfus, cf. note to p. 128, l. 13.

l. 24. Agrippa von Nettesheim (b. at Cologne 1486, d. in France 1535) was a German philosopher and student of alchemy and magic. In 1510 he published *De occulta philosophia.* — Roger Bacon (b. about 1214, d. 1294), the most famous physical philosopher of his time. At the request of Pope Clement IV (1265) he composed his chief work, *Opus Majus,* a treatise on the sciences. In 1278 his writings were condemned as heretical, and he was placed in confinement and not released until 1292.

l. 30. Buchdruckerei. The art of printing was invented by Johann Gutenberg (1400-68). In 1450 he formed a partnership with Johann Fust (or Faust) of Mainz who five years later seized Gutenberg's types and plant in default of payment for the same, and carried on the business himself with Peter Schöffer, later his son-in-law.

**Page 147.** — line 26. Weimar. For Heine's visit to Weimar, cf. Introduction, p. xxi, xxii.

## 5.

This selection and No. 6 are taken from the *Romantische Schule*, Zweites Buch. See Elster, Vol. 5, p. 278 f, and 282 f.

**Page 148.** — line 20. Bonn, cf. Introd. p. xiv, xv.

l. 27. Flauſchrock (Flaus, or Flies), a coat of coarse woolen cloth, generally with a shaggy exterior.

l. 29. Glacéhandſchuhe, *kid gloves*.

**Page 149.** — line 3. freiherrlichſt, a play upon the words Freiherr, *baron*, and herrlichſt, *most glorious*.

l. 11. drei Oden. Three sonnets dedicated to A. W. Schlegel are generally printed in the editions of Heine's poems, but they do not begin with, „O du, der du" etc. Cf. Elster, Vol. 1, p. 56; Vol. 2, p. 61 f.

## 6.

l. 19. Ludwig Tieck was born at Berlin in 1773, and died there in 1853.

l. 27. Marſyas challenged Apollo to a musical contest in which the Muses were the umpires. Not until the god added his voice to the music of his lyre was his performance declared superior to the flute-playing of Marsyas. For his presumption the latter was flayed alive by Apollo.

**Page 150.** — line 15. buntſchecfig=bizarren, *motley and bizarre.*

l. 16. Count Carlo Gozzi (b. at Venice, 1722; d. 1806), introduced a new style of comedy, the fairy drama, in Italy.

l. 17. Juſtin, *Justinus*, a Roman historian of the second century, made an abstract of the lost Universal History of Trogus Pompejus, a contemporary of Augustus.

l. 22. Emeuten, *insurrections.*

l. 34. Nicolai. Cf. note to p. 135, l. 29. Tieck wrote a few insignificant Novellen (short stories) for Nicolai's collection, *Straussfedern.*

**Page 151.** — line 6. The novel William Lovell, is important to the historian of German literature, yet has so many extravagant and objectional features that it is commonly excluded from the editions of Tieck's works.

l. 24. Kaiſer Octavian. This drama is considered the culmination of the fantastic romantic style. In the prelude a personification of the "Romance" appears and explains its mission.

l. 25. die heilige Genofeva. Cf. note to p. 38, l. 2, and p. 139, l.

27. — Fortunat, Fortunatus, in the *Volksbuch* is the possessor of a purse which never becomes empty.  Tieck has made it the subject of a fairy tale in five acts.

**Page 152.** — line 26. Einhorn, *the unicorn,* was a fabulous animal mentioned by ancient writers and described in the mediæval bestiaries.  It is delineated as a horse, with the tail of a lion, and a long straight horn growing out of the forehead between the ears.

l. 33. in den Schoß der katholischen Kirche, literally, *cast himself on the bosom of the Catholic church.*  This is apparently an error of Heine, for Tieck never became a Roman Catholic, however much, in his work, he extolled the grandeur of the mediæval mother church.

**Page 153.** — line 10. Jronie.  This term was used by the writers of the Romantic School with varying signification, expressing in their view an essential element in the highest art and poetry.  Cf. Scherer, *History of German Literature,* Vol. II, p. 279 f. (translated by Mrs. Conybeare, published by Charles Scribner's Sons).

"Friedrich Schlegel discovered 'irony' in Goethe's *Wilhelm Meister,* and demanded irony of every perfect poet: this irony he sometimes defined as analogous to the Socratic mingling of jest and earnest, sometimes as a 'constant *self-parody,*' sometimes as a 'transcendental buffoonery,' sometimes as 'the clear consciousness which abides amid the perpetual flux of ever-brimming chaos.'  This ideal of self-parody was realized by the Romanticists and established itself firmly in the humorous literature of the time;  but by no one was it so consistently pursued as by Heinrich Heine."

l. 31. unseres eigenen Nichts, lit., *our own nothingness,* i.e. from a political point of view, the German people being at that time constantly thwarted in their efforts toward national union.  Cf. p. 94, l. 24, note, see also the Introduction, p. xxx, xxxi.

## 7.

This selection is taken from Chapter IV, Book II of the *Romantische Schule.*  See Elster, 5, p. 300 f.

**Page 154.** — Novalis, pseudonym of Friedrich von Hardenberg (b. 1772; d. 1801).  He wrote religious and secular poems; his fragmentary *Heinrich von Ofterdingen* (see p. 156) was designed to be the representative work of the Romantic School in the department of prose fiction. — Ernſt Theodor Amadeus Hoffmann (b. 1776; d. 1822), because of such weird and fantastic productions as: *Phantasiestücke in Callots Manier, Nachtstücke, Elixire des Teufels, Kater Murr,* etc., has been called Geſpenſter-Hoffmann. Cf. p. 25, l. 25.

l. 1. Schelling. Cf. p. 127 f. and note to p. 127, l. 31.

l. 21. Herbſt. This is to be understood in a tropical sense, for Novalis died in the month of March.

l. 29. mißgeſchliffener Spiegel, lit., *badly polished (metal) mirror.*

**Page 155.** — line 5. A. Loeve-Deimars was an excellent translator of German works into the French language. He translated Zschokke's Tales and was constantly employed by Heine. Loeve-Veimars was concerned particularly with the preparation of the first French edition of the works of Heine, and the latter paid him a tribute after the translator's death, in an article *Loeve-Veimars* (1855), reprinted in the *Nachlese zu den Werken in Prosa.* Elster, Vol. 7, p. 395-99.

l. 18. Antäus, the Lybian giant and wrestler, son of Poseidon and Ge (the earth). He was invincible so long as his feet rested upon the earth. Hercules when wrestling with him, discovered the source of his strength, and, by lifting him from the earth crushed him in the air.

**Page 156.** — line 5. ein junge Dame. Hardenberg's betrothed, Sophie von Kühn, died in 1797. The heroine of his novel was named Sophia in her honor (see p. 157, l. 16).

l. 13 f. It is not known whether a Minnesinger by the name of Heinrich von Ofterdingen ever had any real existence. The name appears in the late Middle High German poem of the Wartburg contest, called *Der Wartburgkrieg* or *Der Sängerkrieg auf der Wartburg.*

l. 16. The Wartburg is situated near Eisenach in the grand-duchy of Saxe-Weimar-Eisenach. Luther, disguised as Junker Georg, received asylum there (1521-22) by direction of his patron the Elector Frederick the Wise, and there began his translation of the Bible.

l. 18 f. Deutſchtümler, *vain enthusiasts for Germanism.* Deutſchtum is a term that comprises the idea of German nationality as well as the upholding of all else that is essentially German, viz.: the language, manners and customs.

. . . A commemoration festival was held at the Wartburg under the auspices of German students on October 18, 1817, the fourth anniver-

sary of the battle of Leipzig, to celebrate the tercentenary of the Reformation. A union of student organizations (Burſchenſchaften) was
planned in the interest of political liberty and national unity. During
the celebration a number of books noted for their illiberal or unpatriotic
tendencies were burned in public, among them the *Codex der Gendar-
merie* (published at Berlin in 1815). This was written by K. A. Ch. H.
von Kampß (b. 1769; d. 1849), a Prussian statesman, Director of the
Ministry of the Police (1812), and relentless in the persecution of
liberals. The excesses of the Wartburg Festival provoked reactionary
measures on the part of the German governments, and for that reason
the event was deplored by true patriots.

l. 20. Sängerkrieg. There is no historical evidence of a contest of Min-
nesingers in the Wartburg, but the dramatic poem, *Der Wartburgkrieg,*
written by an unknown poet about the close of the thirteenth century,
describes such an event as having taken place in 1206. The poem gives
first a dispute as to which German prince was deserving of the greatest
praise. Walther von der Vogelweide extols the virtues of the Landgrave
of Thuringia, while Klingsohr von Ungerland, who supports Heinrich
von Ofterdingen, gives the award to the Duke of Austria. In the contest of riddles and questions of mystical import that follows, Wolfram
von Eschenbach proves to be the master. Numerous fictitious Minne-
singers appear in the poem. Richard Wagner in his opera *Tannhäuser*
has made use of the legend, and Moritz von Schwind has taken it as the
subject of an historical painting in the Minstrel's Hall of the Wartburg.

l. 23. Maneſſiſche Sammlung. This is an old name for the largest
of the manuscript collections of Middle High German poems, which
critics usually designate MS. C. The name was derived from Rüdiger
von Manesse and his son (of Zürich) whom Bodmer believed to have
been the original collectors. The manuscript was deposited in Heidelberg, but during the Thirty Years' War was taken to Paris where it
remained for over two hundred years and became known generally as
the Paris MS. By an exchange for other manuscripts in 1888, this
invaluable literary document became again the property of Germany
and was restored to the library of the University of Heidelberg.

l. 29 f. In the original, the verbs liegen, ſchlafen, etc., are in the
preterit tense.

**Page 157.** — line 3. blaue Blume, *the blue flower,* the symbol of the Romantic School, has a basis in German folk-lore. Cf. Grimm, *Deutsche Mythologie*, Vol. II, p. 812, and Vol. III, p. 288. It is the 𝔚unberblume, *magic flower*, sometimes called Sd)lüffelblume (because a key to mysteries), and is generally of a blue color. If the finder plucks it and places it on his hat, his eyes will be opened, to see the entrance to hidden treasures. Again it is described as a flower blooming but once in a hundred years, which, if the finder hesitates to pluck it, will disappear amid thunder and lightning.

## 8.

The selection is taken from 𝔅ud) III, ℜapitel I unb II of the *Romantische Schule*. See Elster, Vol. 5, p. 307 f. — Clemens 𝔅rentano was born of Roman Catholic parents at Frankfurt-on-the Main in 1778, and died at Aschaffenburg, Bavaria, in 1842. — £ubwig ꭲoad)im (commonly 𝔄d)im) von 𝔄rnim (b. at Berlin 1781; d. 1831) was the brother-in-law of Brentano. His wife Bettina was the friend of Goethe and of his genial mother. Arnim undertook journeys to all parts of Germany to collect the songs of the people, and with Brentano published them in the famous collection called : *Des Knaben Wunderhorn* (1806–1808, 3 vols.).

l. 21. 𝔊lod)enhaufe, in a passage omitted here Heine speaks of the monotonous repetition of parts in Chinese architecture. He compares the stories heaped one upon the other to umbrellas with bells attached, spread out one over the other.

l. 23. fd)räggefd)litzt, *obliquely set* (lit., cut), *slanting*.

**Page 158.** — line 13. entfernt von ber 𝔚elt. Fifteen years before Heine wrote the *Romantic School* (1833), Brentano shut himself up in the cloister at Dülmen near Münster (1818–24). Subsequently he resided in various places, but lived the life of a recluse.

l. 21. The critical edition of *Des Knaben Wunderhorn* is that of Birlinger and Crecelius.

**Page 159.** — line 16. Uhlanb. Cf. p. 167 f.

l. 18. 𝔇as 𝔑ibelungenlieb. The interest awakened in this great Middle High German epic was due largely to the efforts of the Romantic School.

l. 31. 𝔔uabern. Cf. p. 123, l. 3 and note.

**Page 160.** — line 9. die Cour machen or schneiden, *to make love.*

l. 22. Lied verfaßt. For the Nibelungenlied and its authorship, cf. Scherer's *Geschichte der deutschen Litteratur,* pp. 110–24, and Paul's *Grundriss der Germanischen Philologie,* II, i, pp. 308–19.

**Page 161.** — line 28. George Steevens (1736–1800), an English Shakesperian scholar. He edited Shakespeare in conjunction with Dr. Johnson, and also independently. His life was one of constant quarrels arising from his temper and a habit of attacking his friends anonymously in the newspapers.

**Page 162.** — line 2. Nekrolog. This was published in the *Freimütigen* (Berlin, 1831, No. 25), by Wilibald Alexis.

## 9.

This selection has been taken from Book III, Chapters III and IV. Cf. Elster, Vol. 5, pp. 326 f., 332 f.

Jean Paul Friedrich Richter (b. 1763; d. 1825) is commonly named Jean Paul, which was his nom-de-plume.

l. 18. Musenalmanach. These were poetical almanacs which arose soon after the middle of the eighteenth century. They contained contributions from both well-known and obscure poets. The French *Almanac des Muses* in 1765 furnished Gotter and Boie with a title for their *Göttinger Musenalmanach* of 1769. This publication was later edited by Bürger, and like the *Hamburgische Musenalmanach* of Voss and the *Musenalmanach* of Schiller (1796–1801) stimulated poetical production.

l. 19. Dichterlinge, *poetasters.*

l. 21. Gott ist groß; in imitation of the Arabic phrase, *Allah Akbar,* a common Mohammedan ejaculation.

l. 27. Kalchas; *Calchas,* the priest and wisest soothsayer of the Greeks, who accompanied the expedition against Troy.

**Page 162.** — line 16. Philarète Chasles (1798–1873), was an important French critic and novelist. The article referred to is found in his *Études sur l'Allemagne ancienne et moderne.* Paris, 1854. pp. 251–307. His essays have been collected in eleven volumes under the title: *Études de littérature comparée.*

l. 19. den Einzigen, *the unique.*

l. 29. Periodenbau, lit., *period-structure*.

**Page 164.** — line 11. ungenießbare Koſt, *unpalatable diet.* Similarly it has been said of Jean Paul, that he is „ebenſo unwiderſtehlich als unausſtehlich," *just as irresistible as unendurable.*

l. 23. Oberrock, now commonly Überrock.

l. 25. womit; the strictly grammatical form would be mit dem (of a person).

l. 29. Ebenbürtigkeit, *equality;* lit., *of equal rank by birth.*

**Page 165.** — line 5. Laurence Sterne (b. 1713; d. 1768). The first two volumes of *Tristram Shandy* were published on January 1, 1760.

l. 11. Samuel Richardſon (b. 1689; d. 1761), the founder of the English domestic novel; author of *Clarissa Harlowe, Pamela, The History of Sir Charles Grandison.*

l. 12. Oliver Goldſmith (b. 1728; d. 1774) published his *Vicar of Wakefield* in 1766.

l. 21. Henry Fielding (b. 1707; d. 1754), as here indicated, aimed at a more realistic representation of life in prose fiction. *Joseph Andrews* was published in 1742; *Tom Jones* in 1749.

l. 24. Kolophonium, *colophony*, the resin used for violin-bows, etc. The word is derived from Kolophon, the name of a city in Ionia, Asia Minor.

### 10.

This selection is contained in Book III, Chapter IV. Cf. Elster, Vol. 5, 336.

Friedrich Baron de la Motte Fouqué (b. 1777; d. 1843), was descended from an ancient Huguenot family which emigrated from France upon the Revocation of the Edict of Nantes in 1685, and settled in Brandenburg. The poet's grandfather, General Fouqué, served with distinction under Frederick the Great. The grandson was likewise a soldier, and took part in the war of 1813-14.

**Page 166.** — line 2. Triumvirat. The three writers whom Heine called the triumvirate of the Romantic School, were Zacharias Werner the dramatist, Fouqué the romance writer, and Uhland the poet.

l. 7. Leier und Schwert, is the title which Christian Gottfried Körner gave to a collection of the martial and patriotic poems of his son

Theodor Körner, one of the singers of liberty who sacrificed his life and brilliant opportunities on the altar of his country.

**Page 167.** — line 8. Rittertümelei, extravagant worship of all that pertains to knighthood. Cf. the phrase Deutschtümler, p. 156, l. 18.

l. 15. Hidalgo, in Spain a man belonging to the lower nobility, a gentleman by birth.

## 11.

The following extracts have been selected from Book III, Chapters IV and V. See Elster, Vol. 5, pp. 339–40 and 344 f.

l. 24. Ludwig Uhland (b. 1787; d. 1862). A collection of his poems appeared in 1815, but they were very slow to gain recognition. At present Uhland shares with Schiller the honor of being enshrined in the hearts of the people.

**Page 168.** — line 11. Sippen und Magen. Both of these words are of Germanic origin and denote relationship, the former blood relationship. Trans., *kinsmen*, or *kith and kin*.

l. 12. Hintersassen, *small farmers.*

**Page 169.** — line 8 f. Willkommen Königstöchterlein ! etc. This quotation is taken from the close of Uhland's ballad, „Der Schäfer." Cf. *Poems of Uhland,* selected and edited by Waterman T. Hewett. Macmillan & Co. pp. 89–90.

l. 16. The criticism frequently made, that Uhland's poetical genius had but one spring or flowering time, is based upon the fact that after 1816 his lyrical production came to a sudden stop. Aside from several masterly prose works, only a few patriotic poems and lyrical dramas appeared from that year until his death in 1864. He had become absorbed in the great struggle for constitutional government in which his countrymen were engaged and for patriotic reasons he bade farewell to his muse.

l. 22. Uhland like Goethe and Heine studied jurisprudence at a German university (Uhland at Tübingen). A lawyer by profession, he was well equipped for the political career into which circumstances forced him. In June, 1832, he was sent to the Würtemberg Landtag as deputy for Stuttgart, but retired in 1838 from the hopeless struggle against the reactionary policy of the government. In 1848 he was

again drawn into politics through his election to membership in the
National Assembly at Frankfurt-on-the-Main as representative of the
district of Tübingen-Rottenburg.

**l. 26.** The greatest of Uhland's personal sacrifices was his resignation
of the professorship of German literature in the University of Tübingen,
which he had held since 1830. Being reëlected to the Würtemberg
Landtag, the poet asked for a leave of absence from his academic
duties during the session of the diet. The authorities, hoping to
remove his strong liberal influence from the parliament refused his request, whereupon Uhland believing himself morally bound to accept
his country's call, abandoned the professorship in 1833.

**l. 28. Eichenkranz.** The Roman civic crown (corona civica) was a
garland of oak leaves and acorns, and was given to those who had distinguished themselves in battle by saving a Roman's life. Trans., *the
oaken crown of civic virtue.*

**Page 170. — line 4. das Roß Bayards.** Professor Buchheim
suggests the emendation *Rolands* in place of *Bayards*, since the
"chevalier without fear and without reproach " was never associated in
song or legend with an incident of this kind. On the other hand, the
mad hero Roland in Ariosto's *Orlando Furioso* (XXX, v, etc.), offers
his dead horse to a peasant in exchange for the latter's living one, and
assures him that his own horse has no other fault than that of being
dead. Furthermore, Chamisso made use of this incident of the dead
horse in a poem *Roland ein Rosskamm*, published while the *Romantische Schule* was being written. The name Bayard as that of a fabulous horse appears in *Orlando Furioso.*

**l. 6. einer Schule.** Uhland is frequently called the founder of the
Swabian school of poets, to which belonged also Hölderlin, Justinus
Kerner, Gustav Schwab, Mörike, Karl Mayer and others born in Swabia.
Heine's attempt to connect him with the Romantic School has not met
with the approval of German critics generally, who attributed to the
Swabian poet a greater degree of originality than our present critic will
concede. Uhland's observation of nature was direct and genuine, the
patriotism of his *Vaterlandslieder* was not a borrowed note, while the
feeling and pathos of his ballads sprang from the same source whence
all German poets drew there strength, viz., the Volkslied.

**l. 32.** The quotation is from Uhland's poem *Vorwärts*, which was

written as a call to the allied powers to defeat France in 1813–14. It
closes with the words:

> Borwärts heißt ein Feldmarschall, [Blücher]
> Borwärts, tapfre Streiter all!
> Borwärts!

The lines quoted in the text are those of the first stanza of the poem,
but the original reads: „Rußland rief das stolze Wort: Borwärts!"
Heine's substitution of the word Frankreich is very significant; the new
era, he implies, is heralded by France, not by the reactionary monarchy
of Russia.

---

## florentinische Nächte.

The *Florentine Nights* appeared as a part of the third volume of the
*Salon*, published in 1837. The title was suggested by that of the
Oriental collection of Tales, called the *Arabian*, or the *Thousand-and-
one Nights*. In Heine's work the Scheherazade is a young man Maximilian; the part of Schirar, the listening Sultan, is taken by the Signora
Maria, who is ill and whose physician has made to her the disclosure
that she has but a few days more to live. She is stretched upon a couch
motionless, but mental occupation not being forbidden, Maximilian by
request exerts his art of story-telling for her comfort. This is done in
two chapters, *Erste* and *Zweite Nacht*, which is all that Heine wrote.
See Elster, Vol. 4, p. 341 f.

**Page 171.** — line 1. Nicolo Paganini (born at Genoa, 1782;
died at Nice, 1840), was the most extraordinary violinist that ever lived,
and because of his seemingly supernatural powers was called the Apollo
and the Mephisto of the violin. His father was a poor merchant of
Genoa, who recognized the unusual musical gift of his son and wished
to cultivate it. There was much difficulty, however, in obtaining
teachers, since such as Rolla of Parma refused to undertake the task,
saying the boy knew all that they could teach him. Paganini's first
appearance in public was at Genoa in 1793. In 1798 he began his
foreign tours alone. From 1801–05 he did not play in public, but soon
after that accepted a position at the court of Lucca, where he became
celebrated for his execution on the G-string (see p. 177, l. 26). From

this time (1808) his success was remarkable and his bizarre and mysterious appearance added to his fame.  The following paragraph will indicate the character of his art: "But after all, the extraordinary effect of his playing could have had its source only in his extraordinary genius. If genius is the power of taking infinite pains, he showed it in the power of concentration and perseverance which enabled him to acquire such absolute mastery of his instrument.  Mere perfection of technique, however, would never have thrown the whole of Europe into such paroxysms.  With the first notes his audience was spell-bound; there was in him, though certainly not the evil spirit suspected by the superstitious, a demonic element which irresistibly took hold of those that came within his sphere."  Grove, *Dictionary of Music*, etc.

l. 7. frühe. Heine frequently uses this form for früh. Cf. p. 210, l. 10.

ll. 13–14. Wandrahm . . . Dreckwall, names of streets in Hamburg.

l. 21. Gala, *festival or court-dress.*

l. 23. Hofe Proserpinens, *at the court of Proserpine*, in Hades.  It was commonly reported that Paganini was the son of the devil, whom he was fancied to resemble.  At one time he found it necessary to give documentary evidence of his human origin.  Paganini himself writes: "At Vienna one of the audience affirmed publicly that my performance was not surprising, for while I was playing my variations, he had seen the devil at my elbow directing my arm and guiding my bow.  My resemblance to the devil was a proof of my origin."

Page 172. — line 8. Geizhalses.  Paganini accumulated great wealth by means of his concert tours; at his death he left to his son a fortune of over two million francs.  The violinist is known to have performed deeds of great liberality, as when he made Berlioz a present of 20,000 francs.

l. 12. Vampyr, *vampire*, a kind of spectral being possessing a human form.  According to Slavic superstition it leaves the grave during the night and maintains a semblance of life by sucking the warm blood of living men and women while they are asleep.  Dead wizards, werewolves, heretics, and other outcasts become vampires, and various safeguards were employed against their influence.

l. 19. musikalisches zweites Gesicht, *a musical second-sight.*  The visions which Heine vividly describes in the following pages are to be regarded rather as the product of his poetical fancy, than as originating from a *faculty of visualizing musical sounds.* Psychical phenomena analogous to the latter have frequently been observed, however, such as the association of color with sound, colors with letters of the alphabet, visualized pictures with words, linear images with numerals (number forms) and the like. Cf. Francis Galton, *Inquiries into Human Faculty and its Development,* pp. 94–177 and plates.

l. 21. abäquate Klangfigur, *the adequate (corresponding) acoustic figure.* Experiments in sound with vibrating plates were made by the German scientist Chladni (b. 1756; d. 1827), who discovered that when a metal plate, covered with fine sand, was made to vibrate by means of a string or a violin bow, certain symmetrical figures would be formed along the nodal lines. These figures were called *Chladnische Klangfiguren.*

l. 31. Pompadourgeschmad, in the style of the Marquise de Pompadour, mistress of Louis XV, who was most influential from 1745–64. The style is also known as the rococo or Louis quinze.

l. 33. Blonden, a fine lace made of silk, *blond-lace.*

Page 173. — line 12. ausgebauſdt, *puffed.*

l. 16. Schönpfläſterchen, *beauty spots.* Their use began in Paris in the seventeenth century, but became universal in the eighteenth.

Page 174. — line 6. Amata (Ital.), *lady-love, mistress.*

l. 8. Abbate (Ital.), an abbot, or as probably here, *a secular priest.*

Page 175. — line 4. Bodsnatur, the temperament of a satyr or faun.

l. 22. Rübchen ſchaben, an idiomatic phrase meaning *to jeer at some one.*

l. 26. Joſaphat, *the valley of Jehoshaphat.* Cf. Joel, iii, 12. The name is now given to the valley between Jerusalem and the Mount of Olives.

l. 27. des Gerichts, supply jüngſten before Gerichts, i.e., the Last Judgment.

l. 35. Pizzicato, in this the strings are plucked or twanged by the finger, instead of being sounded by means of the bow.

Page 176. — line 6. Kapuze, *monk's cowl or hood.*

l. 22. verruchte, *nefarious.*

Page 177. — line 2. Salomon. Jewish legend was not content to represent in King Solomon the type of magnificence and wisdom, but invested him with sovereignty over demons, lordship over all beasts and birds and the power to understand their speech. These fables passed to the Arabs before the time of Mohammed and found a place in the Koran. They were also current in various forms in Europe during the Middle Ages. Solomon was supposed to owe his power over demons to the possession of a seal, on which was engraved "the most great name of God."

l. 14. Zwittergeſchöpfe, *hybrids*.

l. 26. G-Saite. Cf. note to p. 171, l. 1. Paganini was celebrated for his virtuoso performances, much as the Hungarian composer and pianist, Franz Liszt (1811–86), who alone approached the popularity of the great violinist.

The myth was circulated that Paganini's wonderful execution on the G-string was due to a long imprisonment, inflicted upon him for the murder of a rival in love, during which he had to use a violin with one string only. According to another account he murdered his wife, which is, however, entirely legendary (cf. Littell's *Living Age*, 1886, p. 760, Paganini). Current reports of a similar kind form the basis of Heine's imaginative interpretation of the music of Paganini's violin. Rumors started easily concerning the violinist, because of his eccentricities, his charlatanism, and his occasional disappearances from the public view, due largely to the necessity of regaining his health after great exertions.

l. 30. eingemufft, a coined word, meaning wrapped closely as in a muff (German, ber Muff), and appropriately used of the furrier.

l. 33. Transfiguration. An incident will illustrate how zealously Paganini cultivated striking effects on his instrument. Performing at one time in Ferrara, he was enraged by hisses from the pit, and he resolved to avenge the outrage. At the close of the concert he proposed to the audience that he would imitate the voices of various animals. After having rendered the notes of different birds, the mewing of a cat and the barking of a dog, he advanced to the footlights and calling out: "This is for those who hissed," imitated in unmistakable tones the braying of an ass. The mob arose to attack him, but the violinist saved his life through flight. The people of Ferrara were particularly sensitive when their intelligence was questioned, because their town had gained a reputation similar to that of Schilda and Krähwinkel. (See p. 59, l. 3.)

**Page 179.** — line 3. The Barden were minstrels of the Celtic type, who sang to the harp, and whose mythical founder was Merlin. Klopstock introduced the bards into German literature. (Cf. the so-called Barbiete.)

l. 11. lachende Stimme. The *merry voice* was that of the physician who came to inquire as to the condition of his patient, and thereby interrupted the narrator.

---

## Shaffpeares Mädchen und Frauen.

This work is composed of critical comments and pen-portraits of Shakespeare's women (see Elster, Vol. 5, p. 365-490). It was written at the request of the publisher Delloye of Paris, who was preparing a German edition of engravings representing Shakespeare's women, similar to one which had been issued in London and Paris. To enhance the value of the book Delloye wished some leading German author to furnish a text explaining the illustrations, and he purposed to invite Tieck, if Heine should refuse. This fact and the promise of four thousand francs induced Heine to undertake the work, though he was in bad health at the time.

**Page 180.** — line 1. solchen Lande. Heine had previously expressed a strong dislike for England and its people.

l. 2. Shaffpeare. This is a spelling very common in Germany.

l. 31. Blume nach Blume, *one flower at a time*. This adverbial phrase is, for the sake of emphasis, removed from its natural position after Vergangenheit.

**Page 181.** — line 4 f. dünn=schläfrigen, trans., *diluted, and drowsy*.

**Page 182.** — line 9. Drurylane theatre is still one of the principal theatres of London; it is on Russell street near Drury Lane. It was opened under a patent of 1663.

l. 10. Edmund Kean (b. 1787; d. 1833), the celebrated English actor, achieved his first success as Shylock at Drury Lane Theater in 1814. His greatest parts, however, were Richard III, Othello, Lear and Sir Giles Overreach.

l. 16. Christian Dietrich Grabbe (b. 1801; d. 1836) was a German dramatist whose abilities were rated very high by his friends Immermann and Heine, but who met an early death through dissipation. He was the author of *Don Juan und Faust*, and such historical plays as *Friedrich Barbarossa, Heinrich VI, Hermannschlacht,* etc.

------

## Lutezia.

Under the title *Lutezia* (= Lutetia Parisiorum, the Roman name for the city of Paris) Heine collected, as late as 1854, the papers that he had written during the years 1840–43 for Cotta's journal, the *Allgemeine Zeitung.* Cf. Introduction, p. xxxviii. The first selection has been taken from *Lutezia*, I. Teil, spätere Notiz. See Elster, Vol. 6, p. 160 f.

**Page 184.** — line 1. George Sand was the nom de plume of Armandine Lucile Aurore Dupin, Baroness Dudevant (b. at Paris, 1804; d. 1876).

l. 4. Karl Ludwig Sand (b. 1795; d. 1820), a fanatical German student, murdered the playwright Kotzebue (cf. p. 136, l. 26) in 1819, believing him to be a spy in the pay of Russia, an enemy of liberty and a traitor to the fatherland. Sand having founded a Burschenschaft at Erlangen, a conspiracy of students was feared, and a persecution of members of the student organizations followed upon the murder. Sand was executed at Mannheim, where the act had been committed.

l. 6. Jules Sandeau (b. 1811; d. 1883), novelist and dramatist, assisted George Sand in her novel *Rose et Blanche*, 1831.

l. 11. Dudevant ... Gatte. George Sand married Baron Dudevant, a retired army officer, in 1822 and left him in 1831. The separation was legalized in 1836.

l. 22. Pagodenbewegungen, movements like those of a Chinese idol; *pagoda-like movements.*

l. 23. Weibzimmer, a coined word, cf. Frauenzimmer. Trans., *a commonplace type of woman.*

l. 28. geringem Stande. Her father was an officer of the First Empire; the adjective „gering" (*inferior, humble*) is therefore not correctly used here. It would have been applicable in describing the social standing of George Sand's mother.

**Page 185.** — line 1. Marſchall Moritz von Sachſen (Maurice de Saxe) was born at Goslar, Germany, in 1696, and died in France in 1750. He was the illegitimate son of Augustus II of Saxony and Aurora von Königsmark. He served under Marlborough in the War of the Spanish Succession, under Prince Eugene against the Turks, and after many other successful campaigns was made Marshal of France in 1744, Marshal-General in 1747, and gained brilliant victories over Austria and her allies.

l. 5. Moritz. Her son Moritz (born 1823) became known as a writer and a painter.

l. 6. Jean Baptiſte Auguſte Cléſinger, the French sculptor, was born at Besançon about 1820.

l. 7. Kinder. The two children were given to the mother upon her divorce from Dudevant.

l. 10. **Académie française.** The French Academy, composed of the Forty Immortals, was founded by Cardinal Richelieu in 1635, for the purpose of regulating the French language and guiding literary taste.

l. 25. flammenbrände, *firebrands*, referring to the radical republican and social tendencies of her works.

l. 30. Stumpfnäschen, *an up-turned* or *snub-nose*, supposed to be an indication of wit.

**Page 186.** — line 21. ſprudelnden Eſprit, *sparkling wit.*

l. 30. Alfred de Muſſet and George Sand in the summer of 1833 made a journey together to Venice, but their intimacy soon came to an end. George Sand describes the causes of their disagreement in *Les lettres d'un voyageur*, and later in *Elle et lui.*

l. 33. Kavaliere ſervente (Ital.), *gallant.*

**Page 187.** — line 5. Alambif, *alembic.*

l. 12. Pierre Leroux (b. 1797; d. 1871). A French philosophical writer and socialist, whose principal work was *De l'humanité* (1840).

l. 21. Pierre Jean de Béranger (b. 1780; d. 1857) was the most popular of French lyric poets.

l. 24. Victor Marie Hugo (b. 1802; d. 1885).

**Page 188.** — line 15. C'est un beau bossu, lit., *it is a fine hunch-back*, i.e., his genius is an example of beautiful deformity.

## Gemäldeausstellung von 1843.

This selection is taken from *Lutezia*, Zweiter Teil, lix. See Elster, *Vermischte Schriften*, Vol. 6, p. 391 f.

**Page 189.** — line 3. For an explanation of the term Salon, cf. Introduction, p. xxxiii.

l. 7. bunte Wahnwitz = Wahnsinn, trans., *delirious frenzy.*

l. 15. Jean Antoine Watteau (b. 1684; d. 1721). He was most successful with subjects representing conventional shepherds and shepherdesses, fêtes champêtres, rustic dances, etc. The style of female dress represented in many of his paintings, consisting of what was known as the *sacque*, with loose plaits hanging from the shoulders, is still known as the Watteau. The "Watteau back," "bodice," etc., are terms still employed in dress-making. Ten of his pictures are in the Louvre, and specimens are in all the principal galleries of Europe.

l. 16. François Boucher (b. 1703; d. 1770), a noted French painter of historical and pastoral subjects and genre pieces. His especial strength lay in the grouping and decorative treatment of women and children. — Charles Andrée Vanloo (b. 1705; d. 1765), was a professor at the Academy of Arts in Paris, and a brother of Jean Baptiste Vanloo, also a successful painter.

l. 18. das süßliche Reifrockglück des herrschenden Pompadour=tums, etc. Trans., *the inane happiness of crinoline domination in the Pompadour period.*

l. 20. Jacques Louis David (b. at Paris, 1748; d. at Brussels, 1825) was an historical painter, and founder of the French classical school. The first painting illustrating his classical ideas, was *Belisarius*. As court painter to Louis XVI he portrayed the *Horatii*. He was associated with Robespierre during the Revolution, and voted for the death of the king. He was imprisoned after Robespierre's downfall and after being released painted the *Rape of the Sabines*. Napoleon made him court painter.

**Page 190.** — line 7. Geißelung, *flagellation.*

l. 9. Aktiengesellschaft, *stock company.*

l. 15. Leo. The misfortunes of this banker and speculator are described in *Lutezia*, II, lviii. Cf. Elster, Vol. 6, p. 365 f.

l. 18. Wilhelm der Eroberer, *William the Conqueror*, who defeated the Anglo-Saxon King Harold at Hastings in 1066.

l. 30. Fjorace Dernet (Émile Jean Horace) was born of a family of
painters in 1789 at Paris, where he died in 1863. He was decorated
for bravery at the defence of the Barrière de Clichy in 1820. He was
director of the French school at Rome 1827–39, and from 1836–42 was
employed in painting for the gallery of Versailles. Most of his pictures
after 1836 were of Arab life.

l. 34. Überſchwenglichkeit, *exuberance.*

---

## Memoiren.

The *Memoirs* of Heine in the fragmentary form in which they have
come down to us were written in 1854–55, but a short time before the
poet's death. The present selection comprises about one third of the
original. See Elster, *Prosaische Nachlese*, Vol. 7, p. 458–511. We
know from Heine's letters that he early contemplated writing his memoirs, although he did not intend to publish them until late in life. He
was occupied with the work in the years 1823, 1824, 1825, 1830 and
especially in 1837. The greater part of what he wrote in these years, a
manuscript which he tells us would fill four volumes, was consigned
to the flames, apparently because of a change in his ethical and religious
views. The later Memoirs of 1854–55 were for the most part rewritten,
and upon the author's death remained in the possession of his wife, who
surrendered them to her husband's relatives, possibly upon financial considerations. They were published in their present form in 1884.
(Eduard Engel, Hamburg und Leipzig.)

**Page 192.** — line 1. teure Dame. It is not known whether Heine
had any particular person in mind to whom he addressed his memoirs.
Instead of teure the original reading was erlauchte. In a paragraph
omitted here, the intimate bu is used to address the lady.

l. 7. leidigen Familienrückſichten, *odious family considerations.*
The condition upon which Karl Heine after the death of his father Salomon renewed the pension which the latter had bestowed upon the
poet, was, that Heinrich Heine should never publish aught that might
reflect upon the character of his cousin and family. Cf. Introduction,
p. xl.

l. 9. **£afunen** (Lat., "lacuna," *hole, ditch*); trans., *breaks* or *gaps*. The word is not connected etymologically with **£üde**, though here equivalent in meaning.

l. 12. **Autodafé.** The *auto da* (or *de*) *fe* was the solemn public declaration of the judgment passed on accused persons who had been tried before the courts of the Spanish Inquisition, or by extension, the infliction of such penalties as had been prescribed in the sentence. Heine here means death by fire, the common punishment for heretics.

**Page 193.** — **line 5.** A section at the beginning of the *Memoirs* was cut out by Heine's brother Maximilian.

l. 10. **Karl Philipp Moritz** (b. 1757; d. 1793), author of *Anton Reiser*, published a work on Italy in three volumes, entitled, *Reisen eines Deutschen in Italien* (Berlin, 1792–93).

l. 17. The **Romagna** was a territorial division in Italy which formed the main part of the exarchate of Ravenna, and later was an important part of the Papal States. It now comprises the provinces of Bologna, Ferrara, Ravenna and Forli.

l. 25. **auf dem Roft braten,** *to broil.*

**Page 194.** — **lines 23-24. art de peindre par les images,** tr., *this art of painting with rhetorical imagery.*

l. 27. **Profruftes.** Procrustes was a legendary Attic robber who had a bed, named from him the Procrustean, upon which his prisoners were tortured: those who were too short he stretched to fit it, and those who were too tall had their limbs cut to the proper length.

l. 32. **widrige Unnatur,** *odious perversion of nature.*

**Page 195.** — **line 1. faccadiert,** from French, "saccader," *to jerk;* and saccadé, *abrupt.*

l. 8. **Teutoburger Waldes,** cf. p. 133, l. 26, note.

l. 29. Cf. Schiller's *Die Piccolomini*, Act 2, Scene 6, l. 963: **In deiner Bruft find deines Schickfals Sterne."**

**Page 196.** — **line 2. brodierteften** (French, "broder," *to embroider*); trans., *embellished with fanciful exaggerations.*

l. 6. **£yceum,** cf. Introd., p. xi.

l. 22. **Rotfchildfche Haus,** cf. p. 91, l. 5.

**Page 197.** — **line 6. apprenti millionnaire** (French), *an apprentice to the millionaire-trade.*

l. 22. **Univerfität Bonn.** Cf. Introd., pp. xiv, xv.

l. 25. Ferdinand Mackeldey (b. 1784; d. 1834), was an excellent teacher of Roman law, and professor of jurisprudence at the university of Bonn since its foundation in 1819. — Karl Theodor Welcker (b. 1790; d. 1869) was a noted scholar and professor in the faculty of law at Bonn.

**Page 198.** — line 14. Advokasserie (cf. French "avocasser," *to play the lawyer*), is a coined word, meaning the business of an advocate (Germ. Abvokatur), and containing a play upon the element Kasse, the *money-chest*, or here *money-making*. — Rabulisterei, *pettifoggery*.

l. 21. Fiasko, *failure*. The word is derived from Ital. "fiasco," a bottle or flask, also a Tuscan fluid measure. The meaning of Fiasko machen, *to make a failure of a thing*, is possibly connected with the idea of the brittleness of glass.

l. 24. Betty Heine was born in 1771, therefore 84 years old (not 87) in 1855. She outlived her son Harry.

**Page 199.** — line 3. Halsband und Ohrringe; these nouns are in opposition with Schmuck, which includes both.

l. 21. geradlinigt. Heine uses both terminations ig and igt ; —ig and —icht furnish doublets, sometimes with a distinction in force. Cf. ölicht, *slightly oiled*, and ölig, *oily*. Heine may have had such a difference in mind here, i.e., geradlinigt, *a line fairly straight*.

l. 29. altfränkisch, *old-fashioned*. This word dates back to the Middle High German period. M.H.G. altvrenkisch, Hans Sachs, altfrenkisch.

l. 34. sich mokieren (French "se moquer"), *to mock (at)*.

**Page 200.** — line 22. Arche Noä, the usual form is Arche Noahs, *Noah's ark*.

l. 27. Liebhabereien und Schnurrpfeifereien, trans., *hobbies and kick-shaws*.

**Page 201.** — line 1. Gelahrtheit, Cf. note to p. 9, l. 32.

l. 9. alten Trullen, *old women, trollops*.

l. 17. Kanzleistil, lit., *chancery style*, i.e. a stately, official style.

l. 20. irreverenziös, *irreverent*.

l. 26. Söller, *garret, loft*.

**Page 202.** — line 6. marokkanischen, *of Morocco*, on the northwestern coast of Africa.

l. 10. Moria, *Moriah*, a hill in Jerusalem, the site of Solomon's temple.

l. 30.  Kabala, *cabala*, secret or mystic science.

l. 33.  Derhältnis, *liaison*.

Page 203. — line 15.  Utopien, trans., *Utopian schemes* or *ideas*.
The word Utopia f., pl. Utopien, dates from Thomas More's *Utopia*
(1516) and is quite as common in German as in English.

l. 23.  Hüon von Bordeaux, the hero in Wieland's *Oberon*, where
the incident occurs to which the text bears reference.

l. 24.  Klappern, *to rattle* or *clatter*.  Cf. the English proverb:
" Puff is part of the trade "; or the colloquial phrase: "to blow one's
own horn."

Page 204. — line 17.  Solidarität, *solidarity, joint liability.*

l. 21.  Josaphat, cf. p. 175, l. 26.

l. 25.  Werkeltage = Werktage.

l. 26.  Franziskaner-Klosterschule, the Lyceum, where Heine went
to school.  Cf. Introd. p. xi.

Page 205. — line 12.  diskulpieren (Fr. "se disculper "), *to excul-
pate, to exonerate oneself.*

Page 206. — line 16.  Chef des Banquierhauses.  The head of
the banking firm, after the death of Salomon Heine, was his son Karl
Heine. — Schwester.  Therese Halle, née Heine, whom Heine had
hoped to marry, lived until 1880.  For Heine's relations to his cousins,
see Introd. pp. xiii–xiv, xviii–xxi, xxvii–xxviii.

l. 17.  Maximilian, the brother of the poet, is suspected of having
again in this place destroyed some part of the original text.

l. 26.  geschwängerten, trans., *impregnated* or *saturated.*

l. 32.  Haarbeutelzeit, *the age of the bag-wig.*

Page 207. — line 2.  Watteau, cf. p. 189, l. 15.

l. 7.  Ernst von Cumberland (b. 1771; d. 1851), later Ernst August,
king of Hannover.

l. 11.  officier de (la) bouche, *the king's cook.*

l. 12.  Mehlwurm, *meal-worm*, (larva of the Mehlkäfer).

l. 14.  George Bryan Brummel, called Beau Brummel, was born
at London, 1778, and died at Caen, France, in 1840.  He was famous
as a leader in fashionable society in London, and was an intimate friend
of the Prince of Wales, later George IV, who, it is said, on one occasion
' began to blubber when told that Brummel did not like the cut of his
coat.'  By no means a fop, Brummel was never extravagant in his dress,

which was characterized by studied moderation.  Losses at the gaming
table forced him to retire to Calais in 1816.  He was appointed consul
at Caen in 1830, was imprisoned for debt in 1835, and after 1837 sunk
into a condition of imbecility and died in an asylum. — **au petit pied,**
*on a small scale, in miniature, in imitation of.*

l. 31. Wehrgehenfe = Wehrgehänge, *a baldric,* or *a sword-belt.*

**Page 208.** — line 11.  Hauptwache, *main-guard-house.* — eitel,
nothing but Rüdesheimer and Assmannshäuser.  The latter are names of
two celebrated kinds of Rhine-wine, growing in the vicinity of the towns ·
Rüdesheim and Assmannshausen situated on the right bank of the
Rhine, opposite Bingen, in the Province of Hessen-Nassau.  The Nieder-
wald is near, on the brow of which the "Germania," the German national monument stands, keeping guard over the Rhine.

l. 12. trefflichften Jahrgängen, *of the very best years;* the vintages
naturally vary in quality as much as in quantity from year to year.

l. 14. Creti und Pleti, cf. II Sam. VIII, 18: „Benaja, der Sohn
Jojabas war über die Chrethi und Plethi." (Cherethites and the Pele-
thites); again, II Sam. xv, 18: „dazu alle Chrethi und Plethi und
Gathiter" (all the Cherethites and all the Pelethites and all the Gittites).
The present meaning in German of Creti und Pleti is *a mixed company,*
*rabble.*  Cf. the expression, Hack und Mack.

l. 16. rofenlaunig, *in high spirits,* lit., *his humor was like roses.*

l. 27. fieben Weifen.  *The Seven Sages of Greece* were famous for
their practical wisdom.  The list usually includes the names of Thales
(B.C. 640–543), Solon, Bias, Chilo, Cleobulus, Periander and Pittacus.

l. 29. Lampfafus was the name not of a philosopher but of a city,
situated on the Hellespont, in Mysia, Asia Minor, colonized by Ionic
Greeks. — fosmogonifche Probleme, *cosmogonic problems.*  Theories
of the origin of the universe were advanced by Greek philosophers
of the Ionic School.

**Page 209.** — line 4.  Dialeft Hannovers.  The reputation of
Hannover for using the best German is largely due to the fact that there
the standard literary speech was introduced into all the schools earlier
than elsewhere.  Much also is due to the fact that the city and the university (Göttingen) became a favorite resort of the English after the
Hanoverian dynasty had ascended the english throne.

l. 9. Kauderwelfch, *gibberish, jargon.*  The word is derived from taubern, to speak unintelligibly, and welſch, that which is foreign (Romance).

l. **13**. Froſchgequäke, lit., *frog-croakings* of the Dutch Lowlands (swamps).

l. **27**. Holländiſch. In Heine's *Gedanken und Einfälle* (*Philologie in Handelsstädten.* Cf. Elster, Vol. 7, p. 447), the same thought appears: „Die Affen ſehen auf die Menſchen herab wie auf eine Ent-artung ihrer Raſſe, ſo wie die Holländer das Deutſche für verdorbenes Holländiſch erklären."

l. **32**. Heine's father died in December, 1828.

**Page 210.** — line 14. Mandelklei (Mandelklete), *almond-powder*.

---

## Geſtändniſſe.

The *Confessions* were written in 1854 and first published (in part) in the *Revue des Deux Mondes.* Their favorable reception was the cause of the appearance very soon after of a translation into German before Heine's original work could be published. The exasperated poet was obliged to defend his rights in a preface to the German edition, in 1854. See Elster, Vol. 6, p. 15 f.

**Page 211.** — line 3. **Romantique défroqué,** lit., *a romanticist unfrocked, secularized.* Elster translates, „einen entlaufenen Roman-tiker," *a runaway romanticist.*

l. **4**. Geiſt, a word difficult to translate. Fr. *esprit,* Eng. *wit* (in the old sense), *brilliant intellectual power.*

l. **6**. Feldzüge. Heine's so-called *literary campaigns of extermina-tion* are to be found in his *Romantische Schule.* Much of his harshest and less valuable criticism has been omitted in this text, pp. 129–70.

l. **11**. blaue Blume, cf. note p. 139, l. 3.

l. **12**. Lied. This was Heine's romance *Atta Troll,* which he called the swan-song of a dying period. Near the close of the poem appears the stanza (the sixth from the last):

> „Ach, es iſt vielleicht das letzte
> Freie Waldlied der Romantik.
> In des Tages Brand- und Schlachtlärm
> Wird es kümmerlich verhallen."

The poem closes with the lines:

> „Anbre Zeiten, anbre Vögel!
> Anbre Vögel, anbre Lieber!
> Sie gefielen mir vielleicht,
> Wenn ich anbre Ohren hätte!"
>
> See Elster, Vol. 2, p. 422.

l. 24. **De l'Allemagne** or **Deutschland,** is a second title by which Heine sometimes designates his *Romantische Schule,* this work being a "continuation" of Madame de Staël's *De l'Allemagne* (cf. p. 129, l. 1). *Zur Geschichte der Religion und Philosophie,* though published in the *Salon,* Heine intended to be an introduction to the *Romantische Schule,* and therefore a part of his work *De l'Allemagne.*

**Page 212.** — line 5. **Aschantis,** an important African nation in Upper Guinea, West Africa.

l. 9. **Major Bowditsch.** Thomas Edward Bowdich was born at Bristol, England, in 1791, and died in West Africa in 1824. He was a noted traveler in Africa and scientific writer. The account of his expedition to the Ashantis was entitled: *A Mission from Cape Coast Castle to Ashantee* (1819).

l. 15. **frappant** (Fr. *frapper,* to beat), *striking.*

**Page 213.** — line 2. **nach Paris.** Heine arrived at Paris in May, 1831. Cf. Introd. p. xxxi f.

l. 3. **Restauration.** In French history the return of the Bourbons to power in 1814 is called the First Restoration, and the second return in 1815 after the episode of the Hundred Days is known as the Second Restoration.

l. 14. **Geier.** The same picture is found in the poem *Deutschland, Kaput XVIII;* see Elster, Vol. 2, p. 469.

l. 17. **Spandau,** is an important fortress situated on the Havel near Berlin, and contains the central state prison.

l. 30. **commis-voyageur,** *traveling salesman.*

ll. 33 f. **Marseillaise,** cf. p. 68, l. 19. — **En avant, marchons!** *Forward, march!* — **Lafayette,** etc., cf. p. 110, l. 25.

**Page 214.** — line 24. **Wir,** the editorial *we.*

l. 33. **ein großer Demokrat,** viz., Ludwig Börne. This illustration characterizes the two men admirably.

The section from Page 215, line 4 to Page 216, l. 16, is taken from the *Retrospektive Aufklärung* published in *Lutezia* as an appendix to Chapter LVIII. See Elster, Vol. 6, p. 373–91. It was an answer to charges frequently advanced, that Heine had disowned his native country and served as a spy in the pay of France. Like the *Geständnisse*, written in the same year, 1854, the *Retrospective Aufklärung* was in its general character a *confession*, and for that reason a selection from it has been inserted in this place.

**Page 215.**—line 9. $\mathfrak{F}$reigeiſt, *freethinker, skeptic.*

l. 10. etwas. This refers to the step which Heine refused to take, that of becoming a naturalized citizen of France. He was urged to do so by prominent political men of France, and he might possibly have thereby obtained some lucrative post in the government service.

l. 12. Alräunchen, *the mandrake,* a plant with a forked root resembling somewhat the form of a human body. According to a widespread superstition it grew under the public gallows, and when extracted from the earth with certain extraordinary ceremonies, it was believed to possess certain mysterious powers.

l. 17. Bärenhäuterin. The masc. Bärenhäuter means an idle, lubberly fellow, and is probably derived from the notion that an old Teutonic hero would idly stretch upon a bear's skin when not engaged in fighting and hunting. blonden Bärenhäuterin might here be rendered by *dawdling blonde.* Heine frequently twits his countrymen for slowness and the wasting of opportunities.

l. 21. Hauskreuz, or Hausdrache, *scold, shrew.*

l. 25. Advokat, etc.; it is probable that Heine has some definite person in mind.

**Page 216.**—line 3. Truthahnpathos. The alexandrine metre of the French classical tragedies is likened to the stilted strut of the turkey-cock.

l. 17. In a foregoing passage here omitted, Heine follows in his imagination a career, which the Rector Schallmeyer had advised Betty Heine to open for her son, viz., that of a Catholic priest, leading to the highest dignities of the church.

l. 18. Nuntius, *a papal nuncio or embassador.*

l. 29. Dichterruhm verleugnen. Cf. p. 87, ll. 10–17. The earlier passage was written twenty-seven years before the present one, at a time when Heine was still aglow with enthusiasm for what seemed to him a higher ideal, viz., the liberation of humanity.

l. 30. frühem Alter. Heine's early poems first appeared in Gubitz's

*Gesellschafter* in May, 1821. By the end of the same year a small volume of Heine's poems was published by the Maurerſche Buchhandlung. Heine was then 22 years of age.

l. 32. „daß der Chineſe, etc. This line is quoted from Goethe's *Epigramme aus Venedig*, No. 34 b. *Werke* (Weimar), I. *Gedichte*, I. Teil, pp. 315–16. It is the one written in praise of Karl August:

„Klein iſt unter den Fürſten Germaniens freilich der meine ;
　　Kurz und ſchmal iſt ſein Land, mäßig nur, was er vermag."

＊ ＊ ＊ ＊ ＊ ＊ ＊ ＊ ＊

„Hat mich Europa gelobt, was hat mir Europa gegeben ?
　　Nichts ! ich habe, wie ſchwer ! meine Gedichte bezahlt.
Deutſchland ahmte mich nach, und Frankreich mochte mich leſen.
　　England ! freundlich empfingſt du den zerrütteten Gaſt.
Doch was fördert es mich, daß auch ſogar der Chineſe
　　Malet mit ängſtlicher Hand, Werthern und Lotten auf Glas ?
Niemals frug ein Kaiſer nach mir, es hat ſich kein König
　　Um mich bekümmert, und Er war mir Auguſt und Mäcen."

l. 35. japaniſchen Ruhm. In a paragraph omitted, Heine bases this claim on the testimony of a Dutch traveler, an authority on Japan, who stated that the first European book translated into the Japanese language was a collection of Heine's poems.

**Page 217.** — line 6. Breinapf. Cf. the German verses :

„Ob's Glück ihm günſtig iſt,
　　Was hilft's dem Töffel,
Denn regnet's Brei,
　　So fehlt ihm der Löffel."

*If it should rain pottage, he would lack a dish,* lit., he would lack a *spoon* to eat it with.

l. 10. Tiſane (Fr.), *tisane, diet-drink.*

l. 14. ſpaniſche fliege, *Spanish flies* (cantharis vesicatoria) used for raising blisters.

l. 15. Roſen von Schiras. Shiraz, the capital of Farsistan, Persia, was in the Middle Ages famous as a seat of culture. It was the birthplace of the poets Hafis and Saadi. The roses and vines raised in the environs of the capital city Shiraz were celebrated throughout the Orient.

l. 22. Ariſtophanes. Heine was frequently likened to the great Greek comic poet and satirical dramatist.

**l. 27.** **Lauge**, lit., *lye;* figuratively, *biting censure;* trans., *the vitriol of scorn.*

**l. 28.** **herabgeußt** = **herabgießt**, *pours down.* Verbs with radical *ie* formerly made a pres. ind. 2d and 3d sing. and an impv. 2d sing. in *eu*; e.g. **kriechen, fliegen, bieten** have archaic presents, **kreucht, fleucht, beut.**

**Page 218.** — line 3. **sechs Jahre.** In 1848 Heine had for the last time taken a walk on the streets of Paris. Cf. Introduction, p. xli.

**l. 9.** **Limburger Chronik.** This historical work written in German by Tilemann Elhen von Wolfhagen after 1402, covers the years 1336–98, and is of great importance for the study of the history of culture. It was first published under the title: *Fasti Limpurgenses* (J. F. Faust, Limburg, 1617). Heine's date, 1480 (l. 17) should read 1380.

**l. 23.** **Klerikus,** *a priest, an ecclesiastic.*

**l. 24.** **Miffelfucht,** M.H.G. miselsuht = Mod. German, **Ausfatz,** *leprosy.*

**l. 26.** **Gebreste,** or **Gebrechen,** *infirmity.* Through the use of this word and **Miffelfucht,** the author attempts to give a mediæval coloring to the narrative.

**l. 32.** **Lazaruskapper,** *the so-called Lazarus-rattle.*

**Page 219.** — line 13. **lugen,** connected etymologically with Engl. *look.* Trans., *and his aching eyes with a strange stare peer from beneath his cowl.*

---

## Vermischte Briefe.

Heine's letters were usually written in a very careful style. He would commonly make a rough copy even of letters to his friends. His correspondence may therefore be looked upon as a part of his literary work in prose.

For the character of Moses Moser, see Introd., p. xvii, xviii. Moser's just but severe criticism of the third volume of Heine's *Reisebilder* brought about a rupture between the friends. Later in his life, however, the poet, who had wilfully severed the ties of this friendship, was compelled to appeal to the generosity of Moses Moser in a time of great need, and he met with a ready response.

**Page 220.** — line 2. **Promotion,** *graduation.*

**l. 6. disputiert.** The doctor disputation has now come to be a mere formality. The principal tests are the oral examination and the doctor's dissertation.

**l. 7. Thesis.** Heine's five theses were as follows: 1. Maritus est dominus dotis (the dowry belongs to the husband). 2. Creditor apocham dare debit (the creditor must furnish the receipt). 3. Omnia judicia publice peragenda sunt (all judicial proceedings should be held in public). 4. Ex jurejurando non nascitur obligatio (no obligation arises from an oath). 5. Confarreatio antiquissimus apud Romanos fuit in manum conveniendi modus (the Confarreatio was with the Romans the oldest form of marriage). — **Confarreatio.** *Confarreation* was in Roman antiquity the highest and only religious form of marriage, and derived its name from the *panis farreus*, a cake of salted flour eaten in the ceremonial. Certain formulas were pronounced in the presence of ten witnesses, accompanied with solemn sacrifices and prayers.

**l. 8. Gustav Hugo** (b. 1764; d. 1844) was, with Savigny, the founder of the historical school of jurisprudence in Germany. He was the author of the *Lehrbuch des civilistischen Kursus* (1807–22). He was dean of the law faculty when Heine graduated.

**l. 9. Elogen** (Fr. *éloge*), *eulogies*.

**l. 13. vom Katheder herab,** *from the professor's chair,* or *from the seat of authority.*

**l. 17. privatim,** *privately.*

**l. 19. auf ein Abendeſſen geſetzt,** *invited to an evening meal.*

**l. 20. Eduard Gans** (b. 1798; d. 1839) was a noted German jurist and representative of Hegelian philosophy in the field of jurisprudence; hence his antagonism to Hugo, a founder of the historical method. He was a member of the Jewish society for the promotion of culture among the Hebrews of Berlin, to which Heine also belonged. Cf. Introd., p. xvi, xvii. Gans embraced the Protestant faith in the fall of 1825.

**Page 221.** — line 11. **Peter Schlemihl.** Cf. note to p. 33, l. 19.

## An Salomon Heine.

For an account of the relations between uncle and nephew, see Introd. pp. xiii, xxv, xxxvii, xl. Heine visited Havre de Grace in August, 1837, to recover his health.

**l. 25. Bruder.** Heine's brother Maximilian was much more successful than the poet in dealing with Salomon Heine. This letter was
enclosed in another addressed to Maximilian, who had advised his elder
brother to take conciliatory steps. Maximilian was to present the letter
to his uncle at some favorable opportunity. He writes as follows concerning the matter: „Ich brachte den Sommer 1837 auf seiner (Salomon Heines) Villa in Ottensen zu und überreichte ihm in seinem
Cabinette den Brief meines Bruders. Die Lektüre des Briefes, den er
mir zurückgab, brachte eine ungünstige Wirkung hervor. Der Alte
schnellte mehrmals von seinem Lehnstuhle in die Höhe, tobte und murrte
mehrere Tage lang mit dem beständigen Refrain: ‚Nichts will ich für
ihn thun'. Was sagt aber Goethe?—

> „Es regnet, wenn es regnen muß,
> Es regnet seinen Lauf
> Und wenn's genug geregnet hat,
> So hört's auch wieder auf."

Ich war so glücklich nach einiger Zeit eine Versöhnung zu Stande zu
bringen, die wenigstens bis zum nächsten nötigen Goldregen anhielt, wo
dann alle Freundschaft wieder in Frage gestellt wurde." *Erinnerungen
an H. Heine und seine Familie, von seinem Bruder Max. Heine.*
Berlin, 1868.

**l. 27. Mißverhältnis,** *disagreement, unpleasant relation.*

**Page 222.**—line 4. **Anerkennung.** This seems to imply that
Heine had already written his Memoirs (down to 1837).

**l. 10. einmal . . . entäußert.** This refers to the insulting letter
which Heine wrote to his uncle in 1835, when he replied to a rebuke
of the latter. That letter ended all intercourse between uncle and
nephew until the poet's present conciliatory advances.

**ll. 15-19.** This confession explains many seeming contradictions in
Heine's character.

**ll. 28-32. Zuflüsterungen . . . Verwandten.** The sons-in-law of
Salomon Heine were especially concerned in attempts to undermine
the banker's good-will toward his extravagant nephew. The poet when
asked to give a pledge to Karl Heine that he would never write anything to compromise his relatives, replied: „Wahrlich was ich schreibe,
überliefere ich um keinen Preis einer Verwandtencensur, aber ich will
gerne meinen Privatgroll verschlucken, und gar nichts über das Lum-

penpacf ſchreiben, baß ſich alsbann ſeines obſcuren Daſeins ruhig erfreuen mag unb ſeiner blöben Vergeſſenheit nach bem Tobe ſicher ſei.
Ich habe im Grunde beſſere Perſonen zu ſchilbern als bie Schwieger-
ſöhne meines Oheims.‟ (Cf. Strodtmann, *Heines Leben und Werke*,
Vol. II, p. 323). With reference to Karl Heine's ungrateful act he
wrote :

> „Ach! Blutsfreunbe ſinb es eben,
> Welche mir ben Tob gegeben,
> Unb bie ſchnöbe Meuchelthat
> Warb verübet burch Verrat.‟

**Page 223.** — line 17. Strohfopfbächer. Strohfopf, *blockhead;*
Strohbach, *straw-roof.* Trans , *the low straw-roofs of dullards and me-
diocrities.*

### An Mathilde Heine.

In 1844 when Heine revisited Hamburg, his wife accompanied him
but returned to Paris earlier than her husband. A number of the letters
she received from him, at this time, have been published. The French
originals were translated by Heine's biographer Strodtmann.

l. 25. verhängtem Zügel, *at full speed*, that is, *giving the horse the
reins.*

**Page 224.** — line 11. umgänglicher, *more affable.* — bei Hofe, *at
the court*, meaning at his uncle's.

l. 20. Nonnotte, a pet name which Heine gave to his wife, was probably derived from the name of a Jesuit, Nonotte, who became known
through his polemics directed against Voltaire. In his domestic life our
poet encountered a similar spirit of perversity.

l. 21. Madame Darte. Mathilde Heine lived at the Pension of
Madame Darte until her husband's return from Hamburg.

### An Maximilian Heine.

Paſſy. Late in the spring of 1848 the invalid was taken to a country home in Passy (east of the Bois de Boulogne), in order to escape the
noise and Revolutionary disorders of Paris. He returned in the following October.

**Page 225.** — line 17. womit = mit benen.

l. 20. neue Wohnung. This was in Paris in the Rue d'Amsterdam

No. 50. Maximilian Heine in his *Erinnerungen*, etc., gives the following note in reference to his brother's frequent changes of residence and in answer to a statement that the poet lived in want: „Die Einkünfte des Privatmannes H. Heine betrugen oft mehr als 15,000 Francs jährlich; der Dichter brauchte nicht selten das Doppelte. Es ereignete sich einmal, daß in elf Monaten neunmal die Wohnung geändert wurde. Man braucht gerade Paris nicht zu kennen, auch der letzte Bewohner in Krähwinkel weiß, mit welchen Kosten Umzüge verbunden sind. Heines bekannte beständige Reisen in Deutschland, Italien, England, Frankreich, und besonders eine Zeitlang der fast alljährlichen Besuche der Seebäder, oft mit Familie, sprechen gerade nicht für Elend und Not!"

**Page 226.** — line 7. woran ich bin; trans., *I do not see my way clearly*, or *I do not know what to make of it*.

l. 13. ungarischen Charlatan. Heine was impatient with his phisicians, and commonly refused to take their medicines. Dr. Gruby who was an Hungarian, seems to be meant here. Upon his advice the poet early in 1848 removed to the private hospital of his friend Faultrier, where he remained till the end of March. (He removed to Passy in May.) The French physicians whom Heine had at first employed, brought him no relief, but only aggravated his malady. His intimate friend Dr. Sichel could do no better. Not until 1849 did Dr. Gruby receive the poet's entire confidence, and with his treatment there came improvement. Dr. Gruby located Heine's disease in the spinal marrow, and succeeded in restoring to his patient the partial use of his eyes, and the power to move his arms and sit upright.

ll. 16-20. ich liebe das Leben, etc. For the poet's Hellenic love of life, cf. Introd., pp. xlv, xlvi.

l. 23. Unglück. Heine frequently expressed the belief, that had it been possible for him to be under the medical treatment of his brother from the beginning, he would have recovered his health.

### An die Mutter.

An instance of Heine's affection for his mother is given in the Introduction, p. xliii. — baumelt und bummelt, trans., *all that swings and dangles about them.*

**Page 227.** — lines 11 f. **Ludwig, Anna** and **Lenchen** were the names of three children of Heine's sister Charlotte, the wife of Moritz von Embden of Hamburg. The oldest daughter (not mentioned here) Maria, the Princess della Rocca, published a volume entitled : *Erinnerungen an H. Heine, von seiner Nichte Maria Embden Heine,* 1881.

### An die Mouche.

Little is known of the life of the author of the *Last Days of Heinrich Heine,* who wrote under the nom de plume Camille Selden (cf. Introd., pp. xli, xlii), and whose real name Alfred Meissner gave as Élise de K(rinitz). She was of Swabian origin (cf. **Schwabengesicht,** p. 228, l. 26), according to others a native of Torgau, and spent part of her girlhood in Paris with her mother and at eighteen was married to a husband who subsequently in the desire to be rid of her, placed her in an asylum in London. The shock caused by this act of cruelty brought on a stroke of paralysis, from which she recovered, however, and her sanity being vouched for by one of the physicians, she was released and thereafter lived in Paris. She was about twenty-six years of age when she became acquainted with Heine. She had read the poet's advertisement for a reader and assistant, and having always been eager to meet the author of her favorite poems, she offered him her services and would receive no pay. Cf. Meissner, *Erinnerungen aus meinem Leben,* p. 242 f., and *Kleine Memoiren,* p. 241 f. She has written several works on the place of woman in modern life, besides the brochure under the title, *Les derniers jours de H. Heine,* par Camille Selden. Cf. Introd., pp. xli, xlii.

**Page 228.** — line 11. **Mouche.** This pet-name was suggested to Heine by the figure of a fly (Fr. *mouche*) impressed upon the seal which Camille Selden used for her letters.

l. 15. **Pfötchen,** *little hands.*

ll. 21–22. **Schicksalsschabernack,** *trick* (or *practical joke*) *of fate.* — **Ganache,** *dunce, dolt.*

l. 25. **Ew. Wohlgeboren,** once a frequent form of polite address in letters. Trans., *mademoiselle.*

l. 27. The following of Heine's late poems were written „**Für die Mouche**": *Die Wahlverlobten* (**Du weinst und siehst mich an, und weinst**); *Es träumte mir von einer Sommernacht* (written two or three weeks before the poet's death); *Dich fesselt mein Gedankenbann; Lass' mich mit glüh'nden Zangen kneipen; Lotusblume* (𝔚𝔞𝔥𝔯𝔥𝔞𝔣𝔱𝔦𝔤 𝔴𝔦𝔯 𝔟𝔢𝔦𝔟𝔢 𝔟𝔦𝔩𝔟𝔢𝔫, 𝔈𝔦𝔫 𝔨𝔲𝔯𝔦𝔬𝔰𝔢𝔰 𝔓𝔞𝔞𝔯); *Worte, Worte, keine Thaten; Es kommt der Tod.* See Elster, Vol. 2, Nos. 74–80, pp. 44–52. — 𝔈𝔥𝔞-𝔯𝔢𝔫𝔱𝔬𝔫=𝔓𝔬𝔢𝔰𝔦𝔢, *mad-house poetry.* Cf. p. 140, l. 14, note.

**Page 229.** — line 9. bâillements, lit., *gaping* (of the heart).

ll. 12–17. This was the last note which the poet wrote to La Mouche.

# CHRONOLOGICAL LIST OF HEINE'S WORKS.

[The figures on the left-hand side of the page denote the time of composition, those on the right the date of publication. The Roman numerals give the references to the volumes of Elster's edition of Heine's complete works.]

# BIBLIOGRAPHY.

## PRINCIPAL EDITIONS OF HEINE'S WORKS.

Heinrich Heines Sämmtliche Werke. Rechtmässige Original-Ausgabe. 21 Bde. Hamburg, Hoffmann u. Campe, 1861–66. 8vo. Besorgt von A. Strodtmann. (This edition contains also Heine's letters.) Neue Ausgabe, 1867.

Heinrich Heines Sämmtliche Werke. Neue Vermehrte Ausgabe. 18 Bde. Hamburg, 1873–74. 8vo.

Heinrich Heines Sämmtliche Werke. Volksausgabe mit Biographie von G. Karpeles. 12 Bde. Hamburg, 1884–5. 8vo.

Heinrich Heines Werke. Illustrierte Pracht-Ausgabe. Herausgegeben von H. Laube. Wien, 1884, etc. 4to.

Heinrich Heines Sämmtliche Werke, mit Biographie von J. Reuper, nebst Einleitungen und dem Portrait des Dichters. Halle a. S., 1886, etc. 8vo.

Heinrich Heines Gesammelte Werke. Herausgegeben von Gustav Karpeles. Kritische Gesammtausgabe, mit einer biographischen Einleitung von C. A. Buchheim. G. Grotesche Verlagsbuchhandlung, 1887. 9 Bde. 8vo.

Heinrich Heines sämtliche Werke. Mit Einleitung, erläuternden Anmerkungen und Verzeichnissen sämtlicher Lesarten. Von Dr. Ernst Elster. 7 Bde. Leipzig und Wien. Bibliographisches Institut. 8vo.

## BIOGRAPHICAL AND CRITICAL.

**Arnold, Matthew.** Essays in Criticism. Macmillan & Co. New York, 1883. No. V. Heinrich Heine, pp. 156–193.

**Betz, Louis P.** Heine in Frankreich. Zürich, 1895.

—— H. Heine und Alfred de Musset. Zürich, 1897.

**Boden, August.** H. Heine über L. Börne. Zur Charakteristik Heines. Mainz, 1841. 8vo.

**Bölsche, Wilhelm.** Heinrich Heine. Studien über seine Werke. 1887.

**Börne, Ludwig.** — Ludwig Börnes Urtheil über H. Heine, etc. Frankfurt-am-Main, 1840. 8vo.

**Burton, Richard.** Article: Heinrich Heine, with selections from his works. Library of the World's Best Literature (Charles Dudley Warner). Vol. XII. pp. 7185–7220.

**Eliot, George.** Essays and Leaves from a Note-book. London, 1884, 8 vo. German Wit : Heinrich Heine. (The essay first appeared in the *Westminster Review*, 1856).

**Elster, E.** Heinrich Heines Leben und Werke. Leipzig, 1890.

**Embden, L. von.** Heinrich Heines Familienleben, mit 122 bisher ungedruckten Familienbriefen des Dichters von den Universitätsjahren bis zu seinem Tode, und vier Bildern. Hamburg, 1892.

**The same.** The Family Life of Heinrich Heine, translated by Charles de Kay. New York, 1893.

**The same.** Translated by Charles G. Leland. London, 1893.

**Engel, E.** Heinrich Heines Memoiren und neugesammelte Gedichte, Prosa und Briefe. Mit Einleitung. Hamburg, 1884, 8vo. Supplementband zu H. Heines sämmtlichen Werken.

**Gautier, Théophile.** Portraits et Souvenirs Littéraires. Paris, 1875, 8vo. Henri Heine, pp. 105–28.

**Gottschall, Rudolf,** Portraits und Studien. Leipzig, 1870, 8vo. Bd. I, pp. 185–264.

**Greinz, R. H.** Heinrich Heine und das deutsche Volkslied. Leipzig. Schupp.

**Heine, Maximilian.** Erinnerungen an Heinrich Heine und seine Familie. Von seinem Bruder Maximilian Heine. Berlin, 1868, 8vo.

**Houghton, Lord.** Monographs, Personal and Social. London, 1873, 8vo. The Last Days of H. Heine. pp. 293–339.

**Hüffer, Hermann.** Aus dem Leben H. Heines. Berlin, 1878, 8vo.

**Japp, Alexander Hay.** German Life and Literature, etc. London [1880], 8vo. Numerous references to Heine.

**Karpeles, Gustav.** Heinrich Heines Autobiographie. Nach seinen Werken, Briefen und Gesprächen. Berlin, 1888. Karpeles has constructed an excellent "autobiography of Heine" by means of selections from the author's works.

**The same.** Heinrich Heine's Life told in his own words. Edited by Gustav Karpeles. Translated from the German by A. Dexter. New York, 1893.

—— H. Heine und das Judentum. Breslau, 1868, 8vo.

—— H. Heine, Biographische Skizzen. Berlin [1870], 8vo.

—— H. Heine und seine Zeitgenossen. Berlin, 1888, 8vo.

**Kertbeny, K. M.** Silhouetten und Reliquien. Prag, 1861–63.

**Kohut, A.** Heinrich Heine und die Frauen. Berlin, 1888.

**Lewald, August.** Aquarelle aus dem Leben. 1836. Heine, Teil ii, pp. 89–139.

**Meissner, Alfred.** Heinrich Heine. Erinnerungen. Hamburg, 1856, 8vo.

—— Geschichte meines Lebens. Teschen, 1884. 2 Bde.

—— Kleine Memoiren. (References in the last two works.)

**Nassen, T.** Heinrich Heines Familienleben. Fulda, 1895.

**Proelss, Robert.** Heinrich Heine. Sein Lebensgang und seine Schriften, etc. Stuttgart, 1886, 8vo.

**Rocca, Maria della.** Ricordi della vita intima di Enrico Heine. Firenze, 1880, 8vo.

—— Erinnerungen an Heinrich Heine, von seiner Nichte, Maria Embden Heine, Principessa della Rocca. Hamburg, Hoffmann u. Campe, 1881.

**Saint-Réné Taillandier.** Écrivains et Poëtes Modernes. Paris, 1861, 8vo. Henri Heine, pp. 89–153.

—— Histoire de la Jeune Allemagne. Paris, 1848, 8vo. Henri Heine, pp. 90–133, 388–393.

**Sharp, William.** Life of Heinrich Heine. (With an excellent bibliography by J. P. Anderson.) Great Writers Series. London, 1888.

**Schmidt, Julian.** Bilder aus dem Geistigen Leben unserer Zeit. Neue Folge, pp. 283–350. Leipzig, 1871

**Selden, Camille** [Mad. Elise de Krinitz]. Les derniers jours de Henri Heine. Paris, 1884, 8vo.

—— The Last Days of H. Heine. Translated by Clare Brune. London, 1884, 8vo.

**Steinmann, Friedrich.** H. Heine. Denkwürdigkeiten und Erlebnisse aus meinem Zusammenleben mit ihm. Prag, 1857, 8vo.

**Stigand, William.** The Life, Work and Opinions of Heinrich Heine. 2 vols. London, 1875, 8vo.

**Strodtmann, Adolf.** H. Heines Leben und Werke. (Most complete biography of Heine.) 2 Bde. Berlin, 1867–69, 12mo. Zweite Aufl. 1873–74.

—— H. Heines Wirken und Streben, etc. Hamburg, 1857.

**Weill, Alexandre.** Souvenirs intimes de Henri Heine. Paris, 1883.

## ANNOTATED TEXTS.

**Buchheim, C. A.** Heines Prosa, being selections from his Prose Works, edited with English notes, etc. Clarendon Press Series. German Classics, Vol. VII. New edition, 1893.

—— Heines Harzreise. Vol. VIII. German Classics. Oxford, 1886.

—— Heines Lieder und Gedichte.

Selected and arranged with notes and a literary introduction. Golden Treasury Series. Macmillan & Co. 1897.

**Colbeck, C.** Heine. Selections from the Reisebilder and other Prose Works. With notes and introduction. Macmillan's Foreign School Classics, 1891.

## TRANSLATIONS OF HEINE'S WORKS.

**Bowring, E. A.** The poems of Heine complete, translated in the original metres. With a sketch of Heine's life. London, 1858, 8vo. — Another edition, Bohn's Standard Library. London, 1861.

**Briggs, H. B.** The Love Songs of Heinrich Heine. London, 1888.

**Evans, T. W.** The Memoirs of H. Heine and some newly discovered fragments of his writings. With an introductory essay. London, 1884.

**Fleischman, S. L.** The Romantic School. New York, 1882.

—— Prose Miscellanies from H. Heine. Philadelphia, 1876.

**Hellmann, Frances.** Lyrics and Ballads of Heine and other German Poets. New York, 1892.

**Johnson, F.** A Romance in Song. Heine's Lyrical Interlude. Illustrated. Boston, 1884.

**Lazarus, Emma.** Poems and Ballads of Heinrich Heine, translated; to which is prefixed a biographical sketch. New York, 1881.

**Leland, C. G.** Heine's Pictures of Travel. Fourth edition. Philadelphia, 1863, 12mo.

—— Heine's Book of Songs. Philadelphia, 1864. Third edition, 1868.

**Martin, Sir Theodore.** An edition compiled from the translations of Heine's poems (*Buch der Lieder*) by Sir Theodore Martin, and E. A. Bowring. New York, 1884. 16mo.

**Snodgrass, John.** Wit, Wisdom and Pathos, from the prose of Heinrich Heine, with a few pieces from the "Book of Songs." Selected and translated by ——. London, 1879.

—— Religion and Philosophy in Germany: A Fragment. Translated by ——. London, 1882. English and Foreign Philosophical Library. Vol. 18.

**Stern, S. A.** Scintillations from the Prose Works of H. Heine. I Florentine Nights. II. Excerpts. Translated from the German. Leisure Hour Series. New York, 1873.

**Storr, Francis.** Travel Pictures, including the Tour in the Harz, Norderney, and Book of Ideas, together with the Romantic School. With maps and appendices. Bohn's Standard Library. London, 1887.

**Stratheir.** The Book of Songs. Translated from the German. London, 1882, 8vo.

**Wallis, J. E.** H. Heine's Book of Songs. A translation from the German. London, 1856, 8vo.

# INDEX.

# Macmillan's German Series

PREPARED UNDER THE GENERAL EDITORSHIP OF

## WATERMAN T. HEWETT, Ph.D.

Professor of German Language and Literature in Cornell University

## ADAPTED TO COLLEGE AND SCHOOL REQUIREMENTS

### NOW READY

**SCHILLER'S WILHELM TELL.** Edited by W. H. CARRUTH,
University of Kansas . . . . . **50 cts.**
The same. With Vocabulary. . . . . **60 cts.**
**GOETHE'S EGMONT.** Edited by SYLVESTER PRIMER, University of Texas . . . . . . **60 cts.**
**GOETHE'S IPHIGENIE.** Edited by CHARLES A. EGGERT, **60 cts.**
**LESSING'S NATHAN DER WEISE.** Edited by GEO. O.
CURME, of Northwestern University . . . **60 cts.**
**FREYTAG'S DIE VERLORENE HANDSCHRIFT.** Edited by
KATHERINE M. HEWETT . . . . **60 cts.**
**SCHILLER'S JUNGFRAU VON ORLEANS.** Edited by WILLARD HUMPHREYS, Princeton University . . . **60 cts.**
**GOETHE'S HERMANN UND DOROTHEA.** Edited by J. T.
HATFIELD, Northwestern University . . . **60 cts.**
**LESSING'S MINNA VON BARNHELM.** Edited by STARR
WILLARD CUTTING, University of Chicago. . . **60 cts.**
**HEINE'S PROSE.** Edited by A. B. FAUST, Wesleyan University. **60 cts.**
**SCHILLER'S MARIA STUART.** Edited by H. SCHÖNFELD,
Columbian University . . . . . **60 cts.**
**GOETHE'S POEMS.** Edited by M. D. LEARNED, University
of Pennsylvania. . . . . . **60 cts.**
**UHLAND'S POEMS.** Edited by W. T. HEWETT, Cornell University . . . . . . . **60 cts.**

**A GERMAN READER** for Schools and Colleges. Edited with Notes by
WATERMAN T. HEWETT, Ph.D. **12mo cloth, $1.00**
"I like the Collection very much better than any book of this size I have ever
seen." HELEN E. STODDARD, Chauncey Hall School, Boston.

### TO APPEAR DURING THE YEAR

**GOETHE'S FAUST.** Edited by HENRY WOOD, Johns Hopkins University.
**SCHILLER'S WALLENSTEIN.** Edited by MAX WINKLER, University
of Michigan.
**A GERMAN GRAMMAR** for High Schools and Colleges. By W. T.
HEWETT, Cornell University.

## THE MACMILLAN COMPANY,

NEW YORK. BOSTON. CHICAGO. SAN FRANCISCO.